SCIENCE FICTION

Herausgegeben
von Wolfgang Jeschke

Ein Verzeichnis aller BATTLETECH®-Romane finden Sie am Schluß des Buches.

Michael Stackpole

Der Kriegerprinz

Dreiundvierzigster Roman im
BATTLETECH®-Zyklus

Deutsche Erstausgabe

WILHELM HEYNE VERLAG
MÜNCHEN

HEYNE SCIENCE FICTION & FANTASY
Band 06/6243

Titel der amerikanischen Originalausgabe
PRINCE OF HAVOC
Deutsche Übersetzung von REINHOLD H. MAI

Umwelthinweis:
Dieses Buch wurde auf chlor- und säurefreiem Papier gedruckt

Redaktion: Joern Rauser

http://www.heyne.de
Printed in Germany 2000
Umschlagbild: FASA Corporation
Umschlaggestaltung: Nele Schütz Design, München
Technische Betreuung: M. Spinola
Satz: Schaber Satz- und Datentechnik, Wels
Druck und Bindung: Elsnerdruck, Berlin

ISBN 3-453-14902-5

Der Autor möchte den folgenden Personen für ihren Beitrag zu diesem Buch danken. Donna Ippolito, Bryan Nystul und Randall Bills für redaktionelle Führung und wertvolle Einsichten. Blaine Pardoe, Chris Hartford und Thomas Gressman, deren Arbeit ich in diesem Text rettungslos verunstalte, und die zusammen mit Dan Grendell ihren Kommentar beigeliefert haben, um Fehler in der Ursprungsversion zu beheben. John Allen-Price für die Leihgabe Galen Cox/Jerry Cranston. Steven Applegarth für seine großzügige Spende an wohltätige Zwecke für das Recht, in diesem und zukünftigen Büchern aufzutauchen. Und wie immer Liz Danforth, die es während zeitweiliger Unzurechnungsfähigkeit mit mir ausgehalten hat, die unter dem Deckmantel von Termindruck auftritt.

Für Faith,
meine jüngste Nichte.
Willkommen in der Familie. Keine Sorge,
es gibt auch Stackpoles
mit einem richtigen Beruf.

KARTE DER INNEREN SPHÄRE

und angrenzender Peripheriestaaten

Karte erstellt durch COMSTAR
nach Informationen des COMSTAR-
EXPLORERDIENSTES und des
STERNENBUNDARCHIVS, Terra

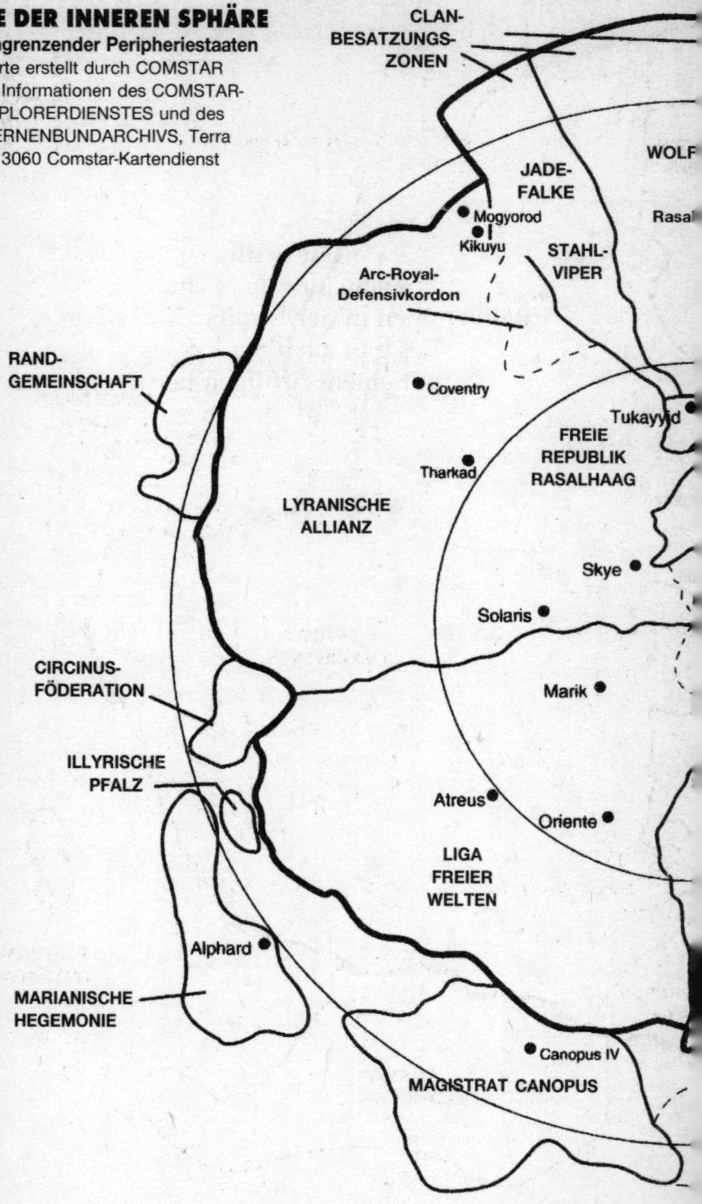

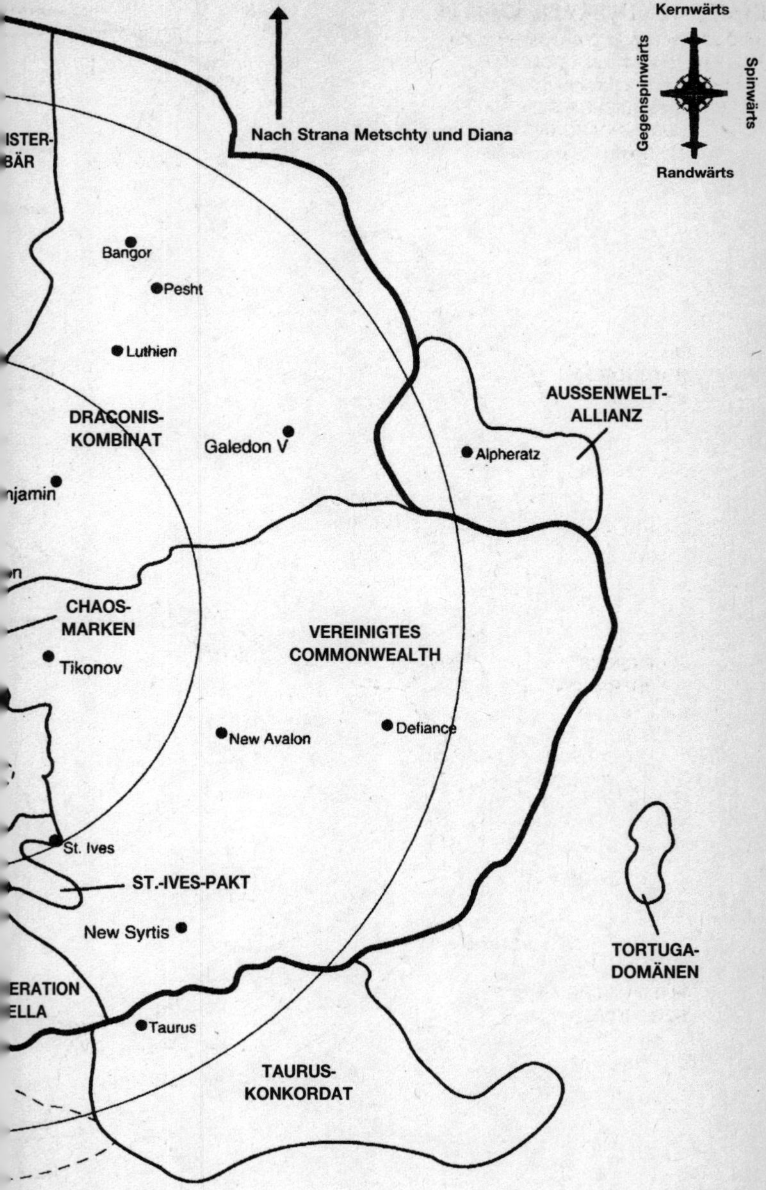
Kernwärts
Gegenspinwärts
Spinwärts
Randwärts
Nach Strana Metschty und Diana
ISTER-
BÄR
Bangor
Pesht
Luthien
DRACONIS-
KOMBINAT
Galedon V
AUSSENWELT-
ALLIANZ
Alpheratz
njamin
n
CHAOS-
MARKEN
Tikonov
VEREINIGTES
COMMONWEALTH
New Avalon
Defiance
St. Ives
ST.-IVES-PAKT
New Syrtis
TORTUGA-
DOMÄNEN
ERATION
ELLA
Taurus
TAURUS-
KONKORDAT

1

Befehlsposten der Sternenbund-Expeditionsstreitkräfte, Lutera, Diana
Kerensky-Sternhaufen, Clan-Raum

9. April 3060

Prinz Victor Ian Steiner-Davion stieg die Stufen der niedrigen Empore am Südrand des Felds der Helden in Lutera nur langsam hinauf. Zum Teil tat er dies aus Respekt vor den Männern und Frauen, die ihm folgten und denen er nicht davonlaufen wollte. Sie waren die wahren Sieger von Diana, die Offiziere der Einsatzgruppe Schlange. Sie waren nach Diana gekommen und hatten die Besten der Nebelparder besiegt. Sie hatten so viel Schaden verursacht, daß Lincoln Osis, Khan der Nebelparder und ilKhan der Clans, die Flucht ins All ergriffen hatte, noch bevor Victor und seine Truppen im System eingetroffen waren.

Victors Ankunft hatte den Sieg zementiert. Seine Truppen waren gelandet und hatten den geringen noch verbliebenen Clan-Widerstand auf Diana beseitigt. Schlange war ausgesandt worden, um die Nebelparder-Kriegerkaste komplett auszulöschen. Der Auftrag hatte gelautet, jede Spur von ihrer Existenz zu vernichten, und abgesehen von vereinzelten Monumenten und dem kläglichen Rest, dem zusammen mit Lincoln Osis die Flucht gelungen war, hatte die Einsatzgruppe diese Mission anstandslos durchgezogen.

Aber zu welchem Preis! Zu welchem furchtbaren Preis! Auch das Gewicht des Preises, den Einsatzgruppe Schlange für diesen Sieg hatte zahlen müssen, bremste Victors Schritt. Ariana Winston, Kommandeurin der Söldnerbrigade der Leichten Eridani-Reiterei, war zusammen mit dem größten Teil ihrer Leute gefallen. Zahllose andere hatten mit ihnen das Leben gelassen. Viele davon hatte Victor nie gesehen, geschweige denn kennenlernen können. Und dann war da noch Morgan Hasek-Davion, sein Vetter und treuer Freund, ein Mann, der nach dem Tod von Victors Vater eine erstaunliche Verantwortung auf sich genommen hatte. Morgan hatte Schlange angeführt, aber er war von der Hand eines Verräters gestorben, noch bevor die Schiffe Diana erreichten.

Victor trat auf die oberste Stufe und drehte sich um. Als die Kommandeure der Einsatzgruppe ihn erreichten, bedankte er sich bei jedem der Männer und Frauen einzeln für ihre Leistungen. Er versicherte sie seines Mitgefühls für ihre Verluste und lobte sie für die Anstrengungen ihrer Leute. Er erwähnte in jedem der Gespräche Einzelheiten dieser Leistungen, um sie wissen zu lassen, daß er alle Daten studiert hatte, die ihm beim Anflug übermittelt worden waren. *Ich weiß, was Sie durchgemacht haben, und ich weiß es mehr zu schätzen, als Sie ahnen können.*

Als der letzte der Kommandeure, Andrew Redburn, den Händedruck löste und hinüber zu dem für ihn reservierten Stuhl humpelte, trat Victor an das mitten auf der Empore aufgestellte Mikrofon. Es war ein bewölkter, schwüler Tag, und eine schwache Brise blähte die Banner und Regimentsflaggen, die von den zerschmetterten Standbildern rund um das Trümmerfeld hingen, das einmal ein Paradeplatz gewesen war. Er ließ sich Zeit und holte das Mikrofon auf eine für ihn bequeme Höhe herab, dann blickte er hinaus über die versammelten Truppen.

Bei ihrem Aufbruch hätte Einsatzgruppe Schlange den Platz vor ihm mit zahllosen Rängen kampfeifriger Krieger füllen können. Jetzt, nach einem Feldzug, wie man ihn nicht mehr gesehen hatte, seit sechshundert Jahre zuvor die ersten BattleMechs auf ein Schlachtfeld marschiert waren, füllte sie kaum noch ein Drittel des

Platzes. Die vordersten Reihen bestanden aus bandagierten Verwundeten, in Betten aus dem Lazarett hierher transportiert, in Rollstühlen oder auf Krücken gestützt.

Hinter ihnen standen diejenigen, die keine physischen Verletzungen davongetragen hatten, aber deswegen um nichts weniger verwundet waren. Einige von ihnen schienen im Windhauch zu schwanken, als könnten sie jeden Augenblick vor Erschöpfung zusammenbrechen. Ihre Uniformen waren nur dadurch noch als solche zu erkennen, daß die Krieger bestimmter Einheiten zusammen standen. In Gedanken konnte sich Victor ausmalen, wie ihre komplette Ausgangsuniform in besseren Tagen ausgesehen haben mochte. Nicht wenige Soldaten hatten Nebelparder-Uniformteile requiriert und ihre Montur mit Kriegsbeute ausgebessert.

Victor setzte zu seiner Rede an, zögerte. Seine Kehle war zugeschnürt. Er senkte einen Moment lang den Blick, zwang sich, durch die Nase zu atmen. Schließlich verschränkte er die Hände hinter dem Rücken und blickte wieder hinaus auf die versammelten Krieger.

»Worte vermögen nicht auszudrücken, was Sie hier geleistet haben, und sie reichen auch nicht, Ihnen meinen Dank auszusprechen. Sie haben geschafft, was noch nie zuvor getan wurde, und weil Sie das geschafft haben, wird es nie wieder jemand tun müssen. Ihre Kinder und die Kinder Ihrer Kinder werden die Nebelparder nie wieder fürchten müssen, wie wir sie gefürchtet haben, sie nie wieder hassen müssen, wie wir sie gehaßt haben, sie nie wieder töten müssen, wie wir sie getötet haben. Durch Ihre Anstrengungen ist diese Geißel Gottes Vergangenheit. Ihr Mut, Ihre Opferbereitschaft, Ihre Entschlossenheit werden nie vergessen werden, und Ihr Lob wird durch die Geschichte klingen.« Victor breitete die Arme aus. »Ihre Mission hier war furchtbar, und ich weiß, Sie haben Dinge gesehen und getan, die der Stoff für Alpträume sind. Dieser Krieg, den Sie geführt haben und den wir übrigen in der Inneren Sphäre führten, wird uns nie mehr loslassen. Es gibt Dinge, die wir mit niemandem teilen können, der nicht selbst hier war, der nicht in der Schlacht dem Tod ins Angesicht gesehen hat, der nicht mitansehen mußte, wie seine Freunde starben. Anderen fehlt der Maßstab, diese Erfahrungen einzuordnen. Das ist nicht ihr Fehler, aber es ist ein Monument der Stärke Ihres Geistes, daß Sie all das überstanden haben, ohne daran zu zerbrechen. Wir haben von Ihnen verlangt, für den Sternenbund, für die Freie Innere Sphäre eine Last auf sich zu nehmen, die kein Mensch einem anderen aufbürden sollte. Sie haben diese Verpflichtung auf sich genommen, und dafür wird man Sie in alle Ewigkeit rühmen. Selbst diejenigen von uns, die an anderen Schauplätzen mitgekämpft haben, um einen Teil der Inneren Sphäre zurückzuerobern, können nicht wirklich begreifen, was Sie hier erlebt haben.« Der Prinz deutete auf verschiedene Stellen, an denen BattleMechs auf Streife durch die Viertel der Parderhauptstadt zu sehen waren. »Aber ich *kann* Ihnen versichern, daß es unter den Truppen, die ich mitgebracht habe, niemanden gibt, der nicht stolzer auf Sie wäre als Sie sich jemals vorstellen können, und wir alle betrachten es als Ehre, Ihre Pflichten zu übernehmen, damit Sie sich die Erholung gönnen können, die Sie sich so teuer erkauft haben. Einsatzgruppe Schlange, Ihre Mission ist erfolgreich abgeschlossen.«

Leiser Applaus stieg aus den Reihen auf und hallte, lauter werdend, von den Gebäuden und der Bergwand im Norden zurück, als die Kommandeure hinter Victor einstimmten. Der Prinz trat vom Mikro zurück und drehte sich halb nach hinten, so daß er Truppen und Offiziere gleichzeitig sehen konnte. Er applaudierte ebenfalls. Als der Beifall verebbte, schnippte er eine unerwartete Träne beiseite und trat noch einmal ans Mikrofon.

»Um Ihre Mission zu erfüllen, haben Sie einen furchtbaren Preis bezahlt. So wie Sie alle, kannte und liebte ich einige derer, die hier oder auf dem Weg hierher gestorben sind. Sie alle, die überlebt haben, tragen darum keine Schuld, wohl aber eine Verpflichtung, das Leben und die Träume Ihrer gefallenen Kameraden weiterzuführen und Wahrheit werden zu lassen. Einen dieser Träume haben Sie bereits verwirklicht, indem Sie die Nebelparder vernichtet haben, und einen anderen, indem Sie den Geist wiederbelebt haben, der dem Sternenbund die Kraft gab, die Menschheit vor der Vernichtung zu bewahren. Könnte Morgan Hasek-Davion hier stehen, hier, wo ich jetzt stehe, dann weiß ich, sein Herz würde platzen vor Stolz auf Sie alle. Es würde ihn zutiefst schmerzen, und ich denke, es würde Ihren gefallenen Kameraden ebenso gehen, wenn Sie deren Tod gestatten würden, wie ein Mühlstein um Ihrem Hals zu liegen und Sie zu Boden zu drücken. Denn damit würden Sie das Opfer wertlos machen, das diese Männer und Frauen gebracht haben, ein Opfer, das es Ihnen erlaubt, in Freiheit zu leben – so, wie die Gefallenen es Ihnen gewünscht hätten. Setzen Sie deren Stolz auf Ihr Überleben voraus, verbinden Sie ihn mit Ihrem eigenen Stolz auf den Sieg, und erkennen Sie Ihren rechtmäßigen Platz als Helden der Freien Inneren Sphäre an!« Der Hauch eines Lächelns spielte um Victors Mundwinkel. »Als Sie hierher gesandt wurden, erhielten Sie den Auftrag, sämtliche Spuren auszulöschen, die von der Existenz der Nebelparder-Kriegerkaste und ihrer Kultur zeugen. Das haben Sie bis auf eine Ausnahme getan.«

Er deutete nach Norden, und alle Augen richteten sich auf Mons Szabo. Dort prangte, in die Südostwand des Berges gehauen, hoch über dem Genetischen Archiv des Clans, ein gigantischer Nebelparder. Wäre die Arbeit nicht so bemerkenswert und die Bestie nicht so beeindruckend gewesen, hätte Victor ihn als vulgär empfunden. *Ein Glück, daß Katherine das nicht sehen kann, sonst käme sie noch auf Ideen. Ich kann mir richtig vorstellen, wie sie einen ganzen Mond in ein Bild ihres Kopfes verwandeln läßt.*

Victor zog eine Fernbedienung aus der Jackentasche, dann drehte er sich um und winkte General Andrew Redburn zu sich. Der Kommandeur der 1. Kathil-Ulanen schritt mit einem leichten Humpeln, verursacht durch sein steifes rechtes Bein, an den Rand der Empore. Seine braunen Augen funkelten stolz, aber als er näherkam, konnte Victor die Tränenspuren auf seinen Wangen sehen. Redburn nickte wortlos, als er das Gerät aus Victors Hand nahm und einschaltete. Sein Daumen hing über dem leuchtenden roten Knopf in der Mitte des schwarzen Plastikkastens.

Victor lächelte. »Dieses Standbild ist die letzte Spur der Nebelparder-Kriegertradition, die es auf diesem Felsen noch gibt – abgesehen von dem Mechschrott hier überall.« Er machte eine Pause, als die Menge lachte. »Es bleibt nur noch eines zu tun: es zu vernichten. Countdown von drei.«

»Drei, zwo, eins ...«

Redburns Daumen stieß mit einer Wucht auf den Knopf, daß das Gerät zu zerbrechen drohte.

Eine Sekunde später erschütterte eine Serie von Explosionen den Berghang. Victor sah das Aufblitzen und die grauen Staubfontänen auffliegen, kurz bevor das Donnern seine Ohren erreichte. Die Detonationen zogen sich krachend das Monument entlang und zerschmetterten es von den Pranken bis zum Genick. Die letzte und größte Sprengladung war im Kopf plaziert worden, und ihre Explosion schleuderte den Parderschädel in Stücken über den gesamten Hang. Eine Felslawine donnerte den Berg herab, stürzte aber am Genetischen Archiv vorbei, ohne es zu zerstören. Eine graue Staubwolke erhob sich wie ein Geist über der leeren Bergwand, an der Sekunden zuvor noch der titanische steinerne Parder geprangt hatte.

Spontaner Jubel brach unter den Kriegern aus, und auch Victor stieß triumphierend die Fäuste in die Luft, lachte und jauchzte mit ihnen. Er hatte nicht hier auf Diana gekämpft, aber er hatte geholfen, die Nebelparder aus der Inneren Sphäre zu vertreiben. Die Vernichtung dieses Monuments – so symbolträchtig war sie – kennzeichnete das erfolgreiche Ende eines brutalen Feldzugs.

Und den Beginn eines anderen.

Ein letztes Mal trat er ans Mikrofon. Er wartete, bis die Truppen Einsatzgruppe Schlanges sich beruhigt hatten, dann ergriff er wieder das Wort. »Zwei Aufgaben bleiben noch, die ich Ihnen stellen muß, und ich bin sicher, Sie werden sie ebenso gewissenhaft erfüllen. Erstens: Denken Sie daran, daß unser Feind die Nebelparder-Krieger waren, nicht die Bevölkerung. Sie haben die Krieger vernichtet und die Menschen befreit, die von ihnen so lange unterdrückt wurden. Führen Sie den Krieg nicht weiter, sondern geben Sie den Menschen die Gelegenheit, sich Ihnen anzuschließen, sich dem Sternenbund anzuschließen. Die Wiedergeburt des Sternenbunds war seit jeher das Ziel der Clans, und nun haben sie es erreicht. Erkennen Sie diese Tatsache und diese Menschen an. Das zweite, was ich von Ihnen möchte, und sicher wird ihnen das schwerer fallen, ist zu warten. Sie haben die Bedrohung durch *einen* Clan beendet, aber wir, die wir ihnen hierher gefolgt sind, müssen nach Strana Metschty weiterfliegen und die Bedrohung durch alle Clans beenden. Wenn wir zu Ende gebracht haben, was Sie so gekonnt begannen, werden wir hierher zurückkehren, und gemeinsam werden wir im Triumph heim in die Freie Innere Sphäre fliegen!«

Victor nahm Haltung an und salutierte, dann drehte er sich um und salutierte vor den Kommandeuren. Wie ein Mann erwiderten die Kommandeure der Einsatzgruppe seinen Gruß. Dann trat Victor zu jedem einzelnen von ihnen und schüttelte ihm die Hand. Als er fertig war, verließen die Offiziere die Empore und gingen hinunter zu ihren Truppen.

Victor blieb allein auf der Empore zurück und blickte hinaus auf die Menge. *Wir haben so viel von ihnen verlangt, und sie haben es so selbstlos gegeben. Jetzt müssen meine Leute und ich nach Strana Metschty, bereit, dasselbe Opfer zu bringen wie sie.* Ein Schaudern lief über seinen Rücken. *Wir werden Erfolg haben, weil wir Erfolg haben müssen, aber ich frage mich, ob der Preis dafür genauso hoch ausfallen wird, oder vielleicht noch höher?*

2

Befehlsposten der Sternenbund-Expeditionsstreitkräfte, Lutera, Diana
Kerensky-Sternhaufen, Clan-Raum

9. April 3060

»In Ordnung, wie sieht's aus?« Victor Steiner-Davion stützte sich auf die Rückenlehne des Sessels am Kopf des Konferenztisches. Er verzichtete darauf, sich zu setzen, denn der Sessel war für einen Elementar gemacht, und er wäre darin versunken. Alle Plätze waren mit synthetischem Nebelparderpelz bezogen, und Victor hatte keinen Zweifel daran, daß sie irgendwie als Beutegut in die Innere Sphäre gelangen würden. *Bei so wenig Leuten und Maschinen, die wir mit zurückbringen, werden die Landungsschiffe von diesem Zeug überquellen.*

Er blickte zuerst zu dem blonden, bärtigen Mann zu seiner Rechten. »Jerry?«

Jerrard Cranston verzog verlegen den Mund und blickte auf seinen Compblock. »Was den Mord an Morgan betrifft, haben wir ...«

»Nein.« Victor schüttelte den Kopf. »Morgans Tod kann warten. Erst die militärischen Daten.«

Cranston zögerte einen Augenblick, dann drückte er eine Taste des Compblocks. »Okay. Von den grob zehn Regimentern in Einsatzgruppe Schlange sind noch knapp zwei übrig, und das ist großzügig gerechnet. Die Moral der Truppen hat sich verbessert, aber allzu gut ist sie nicht. Sie haben eine Menge durchgemacht und sind froh, daß es vorüber ist. Irgendwelche Ideen, sie einzuschiffen und mit nach Strana Metschty zu nehmen, können wir uns abschminken.«

Links von Victor runzelte Kai Allard-Liao, ein dunkelhaariger Mann von – trotz seiner grauen Augen – offensichtlich asiatischer Abstammung, die Stirn. »Dann ist es eine beschlossene Sache, daß wir nach Strana Metschty fliegen?«

Victor bewegte unbehaglich die Schultern. »Darüber können wir uns in ein paar Sekunden noch unterhalten. Aber ganz gleich, ob wir uns entscheiden, hinzufliegen oder nicht, wenigstens wissen wir, daß Schlange uns nicht begleitet.«

Am anderen Ende des Tisches lehnte Andrew Redburn sich vor. Über seiner in Falten gelegten Stirn hing ein roter Haarschopf mit weißen Strähnen herab. »Ich weiß, daß unsere Leute ziemlich durch die Mangel gedreht worden sind, aber sie sind nicht völlig erledigt.«

Der Prinz nickte ernst. »Niemand bestreitet ihre Kampfbereitschaft, ihren Mut oder ihre Loyalität. Wie ich draußen schon gesagt habe: Ihre Leute haben ihre Arbeit getan. Ich werde Sie und einige Ihrer Ulanen an meiner Seite brauchen, General, aber das hat seinen Grund in etwas, das ich auf Coventry gelernt habe. Ich erwarte nicht, daß dieser Trick noch einmal funktioniert, in der Hauptsache, weil die Lage eine völlig andere ist, aber Ihre Anwesenheit wird die Dinge etwas erleichtern.« Er sah wieder zu Cranston. »Wie sieht es bergungsmäßig aus?«

»Der ganze Planet ist mit Material übersät, und die Lagerhallen sind voll. Wenn Standardbergungsregeln gelten würden, müßten die einzelnen Einheiten sehr stark werden, vorausgesetzt, sie könnten Piloten für die Bergegutmaschinen auftreiben.«

Anastasius Focht, der neben Cranston sitzende Präzentor Martialum ComStars, räusperte sich. »Meine Leute sind dabei, eine umfassende Inventarliste der vorhandenen Vorräte aufzustellen und mit den Anforderungen unserer Einheiten für eine Ausrüstung mit Clantechnologie abzugleichen. Wir dürften mit unter fünf Prozent der verfügbaren Mittel auskommen, um volle Einsatzfähigkeit zu erreichen. Ich würde die

4. Drakøner gerne mit Clan-Maschinen ausrüsten, um sie mit den übrigen Einheiten gleichzustellen, die mit uns hergekommen sind. Darüber hinaus sehe ich keinen größeren Bedarf für das Material hier.«

»Hat sonst noch jemand Bedarf?« Victors Blick ging an Kai vorbei zu dem schwarzhaarigen und dunkeläugigen Mann an dessen linker Seite. »Hohiro, wie sieht es mit deinen Leuten aus?«

»Wir sind, wie du sagen würdest, auf dem Sprung.« Hohiro zerstörte mit einem breiten Grinsen den Eindruck japanischer Unergründlichkeit, den er ab und zu gerne aufbaute. »Unsere Leute hier haben dem Feind einen harten Schlag versetzt, und wir anderen freuen uns darauf, das auszunutzen.«

»So wie wir alle.« Victor runzelte einen Augenblick lang nachdenklich die Stirn. »Okay, ich würde folgende Vorgehensweise vorschlagen, soweit es das Bergegut betrifft: Alle Einheiten dürfen sich aus dem bedienen, was sie erobert haben, um sich auf volle Gefechtsstärke plus zehn Prozent wiederaufzubauen. Alles, was darüber hinausgeht, kommt in einen gemeinsamen Fundus für den Verkauf. Der Erlös geht an eine Stiftung für die Hinterbliebenen der Gefallenen und für die Verwundeten. Außerdem können die Einheiten ihr Bergegut aus den Lagerhallen aufstocken. Während wir fort sind, sollen sie wiederaufbauen. Das hält sie beschäftigt, und falls sich die Dinge gegen uns entwickeln, kann es sein, daß wir sie brauchen werden.«

Cranston nickte. »Ich lasse die Befehle ausarbeiten und ausgeben.«

»Gut.« Victor richtete sich auf und verschränkte die Arme. »Dann können wir uns jetzt über den Flug nach Strana Metschty unterhalten.«

Kai lachte leise. »Bei dir hört sich das an wie eine Urlaubsreise. Wir reden von einer Invasion der Clan-Zentralwelt.«

Hohiro hob die Hand. »Wissen wir überhaupt mit Sicherheit, wo Strana Metschty liegt?«

Cranston tippte eine Anfrage in den Compblock. »Mehrere unabhängige Quellen weisen auf ein bestimmtes Sonnensystem nicht allzuweit von hier hin. Es ist einen Sprung entfernt, und das Observatorium an Bord der *Barbarossa* meldet die Existenz von Planeten. Mindestens einer davon scheint bewohnbar, und es gibt Hinweise darauf, daß Strana Metschty eine eher trockene Welt ist. Wir haben keine Ortung des Schiffs, mit dem der ilKhan von Diana geflohen ist, aber es steht mit einiger Sicherheit zu vermuten, daß er nach Strana Metschty flog. Wenn nicht, hat er sich selbst aus dem Machtgefüge entfernt, und dann brauchen wir uns nicht mehr um ihn zu kümmern.«

Redburns Blick wurde kalt. »Er bleibt ein Nebelparder-Krieger. Er muß sterben. Er und alle, die ihn begleiten.«

Die Entschiedenheit in Redburns Stimme ließ Victors Eingeweide sich verkrampfen. *Wir haben Schlange hierher geschickt, um die Nebelparder-Krieger auszulöschen, und bis auf Lincoln Osis und seine Leibgarde haben sie das auch getan.* Victor wußte, daß er und seine Leute diese Arbeit würden zu Ende bringen müssen. Aber der Gedanke, einen Mann hinzurichten, der seine Heimatwelt hatte aufgeben müssen, bedrückte ihn. *Indem er die Flucht ergriff, hat er gezeigt, daß er kein Krieger mehr ist.*

Der Präzentor Martialum nickte. »General Redburns Einwand ist berechtigt. Aus meiner Erfahrung mit den Clans kann ich nur feststellen, daß unsere einzige Möglichkeit darin besteht, nach Strana Metschty zu fliegen und sie zu einem Widerspruchstest über die gesamte Invasion herauszufordern.«

Kai preßte beide Hände flach auf den Tisch. »Wir könnten hinfliegen und eine Entscheidung erzwingen oder hier warten, bis sie eine Delegation hierher schicken. Möglicherweise bitten sie um Frieden. Es würde sie ein wenig von ihrem hohen Roß holen, wenn sie dazu auf eine unterworfene Welt kommen müßten.«

Victor nickte. »Du hast recht, Kai, aber wir alle wissen, daß die Clans kein monolithischer Block sind. Eine Kapitulation der Nebelparder würde keinen der anderen Clans binden. Wir könnten die Entscheidung, ob wir nach Strana Metschty fliegen, hinauszögern, während wir abwarten, was sie tun, aber es ist wichtig, daß wir schnell handeln, um die Verbindung zwischen ihrer Niederlage hier und der Herausforderung dort deutlich zu machen.«

»Victor, du solltest einen Moment über Kais Argument hinausdenken«, stellte Hohiro fest. »Ich habe keine Angst davor, nach Strana Metschty zu fliegen, aber es ist sehr viel einfacher, eine Welt gegen eine Invasion zu verteidigen als diesen Angriff auszuführen.«

Victor nickte. »Ich plane, bei unserer Ankunft Safcon zu beanspruchen.«

Kai blinzelte. »Würdest du den Clannern gestatten, Truppen auf New Avalon zu landen, nur weil sie höflich darum bitten?«

»Nein, aber ich bilde mir auch nicht ein, meine Krieger wären der Triumph eines Eugenikprogramms, das sie zum Homo Sapiens Parabellum macht. Ich wette, das Ehrverständnis der Clanner läßt sie darauf eingehen.« Er zuckte die Schultern. »Mehr als es zu versuchen, können wir nicht tun. Wenn Sie ablehnen, müssen wir uns den Weg freischießen, und dann kann es äußerst unangenehm werden.«

Andrew Redburn lehnte sich in seinem Sessel zurück. »Ich bin dafür, nach Strana Metschty zu fliegen, bevor sie herkommen können. Je mehr Zeit wir ihnen lassen, desto mehr Gelegenheit haben sie, Verteidigungsstellungen vorzubereiten und Truppen zusammenzuziehen. Warum sollten wir ihnen das gestatten?«

Cranston sah von seinem Compblock auf. »Außerdem stellt sich die durchaus ernstzunehmende Frage, ob überhaupt eine Delegation hier auftaucht. Wenn die Clans das als reines Nebelparder-Problem ansehen und der ilKhan bereits die Flucht ergriffen hat, könnten sie die Meinung vertreten, daß all das hier überhaupt nichts mit ihnen zu tun hat. Es liegt an uns, dafür zu sorgen, daß sie sich alle von diesem Überfall angesprochen fühlen.«

»Das stimmt. Indem wir einen Clan herausgreifen, erlauben wir den anderen, sich von der Möglichkeit einer Niederlage abzugrenzen.« Kai nickte dem Präzentor Martialum zu. »Ungeachtet der Beweise für ihre Sterblichkeit auf Tukayyid.«

Focht rückte mit der rechten Hand die Augenklappe zurecht. »Tukayyid ist acht Jahre her. Soweit es die Clans betrifft, sind das anderthalb Kriegergenerationen. In ihrer Sicht der Dinge ist das nicht mehr aktuell, sondern Geschichte. Wir sollten so schnell wie möglich nach Strana Metschty vorstoßen.«

Der Prinz lächelte. »Das meine ich auch. Wir müssen hinfliegen, und zwar sofort. Hier auf Diana haben wir einen Krieg geführt, wie er bei den Clans praktisch unbekannt ist. Ihre Art der Kriegsführung hat den angerichteten Schaden immer streng begrenzt, weil ihre Vorfahren die Schrecken eines totalen Kriegs nur allzu gut kannten. Indem sie die Kriegsführung auf diese Weise ritualisierten, haben sie sich von den wahren Folgen des Krieges gelöst. Wir haben ihnen hier gezeigt, daß wir *unsere* Art des Krieges gewinnen können. Jetzt müssen wir nach Strana Metschty vorstoßen, nach ihren Regeln kämpfen und ihnen zeigen, daß wir sie auch auf ihre eigene Weise besiegen können. Sie *alle*.«

Redburn grinste. »Ich habe beim Morgengrauen eine Kompanie abflugbereit.«

»Gut.« Victor runzelte die Stirn. »General Redburn, was wissen wir über Lincoln Osis und seinen Abflug von hier?«

Redburn kratzte sich kurz den weißen Bart, dann beugte er sich vor und stützte die Ellbogen auf den Tisch. »Es gab vereinzelte Augenzeugenberichte von seiner Evakuierung. Elementare haben ihn etwa eine Minute vor der Explosion der Parder-Befehlszentrale aus dem Gebäude geschleppt. Soweit sich das feststellen läßt, hat ein Nekekami-Team die Anlage vernichtet, und ihr Anführer hat Osis zu einem Schwertkampf gefordert.«

Kai blinzelte überrascht. »Nekekami?«

Redburn nickte. »Ich wußte auch nichts von ihrer Anwesenheit, bis ich nach General Winstons Tod ihre Unterlagen durchsah. Anscheinend ging es ihr genauso nach Morgans Tod. Sie waren wohl ein Geschenk Theodore Kuritas an Morgan. Jedenfalls sieht es danach aus.«

Victor nickte. »Überrascht mich nicht. Geisterkatzen haben ihren Nutzen. Wenn ich das richtig sehe, ist es ihnen nicht gelungen, Osis zu töten.«

»Nachdem die Herausforderung ausgesprochen war, ist der Rest des Teams abgerückt, ohne den Ausgang des Duells abzuwarten, also können wir das nicht mit Bestimmtheit sagen. Der Nekekami-Anführer ist nicht wieder aufgetaucht, und wir haben keinen Leichnam identifizieren können. Osis soll schwerverletzt gewesen sein, und ein Schiff ist kurz nach dem Kampf gestartet. Er könnte tot sein, aber diese Elementare sind nicht leicht umzubringen.«

Victor sah hinüber zu Kai. »Habe ich auch gehört.«

»Damit ein Elementar es zum ilKhan schafft, muß er verflucht hart im Nehmen sein«, erklärte Kai verlegen. »Alle Elementare, die ich kennengelernt habe, waren schon zäh, aber um erst zum Khan gewählt zu werden, und dann sogar zum ilKhan, muß der hier wirklich beeindruckend sein. Ich würde jedenfalls nicht an seinen Tod glauben, bevor ich seine Leiche nicht mit eigenen Augen gesehen und nur zur Sicherheit noch selbst ein paar Kilojoules Energie reingepumpt hätte.«

»Also gehen wir davon aus, daß er noch lebt, und entweder auf Strana Metschty oder auf der Flucht ist. Präzentor Martialum, haben Sie eine Idee, wie er dort aufgenommen würde, verwundet und mit der Heimatwelt seines Clans in den Händen des Feindes?«

Focht dachte kurz nach. »Nun, die Tatsache, daß er überhaupt hier war, ist bemerkenswert. Gewöhnlich steht der ilKhan über den Kämpfen einzelner Clans, aber Osis scheint sich weiter mit den Problemen der Nebelparder beschäftigt zu haben. Da keine anderen Clans hier vertreten waren, läßt sich das sehr leicht so auslegen, daß dieser ganze Krieg als reines Nebelparder-Problem gesehen wurde. Es steht völlig außer Zweifel, daß die Nebelparder als Machtfaktor erledigt sind, was ihn politisch schwächt. Trotzdem bleibt er ilKhan, bis er stirbt oder zurücktritt, es sei denn, er wird zu einem Widerspruchstest herausgefordert.«

Kai sah zu Focht hinüber. »Besteht eine Chance, daß die Parder das Geschehen hier vor dem Rest der Clans geheimgehalten haben könnten?«

»Möglich wäre es, aber es wäre schwer, das Geschehen in der Inneren Sphäre zu verheimlichen, nachdem einige der Novakatzen zum Sternenbund übergelaufen sind.« Focht schüttelte den Kopf. »Wir haben Clan-Schiffe auf Erkundungsflügen in unseren Systemen geortet, und sie haben mit Sicherheit reichlich Nachrichtensendungen über unsere Siege aufgefangen. Ich kann nicht glauben, daß sie nichts davon mitbekommen haben sollten und daß die Gegner der Parder Osis das

Versagen seines Clans nicht schon reichlich vorgehalten haben.«

Victor verzog das Gesicht. »Wenn er körperlich und politisch angeschlagen ist, können wir kaum damit rechnen, einen echten Frieden zu erringen, indem wir ihn und die letzten Überreste von Nebelpardern besiegen, die er auf Strana Metschty noch hat. Wir werden die Clans insgesamt herausfordern *müssen*, und warten, wer darauf eingeht.«

Cranston stöhnte. »Ich kann's kaum erwarten. Dann können wir uns mit all den Forderungen herumschlagen, wer auf unserer Seite gegen diesen Clan oder jenen kämpfen will.«

»Soll heißen, Jerry?«

»Soll heißen, Hoheit, daß Sie entscheiden müssen, wer gegen wen kämpfen darf. Unter Garantie wird das Rasalhaager Kontingent die Ehre beanspruchen, die Wölfe zu besiegen. Hohiro wird die Nebelparder zum Gegner haben wollen und so weiter.«

Victor rieb sich das Kinn. »Daran habe ich überhaupt noch nicht gedacht. Wir werden unsere Truppen gegen die ihren einteilen müssen, und zwar so, daß wir die besten Gewinnchancen haben.«

»Jerry hat recht«, erklärte Hohiro. »Ich würde gegen die Nebelparder kämpfen wollen, aber wenn Osis sie anführt, sollte er gegen dich antreten. Oberkommandierender gegen Oberkommandierender.«

Victor sah den Draconier überrascht an. »Ich weiß nicht, was mich mehr entgeistert, mein Freund: Deine Bereitschaft, mir die Nebelparder zu überlassen, oder die Vorstellung, ich könnte verrückt genug sein, gegen einen Elementar anzutreten.«

»Für so dumm halte ich dich nicht, Victor, aber wir wissen, wie wichtig Äußerlichkeiten für die Clans sind.«

»Und als Draconier ist dir die Vorstellung, daß die

Form ebenso bedeutend sein könnte wie der Inhalt, natürlich vollkommen fremd.«

Hohiro lachte. »Betrachte mein Gefühl für derlei Aspekte als Hintergrund für meinen Vorschlag.«

Victor zog skeptisch eine Augenbraue hoch. »Außerdem hast du schon einmal gegen die Nebelparder gekämpft und einen Elementar aus der Nähe gesehen, nicht wahr?«

»Victor, die letzten sieben Monate unseres Fluges hierher hast du ein hartes Einzelkampftraining absolviert.« Hohiro breitete die Hände aus. »Ich halte dich nicht für verrückt genug, Osis im Zweikampf gegenüberzutreten, aber falls es dazu käme, wäre er überrascht, wie schwer du umzubringen bist.«

Cranston sah hoch. »Ich sorge dafür, daß Sie eine Pistole bekommen, bevor Sie in den Mech steigen.«

Kai klopfte mit den Knöcheln auf den Tisch. »Sehen Sie zu, daß es eine *schwere* Pistole ist, und legen Sie noch ein paar Ersatzmagazine drauf.«

Victor hob die Arme. »Soweit sind wir noch nicht. Kann ich davon ausgehen, daß wir uns einig sind, so bald wie möglich nach Strana Metschty aufzubrechen?«

Nachdem er von allen Anwesenden ein Kopfnicken zur Antwort erhalten hatte, fuhr Victor fort. »In Ordnung, dann müssen wir unsere Einheiten verladen und zurück zu den Sprungschiffen fliegen. Ich werde Paul Masters den Befehl über die Truppen hier auf Diana übertragen. General Redburn, Sie begleiten mich auf der *Barbarossa*. Das müßte soweit alles sein.«

Kai runzelte die Stirn. »Was ist mit dem Mord an Morgan?«

Victor erstarrte, und eine Gänsehaut breitete sich auf seinem ganzen Körper aus. *Ich habe die Gerüchte gehört: das Kombinat wars, Katherine wars. Ich persönlich glaube letzteres, aber das Wichtigste ist, es zu beweisen. Das kön-*

nen wir hier nicht. »Falls wir auf Strana Metschty Erfolg haben ... *nachdem* wir die Sache auf Strana Metschty erledigt haben ... steht uns ein langer Heimflug bevor. *Das* ist der richtige Zeitpunkt, um uns mit dem Mord an Morgan zu befassen, und wenn wir wieder Zuhause sind, werden wir dafür sorgen, daß die Schuldigen ihre Strafe bekommen.«

3

Große Konklavekammer, Halle der Khane,
Strana Metschty
Kerensky-Sternhaufen, Clan-Raum

10. April 3060

Khan Vladimir Ward von den Wölfen wartete, bis ilKhan Lincoln Osis an seinen Platz vor der Stirnwand der Großen Konklavekammer gehumpelt war, bevor er handelte. Erhobenen Hauptes, auch wenn dieses unter dem emaillierten Helm verborgen war, der einen knurrenden Wolfsschädel zeigte, stand er von seinem Platz an der hinteren Wand des Saales auf und ging zum Mittelgang. Er schritt vom obersten Rang der Tribüne die Stufen zum untersten hinab und rutschte auf einen der beiden leeren Plätze unter dem Nebelparder-Banner. Als er den Helm abnahm und auf den Tisch setzte, der früher dem ilKhan gehört hatte, nahm seine saKhanin Marialle Radick neben ihm Platz.

Lincoln Osis' Augen funkelten vor Wut. Seine dunkle Haut war aschfahl, und die brennenden Augen schienen das einzig wirklich Lebendige an ihm zu sein. Vlad hatte Geschichten darüber gehört, wie schwer Osis auf Diana verletzt worden war. Das Hinken und die beulenartige Narbe auf der Stirn waren nur die sichtbarsten Zeichen seiner Verwundungen. *Und wenn er lächelt, kann man sehen, daß er mehrere Zähne verloren hat – auch wenn ich nicht damit rechne, daß er heute noch Grund zum Lächeln haben wird.*

Kael Pershaw, ein mißgestaltetes, mit Maschinenteilen zusammengeflicktes Stück Mensch, nahm seinen Platz unterhalb des ilKhans ein. »Ich bin der Lehrmeister. Ich rufe das Konklave hiermit gemäß den Bestimmungen des Kriegsrechts zusammen, wie sie von Nicholas Kerensky festgelegt wurden. Da wir uns im

Kriegszustand befinden, werden alle Angelegenheiten seinen Vorschriften gemäß behandelt.«

»Seyla«, intonierten die versammelten Khane im Chor.

Die Haut um Osis' Augen spannte sich. »Khan Vladimir Ward, wie kommst du dazu, hier im Großen Konklave den Platz der Nebelparder einzunehmen?«

Vlads Mund verzog sich zu einem genüßlichen Lächeln. »Soweit ich es sehe, ilKhan, sind keine Nebelparder-Khane zur Vertretung dieses Clans im Konklave verfügbar, und es gibt auch keine Nebelparder, die neue wählen könnten. Ihr und eine Handvoll eurer Krieger seid von Diana geflohen ... Wenn die Berichte stimmen, sogar bevor Verstärkungen der Inneren Sphäre eintrafen. Von den Kriegern, die mit Euch die Flucht ergriffen haben, besitzen nur acht einen Blutnamen. Euer Clan ist so gut wie tot.«

Vlad Wards Stimme hatte einen eiskalten Unterton, aber nicht einer seiner Mit-Khane protestierte. Im Gegenteil, sie alle saßen in ihren zeremoniellen Uniformen da und warteten auf Osis' Reaktion. *Sie wollen wissen, was vor sich geht, besonders diejenigen, die nie gegen Truppen der Inneren Sphäre gekämpft haben. Ein Angriff auf eine Clan-Heimatwelt war das letzte, was irgend jemand erwartet hätte.*

Der ilKhan ballte die Fäuste, doch dabei blieb es auch. Er zögerte, und in diesem Augenblick sah Vlad mehr Schwäche, als er bei einem Nebelparder je zuvor gesehen hatte. *Sein Wille ist angeschlagen, wenn nicht sogar gebrochen. Die Heimat zu verlieren heißt, ohne Erlösung zu sterben.*

Lincoln Osis ließ langsam die Luft aus der Lunge entweichen. »Ja, Diana ist gefallen.« Die Worte hingen in der Luft, schwer wie der Gestank des Todes über einem Schlachtfeld. »Und ja, ich habe mich von Diana *zurückgezogen*, weil ich auf Grund meiner Verletzungen das Bewußtsein verlor und die Krieger, die sich um mich kümmerten, der Ansicht waren, ich könne nur hier, auf Strana Metschty, die notwendige medizinische Versorgung erhalten. Als wir das System verließen, war die Lage keineswegs hoffnungslos, und wir erwarteten, die Invasoren innerhalb einer Woche zu zerschlagen. Ich hatte vollstes Vertrauen in die Kommandeure vor Ort, und Khan Howell blieb zurück, um die Operation zu leiten. Hätte ich von den anfliegenden Verstärkungen der Inneren Sphäre gewußt, wäre ich geblieben und hätte unsere Kräfte zum Sieg geführt.«

Asa Taney, ein rothaariger Luft/Raumpilot des Clans Gletscherteufel, nahm den Helm ab. Er legte eine Hand auf die Schnauze der wieselähnlichen Kreatur, die das Visier des Helms zierte. Es war offensichtlich, daß er versuchte, eine heroische Pose einzunehmen. »Wenn Ihr von ›unseren Kräften‹ sprecht, ilKhan, meint ihr die Nebelparder oder die Clans in ihrer Gesamtheit?«

Osis' Schultern sackten bei dieser Frage ein wenig ab. »Ja, meine Mit-Khane, ich erinnere mich der Diskussionen sehr wohl, die wir hier bezüglich der Aggression der Inneren Sphäre geführt haben. Der Angriff gegen die Nebelparder wurde durch politische Manöver hier in dieser Kammer zu einer internen Nebelparder-Angelegenheit heruntergespielt. Es war ein geschickter Versuch des Wolfskhans, die Nebelparder zu vernichten, aber selbst ihr müßt einsehen, wie groß diese Gefahr gewesen ist. Eine Heimatwelt wurde erobert, geplündert, vernichtet. Die Krieger eines ganzen Clans wurden getötet. Niemand unter uns ist noch immun gegen den Zorn dieses wiedergeborenen Sternenbunds. Auch wenn ihr euch zuvor nicht vereinen wolltet, jetzt müßt ihr, *jetzt* müssen *wir* uns zu einer gemeinsamen Front formieren, die nicht rastet, bis diese Gefahr vernichtet ist.«

Vlad klatschte betont langsam Beifall. »Bravo, ilKhan. Ich hätte euch zu solcher Leidenschaft nicht mehr für fähig gehalten, so verfehlt sie auch ist.«

Lincoln Osis' fletschte wütend die Zähne. »Du spottest der Gefahr.«

»Nein«, erklang die Stimme der Jadefalken-Khanin Marthe Pryde aus dem hinteren Bereich des Saals. »Khan Vladimir Ward spottet Eurer Analyse der Gefahr.« Sie stand auf und breitete die Arme in einer Geste aus, mit der sie die ganze Versammlung einschloß. »Wir alle haben die Rhetorik der Inneren Sphäre vernommen. Wir wissen, daß dieser neue Sternenbund sich entschieden hat, *einen* Clan anzugreifen. Seine Fürsten sind nicht so dumm zu glauben, sie könnten uns alle besiegen, und wir sind nicht so dumm zu glauben, sie hätten es vor.«

»Aber du hast keine Vorstellung davon, was sie auf Diana getan haben, Marthe Pryde«, unterbrach Lincoln Osis. »Ihr Ziel war es, die Nebelparder zu vernichten, und sie haben Krieg gegen mehr als nur unsere Krieger geführt. Sie haben Krieg gegen unsere Kultur geführt. Wir haben die beiden Wirklichkeiten des Krieges lange im Gleichgewicht gehalten: seine destruktiven Möglichkeiten und seine Fähigkeit, Krieger zu formen. Durch das Bieten begrenzen wir die Auswirkungen, die der Krieg auf unsere Gesellschaft hat, aber sie tun nichts dergleichen. Sie haben Krieger vernichtet, Ausrüstung, Denkmäler. Was nur irgendeine Beziehung zur Kriegerkaste hatte, entging der Zerstörung nicht. *Das* ist es, was uns bevorsteht, und wenn euch das keine Angst macht, wird euer Clan Schlimmeres erleiden, als ihr euch vorstellen könnt.«

Das Echo der Worte des ilKhans hallte noch einige Zeit durch die Große Konklavekammer, hauptsächlich, weil die Angst, die er bei seinen Zuhörern geweckt hatte, andere veranlaßte, sie flüsternd zu wiederholen.

Selbst Vlad fühlte, wie seine Eingeweide sich verkrampften, allerdings nicht aus Furcht, sondern aus Ekel. *Wie konnten sie so tief sinken, den totalen Krieg gegen ein ganzes Volk zu führen? Nicht einmal Tiere taten so etwas. Die Innere Sphäre hat ständig versucht zu beweisen, daß wir ihr nicht überlegen sind, aber jetzt schüttelt sie jeden Rest von Zivilisation ab. Das zeigt nicht unseren Fehler auf, Krieg gegen sie zu führen, sondern den, diesen Krieg nicht so entschlossen und schnell geführt zu haben wie wir konnten, um diese neue Geißel der Menschheit zu vernichten.*

Khan Asa Taney schürzte die Lippen, dann senkte er den Blick. »Was schlagt Ihr vor, ilKhan?«

»Ich schlage vor, daß wir augenblicklich eine Streitmacht zusammenziehen, die den Sternenbund von Diana vertreibt, und anschließend den Sturm auf die Innere Sphäre wiederaufzunehmen.«

Als die anderen Khane in Jubel ausbrachen, sprang Vlad über den Tisch und rannte in den freien Raum zwischen den Rängen der Tribüne und dem Podium des ilKhans. Er winkte mit beiden Armen um Ruhe, und der Jubel erstickte. Als wieder Ruhe eingekehrt war, stemmte er die Hände in die Hüften und schüttelte langsam den Kopf.

»Ihr dürft euch vom Irrsinn des ilKhans nicht auch noch anstecken lassen.« Vlad sah höhnisch zu Lincoln Osis hinüber. »Eine Einsatzgruppe würde viel zu spät eintreffen, um irgend etwas gegen die auf Diana wütenden Sternenbund-Truppen auszurichten, selbst wenn wir sie aus den Heimatwelt-Garnisonen zusammenziehen. Denkt nach, meine Khane, benutzt euren eigenen Verstand, statt euch wie Nebelparder zu benehmen. Wenn ihr diesen Langstreckenangriff erfolgreich durchgeführt und das Glück gehabt hättet, mit den Verstärkungen rechtzeitig einzutreffen, um den Sieg zu garantieren, würdet ihr dann so fern der Heimat bleiben? Ihre Nachschublinien sind weit überdehnt. Diana ist kein Planet, den sie leicht verteidigen können, und wir halten weit mehr Systeme in der Inneren Sphäre, gegen die sie losschlagen könnten. Sie werden nicht auf Diana bleiben.« Er preßte vor der Brust die Handflächen aufeinander. »Sie werden hierher kommen.«

Ian Hawker, der blondschöpfige Khan der Diamanthaie, nahm den Helm mit der charakteristischen Rückenflosse ab. »Unmöglich! Das würden sie nicht wagen!«

»Nicht?« Vlad sah zu Marthe Pryde hoch. »Du hast diesen Victor Steiner-Davion getroffen. Würde er es wagen?«

Marthes Lachen war leise und bösartig. »Ob Victor Steiner-Davion es wagen würde, hierher zu kommen? Er ist schon unterwegs, dessen bin ich mir sicher. Auf Coventry haben er und der Präzentor Martialum ComStars genug über uns und unsere Kultur gewußt, um uns zu schaden. Der ilKhan hat uns daran erinnert, wie genau sie unser Wesen kennen und wie sie dieses Wissen gegen uns einsetzen.«

Ian Hawker verzog ungeduldig das Gesicht. »Was soll das Gefasel, Marthe Pryde?«

»Man sollte meinen, es wäre offensichtlich klar genug, daß selbst du es verstehst, Khan Ian Hawker. Unsere Sitten isolieren uns von den Schrecken des Krieges. Wenn meine Einheit weggeboten wird, habe ich nicht zu befürchten, daß ich in einer bestimmten Schlacht gezwungen sein werde einzugreifen. Und selbst wenn ich sterbe, weiß ich, daß mein genetisches Erbe mich überleben wird. Wir haben uns eine künstliche Umgebung geschaffen, außerhalb derer der Krieg uns nicht berühren kann. Das wissen die Fürsten des Sternenbunds, und ihre Maßnahmen auf Diana waren bewußt darauf ausgerichtet, uns wissen zu lassen, daß wir diese Sicherheit verloren haben.«

Asa Taney wirkte entsetzt. »Er kann nicht vorhaben, hier auf Strana Metschty dasselbe anzurichten wie auf Diana.«

Vlad Ward lachte. »Beruhige dich, Gletscherteufel. Es gibt hier Krieger, die dich beschützen werden.«

»Ich brauche deinen Schutz nicht, Wolf.«

»Dann wirst du kämpfen, wenn er kommt?« Vlad schüttelte langsam den Kopf. »Dein Blut gerät in Wallung? Dann erinnere dich, bevor du dich zu etwas verpflichtest, das dein Tod wäre, daß nicht Victor Steiner-Davion Diana verwüstet hat. Er hat Untergebene geschickt, es zu tun. Er hat seine Unterlinge ausgeschickt, uns eine Botschaft zu überbringen. Wenn er hierher kommt, wird er uns etwas anderes zu sagen haben. Auf Diana haben sie uns auf *ihre* Weise besiegt. Wenn sie hierher kommen, werden sie, wie Khanin Marthe Pryde es angekündigt hat, unsere eigenen Sitten dazu benutzen, uns zu besiegen. Und das wird ihr Fehler sein.« Langsam machte sich ein Grinsen auf Vlads Zügen breit. »Wir kamen auf ihren Planeten Tukayyid, und viele von uns sind dort besiegt worden. Jetzt kommen sie auf unsere Welt, und hier werden sie die Niederlage kosten.« Seine Stimme hallte laut durch den Saal, als er endete, und er fühlte den Stolz und Enthusiasmus der anderen Khane mit aufsteigen. *Diejenigen, die nicht in der Inneren Sphäre gekämpft haben, dürstet es nach einem Kampf. Die anderen haben diesen Tag möglicherweise bereits in ihren schlimmsten Alpträumen kommen sehen.*

Khanin Karianna Schmitt von den Blutgeistern schlug mit der Faust auf den Tisch. Sie war ungewöhnlich groß für eine MechKriegerin, und ihr blondes Haar hing über die Schultern ihres roten Overalls und Umhangs herab. »Wir *werden* diesen sogenannten Sternenbund besiegen. Aber ich frage mich, ob unser derzeitiger ilKhan dem Kampf gewachsen ist. Vielleicht sollten wir ihn absetzen und den Wolfskhan an seine Stelle setzen.«

»Nein!«

Vlad Ward und Lincoln Osis wechselten einen überraschten Blick, als ihre entschiedene Ablehnung dieses Vorschlags auf den Sekundenbruchteil gleichzeitig ertönte. Vlad sah pures Gift in Osis' feurigem Starren und begegnete ihm mit reinem Eis. Er brach den Blickkontakt als erster ab und verschränkte die Arme vor der Brust. »Ich werde mich an einem derartigen Manöver nicht beteiligen. Es war ein Nebelparder, der den Kreuzzug gegen die Innere Sphäre begonnen hat. Es ist Sache eines Nebelparders, ihn am Leben zu erhalten oder sterben zu lassen. Falls es einen neuen Kreuzzug geben sollte, wird es auch Gelegenheit geben, einen neuen ilKhan zu wählen.«

Lincoln Osis stützte beide Hände auf den Tisch vor seinem Sessel und beugte sich mit dem ganzen Gewicht vor. »Es ist so, wie Khan Vladimir Ward es sagt. Dies ist nicht der Zeitpunkt, eine andere Wahl zu treffen. Wir stehen vor einer schweren Prüfung. Ich habe gesehen, was sie auf Diana angerichtet haben, und werde nicht zulassen, daß es hier geschieht. Wir müssen unsere Ehre, unsere Kultur, unser Wesen beschützen. Ich kann und werde uns und unser Wesen bewahren.«

Oder bei dem Versuch sterben. Vlad verzog keine Miene. »Stellen wir sie bereits im Anflug, ilKhan, oder gestehen wir Ihnen Safcon zu?«

Osis richtete sich auf und hob den Kopf. »Auf Tukayyid wurde uns Safcon gewährt. Können wir ihnen weniger zugestehen?«

Asa Taney schleuderte mit leuchtenden Augen die Arme weit auseinander. »Wir dürfen ihnen nicht gestatten, unbehelligt zu landen. Unsere Piloten werden sie vom Himmel fegen.«

In Marthe Prydes Stimme lag ein Hauch von Belustigung. »Das wäre eine Premiere, Khan Asa Taney. So überlegen wir ihnen am Boden auch sein mögen, ihre Luft/Raumpiloten waren den unseren immer ebenbürtig.«

»Du hattest nie Gletscherteufel in deinen Jägern, Khanin Marthe Pryde, franeg?«

»Neg, Khan Asa Taney, glücklicherweise nicht.« Marthes Bemerkung löste Gelächter unter den andern Khanen aus. »Nein, unser Sieg muß am Boden errungen werden. Wenn wir sie im Raum und in der Atmosphäre angreifen, geben wir ihnen die Möglichkeit, unsere Luft/Raumeinheiten zu vernichten, ohne daß wir Gelegenheit hätten, ihre Bodentruppen zu stellen.«

Ein Lächeln ließ die eisige Maske Khanin Karianna Schmitts zerbröckeln. »Sollen sie kommen. Diejenigen unter uns, die noch nicht gegen sie angetreten sind, werden ihnen die Lektion erteilen, die ihr anderen sie nicht gelehrt habt.«

»Mutige Worte für jemanden, der sich das Recht noch nicht erworben hat, gegen den Sternenbund zu kämpfen.« Vlad schleuderte ihr einen vernichtenden Blick zu.

Die Blutgeist-Khanin gab vor, es nicht zu bemerken, und schlug augenblicklich zurück. »Allein schon deine Überheblichkeit mitanhören zu müssen, gibt mir dieses Recht, Wolfskhan. Wenn wir bieten oder kämpfen müssen, um dieses Recht zu bekräftigen, dann werden wir dies tun. Wenn sie hierher kommen, um uns zu besiegen, müssen sie uns alle besiegen.«

Ein dumpfes Knurren stieg aus Lincoln Osis' Kehle. »Uns alle besiegen, mit Ausnahme des Verräterclans. Was sagt ihr, Novakatzen? Werdet ihr für die Clans kämpfen?«

Die alten Khane der Novakatzen, Severen Leroux und Lucien Carns, nahmen langsam die Helme ab.

Zahllose Falten bedeckten die ledrige Haut ihrer Gesichter, und Vlad schauderte, als er die beiden Greise betrachtete. In jedem anderen Clan hätten sie sich längst zur Ruhe gesetzt und die Höflichkeit gehabt zu sterben, aber unter den Novakatzen hatte ihnen ihre Langlebigkeit und ihre Weisheit bei der Auslegung von Omen und Vorzeichen die Führungsposition erhalten. *Und diese Vorzeichen haben sie glauben lassen, der neue Sternenbund sei die Erfüllung der wahren Ziele der Clans, deshalb sind ihre Truppen nach bestenfalls symbolischem Kampf übergelaufen und Teil des neuen Bundes geworden.*

Leroux ergriff das Wort. Seine Stimme klang überraschend kräftig für sein Alter. »Seht euch vor, ilKhan. Der leichtfertige Umgang mit dem Begriff ›Verräter‹ ist eine Falle, in die du selbst noch tappen könntest. Unsere Berufung war seit jeher, die Ideale des Sternenbundes zu bewahren, dem wir unsere Entstehung verdanken. In letzter Zeit wurde dies so neu interpretiert, daß es für uns hieß, in die Innere Sphäre zurückzukehren, die Unwürdigen zu stürzen und uns an deren Stelle zu setzen, um den Sternenbund neu zu errichten. Das haben wir getan, obwohl wir nicht der Sternenbund sind. Unser Handeln war von jeher und ist auch heute mit den Zielen der Clans vereinbar.«

»Wie kannst du das sagen, nachdem deine Krieger über meine hergefallen sind?«

»Tatsächlich?« Severen Leroux' Blick wurde kalt. »Die Truppen, die gegen deine Leute kämpften, wurden besiegt, zu Leibeigenen gemacht und wieder in den Kriegerstatus erhoben. Wir alle haben bereits auf diese Weise erbeutete Truppen für unsere Zwecke eingesetzt. Wie Khanin Marthe Pryde es sagte: Der Sternenbund kennt unsere Gebräuche und nutzt sie gegen uns.« Er hob eine verknöcherte Hand, um Osis und die anderen Khane zu beruhigen. »Aber der Kern Eurer

Frage läßt sich hier und jetzt nicht beantworten. Ihr wollt wissen, ob wir für Strana Metschty und die Erhaltung unserer Kultur kämpfen werden. Natürlich werden wir das.«

Osis runzelte die Stirn. »Du hast gerade die Frage beantwortet, von der du behauptet hast, du könntest es nicht.«

»Ah, aber ich habe nicht gesagt, ob wir dazu mit den Clans oder gegen sie kämpfen werden.« Leroux sah sich unter den anderen Khanen um. »Der Sternenbund kommt als unser Gegner. Die Frage ist nicht, ob wir ihm entgegentreten können, sondern ob wir es *sollten.*«

Vlad schüttelte entschieden den Kopf. »Du hast unrecht, Novakatzenkhan. Das mag für dich eine Frage sein, aber nicht für mich. Wir können ihm nicht nur entgegentreten, wir *müssen* es tun. Das einzige edle Vermächtnis des Sternenbundes, das in unseren Tagen existiert, sind die Clans. Wir sind als die letzten wahren Mitglieder des Sternenbundes geboren, seine letzten Getreuen. Diesem Usurpator und Thronräuber zu gestatten, uns zu vernichten, würde den Untergang des Sternenbundes nur komplett machen, der vor so langer Zeit begann. Nein, wenn Victor Steiner-Davion eintrifft, wird er auf Gegenwehr stoßen, und jeder, der unserer Mission treu ergeben ist, wird ihm hier an meiner Seite entgegentreten.«

4

Landungsschiff *Barbarossa*,
im Anflug auf Strana Metschty
Kerensky-Sternhaufen, Clan-Raum

12. April 3060

Der Wurf schleuderte Victor durch den halben Frachtraum. Er drehte sich im Flug weit genug herum, um auf der linken Schulter zu landen und abzurollen, aber er hatte zu viel Schwung, um wieder aufzustehen. Kai Allard-Liao stoppte ihn, bevor er gegen die Schottwand schlagen konnte, dann stieß er ihn leicht zurück in den Raum.

»Komm schon, Victor. Es ist nur ein Mädchen.«

Victor spießte seinen Freund mit einem wütenden Blick auf. »Eine Frau ist sie, und was für eine!«

Die Elementarin wartete in der Mitte des Frachtraums, die Beine gespreizt, die Knie gebeugt, die Arme ausgestreckt, bereit, ihn zu packen. Tiaret Nevversan trug ein ärmelloses, khakifarbenes Trikot, das kaum heller war als ihre Haut. Ihr braunes Haupthaar war weitgehend abrasiert, nur an der Rückseite des Kopfes hing es in einem mit roter Schnur durchflochtenen kurzen Zopf herab. Die hellblauen Augen standen in scheinbarem Widerspruch zu ihrem übrigen Äußeren, das von terranisch-afrikanischen Vorfahren zeugte, spiegelten aber die Kraft ihres Körpers wider.

Als Victor sich ihr vorsichtig kreisend näherte, war ihm klar, daß er völlig den Verstand verloren haben mußte. Sie war fünfundfünfzig Zentimeter größer als er und mindestens fünfundvierzig Kilo schwerer. Sie hatte eine größere Reichweite und war ihr ganzes Leben im Zweikampf trainiert worden. Victor hatte zwar auf dem langen Flug nach Diana Monate damit zugebracht, seine kämpferischen Fähigkeiten zu verbessern, aber er hatte nicht den Hauch einer Chance, in ihre Nähe zu kommen. *Und sie ist sieben Jahre jünger als ich.*

Er sprang auf sie zu, duckte sich unter dem Schwinger einer riesigen Pranke hindurch und wirbelte auf dem linken Fuß herum. Er hakte den rechten Fuß hinter ihr rechtes Bein, um sie zu Boden zu werfen, aber ebensogut hätte er versuchen können, einem BattleMech ein Bein zu stellen.

Stahlharte Hände packten ihn im Nacken und schleuderten ihn fort. Er wirbelte und rollte, rutschte über den Boden bis vor Hohiro Kuritas Füße. Dort blieb Victor einen Augenblick lang sitzen, dann schüttelte er den Kopf. »Wenn das die Art von Feier ist, die ihr Knaben euch für meinen dreißigsten Geburtstag ausgedacht habt, dann verzichte ich bei meinem vierzigsten auf eure Gesellschaft.«

Hohiro half ihm auf. »Kai und ich haben uns entschieden, das hier zu organisieren, damit du eine Chance bekommst, den vierzigsten Geburtstag zu erleben. Und jetzt konzentriere dich.«

Bei solchen Freunden …

Victor ballte und hob die Fäuste. Tiaret richtete sich auf und tat es ihm gleich. Sie zog die Rechte bis an die Schulter zurück, dann winkte sie Victor mit der Linken näher. »Komm, Prinz Victor, ich zeige dir, warum so viele Krieger in deinem Alter ausgemustert werden.«

Victor stöhnte. »Bin schon unterwegs.« Nur in Turnschuhen, Shorts und einem weiten, ärmellosen Trikothemd fühlte er sich ihr gegenüber so gut wie nackt. *Im Innern eines BattleMechs gegen die Clans zu kämpfen ist entschieden weniger schmerzhaft als das hier.* Er hielt knapp außerhalb ihrer Reichweite an, erinnerte sich an Hohiros Kommentar und nahm sich eine Sekunde Zeit, seine Gedanken zu sammeln.

Genau in diesem Augenblick schlug Tiaret zu.

Victor riß den Kopf nach links, als er ihren Hieb kommen sah. Im selben Sekundenbruchteil bemerkte er ihre rechte Faust, die in einem weiten Bogen heranschoß. Ohne nachzudenken drehte er nach links und stieß die eigene Rechte nach vorne. Der Schlag fing das Handgelenk der Elementarin ab und lenkte den Schwinger gerade weit genug beiseite. Dadurch, daß er sich in ihre Arme hineindrehte, brachte er seinen Kopf ganz in Sicherheit.

Für diese Drehung wirbelte er auf dem rechten Absatz, und er stieß den linken Fuß nach hinten, so daß er Tiaret in die Magengrube fuhr. Es war ein Gefühl, als hätte er gegen eine Ferrofibritpanzerung getreten, aber zumindest keuchte seine Gegnerin auf. Sie drehte sich weg, riß den Arm aus seinem Griff. Einen Moment lang freute Victor sich, daß er sie erwischt hatte. Dann wurde ihm klar, daß er sie weder sehen konnte, noch gehört hatte, wie sie zu Boden ging.

Ihr linkes Bein säbelte ihm in Knöchelhöhe die Beine weg. Victor stürzte zu Boden. Er fing sich mit beiden Armen ab, bevor er aber wieder aufspringen konnte, packte sie ihn an der Taille und drehte ihn auf den Rücken. Sie ließ sich auf ihn fallen und grinste, während sie seine Handgelenke auf den Boden preßte. »Nicht schlecht, Prinz Victor, aber auch nicht besonders gut.« Ein Schweißtropfen hing kurz an ihrer Nasenspitze, dann fiel er auf seine Stirn.

Victor verzog das Gesicht. »Ich hätte dich selbst mit einer Pentaglyzerinladung nicht umwerfen können, oder?«

Sie schüttelte den Kopf, und ein Schauer von Schweißtropfen regnete auf ihn herab. »Und bei meinem Genvater könnte dir nicht einmal eine Atombombe helfen.« Tiaret lehnte sich zurück. Dann stand sie auf und zog Victor mit hoch. »Bitte vergiß das nicht.«

Victor nickte. Die Sanftheit ihrer letzten Bemerkung überraschte ihn. Tiaret Nevversan hatte einen Strahl Elementare in die Kanalisation Luteras geführt, zusammen mit einer ganzen Geschko kaum zehn Jahre alter Kinder – fast fünfzig Stück. Die Clanner hatten befürchtet, die Kinder würden im Bestreben des Sternenbunds, alles auszulöschen, was Nebelparder hieß, umgebracht werden, und hatten sich geweigert zu kapitulieren, bis sie vom Kommandeur der Sternenbund-Kräfte die Zusicherung erhalten hatten, daß es dazu nicht kommen würde.

Gegen den Rat der Einsatzgruppenführung hatte Victor sich mit Tiaret getroffen und ihr die Sicherheit der Kinder garantiert. Als die Geschko aus der Kanalisation zurück ans Tageslicht gekommen war, hatten die Elementare festgestellt, daß fünf der Kinder fehlten. Victor hatte sofort eine Suchaktion organisiert und sich zusammen mit ihr in die Unterwelt der Parderhauptstadt begeben. Als sie die fünf endlich entdeckten, hatten sie sich in einem Versteck verkrochen, dessen Eingang für Tiaret zu eng war. Also war Victor hindurchgekrochen und hatte die Kinder herausgeholt. Wieder auf der Oberfläche hatte sie sich ihm ergeben. Victor hatte sie sofort zur Leibeigenen gemacht, anschließend befreit und in den Sternenbund-Verteidigungsstreitkräften willkommen geheißen.

Erst danach hatte er erfahren, daß sie Lincoln Osis' Tochter war. Sie kannte ihren Genvater persönlich kaum. Das war bei Geschkos nicht üblich. Entsprechend den Wünschen der verschiedenen Blutnamenshäuser kombinierten Clan-Wissenschaftler in ihren Labors Spermien und Eizellen, um daraus ultimative Krieger zu formen. In Tiarets Fall hatten Osis- und Nevversan-Eigenschaften sich höchst vorteilhaft verbunden und ihr gestattet, schon als Sterncaptain einen Blutnamen zu erringen.

Hätten die Nebelparder eine Zukunft gehabt, wäre sie irgendwann Khanin geworden. »Ich werde diese Lektion nicht vergessen, Tiaret. Ganz bestimmt nicht.«

Jetzt kam der Präzentor Martialum herüber, der außerhalb des Rings gewartet hatte. Er hatte aus irgendeinem Grund den uniformähnlichen Overall, den er sonst bevorzugte, gegen die weiße ComStar-Montur ausgetauscht. Nun warf er Tiaret und Victor dicke Handtücher zu. »Ich darf wohl davon ausgehen, daß Sie kein Bedürfnis verspüren, Lincoln Osis im Kreis der Gleichen gegenüberzutreten, Victor?«

Victor rieb sich das Gesicht ab und überlegte kurz, bevor er antwortete. »Wie Tiaret unschwer gezeigt hat, bin ich kein passender Gegner für einen unbewaffneten Elementar. Allerdings ist Lincoln Osis unseren Berichten zufolge schwer verletzt. Er könnte mich mit einer prahlerischen Geste herausfordern, und eine Weigerung, gegen einen derart geschwächten Gegner anzutreten, würde mir als Feigheit ausgelegt werden.«

Kai stieß sich von der Schottwand ab, an der er gelehnt hatte. »Aber deine Bereitschaft, gegen ihn zu kämpfen und seine offensichtliche Schwäche auszunutzen, ließe sich noch negativer auslegen.«

»Ein guter Einwand.«

Der Präzentor Martialum hob einen mahnenden Finger. »Erfolg oder Mißerfolg in einem Zweikampf mit Lincoln Osis – beides wäre ohne Bedeutung. Seine Machtbasis ist zerschlagen. Wir werden uns zwar mit ihm beschäftigen müssen, weil er immer noch ilKhan ist, aber unser Ziel bleibt es, den übrigen Clans zu beweisen, daß sie ihren Kampf gegen uns nicht fortsetzen können.« Er sah hinüber zu Tiaret. »Verzeih mir, aber die Niederlage und der Tod deines Genvaters sind nur noch ein Nebenaspekt unseres Kampfes auf Strana Metschty.«

Tiaret Nevversan zuckte die Schultern. »Obwohl er

der ilKhan ist, hat Lincoln Osis sich verhalten, als wäre er weiterhin ein Khan der Nebelparder. Dadurch hat er weder den Clans noch den Nebelpardern gedient. Wir haben alle unseren Befehlen entsprechend gekämpft, und unsere Niederlage ist kein Grund der Freude, aber ohne die richtige Führung bestand kaum eine Chance auf den Sieg.«

Der Prinz zog das triefnasse Trikothemd aus und trocknete sich ab, bevor er das Handtuch über die rechte Schulter warf. Die Enden bedeckten auf beiden Seiten die Narben der Schwertverletzung, die er auf Luthien erlitten hatte. *Das scheint so lange her, so weit entfernt.* »Nun, wir sind im Anflug, und die Clans wissen mit Sicherheit, daß wir kommen. Wie lange noch bis zur Bremswende? Drei Tage? Vorher brauchen wir nicht mit Jägerkontakt zu rechnen, oder?«

Anastasius Focht schüttelte den Kopf. »Wohl kaum. Da wir am Zenithsprungpunkt der Sonne materialisiert sind, gibt es für Luft/Raumjäger zwischen hier und Strana Metschty keine Möglichkeit, sich auf die Lauer zu legen. Wenn wir auf Widerstand treffen, dann weiter systemeinwärts.«

Jerry Cranston steckte den Kopf durch die Luke des Frachtraums. »Hoheit, wir hatten gerade Funkkontakt mit Strana Metschty. Reine Datenübertragung, weder Ton noch Bild. Die Nachricht traf mit Marthe Prydes Unterschrift ein. Im Namen des Großen Konklave der Khane und aus Respekt vor ComStars Großzügigkeit über Tukayyid erhalten wir Safcon. Wir dürfen unbehelligt landen. Sie wollen Euch in sechs Tagen treffen, um das Bieten um die Schlacht um Strana Metschty zu besprechen.«

Victor warf den Kopf zurück und lachte bellend. Er sah seine Begleiter grinsend an. »So, meine Damen und Herren, *das* nenne ich ein Geburtstagsgeschenk.«

Kerensky-Sportzentrum, Strana Metschty
Kerensky-Sternhaufen, Clan-Raum

18. April 3060

Victors Schweber senkte sich langsam zu Boden, und ein Schaudern lief durch seinen Körper. Die Tür schwang mit einem Zischen nach oben, aber noch bevor er sich losschnallen konnte, war Tiaret schon ausgestiegen. Die anderen Kommandeure hatten eine gewisse Besorgnis darüber zum Ausdruck gebracht, daß sie sich zu seiner Leibwächterin ernannt hatte, doch der Präzentor Martialum hatte sie davon überzeugt, daß ihre Anwesenheit von enormem Wert sein würde, ganz besonders bei den Verhandlungen, die sie an diesem Morgen erwarteten.

Victor atmete langsam aus, dann folgte er Focht und Redburn aus dem Schweber. Grüner Rasen erstreckte sich vor ihm, und der Himmel war wolkenlos. Weit im Süden sah er den schwarzen Streifen einer Bergkette, zwischen deren Gipfeln es noch violett leuchtete, aber überall sonst hatte die Morgensonne die Spuren der Nacht bereits vertrieben.

Über ein Dutzend verschieden große Pavillons erhoben sich auf der Rasenfläche vor ihnen. Sie unterschieden sich in Farbe und Konstruktion, wirkten aber trotz der Clanwimpel auf ihren Dächern alle eher nüchtern. Einige der Wappen erkannte er: Wolf, Jadefalke, Geisterbär. Aber die einzige Spur der Nebelparder, die er bei allem Bemühen entdecken konnte, war auf einem kleineren Zelt in vorderster Position zu bemerken, und zwar unter einem Wimpel mit sechs Sternen, von dem er annahm, daß es sich um das Abzeichen des ilKhans handelte.

Victor zupfte an den Manschetten seiner Jacke. Er hatte sich entschieden, einen Uniformoverall zu tragen, wie er bei MechKriegern vor und nach dem Kampf über Shorts und Kühlweste üblich war. Er war im Steinerblau und Grau der 10. Lyranischen Garde gehalten, deren Kommandeur Victor war. Darüber trug er eine dunkelblaue Tuchjacke mit dem Aufnäher der Sternenbund-Verteidigungsstreitkräfte und deren Rangabzeichen.

Andrew Redburn trug die schwarzgoldene Uniform der Kathil-Ulanen, auf deren linker Brust ein SBVS-Aufnäher prangte. Der Präzentor Martialum hatte die ComStar-Montur angelegt, trug jedoch zusätzlich zu dem goldenen Stern des Ordens auf der Brustpartie einen SBVS-Aufnäher an der linken Schulter. Tiaret trug einen dunkelblauen SBVS-Overall, den sie mit einem Gürtel in Nebelparder-Muster auf der Taille zusammenhielt.

Die vier machten sich in aller Ruhe über einen sauber geharkten Kiesweg zum Zelt des ilKhans auf. Am Eingang des Zeltes hielten vier gepanzerte Elementare Wacht. Die beiden auf der linken Seite stammten von den Clans der Wölfe und Geisterbären, wie an den weißgrauen Mustern der Panzerung leicht zu erkennen war. Rechts standen ein Jadefalke und der Elementar eines Clans, den Victor nicht erkannte. Das Farbschema war in Weiß- und Blautönen gehalten, die an winterliche Gefechte erinnerten, aber die Insignien wirkten gänzlich unvertraut.

»Tiaret, was ist das für ein Weißer rechts außen? Welcher Clan?«

Ihre Antwort troff vor Verachtung. »Gletscherteufel. Ungemein tapfer, solange der Krieg mit Worten ausgetragen wird.«

»Gut zu wissen.« Victor hob den Kopf, als er zwischen den Elementaren hindurchschritt. Er blieb zwei Schritte im Innern des Zelts stehen. Marthe Pryde, die große, dunkelhaarige Khanin der Jadefalken, erkannte er sofort. Neben ihr stand ein kleinerer, rothaariger

Mann, in dem er einen Gletscherteufel vermutete. Zu beiden Seiten des Schreibtischs in der Mitte des Raums standen ein narbengesichtiger Mann in der Ledermontur der Wölfe und ein etwas älterer, blonder Mann in weißer Kleidung und einem weißen, mit fahlgrauen Krallen verzierten Pelzumhang, *vermutlich* ein Geisterbär.

Der ilKhan erhob sich geschmeidig von seinem Platz hinter dem Schreibtisch, und wirkte in seinem Overall bereits so groß wie die beiden gepanzerten Elementare hinter ihm. Unter der ebenholzschwarzen Haut spielten die Muskeln. Victor bemerkte keine Spur von Unsicherheit oder Schwäche. *Wenn er tatsächlich schwer verletzt wurde, kann ich zumindest, abgesehen von der Narbe auf seiner Stirn, nichts davon sehen.* Falls nach dem Training mit Tiaret noch irgendeine Fantasie von einem Zweikampf mit Lincoln Osis in ihm verblieben war, starb sie in diesem Augenblick einen plötzlichen Tod.

Victor trat einen Schritt vor und streckte die Hand aus. »Ich bin Victor Ian Steiner-Davion, Oberkommandierender der Sternenbund-Expeditionsstreitkräfte.«

Osis riß die Augen auf. »*Du* bist Victor? Unmöglich. Du bist so … winzig.«

Die blaugefleckten grauen Augen des Prinzen verengten sich. »Du bist an diesen Punkt gelangt, weil du die Kräfte der Freien Inneren Sphäre unterschätzt hast, ilKhan. Wie wäre es, wenn du diese Dummheit allmählich ablegtest?«

Osis zeigte sich schockiert. Auch der Gletscherteufel lief rot an und zitterte vor Wut, die drei anderen Khane konnten ihre Reaktion aber weitgehend verbergen. Nur in Marthe Prydes Gesicht bemerkte Victor ein kurzes, amüsiertes Zucken der Mundwinkel.

Der ilKhan ballte die Fäuste. »Du bist es, dessen Dummheit offensichtlich ist, Victor.«

Der Prinz grinste. Der ilKhan weigerte sich, seinen

Familiennamen zu benutzen, weil das Recht auf einen Blutnamen unter den Clans als höchste Ehre galt. *Er will mich beleidigen, indem er mich mit Vornamen anspricht, aber für all die Verachtung, die er zum Ausdruck bringen will, ist das nicht geeignet.* »Dann sollte ich mich wohl besser nach Diana zurückziehen? Dort könnte ich mich sicher fühlen. Da gibt es niemanden mehr, den ich zu fürchten bräuchte.«

Jetzt gestattete selbst der Wolfskhan sich ein Grinsen, wie es über Marthe Prydes Züge huschte. Der Geisterbärenkhan trat einen halben Schritt vor. »Ich bin Bjørn Jorgensson von den Geisterbären. Ich stelle fest, daß dieser Wortwechsel zwecklos ist und nicht den Absichten entspricht, die uns hier zusammengeführt haben. Victor Steiner-Davion, du und deine Truppen haben Safcon erhalten und sind hierher bestellt worden, um eine Schlacht auszuhandeln. Das sollten wir auch tun.«

»Ich stimme zu, Khan Bjørn Jorgensson.« Victor drehte sich halb um und deutete auf seine Begleiter. »Ich möchte euch meine Adjutanten vorstellen. Captain Tiaret Nevversan, ehemals Nebelparder. General Andrew Redburn, Kommandeur der 1. Kathil-Ulanen und Befehlshaber der Operation auf Diana. Und Anastasius Focht, Präzentor Martialum ComStars, Sieger von Tukayyid und Architekt des Waffenstillstands, den wir dem zweiten ilKhan eurer Invasion abgerungen haben.« Der Prinz wandte sich wieder den Khanen zu. »Der Waffenstillstand war sehr nützlich, aber irgendwann läuft er aus. Deshalb sind wir hierher gekommen. Wir fordern euch zu einem Widerspruchstest über die ganze Invasion heraus. Wenn wir siegen, schwört ihr allen Angriffen auf die Innere Sphäre ab.«

Osis verschränkte die Arme vor der massigen Brust. »Und wenn wir euch besiegen?«

»Dazu wird es nicht kommen.«

Der Wolfskhan lächelte verschlagen. »Was du uns anbietest, läßt sich kaum als Geschäft bezeichnen, Victor Steiner-Davion. Wir sollten schon eine Belohnung erhalten, falls wir gewinnen.«

Victor nickte. »Wenn ihr siegt, ist der Präzentor Martialum bereit, euch von dem mit Ulric Kerensky vereinbarten Waffenstillstand zu entbinden. Es wird euch wieder freistehen, die Innere Sphäre anzugreifen.«

Der Gletscherteufel lachte scharf auf. »Wenn wir gewinnen, wirst du uns Terra übergeben.«

Victor schmunzelte. Zwei Jahre zuvor hatte Blakes Wort, die bei der Reform ComStars abgespaltene reaktionäre Splittergruppe des Ordens, das Solsystem unter seine Kontrolle gebracht. Blakes Wort vermischte Mystizismus und Verfolgungswahn auf eine Weise miteinander, die seine fanatischen Gefolgsleute zu mörderischen und wahnwitzigen Aktionen aller Art befähigte. *Ich würde euch Terra und sämtliche Welten von Blakes Wort mit Freuden übergeben, aber sie gehören mir nun mal nicht.*

»Nein, Terra bekommt ihr nicht.« Er schüttelte den Kopf. »Wir sind gekommen, um für Frieden zu kämpfen. Ihr kämpft für das Gegenteil, für Krieg. Wenn ihr gewinnt, werdet ihr Krieg bekommen, soviel ihr wollt, in der Inneren Sphäre und hier.«

Jorgensson senkte die Lider halb über die blaue Augen. »Welchen Status hätten die Welten, die wir in der Inneren Sphäre erobert haben, falls ihr siegt?«

»Falls wir siegen, existiert zwischen uns kein Kriegszustand mehr.« Victor wog seine Worte sorgfältig ab. »Ich kann nicht bestreiten, daß es einflußreiche Leute geben wird, die versuchen, den Sternenbund dazu zu bringen, euch aus den besetzten System zu vertreiben. Oder einzelne Personen von ausreichendem Reichtum, die Söldner anheuern werden, um sie zu befreien. Aber eine wirtschaftliche Integration der Clanwelten in die Freie Innere Sphäre wäre sehr viel produktiver als ein

Krieg, und ich vermute, daß man diese Vorgehensweise bevorzugen wird, sobald sie sich anbietet.«

Marthe Pryde sah ihn fragend an. »Du glaubst, dein Volk ist des Krieges müde?«

»Das hoffe ich von ganzem Herzen.« Victor ließ den Blick über die Gesichter seiner Gegenüber streifen. »Ihr habt eure Kultur auf dem Krieg aufgebaut, und auf der Notwendigkeit, sich darauf vorzubereiten. Wir kämpfen, wenn wir dazu gezwungen sind, aber wir ziehen es vor, einen Krieg zu vermeiden. Dennoch, wenn wir gezwungen werden, Krieg zu führen, sind wir dazu sehr wohl in der Lage, wie ihr am eigenen Leib erfahren habt. Das war die erste Expedition zu euren Heimatwelten. Es kann die letzte gewesen sein. So wird es kommen, wenn es nur an mir läge. Das ist die Lage. Wir fordern euch zu einem Widerspruchstest gegen die Invasion heraus. Laßt uns wissen, womit ihr sie verteidigt, und wir werden euch mit gleichwertigen Kräften gegenübertreten.« Wieder sah er von einem Khan zum nächsten. »Hier, auf Strana Metschty, wird die Entscheidung fallen. Die besten Krieger werden siegen, und das Schicksal der Menschheit wird sich entscheiden.«

5

Große Konklavekammer, Halle der Khane,
Strana Metschty
Kerensky-Sternhaufen, Clan-Raum

18. April 3060

Vladimir Ward drehte sich um, als Asa Taney außer sich vor Wut von seinem Platz in der Großen Konklavekammer aufsprang. Das Gesicht des kleinwüchsigen Khans leuchtete in einem dunkleren Rot als seine Haare, und es schien, als handelte es sich um eine aus dem Schädel sprudelnde Blutfontäne. Seine Faust krachte mit überraschender Lautstärke auf die Tischplatte. »Wir können uns nicht mit diesem Widerspruchstest einwickeln lassen. Die Kräfte der Inneren Sphäre, dieses Ersatz-Sternenbundes, haben kein Recht, unsere Traditionen derart gegen uns einzusetzen!«

Lucien Carns von den Novakatzen widersprach. »Khan Asa Taney, du vergißt, daß wir seit Beginn der Invasion Herausforderungen gegen die Truppen der Inneren Sphäre ausgesprochen und auf Tukayyid an einem ähnlichen Test teilgenommen haben. Eine Herausforderung jetzt abzulehnen, wäre eine bodenlose Schikane und unserer unwürdig.«

»Unwürdig? *Sie* sind unwürdig!« Asa Taney stieß einen Finger nach Westen, wo die Sternenbund-Streitkräfte gelandet waren. »Du warst nicht dabei, Khan Lucien Carns, als dieser Victor vor uns trat. Er hat den ilKhan verspottet. Er hat uns verspottet. Seine Sprache war verkommen, und er brachte eine Leibeigene aus Lincoln Osis' eigener Genlinie mit. Sie ist eine Vorbotin dessen, was uns bevorsteht, wenn wir uns auf diese Herausforderung einlassen.«

Vlad erlaubte sich ein tiefes Lachen. »Sie ist nur eine Vorbotin, wenn wir unterliegen, Khan Asa Taney.«

Asa Taney schüttelte den Kopf »*Dazu* wird es nicht kommen.«

»Wenn es dazu nicht kommt«, fragte Bjørn Jorgensson, »warum bist du dann so besorgt wegen der Konsequenzen einer Niederlage? Dein Protest scheint fehl am Platze. Willst du nicht kämpfen?«

»Stelle nicht meinen Mut in Frage, Khan Bjørn Jorgensson. Meine Gletscherteufel und ich werden kämpfen.«

Vlad unterdrückte ein Grinsen. *Weshalb erwarte ich, daß dein Luft/Raumgeschwader als erstes weggeboten wird, Asa Taney?*

Kael Pershaw ließ seinen Hammer knallen. »Der Bericht des ilKhans über das Angebot der Inneren Sphäre bei den Verhandlungen steht nicht zur Abstimmung. Um eine derartige Herausforderung abzulehnen, ohne Dezgra zu werden, müßte das Große Konklave sie nur mit einfacher Mehrheit für unzulässig erklären.«

Taney hob die Hand. »Ich verlange eine Abstimmung.«

Bjørn Jorgensson von den Geisterbären nickte. »Ich unterstütze den Antrag.«

Vlad Ward ignorierte das ringsum aufkommende Murmeln. Die Clans hatten sich längst in zwei politische Lager gespalten. Die Bewahrer betrachteten es als ihre wahre Mission, als Beschützer der Inneren Sphäre zu fungieren und in ihrem selbstgewählten Exil zu warten, bis eine Krise sie zurückrief, um die Heimat zu retten, die sie verstoßen hatte. Die Kreuzritter kannten die Wahrheit und wußten, daß es ihre Bestimmung war, die Innere Sphäre zu erobern und der ganzen Menschheit Führung zu bieten. Bis vor kurzem waren die Wölfe ein entschiedener Bewahrer-Clan gewesen, aber Phelan Kell hatte die Bewahrer mit sich in die Innere Sphäre genommen und nur den harten Kern der Kreuzritter zurückgelassen.

Als er sich in der Kammer umsah, zählte Vlad in Gedanken die Clans und ihre Neigungen ab. Von den sechzehn anwesenden Clans, die Nebelparder mitgerechnet, auch wenn Lincoln Osis deren einziges Mitglied hier war, gehörten sieben den Bewahrern an. Damit blieben neun Kreuzritter-Clans. Es wären zehn gewesen, hätten die Sternennattern nicht erst vor kurzem den Clan Felsengräber absorbiert. *Das gibt den Kreuzrittern die nötigen Stimmen, um die Herausforderung abzuschmettern.*

Vlad lief ein eiskalter Schauer den Rücken hinab. Die Bedingungen der Herausforderung waren nicht überraschend, und für seinen Clan wirkten sich die Folgen alles andere als katastrophal aus. Die Wölfe waren tief in die Innere Sphäre vorgestoßen. Sie hielten einen größeren Raumsektor besetzt als jeder andere Clan. *Wenn es Frieden gibt und wir die Innere Sphäre nicht angreifen können, wären die anderen Clans möglicherweise versucht, die Wölfe zu überfallen. Wir sind noch nicht stark genug, um das zu ignorieren.* Indem er für eine Ablehnung der Herausforderung stimmte, konnte er die Aushandlung neuer Bedingungen erzwingen. Oder aber die Innere Sphäre würde ihre Angriffe fortsetzen, und in diesem Fall waren die Wölfe durch die Besatzungszonen der Jadefalken und Geisterbären geschützt.

Andererseits konnte ihm und seinem Volk ein Frieden zugute kommen. Durch seine geheime Allianz mit Katrina Steiner-Davion und ihrer Lyranischen Allianz war die Jadefalken-Besatzungszone zwischen seiner Scylla und Katrinas Charybdis gefangen. Die Wölfe konnten die Falken angreifen, einen verhaßten Gegner auslöschen und den Lyranern dabei helfen, einige ihrer Systeme zu befreien. Durch ein formelles Bündnis mit Katrina würden sich die Wölfe mit der Inneren Sphäre vereinen und ihm eine erheblich stärkere Machtbasis liefern. *Und es würde Phelan Kell und seine Verräterwölfe aus ihrem Versteck treiben.*

Bevor Vlad sich noch entscheiden konnte, wie er abstimmen sollte, ergriff Kael Pershaw das Wort. »Der Seniorkhan jedes Clans wird für diesen abstimmen. Da der ilKhan noch immer als Seniorkhan der Nebelparder geführt wird, wird er für diese abstimmen. Ich rufe die Clans einzeln auf.«

Alles begann so, wie Vlad Ward es erwartet hatte. Blutgeister und Feuermandrills, beides Kreuzritter, stimmten gegen eine Annahme. Ihre Stimmen wurden von den Wolkenkobras und Diamanthaien, beides Bewahrer, die für den Test stimmten, neutralisiert. Als nächstes wurden die Geisterbären aufgerufen, ein weiterer Kreuzritter-Clan.

Kael Pershaw sah zu Bjørn Jorgensson hinauf. »Wie lautet der Wille der Geisterbären?«

Die Haut um Jorgenssons Augen spannte sich. »Diese Herausforderung abzulehnen, widerspräche all unseren Traditionen. Der Geisterbär stimmt für die Annahme.«

Vlad blinzelte überrascht. Die Geisterbären hatten durch eine Annahme der Herausforderung mehr zu verlieren als jeder andere Clan. Sie waren zwar der stärkste der Invasorenclans, aber ohne die Nebelparder an ihrer Flanke grenzte ihre Besatzungszone unmittelbar an das Draconis-Kombinat. Die fanatischen Draconier würden ohne jeden Zweifel weiter versuchen, ihre Systeme zurückzuerobern, und die Geisterbären waren verwundbar. *Er muß irgendeinen Trick im Auge haben.*

Die Abstimmung verlief weiter entlang der politischen Lager der Kreuzritter und Bewahrer, bis Vlad als letzter zur Stimmabgabe aufgefordert war. Da die Bewahrer durch die Desertion der Geisterbären über acht Stimmen verfügten, war eine Ablehnung der Herausforderung unmöglich geworden. Auf Pershaws Frage verzog Vlad Ward den Mund zu einem Lächeln. »Der Wolfsclan enthält sich.«

Marialle Radick warf ihm einen schnellen Blick zu, aber Vlad Ward winkte ab. *Wozu meine Stimme verschwenden, ohne etwas am Ausgang der Abstimmung ändern zu können, wenn ich Chaos und Ungewißheit säen kann, indem ich das Unerwartete tue?*

Lincoln Osis sah vom Platz des ilKhans auf. »Die Herausforderung steht. Als nächstes werden wir entscheiden, wer für uns kämpfen wird.«

Asa Taney stand auf. »Wir sollten alle kämpfen.«

Marthe Pryde höhnte vom obersten Rang: »Diejenigen sollten antreten, die sich das Recht zu kämpfen verdient haben.«

Der ilKhan nickte. »Khanin Marthe Pryde hat recht. Natürlich werden die vier ursprünglichen Invasorenclans antreten ...«

»Verzeiht mir, ilKhan.« Bjørn Jorgensson erhob sich langsam von seinem Platz. »Die Geisterbären haben kein Verlangen, an diesem Kampf teilzunehmen.«

»Was?« Osis verzog das Gesicht zu einer säuerlichen Fratze. »Wie kannst du diese Ehre ausschlagen?«

Bjørn Jorgensson beugte sich vor. »Wie könnt Ihr dies eine Ehre nennen? Wir haben uns über die Jahrhunderte als Krieger definiert. Wir haben unsere Fähigkeiten und unsere Waffen verfeinert und sind sogar soweit gegangen, die grundlegenden Strukturen menschlicher Kultur umzuprägen, um unserem Volk ein kämpferisches Ideal zu vermitteln. Als wir die Innere Sphäre überfielen, bestätigten unsere Siege, unsere *leichten* Siege, was wir lange als Wahrheit betrachtet hatten: Wir waren denen, die zurückgeblieben waren, körperlich, geistig und moralisch überlegen. Ihr, ilKhan, steht hier vor uns, verletzt, Eures Clans entblößt, ohne Hoffnung auf Rückkehr von Eurer Heimatwelt vertrieben, gezwungen, Eure Nachkommen in den Diensten des Feindes zu sehen. Wir alle haben zugeschaut, wie ein Krieger der Inneren Sphäre, Phelan, vom Leibeigenen zum Khan der Wölfe aufstieg. Beides hat Lügen gestraft, was wir über uns zu wissen glaubten. Haben Sie nicht bewiesen, daß unsere Überlegenheit illusorisch war, indem sie Euch besiegten, indem einer von ihnen in unseren eigenen Reihen bis in die höchsten Ränge aufgestiegen ist?«

Vlad sah zu Jorgensson hinauf. »Du kannst unsere Siege nicht vergessen haben, Khan Bjørn Jorgensson.«

»Nein, Khan Vladimir Ward, ich habe sie nicht vergessen. Sie lodern hell in meinen Gedanken, ebenso wie die Bilder unserer Niederlagen. Auf Tukayyid hat ComStar unsere Verwundbarkeit bei längeren Feldzügen aufgedeckt. Seitdem sind unsere wichtigsten Anstrengungen gescheitert. Der Diana-Feldzug hat bewiesen, daß wir selbst hier, in unseren Heimatfestungen, verwundbar sind. Unsere angebliche Unbesiegbarkeit ist eine Lüge, ebenso wie unsere Überlegenheit. Die Wahrheit starrt uns ins Gesicht. Als Kreuzritter haben wir die Invasion willkommen geheißen, weil sie offensichtlich unsere Bestimmung war, und unsere frühen und leichten Siege bestätigten das. Unsere Niederlagen haben das Vertrauen in diese *Bestimmung* untergraben. Nach langer Überlegung haben die Geisterbären sich durchgerungen, die Philosophie der Kreuzritter in Frage zu stellen, und wir betrachten uns inzwischen als Bewahrer. Daher können wir die Selbsttäuschung vermeiden, durch deren Einfluß die Clans in diese Lage gekommen sind. Wir stehen nun auf der Seite unserer Brüder und Schwestern Bewahrer, abseits von den Kreuzrittern, und überlassen es diesen, eine Invasion zu verteidigen, die sie definiert hat und wahrscheinlich zerstören wird. Aber seid beruhigt, ilKhan. Es wird mit Sicherheit keinen Mangel an Clans geben, die unseren Platz einzunehmen bereit sind.«

Vlad schauderte. *Das ist eine ernste Umorientierung der Geisterbären. Ich werde sie gut im Auge behalten müssen, ganz besonders, weil ihre Besatzungszone unmittelbar an meine eigene grenzt.*

Wie erwartet bestätigten die übrigen Bewahrer-Clans die Frage des ilKhans, ob sie sich der Haltung Jorgenssons anschlossen. Im hintersten Rang der Kammer erhob sich Severen Leroux. »Die Novakatzen applaudieren den Geisterbären und den anderen Bewahrern, die weise genug sind, die Erfüllung ihres Daseins nicht im Blut zu suchen. Wer noch einen weiteren Tropfen Blut der Inneren Sphäre vergießt, verdammt sich damit selbst für alle Zeiten. Dies ist eure Chance, zurück in den Schoß der Menschheit aufgenommen zu werden. Wir haben uns abgesondert, um nicht im Zwist der Inneren Sphäre unterzugehen, und sie hat sich gegen uns vereint. Wir sollten uns nicht zu Opfern dieser Einheit machen.«

Asa Taney lachte laut auf. »Wir werden ihr nicht zum Opfer fallen. Wir werden sie zerschmettern!«

Severen Leroux zischte: »Wähle diesen Pfad, Asa Taney, und du gehst einen Weg, der weit schlimmer ist, als du dir vorstellen kannst. Eine Wunde ist verheilt. Öffne sie wieder, und die Entzündungen, die darin eitern, werden dich verzehren. Das darf nicht geschehen.«

Der Gletscherteufel wies die Einwände des Novakatzenkhans höhnisch grinsend zurück. »Dein Gehirn ist mit dem Alter verkümmert, Khan Severen Leroux. Wir werden ausziehen und gegen die Innere Sphäre kämpfen. Wir werden sie zerschlagen, und dann werden wir uns um dich und deinen Clan kümmern. Deine Tage sind gezählt.«

»Das weiß ich wohl, Asa Taney, aber ich weiß auch, wie sie enden werden.« Severen Leroux stieß einen schweren Seufzer aus – und seine Schultern sackten ein. »Deine Entscheidung erzwingt die meine.«

»Da bin ich sicher.« Taney drehte sich wieder zum ilKhan um. »Die Bewahrer und ihresgleichen haben offenkundig nicht das Rückgrat für einen Kampf. So sei es. Es gibt acht Kreuzritter-Clans. Wir werden die Clans und unsere Ehre verteidigen.«

Lincoln Osis nickte. »Auf Tukayyid kämpften sieben Clans, hier werden acht antreten: Nebelparder, Gletscherteufel, Jadefalke, Blutgeist, Feuermandrill, Sternennatter, Höllenroß und Wolf. Auf unseren Schultern ruht das Schicksal der Inneren Sphäre.«

Vlad nickte. »Wir verteidigen uns, ilKhan. Und womit?«

Der ilKhan rutschte unbehaglich auf seinem Platz hin und her. »Sie haben erklärt, uns mit gleichwertigen Kräften gegenüberzutreten. Das ist gut. Von den Kriegern meines Clans bleiben mir nur die Elementare, die mich von Diana holten, und der Binärstern meiner Leibgarde hier auf Strana Metschty.«

»Schön und gut für Euch, ilKhan.« Asa Taneys Grinsen wurde breiter. »Wir anderen können zusätzliche Truppen von unseren Heimatwelten anfordern.«

»Wozu solltest du mehr als eine Leibgarde benötigen?« Marthe Pryde sah auf den rothaarigen Gletscherteufel hinab. »Ich wüßte nicht, weshalb ich mehr als einen Binärstern brauchen sollte, welche Einheit der Inneren Sphäre auch immer zu besiegen. Seit seiner Einführung vor sechshundert Jahren beherrscht der BattleMech das Schlachtfeld, und er hat schon früher Entscheidungen dieser Größe erzwungen. Wir benötigen nichts weiter, um die Innere Sphäre zu bezwingen.«

Vlad stimmte Marthe mit leiser Stimme zu. »Khanin Marthe Pryde hat recht. Ein unfähiger Kommandeur verliert mit einem Sternhaufen so leicht wie mit einem Binärstern. Ein überlegener Kommandeur gewinnt, gleichgültig, wie groß seine Einheit ist. Wir alle sollten je einen Binärstern vorbereiten und ein Schlachtfeld wählen.«

Taney starrte ihn an. »Ist das alles? Du verlangst von uns, angesichts der größten Bedrohung, der sich die Clans je gegenüber sahen, uns selbst zu behindern?«

Vlad lachte auf. »Soweit ich es sehe, Asa Taney, ist dies die *einzige* Bedrohung, der sich die Gletscherteufel seit Beginn der Invasion gegenübergesehen haben. Wenn ich mir um die Clans Sorgen machte, dann wegen eurer Beteiligung, nicht wegen der Größe eures Anteils an der gemeinsamen Anstrengung.«

»Für diese Unverschämtheit wirst du bezahlen, Khan Vladimir Ward.«

»Ach ja?« Vlads Augen wurden zu Schlitzen. »Ich habe gegen die Einheiten der Inneren Sphäre gekämpft und sie besiegt, Gletscherteufel. Wenn du dasselbe von dir behaupten kannst, komm zurück und sprich vom Bezahlen. Bis dahin macht dein Geplustere mir keine Angst. Komm wieder, falls du den nächsten Kampf überlebst.«

Lincoln Osis schlug mit der Faust auf den Tisch. »Genug Gezänk! Ihr seid schlimmer als eine Geschko. Stellt eure Einheiten zusammen und reicht sie bei Kael Pershaw ein. Er wird sie an unsere Gegner übermitteln. Bereitet euch und eure Leute auf diese Schlacht vor. Wir können uns keine Niederlage leisten.«

6

Hauptquartier der Sternenbund-Expeditionsstreitkräfte,
Nicholasfurt, Strana Metschty
Kerensky-Sternhaufen, Clan-Raum

19. April 3060

Victor schloß die brennenden Augen und legte den Kopf in den Nacken. Seine Schultern schienen aus Stein zu sein, und er hatte das Gefühl, als presse ein enormes Gewicht die Schädeldecke auf sein Gehirn. Er öffnete die Lider wieder und wartete, bis seine Sicht klar wurde. In der Mitte des Zeltes leuchtete in der Beuge der zu einem Hufeisen zusammengerückten Tische, an denen sein Stab Platz genommen hatte, ein Hologramm des südlichen Kontinents von Strana Metschty. Darauf blinkten acht Sterne und kennzeichneten die von den zur Verteidigung angetretenen Clans ausgewählten Schlachtfelder.

»Vielen Dank, daß Sie alle wieder hier sind. Ich weiß, uns allen fehlt es an Schlaf, aber ich brauche Ihre Analyse der uns übermittelten Daten. Wir müssen entscheiden, wieviel wir den Clans entgegenstellen und wer die verschiedenen Einheiten anführt.«

Der Präzentor Martialum beugte sich an seinem Platz am äußersten rechten Ende des Hufeisens vor. »Wie es scheint, stehen wir bis auf zwei Ausnahmen je einem Binärstern Mechs der teilnehmenden Clans gegenüber. Die Gletscherteufel haben einen zusätzlichen Strahl Luft/Raumjäger aufgestellt, aber ich vermute, das hängt damit zusammen, daß einer ihrer Khane, Asa Taney, Jagdpilot ist. Und die Höllenrösser haben an Stelle eines Mechsterns einen Stern Panzerfahrzeuge aufgestellt. Ich nehme jedoch an, daß dies weniger ein Zeichen der Verachtung für uns ist als Ausdruck einer Tradition des Fahrzeugeinsatzes.«

»Und eine Kompanie von zwölf unserer Mechs entspricht weitgehend den zehn Mechs eines Binärsterns, richtig?«

Focht nickte. »Korrekt. Angesichts der uns vorliegenden Informationen können wir ihre Feuerkraft ziemlich genau ausgleichen, selbst in Anbetracht neuer Mechs, die wir noch nie im Einsatz erlebt haben. Die Datensätze sind informativ, enthalten aber keine echten Überraschungen.«

Kai runzelte die Stirn. »Die Nebelparder haben einen BattleMech gegen einen Strahl Elementare ausgetauscht.«

Victor kratzte sich im Nacken. »Osis ist ein Elementar. Das macht Sinn.«

»Hoheit, wenn Ihr gestattet, hätte ich eine Bitte.« Die links neben Focht sitzende Offizierin sah Victor aus feurigen grünen Augen an. »Gestattet den 3. Drakønern der Freien Republik Rasalhaag, gegen die Wölfe anzutreten. Kein anderer Clan hat soviel zum Untergang unserer Nation beigetragen.«

»Ich kann Ihr Verlangen nach einem Kampf gegen die Wölfe verstehen, Colonel Dahlstrom, aber dies ist keine Tanzveranstaltung mit freier Partnerwahl.«

Joan Dahlstrom riß den Kopf hoch. »Aber Ihr kämpft doch gegen die Nebelparder, oder? Es wird ein Kampf zwischen Euch, unserem Kommandeur, und dem ilKhan?«

Hohiro Kurita sah sie an. »Gibt es hier jemanden, der einen größeren Anspruch darauf hat, gegen die Nebelparder zu kämpfen, als Victor?«

Dahlstrom nickte entschieden. »Ich würde meinen, daß Sie den haben, Kurita-san. Sie waren ihr Gefangener, die Parder haben Luthien angegriffen, und sie haben sich ihr Reich aus Ihrer Nation herausgeschnitten.«

Hohiro lächelte und antwortete ihr mit leiser, selbstbewußter Stimme. »Hai, all das stimmt, aber ich bin nicht als Hohiro Kurita aus dem Draconis-Kombinat hier. Ich bin hier als Hohiro Kurita von den Sternenbund-Expeditionsstreitkräften. Wenn ich meinen persönlichen Wünschen gestattete, in Konflikt mit meinen Pflichten zu kommen, ließe ich zu, daß dieselben Kräfte uns entzweien, die uns hierher geführt haben. Wir sind eine vereinte Streitmacht, in der wir alle unseren Teil beizutragen haben. Ich verlange keine Bevorzugung und erwarte keine.«

Joan Dahlstrom kaute einen Augenblick lang auf ihrer Unterlippe, dann nickte sie. »Ich war im Irrtum. Bitte, Hoheit, vergeßt meine Bitte. Setzt meine Leute dort ein, wo sie am nützlichsten sind.«

Victor schenkte ihr ein beruhigendes Lächeln. »Danke für Ihre Kooperationsbereitschaft, Colonel. Ich hoffe, den Entscheidungsprozeß hier reibungslos zu Ende zu bringen, so daß wir Zeit finden, unsere Angriffe zu planen. Ich habe mir schon ein paar Gedanken gemacht, und wenn Sie gestatten, wüßte ich gerne, was Sie davon halten. Jerry, die Wölfe, bitte.«

Jerrard Cranston drückte einen Knopf auf seinem Compblock, und das Hologramm verwandelte sich in ein leicht hügeliges, sonst aber freies Gelände. »Dies ist der Kaulmdistrikt, den die Wölfe für den Kampf ausgewählt haben.«

Victor deutete auf das Hologramm. »Wie Sie sehen, ist das Gelände sehr offen und bevorzugt ihre Extremreichweitenwaffen. Ich würde ihnen eine schnelle Truppe entgegenstellen, mit der sie noch keinen Kontakt hatten – und die sie abfrühstücken kann. Kai, ich dachte dabei an eine Kompanie, die du aus deinen St.-Ives-Lanciers zusammenstellen könntest.«

Kais graue Augen blitzten. »Ich soll mir die Wölfe holen?«

»Genauer gesagt, sollst du dir Vlad Ward holen.

Da die Lanciers noch nie zuvor gegen die Wölfe angetreten sind, wette ich, daß er dich unterschätzt. Außerdem dürfte dieses Gefecht auch erheblich unberechenbarer werden als die meisten anderen.«

Kai zuckte die Achseln. »Schlimmer als auf Solaris bestimmt nicht.«

»Genau das denke ich auch.« Victor zögerte. Die Wölfe versprachen, einer der schwersten Gegner in diesem Kampf zu werden. *Ich schicke einen guten Freund in den Tod.* »Bist du bereit, diesen Auftrag anzunehmen?«

»Victor, wenn du der Ansicht bist, daß meine Leute und ich an dieser Stelle den größten Nutzen bringen, werden wir genau da antreten.« Ein leichtes Schmunzeln spielte um Kais Mundwinkel. »Erinnerst du dich, wie Phelan und ich uns auf Arc-Royal im Simulator gegenseitig abgeschossen haben? Phelan hat sich einige Male mit diesem Vlad angelegt. Mich würde schon interessieren, wie gut er wirklich ist.«

»Hoffentlich nicht so gut wie Phelan.« Als nächstes sah Victor zu Hohiro. »Jerry, das Niegdje-Gebiet.«

Die wogende Hügellandschaft des Hologramms verwandelte sich in ein unzugängliches Terrain mit von Gestrüpp überwucherten Schluchten und Krüppelbaumwäldern. »Hohiro, dieses Gebiet haben die Blutgeister sich ausgesucht. Es ist ein Irrgarten aus Bergen und Schluchten mit reichlich Wald. Die Bedingungen negieren jeden Reichweitenvorteil der Clanner, und ich frage mich, warum sie ausgerechnet diese Wahl getroffen haben. Deine 1. Genyosha hat ein besonderes Talent dafür, sich auf eine neue Lage einzustellen. Ich möchte, daß ihr die Blutgeister übernehmt.«

Hohiro nickte zuversichtlich. »Ich fühle mich an eine Geschichte aus dem Japan der Feudalzeit erinnert, von einem Banditen, der bekannt dafür war, mit der Kusari-gama zu kämpfen: einer Sichel, an deren Schaft eine Kette mit einem Gewicht hing. Er fesselte seine Opfer erst mit der Kette, dann machte er ihnen mit der Klinge den Garaus. Viele Samurai versuchten, seine Karriere zu beenden, aber er besiegte sie alle, bis ein weiser Mann ihn in einem Bambusfeld stellte. Wenn die Blutgeister so dumm sind, sich selbst ein Bein zu stellen, werden wir sie mit Freuden vernichten.«

»Gut. Sie gehören euch.«

Das nächste Geländebild entstand. Das Hologramm zeigte eine Gebirgsregion mit einem See in der Mitte. Victor konnte nicht erkennen, ob es sich um den Krater eines erloschenen Vulkans handelte oder nur um einen über die Jahrtausende von Wind und Wetter zerfurchten Berggipfel, aber so oder so übersäten Felsen und Gesteinsvorsprünge die Landschaft.

»Das ist Zhaloba Mons. Dort treten die Jadefalken an. Wir wissen, daß ihre Truppen dank der Übung, die sie auf Coventry hatten, recht gefährlich sind. Die an die Falkendaten angehängten Personallisten zeigen, daß sämtliche gegen uns aufgebotenen Krieger auf Coventry zum Einsatz gekommen sind, einschließlich Marthe Pryde. Für diesen Gegner brauche ich eine Elitetruppe. Ich dachte an Elemente Ihrer 394. Division, Präzentor Martialum.«

Focht nickte. »Ich werde Colonel Harvison anweisen, seine Leute vorzubereiten.«

Bevor Victor die Besprechung fortsetzen konnte, kam es vor dem Zelt zu lautstarker Unruhe. Die Eingangsklappe öffnete sich, und Tiaret steckte den Kopf herein. »Verzeihung, Prinz Victor, aber hier draußen ist eine Lage entstanden, um die Sie sich vielleicht selber kümmern sollten. Sie und der Präzentor Martialum.«

Victor sah hinüber zu Focht und seufzte. »In Ordnung. Wir sind gleich wieder da. Nach Ihnen, Anastasius.«

Die beiden Männer verließen das Zelt und folgten

Tiaret durch das SBVS-Lager. Die Elementarin führte sie zum improvisierten Gefangenenbereich und öffnete die Tür. Victor trat zuerst ein und sah drei Männer auf einer Bank, zwei sehr gelassene und einen äußerst erregten. Vier Sicherheitsleute mit Schockstäben standen um sie herum.

Victor runzelte die Stirn. »Wir haben keinen Ärger zu erwarten, oder?«

Die beiden gelassenen Männer schüttelten den Kopf. Der dritte Mann, der eine ComGuards-Uniform trug, runzelte die Stirn und schüttelte dann ebenfalls den Kopf. Victor erinnerte sich undeutlich, ihn in der Gesellschaft des Präzentors Martialum gesehen zu haben, wußte seinen Namen aber nicht mehr.

»Sehr schön. Gute Arbeit, Männer. Sie können uns jetzt mit Ihren Schützlingen alleinlassen. Tiaret, Sie können bleiben.« Victor wartete, bis die Wachen gegangen waren, dann wandte er sich den beiden älteren Männern zu. »Ich bin Victor Steiner-Davion. Wenn ich raten soll, würde ich Sie für Novakatzen halten.«

Beide standen auf. »Ich bin Severen Leroux, und das ist Lucien Carns. Wir sind die Novakatzenkhane.«

Victor war überrascht. »Ich, äh, ich hätte nicht gedacht, daß die Clans so ehrenvoll ergrauten Herrschaften gestatten, eine Machtposition zu halten.«

»Nicht alle Clans sind gleich, Victor.« Leroux schloß halb die Augen. »Du weißt bereits, daß die Novakatzen anders sind. Du hast es daran gesehen, wie wir mit dem wiedererstandenen Sternenbund umgingen.«

Der Prinz nickte langsam. Die Novakatzen hatten Systeme besetzt, die ursprünglich Teil des Draconis-Kombinats gewesen waren, und waren von sich aus mit Haus Kurita in Verhandlungen über diese Welten getreten. Victor verstand zwar nicht alles, was die Novakatzen betraf, aber er hatte sich sagen lassen, daß sie an Omen und Vorzeichen glaubten und sich von ihnen leiten ließen. Einer der Khane hatte eine Vision gehabt, die einen Widerstand gegen den Sternenbund falsch erscheinen ließ, und die Novakatzen-Einheiten waren nahezu kampflos auf die Seite der Freien Inneren Sphäre gewechselt.

»Was kann ich für euch tun?«

Bevor Leroux antworten konnte, sprang der dritte Mann auf. »Sie wollen, daß Sie Ihnen gestatten, was mir versprochen und dann verweigert wurde!«

Victor drehte sich zu ihm um. Er übersah die Narben, die dessen Gesicht zur Hälfte entstellten. »Ein Versprechen? Bitte helfen Sie mir auf die Sprünge.«

»Ich bin Trent. Ich war ein Nebelparder. Ich habe Ihnen den Weg zu den Heimatwelten gewiesen.« Die Stimme des Mannes wirkte gedrückt und frustriert. »Ohne mich wären Sie nicht hier, keiner von Ihnen. Ich habe Ihnen den Weg nach Diana verraten, gegen das Versprechen des Präzentors Martialum, daß ich eine Einheit erhielte, mit der ich den Nebelpardern zeigen konnte, welchen Fehler sie begangen hatten. Er versprach mir, ich würde gegen die kämpfen dürfen, die Kerenskys Vision verraten haben.« Trent sah zu den Novakatzen hinüber. »Ich wanderte durch das Lager und begegnete diesen beiden. Sie sagten, Sie wären dabei zu entscheiden, wer gegen die Clans kämpft, und ich würde bei Ihren Überlegungen keine Rolle spielen.«

Victor begegnete dem wütenden Blick Trents ungerührt. »Ich weiß nicht, woher sie das erfahren haben, aber es stimmt. Sie spielen bei meinen Überlegungen keine Rolle.«

Trent wurde bleich. Er wirbelte zum Präzentor Martialum herum. »Aber Sie haben es versprochen.«

Focht nickte. »Das habe ich.«

Victor spießte Trent mit einem gnadenlosen Blick auf. »Aber selbst seine besten Argumente werden nichts ändern, denn seine Beweggründe und Ihre Beweggründe sind nicht *meine. Mir* geht es darum, einen Krieg zu beenden, der Billionen von Menschen getroffen hat. Ihr kleinlicher Rachefeldzug bedeutet mir nichts. Ich habe gerade erst den Repräsentanten ganzer Nationen erklärt, daß ich sie nicht aussuchen lasse, gegen welche Clans sie kämpfen, nur weil sie das Gefühl haben, eine Schuld begleichen oder irgend jemandem etwas heimzahlen zu müssen. Ich entschuldige mich beim Präzentor Martialum dafür, daß ich sein Versprechen an Sie breche, aber ich entschuldige mich nicht dafür, Ihnen zu verweigern, wonach Sie verlangen. Sie haben Ihr Volk verkauft. Sie behaupten, es getan zu haben, weil es Kerenskys Vision verraten hat. Doch ihre Beweggründe interessieren mich nicht. Haben Sie sich auf Diana nicht umgesehen? Sie waren dort. Haben Sie nicht gesehen, was Sie angerichtet haben? Reicht das nicht? Ist es so wichtig, daß Sie persönlich jemanden töten?«

»Ja.«

»Dann tun Sie mir leid.«

»Sie verstehen nicht, was es heißt, ein Clansmann zu sein, ein Krieger.«

»Nein, Mr. Trent«, antwortete Victor und zeigte mit einem zitternden Finger auf sein Gegenüber. »Sie verstehen nicht, daß die Clans am Ende sind. Sie sind gerächt. Ihre Nebelparder haben eine Lektion erhalten, von der sie sich nie erholen werden. Und für Sie ist es auch vorbei.«

Der Prinz beobachtete, wie Wut und Frust das Gesicht seines Gegenübers färbten. In mancher Hinsicht fühlte er Mitleid mit dem Mann. Er besaß offensichtlich eine Triebkraft, die er für wichtig hielt, aber im Vergleich zu den Kräften, die diese Expedition nach Strana Metschty antrieben und zu deren möglichen Auswirkungen, waren sie ohne Bedeutung. Außerdem hatte er sein eigenes Volk verraten, und gleichgültig, was ihn dazu getrieben und aus welchen Gründen er so gehandelt hatte, würde Victor ihm niemals vertrauen können. *Verräter haben keine Freunde, denn sie haben gezeigt, daß sie fähig sind, sich gegen ihre Freunde zu wenden.*

Severen Leroux legte eine Hand auf Victors Schulter. »Prinz Victor, bitte. Khan Lucien Carns und ich sind in einer wichtigen Mission hier. Wir haben einen Binärstern, der mit euch gegen die Clans kämpfen wird ... kämpfen *muß*. Wir müssen gegen die Gletscherteufel kämpfen. Wenn wir nicht am Lyodgletscher stehen, um sie aufzuhalten, wird es zu einer Katastrophe kommen, und ihr werdet niemals Frieden finden.«

Victor strich sich über die Stirn. »Hast du nicht gehört, was ich ihm gerade gesagt habe?«

»Doch, Prinz Victor, ich habe alles gehört. Es hat mit dieser Situation nichts zu tun.« Severen Leroux runzelte die Stirn. »Es ist so, es muß so sein. Ich habe es gesehen. Diese Entscheidung mußt du treffen, wenn du dauerhaften Frieden willst. Wenn wir nicht gegen die Gletscherteufel kämpfen, werden sie eure Truppen besiegen, und der Krieg wird ungebremst weiter toben.«

Der Prinz schloß die Augen. Zwei Jahre zuvor hätte er das Gerede von einer Vision mit einem ungläubigen Lachen von sich gewiesen. Aber in den letzten zwei Jahren hatte er erlebt, wie die Novakatzen wegen einer dieser Visionen den Sternenbund angenommen hatten. *Und ich habe meinen toten Vater besucht und ihm gesagt, ich werde meinen eigenen Weg finden.* Er wußte, daß er ihr Angebot nicht hätte annehmen dürfen, an ihre Vision nicht hätte glauben dürfen – doch die Überzeugung in Severens Stimme drang zu ihm durch. Auch die Tatsache, daß die Novakatzenkhane keinerlei Überraschung hatten erkennen lassen, als Trent seinen Verrat an den Clans offenbarte, war ihm nicht entgangen und verlieh ihrer Argumentation zusätzliches Gewicht.

Er blickte zum Präzentor Martialum. »Wir haben ihnen in der Inneren Sphäre vertraut und ihre Truppen stolz in die Sternenbund-Verteidigungsstreitkräfte aufgenommen. Vertrauen wir ihnen wieder?«

Der Präzentor Martialum dachte kurz nach, dann nickte er. »Wenn sie davon überzeugt sind, daß Krieg oder Frieden davon abhängen, ob sie sich uns anschließen, bin ich bereit, sie auf unserer Seite kämpfen zu lassen.«

Victor nickte und drehte sich zu den beiden Novakatzenkhanen um. »Ich nehme eure Dienste an. Ihr kämpft gegen die Gletscherteufel.«

»Was? Kennst du *keine* Ehre, Victor Steiner-Davion?« Trent trat einen halben Schritt näher, und seine zu Krallen verkrampften Hände griffen nach Victors Kehle. Bevor dieser reagieren oder Tiaret Trent packen konnte, schlug Severen Leroux mit offener Hand zu und schleuderte Trent zu Boden. Der alte Novakatzenkhan landete hart auf der Brust des Mannes und packte dessen rechtes Handgelenk. Er band eine Schnur darum, die er aus der Tasche gezogen hatte.

»So, Trent. Jetzt bist du mein Leibeigener. Du gehörst nun zu den Novakatzen.« Leroux richtete sich auf und ließ die Kordel vom Arm des Mannes gleiten. »Ich nehme dich als Krieger in unseren Clan auf. Wenn du willst, darfst du mit uns gegen die Gletscherteufel kämpfen.«

Trent hustete und rieb den roten Fleck auf seiner Wange. »Gletscherteufel? Ich werde für euch und gegen sie kämpfen.«

»Gut. Geh ins Hauptquartier meiner Galaxis Alpha. Du wirst erwartet.« Leroux sah zum Präzentor Martialum. »Du hast keine Einwände?«

»Er wird gut für euch kämpfen«, schüttelte Focht

den Kopf und half Trent auf. »Geh, Trent. Du hast jetzt, was du wolltest. Bringe zu Ende, was du begonnen hast.«

Trent verließ das Zelt, und Victor sah Leroux an. »Selbst ein Verräter hat einen Freund. Das hättest du nicht zu tun brauchen.«

»Auch seine Rolle in diesem Drama war vorherbestimmt.« Der alte Mann lächelte. »Er wird den Frieden erst kennenlernen, wenn er als Krieger stirbt.«

Victor grinste. »Das habe ich schon über viele von uns sagen hören.«

»Ja, aber manchem bleibt diese Erlösung verwehrt.« Leroux' Mund verzog sich zu einem rätselhaften Lächeln. »Trent wird seine Erlösung finden. Für ihn gab es wirklich keine andere Möglichkeit. Die Zukunft zu kennen, kann von Wert sein, wenn man dadurch eine Katastrophe abwenden kann, aber zu wissen, wann jemand sterben wird, und es möglich zu machen, ist belastend.«

Lucien Carns klopfte Leroux auf die Schulter. »Seine Last ist es, zuviel zu sehen, und meine, zuwenig. Ich sehe folgendes: Die Novakatzen verpflichten sich dem Sternenbund. Wir werden einen Binärstern zu diesem Kampf beitragen, danach untersteht der Rest deinem Befehl, Victor. Wenn du sie einsetzt, tu es weise.«

Der Prinz zitterte. »Das werde ich immer und allezeit.«

Carns nickte. »Wir wissen es. Auch deswegen sind wir gekommen. Du wirst deinen Weg machen, Victor Steiner-Davion. In deinem Leben wirst du Leid und Mißgunst erfahren, aber deine große Stärke ist die Ausdauer. Vergiß das niemals, und du wirst das Versprechen deines Namens erfüllen.«

7

**ComGuards-Befehlszentrum, Zhaloba Mons,
Strana Metschty
Kerensky-Sternhaufen, Clan-Raum**

23. April 3060

Durch die völlige Abkapselung im Innern des Interaktiven Konstruktwirklichkeitshelms, der seinen Kopf komplett einschloß, fühlte Anastasius Focht sich im Befehlszentrum am Fuße des Zhaloba Mons wie begraben. Der IKW-Anzug lag eng an seinem Körper an und wärmte ihn sogar etwas, wie im Cockpit eines BattleMechs. Als der Computer, an den seine IKW-Ausrüstung angeschlossen war, die Daten einspielte, wurde die Konstruktwelt um ihn herum hell, und über ihm erschien ein sich langsam drehendes Rad aus Bildern.

Er hob die rechte Hand, die in der simulierten Wirklichkeit der Computerdarstellung keinen Handschuh trug, zog das Rad herab und ließ es sich um seinen Kopf drehen, bis er das Bild gefunden hatte, nach dem er suchte. Er wählte es aus, und es wurde größer, bis es die blaue Leere, die ihn umgab, völlig ausfüllte. Innerhalb eines Sekundenbruchteils erschien die Dateneinspielung aus Präzentor Harvisons *Schwarzem Ritter*. Die mit der Kamerakupplung verbundenen Kreiselstabilisatoren hielten das Bild bemerkenswert still, während der Mech auf den Berg zustampfte.

Das Bild des Schlachtfelds, das Focht im Besprechungszelt gesehen hatte, war eine von Osten geschossene Luftaufnahme gewesen. Hätte er das Hologramm jetzt sehen können, hätte er auch die zwölf ComGuard-Mechs bemerkt, die über den letzten Hügel zum Fuß des Berges vorrückten. Ihr Angriffsziel war im Grunde nur von Westen zu erreichen, eine Tatsache, die sicherlich auch Marthe Pryde nicht entgangen war. Die Sternenbund-Truppen würden bergauf angreifen müssen, um die Jadefalken zu vertreiben, und das würde nicht einfach werden.

Einen Augenblick lang bedauerte Focht, daß er nicht bei Harvison sein konnte, angeschnallt im Cockpit eines eigenen Mechs. Sein ganzes Leben war ihm das MechKriegerdasein als Höhepunkt der menschlichen Existenz erschienen. Um zu den Besten der Besten zu gehören, brauchte man Können, Mut und die Bereitschaft, äußerste Verantwortung zu übernehmen. Ein einzelner BattleMech konnte ganze Gebäude in Schutt und Asche legen. Er war ein unerbittlicher und nahezu unbesiegbarer Gegner, solange er nicht auf eine andere dieser zehn Meter hohen Kampfmaschinen traf. Kampfkolosse waren grimmige mechanische Avatare des Todes, in Legionen von Kampfmaschinen unter den besten Kriegern formiert, die eine Nation hervorbrachte.

Einen Augenblick lang fragte er sich, ob ihn Feigheit daran gehindert hatte, sich der Einheit anzuschließen. Dieser Spuk lauerte im Hinterkopf jedes Kriegers, meistens tief unter Tradition und Ehre begraben, aber es gab Momente, in denen er sich bemerkbar machte. Es gab Momente, in denen sich jeder fragte, ob seine Zeit gekommen war, ob die nächste Granate seinen Namen trug, der nächste Laserstrahl für ihn bestimmt war. Solche Ängste schienen irrational, aber Focht wußte, daß sie der einzig rationale Aspekt im Leben eines Kriegers waren. *Wir begeben uns freiwillig in eine Situation, die unseren Tod bedeuten kann, um diejenigen zu beschützen, die dazu selbst nicht in der Lage sind. Das verstößt gegen jeden Überlebensinstinkt, und doch tun wir es. Die Angst erinnert uns daran, wie verrückt wir uns verhalten.*

Seine Blicke suchten den Rand der Hochebene nach feindlichen Mechs ab, die auf die anmarschierende Sternenbund-Einheit warteten, sahen aber nichts. Harvisons *Schwarzer Ritter* war mit einer Beagle-Sonde ausgerüstet, die das Entdecken versteckter Mechs erheblich erleichterte, aber auch sie ortete nichts. Auch das überraschte Focht keineswegs. Er selbst hätte seine Maschinen ebenfalls weit entfernt vom Rand der Ebene aufgestellt, um vorzeitige Schäden zu vermeiden. *Es ist Zeit genug, sie nach vorne zu bringen, wenn wir in Schußweite kommen.*

Focht verspürte keine Angst in seinem Innern. Er hatte sich entschieden, zurückzubleiben, obwohl er den Wunsch gehabt hatte, dabei zu sein. Obwohl er siebenundachtzig Jahre alt war, hatte er die Fähigkeit, einen Mech zu steuern, noch keineswegs verloren. Er trainierte noch immer regelmäßig, und seine Testergebnisse reichten aus, ihn zum aktiven Mechpilot zu qualifizieren. Aber er wußte genau, daß sie näher an den Minimalanforderungen als an den besten Ergebnissen seiner Laufbahn lagen. Das Nachlassen seiner Fähigkeiten war nur natürlich, eine Folge des Alters, und er gehörte längst nicht mehr zu den besten Kämpfern ComStars.

Harvison und seine Leute waren die Besten. Jeder einzelne von ihnen hatte sich freiwillig zu der Kompanie gemeldet, die gegen die Jadefalken ausrückte. Keiner von ihnen machte sich Illusionen über die Härte des bevorstehenden Gefechts. Tote und Verletzte waren zu erwarten, denn die Clanner kämpften um ihr Leben. *Und trotzdem haben sie sich freiwillig gemeldet.*

Focht bewunderte, wie Harvison seine Kompanie aufgebaut hatte. Die Mechs verfügten über eine akzeptable Mischung aus Lang- und Kurzstreckenwaffen, so daß sie die Clanner bei deren Annäherung stellen konnten. Sämtliche Mechs waren humanoid, und als sie um den *Schwarzen Ritter* ausschwärmten und die Deckung nutzten, die Granitfelsen und Bergvorsprünge boten, wirkten sie fast wie eine Krötenkompanie. Die Kampfkolosse glänzten im Weiß ihrer ComGuards-Bemalung, mit dem goldenen Ordensstern ComStars auf der linken Brustpartie und dem Dunkelblau der Sternenbund-Expeditionsstreitkräfte in breiten Streifen um Arme und Beine, als sie den Berghang hinaufrückten. Obwohl sie zu Beginn der Kletterpartie einen *Schwarzen Ritter* durch einen Hüftaktivatorausfall verloren hatte, war die ComGuards-Kompanie ein formidabler Gegner.

Focht bemerkte eine Bewegung auf dem Kamm. Fünf Clan-Mechs kamen im leuchtenden Grün der Jadefalken in Sicht. Er fühlte, wie seine Eingeweide zu Eis gefroren, als die erste Verteidigungslinie sich aufbaute. Alle fünf Mechs – ein *Schwarzfalke*, zwei *Turkinas* und zwei *Feldeggsfalken* – besaßen eine ausgesprochen gedrungene Silhouette und nach hinten geknickte Vogelbeine. Dadurch konnten sie sich aufrichten, um auf ihre Gegner herabzufeuern, und sich danach schnell wieder abducken, um die Wirkung des Antwortfeuers zu minimieren.

Der Pilot des *Schwarzfalke* zielte auf Harvisons *Schwarzen Ritter*. Alle sechs mittelschweren Extremreichweitenlaser im rechten Arm des ClanMechs feuerten, doch die Schüsse waren zu kurz und brannten nur eine Spur in den goldgelben Wiesengrund zehn Meter vor der ComGuards-Maschine. Einer der Laser im anderen Arm schleuderte einen Speer aus rubinrotem Licht gegen den Kopf des Sternenbund-Mechs. Die Schadensanzeige in einer Ecke des Sichtfelds zeichnete den Kopf des Mechs rot, aber der Pilotenstatus blieb grün.

Harvison feuerte mit der Partikelprojektorkanone im rechten Arm des *Schwarzen Ritter* und dem schweren Laser an der rechten Torsoseite zurück. Die grüne Energiebahn des schweren Lichtwerfers zuckte über das Ziel hinweg, aber der kobaltblaue Blitzschlag der PPK bohrte sich geradewegs in die Torsomitte der

Clanner-Maschine. Halb zerschmolzene Panzerung floß davon und hinterließ eine rußgeschwärzte Einschlagsnarbe auf der Brustpartie des *Schwarzfalke*.

Eine der *Turkinas* feuerte auf einen *Grimmen Schnitter*. Der mittelschwere Laser an der linken Flanke der *Turkina* verdampfte die Panzerung über der Brustpartie des wuchtigen *Grimmen Schnitter*. Die beiden schweren Laser im rechten Mecharm nahmen ihn in die Zange und kochten einen Teil der schützenden Panzerung von beiden Armen. Einer der beiden schweren Impulslaser im linken Mecharm des Clanners verfehlte sein Ziel, aber der andere schleuderte einen Hagel aus grünen Energiebolzen aus, der sich in die Panzerung über der rechten Hüfte der ComGuards-Maschine fraß.

Der Mech erzitterte unter dem Angriff, aber der Pilot hielt die Maschine aufrecht. Es gelang ihm sogar, das Feuer zu erwidern. Die LSR-Lafette in der rechten Torsohälfte des *Grimmen Schnitter* spie eine Salve Langstreckenraketen aus, die den Hang hinauf auf die *Turkina* zujagten. Die meisten sprengten Panzerung von der rechten Schulter des Jadefalken-Mechs, doch zwei trafen den anderen Arm. Der schwere Laser des Sternenbund-Mechs verflüssigte die Stahlkeramikpanzerung auf dem linken Torso der Maschine, und sie strömte in Sturzbächen an deren Rumpf herab.

Ein zweiter BattleMech der ComGuards-Kompanie, ein breitschultriger, spitzköpfiger *Excalibur*, wählte sich dieselbe *Turkina* zum Ziel. Seine LSR-Salve verwüstete die linke Brustpartie des Falken-Mechs und sprengte deren bereits angeschlagene Panzerung davon. Das Gaussgeschütz im rechten Mecharm spie eine silbrige Kugel nach dem ClanMech. Sie schlug in den linken Oberschenkel der *Turkina* ein, und die Wucht des Treffers schleuderte ganze Panzerplatten davon, aber trotz allem konnte der Schuß die Panzerung nicht durchbrechen.

Der zweite *Excalibur* der Kompanie eröffnete das Feuer auf einen kleinen, gedrungenen *Feldeggsfalke.* Das Gaussgeschoß des ComGuardisten traf eine Felsleiste knapp vor dem Clanner und prallte ab – hoch über das Ziel hinweg. Die LSR-Salve traf und schälte Panzerung vom linken Torso und rechten Bein des Mechs, richtete aber keinen ernsthaften Schaden an. Ein anderer Sternenbund-Mech, ein wuchtig gebauter *Shootist*, richtete den rechten Arm auf den *Feldeggsfalke* und feuerte den dort installierten schweren Laser. Der grüne Energiestrahl schnitt Panzerung aus dem rechten Mecharm des Clanners und ließ eine dampfende schwarze Schneise darin zurück.

Der *Feldeggsfalke* erwiderte das Feuer des *Excalibur.* Die PPK im rechten Arm des Falken-Mechs schleuderte einen elektrischblauen Blitzschlag, der sich tief in die linke Torsoseite des ComGuards-Mechs bohrte. Panzerung flog nach allen Seiten davon und entblößte das rußgeschwärzte Stützskelett der linken Brustpartie des Mechs.

Der zweite Clan-*Feldeggsfalke* zog das Feuer gleich dreier ComGuards-Mechs auf sich. Ein walzenförmiger *Spartaner* richtete die auf der linken Seite seines Rumpfes eingebaute PPK auf den leichteren Jadefalken-Mech und feuerte. Der künstliche Blitzschlag zerfetzte die Panzerplatten über der linken Torsohälfte des *Feldeggsfalke.* Ein zweiter *Spartaner* setzte seine PPK auf dieselbe Weise ein, um eine entsprechende Menge Panzerung von der anderen Torsoseite des Clanners zu kochen. Der zweite *Shootist* der Kompanie feuerte mit dem schweren Laser auf den Jadefalken, zielte aber zu tief und entfachte ein loderndes Feuer im Gras vor dem Gegner.

Der *Feldeggsfalke* reagierte auf die Attacken, indem er mit den mittelschweren Extremreichweitenlasern den *Shootist* aufs Korn nahm. Nur drei der fünf Strahlbahnen trafen ins Ziel. Zwei verflüssigten Panzerung an der rechten Seite des ComGuards-Mechs, während der dritte eine üble Schmelzspur quer über dessen linken Unterschenkel zog. Der Pilot des *Shootist* hielt den Mech auf den Beinen, und Focht machte sich klar, daß die beiden *Feldeggsfalken* unterschiedlich konfiguriert waren.

Der letzte der Clan-Mechs, eine wuchtige *Turkina*, wütete gegen den zweiten *Grimmen Schnitter* des Sternenbunds. Die beiden schweren Impulslaser deckten Torso und rechten Arm des Mechs mit einem Gewitter aus Laserbolzen ein, der die Panzerung in einen öligen schwarzen Nebel verwandelte. Nur einer der beiden schweren Extremreichweitenlaser im rechten Arm der *Turkina* traf und zerkochte noch zusätzliche Panzerung über der Brustpartie des ComGuards-Mechs. Die mittelschweren Torsolaser spießten das rechte Mechbein mit rubinroten Lichtspeeren auf und verwandelten die Panzerplatten in Ströme dickflüssiger Keramikmasse.

Der *Grimme Schnitter* schlug zurück und traf seinen Gegner mit LSR und schwerem Laser. Die Raketen fraßen Panzerung von beiden Armen der *Turkina* und sprengten einen beachtlichen Brocken aus dem Torso des Mechs. Der schwere Laserstrahl stieß in den rechten Arm, schnitt durch die Panzerung und hinterließ eine breite, halbmondförmige Bresche in der grünen Lackierung.

Ein *Schwarzer Ritter* der ComGuards schoß auf die *Turkina*, verfehlte den Jadefalken aber mit PPK und einem der beiden schweren Laser. Der armdicke grünleuchtende Energiestrahl des zweiten Lasers zerschmolz weitere Panzerung über der Brustpartie der Clan-Maschine und vergrößerte den Schaden noch, den die Raketen des *Grimmen Schnitter* angerichtet hatten. Die *Turkina* zog sich trotz der Schäden nicht in die Deckung zurück, sondern blieb an ihrer Position, als verspüre ihr Pilot nur Verachtung für die Versuche der Sternenbund-Piloten, ihn zu töten.

Als die Mechs für den nächsten Schußwechsel in Position gingen, fühlte Focht eine eisige Hand sein Rückgrat heraufkriechen. Seine Leute waren dem Gegner nichts schuldig geblieben, aber bis jetzt hatten sie es nur mit der Hälfte der Jadefalken-Einheit zu tun bekommen. Die ComGuards-Piloten hatten den Feind angeschlagen, aber zwei ihrer Mechs hatten ebenfalls ernste Schäden davongetragen, und ihre Piloten waren in höchster Gefahr.

Der Präzentor Martialum runzelte die Stirn. Die Jadefalken-Kommandeurin setzte den offensichtlichen Geschwindigkeitsvorteil ihrer *Feldeggsfalken* nicht ein, um die ComGuards auszumanövrieren. Einen Augenblick lang fragte er sich, warum, dann traf ihn die Antwort mit erschreckender Deutlichkeit. *Sie hat es nicht nötig, sie so einzusetzen. Wir sind im Nachteil, und sie ist bereit, auf diesen Vorteil zu verzichten, um ihre Überlegenheit zu beweisen.*

Focht streckte die Hand aus, stoppte aber, bevor er eine Funkverbindung zu Harvison öffnen konnte. Er wollte ihm raten zurückzubleiben. Die Schäden am Kopf des *Schwarzen Ritter* waren so schwer, daß der nächste Treffer das Cockpit vernichten, Harvison töten und seine Einheit führerlos zurücklassen konnte. *Das ist ihm ganz sicher ebenso klar, aber trotzdem greift sein Mech weiter an.*

Der Präzentor Martialum hielt sich zurück. *Ich habe Harvison den Befehl über dieses Gefecht gegeben, jetzt liegt es an ihm, wie er es führt. Er weiß, was er tut, und der konzentrierte Beschuß scheint Wirkung zu zeigen. Es fragt sich nur, ob die Wirkung ausreicht.*

Harvisons *Schwarzer Ritter* hatte sich auf den *Schwarzfalke* eingeschossen. Die PPK traf den ClanMech erneut im Zentrum der Brustpartie und kostete ihn nahezu sämtliche Panzerung. Der grüne Energiestrahl aus dem schweren Laser fraß sich durch die Panzerung am rechten Mecharm des Clanners und halbierte dessen Schutz.

Der *Schwarzfalke* feuerte seinerseits wieder auf den *Schwarzen Ritter* und setzte seine mittelschweren Laser ein. Diesmal schoß er jedoch alle sechs Waffen im linken Arm des Mechs und nur eine im rechten ab. Die rote Strahlbahn aus dem rechten Mecharm landete erneut zu kurz und bestätigte Fochts Verdacht einer ernsten Fehlfunktion, während fünf der anderen Laser ihr Ziel erreichten. Drei von ihnen brannten nahezu die komplette verbliebene Panzerung vom rechten Mecharm Harvisons, während die beiden anderen Panzerplatten über der Mitte und der linken Flanke des Mechrumpfes zerschmolzen.

Fochts Computerumgebung tanzte und wirbelte. Er kämpfte gegen ein heftiges Schwindelgefühl, während er den Arm hob und eine andere Dateneinspeisung vom zweiten *Schwarzen Ritter* der Einheit herabzog. Rechts von sich konnte er Harvisons Mech als qualmendes Wrack am Boden liegen sehen. Rings um den Mech loderten kleine Grasfeuer, ausgelöst von superheißen Panzersplittern, und der Kampfkoloß erinnerte fast an einen mittelalterlichen Ritter, aufgebahrt zur letzten Ruhe. Harvisons Maschine bewegte ihre Glieder, also weilte ihr Pilot noch unter den Lebenden, aber in einem zehn Meter hohen BattleMech zu Boden zu stürzen, bekam einem MechKrieger in den seltensten Fällen sonderlich gut.

Die erste Clan-*Turkina* feuerte wieder auf den *Grimmen Schnitter*, den sie schon zuvor angegriffen hatte. Zwei Impulslaser trafen ihr Ziel und überschütteten den Torso des Mechs von der Mitte bis zur rechten Seite mit grünen Energiepfeilen. Die beiden schweren Laserstrahlen zuckten über das rechte Bein der Sternenbund-Maschine und brannten die letzten Panzerreste davon, bevor sie sich in die Myomermuskelfasern bohrten, die den Mech bewegten. Der mittelschwere Laser in der linken Seite der *Turkina* stieß in die rechte Flanke des Mechs und ließ nur eine hauchdünne Panzerschicht zurück.

Noch während die *Turkina* ihn malträtierte, erwiderte der *Grimme Schnitter* das Feuer. Langstreckenraketen stiegen aus der Lafette in seiner Brustpartie und donnerten auf silberhellen Flammenbahnen auf ihr Ziel zu. Die Geschosse sprengten Panzerung von der Mitte und der rechten Flanke des Clanners und vergrößerten die Schäden am Oberschenkel der Jadefalken-Maschine. Der schwere Laser des ComGuards-Mechs setzte die Verwüstung der rechten Torsoseite der *Turkina* fort und zerschlug deren Brustpartie auf beiden Seiten. Aber bei all diesem Erfolg konnte der Pilot des *Grimmen Schnitter* seinen Mech nicht aufrecht halten. Er krachte neben dem *Schwarzen Ritter* zu Boden.

Der *Excalibur* blieb an der *Turkina* und feuerte ihr eine Gausskugel in den linken Arm, deren Aufprall ganze Panzerplatten zu Staub zermalmte. Die LSR detonierten auf dem rechten Arm und der Flanke der *Turkina,* konnten jedoch keine Bresche schlagen. Dennoch reichte der Schaden aus, den ClanMech wegkippen und außer Sicht der Sternenbund-Angreifer zu Boden gehen zu lassen.

Der erste der beiden Clan-*Feldeggsfalken* attackierte den *Excalibur,* der ihn zuvor unter Beschuß genommen hatte. Sein erster Impulslaserschuß sandte einen Strom blutroter Energiebolzen durch das klaffende Loch in der Panzerung über der linken Torsoseite des Mechs und zerschmolz dessen interne Struktur. Die PPK verdampfte die Panzerung auf der rechten Rumpfseite des ComGuards-Mechs völlig, dann bohrte sich der zweite

Impulslaser hindurch und zertrümmerte sein Skelett. Eine riesige, tiefschwarze Rauchwolke quoll aus den Breschen im Torso des *Excalibur*, ein sicheres Zeichen, daß seine Reaktorabschirmung beschädigt, der Hitzeausstoß gewaltig angestiegen und der ganze Kampfkoloß praktisch kampfunfähig war. Und doch hielt der Pilot seine Maschine trotz allem aufrecht und erwiderte das Feuer des *Feldeggsfalke*.

Das Gaussgeschütz des *Excalibur* jagte ein Projektil in die linke Flanke des Jadefalken-Mechs, das dessen Panzerung zerschmetterte und die interne Struktur ernsthaft verbog. Der LSR-Beschuß zeichnete die Panzerung über dem linken Bein und der Brustpartie des Mechs und vergrößerte die Schäden an der entblößten linken Seite weiter. Der *Feldeggsfalke* schauderte, hielt dem Angriff jedoch stand.

Der *Shootist*, der sich mit dem *Excalibur* gegen den Mech zusammengetan hatte, trug auch seinen Teil bei. Der schwere Laser zog den grünen Strahl aus gebündelter Lichtenergie über den rechten Oberschenkel des *Feldeggsfalke*, dann spie die schwere Autokanone in der linken Brustpartie des ComGuards-Mechs eine Flut aus Urangranaten aus, die auch die letzten Panzerreste pulverisierte. Damit noch nicht erschöpft, zerfetzten die Granaten auch die Myomermuskeln im Unterschenkel des Mechbeins, und trotzdem schaffte es der Pilot irgendwie, seine Maschine aufrecht zu halten.

Der zweite *Feldeggsfalke* im Kontingent der Clanner feuerte wieder mit den mittelschweren Lasern auf den *Shootist*. Inzwischen hatte sich die Distanz zwischen den Kontrahenten verringert, und vier von fünf Strahlbahnen trafen ihr Ziel. Zwei schmolzen zusätzliche Panzerung vom linken Bein des Mechs, während einer eine Brandspur über den rechten Oberschenkel zog. Der letzte Strahl zuckte über die Torsomitte des Kampfkolosses und bohrte sich tief ins Innere. Eine schwarze Rauchwolke stieg aus dem Loch auf und kündete von einem weiteren Reaktorschaden.

Der Pilot des *Shootist* mußte wissen, wie schwer sein Kampfkoloß getroffen war, aber seine Treffsicherheit schien dadurch in keinster Weise beeinträchtigt. Sein schwerer Laser traf die rechte Hüfte des *Feldeggsfalke* und schwärzte die Panzerung. Die schwere Autokanone traf dieselbe Stelle, sprengte die verbliebenen Panzerreste davon und fraß sich in das Bein.

Die beiden *Spartaner* stürzten sich weiter auf den *Feldeggsfalke*. Beide Mechs trafen mit der PPK. Ein künstlicher blauer Blitzschlag spielte über die Brustpartie der Clan-Maschine und zerschmolz die Panzerung, wo er sie berührte. Der zweite Energieschlag schälte den größten Teil der Panzerung vom Arm der Maschine. Ein einziger Treffer in das verwüstete rechte Bein des Clan-Mechs hätte genügt, es abzureißen, aber bei einem Bergaufangriff waren solche Präzisionsschüsse selten möglich.

Die letzte *Turkina* richtete ihre Waffen auf den *Grimmen Schnitter*, der sie in der ersten Kampfrunde angegriffen hatte. Die schweren Impulslaser zerkochten die letzten Panzerreste über dem Herzen des ComGuards-Mechs und brannten sich in seine rechte Seite. Die schweren Laser im rechten Mecharm des Clanners ließen ihre Energiebahnen über das rechte Bein des *Grimmen Schnitter* spielen, wo sie alle Panzerung verdampften und das künstliche Muskelgewebe darunter verwüsteten. Der mittelschwere Laser schoß ins Blaue, und es gelang dem Piloten des Sternenbund-Mechs, seine Maschine vor einem Sturz zu bewahren.

Der *Schwarze Ritter*, aus dessen Blickwinkel Focht den Kampf verfolgte, richtete seine Waffen auf die *Turkina*. Beide schweren Laser fanden ihr Ziel und pumpten Megajoules an Energie in die Panzerung über dem linken Arm und Bein des Kampfkolosses. Die PPK des

ComGuardisten riß eine zerfranste Bresche im bis dahin makellosen rechten Oberschenkel der *Turkina* auf, von der Sturzbäche verflüssigter Panzerung das Bein hinabliefen.

Der einzige Mech in der ComGuards-Kompanie, der seine Waffen noch nicht abgefeuert hatte, war ein humanoider *Paladin*. Seine Bewaffnung war mehr auf Nahgefechte ausgelegt, aber jetzt schien er endlich dicht genug an die Jadefalken-Kräfte herangekommen zu sein, um in das Geschehen einzugreifen. Er feuerte vier mittelschwere Laser auf die *Turkina* ab, traf aber nur mit dreien. Zwei zerschmolzen weitere Panzerung am linken Bein des gegnerischen Mechs, während der dritte Panzerplatten von der Brustpartie fetzte.

Schließlich nahm auch der *Grimme Schnitter* den Jadefalken unter Beschuß. Der schwere Laser traf vorbei, und sein grünleuchtender Energiestrahl zuckte in die Berggipfel jenseits des Sees. Die meisten LSR verfehlten ihr Ziel ebenfalls, und die wenigen, die trafen, sprengten nur weitere Panzerung vom linken Bein und der Seite des Mechs. Die schwergepanzerte *Turkina* blieb aufrecht und unbesiegt in Position, die Panzerung beschädigt, doch die Kampfkraft ungebrochen.

Focht schüttelte den Kopf. Sein Mund war staubtrocken. *Sie haben zwei meiner Mechs ausgeschaltet und mehrere andere beschädigt. Wir haben zwei der ihren beschädigt und einen besiegt. Bis jetzt hat Marthe die Oberhand in dieser Schlacht, und wenn sie erst ihre Reserven einsetzt …* Er schauderte. *Ich kann nur hoffen, daß die anderen bei ihren Kämpfen mehr Erfolg haben.*

8

**Hauptquartier der 1. St.-Ives-Lanciers, Kaulmdistrikt, Strana Metschty
Kerensky-Sternhaufen, Clan-Raum**

23. April 3060

Kai Allard-Liao erlaubte sich ein leises Lächeln, als er in den Hangar trat und den BattleMech sah, den er gegen die Wölfe steuern wollte. In der Freien Inneren Sphäre kannte man das Modell als *Ryoken*, aber er wußte, daß die Wölfe es *Sturmkrähe* nannten. Und da seine Einheit unter anderem *Rabe*-Mechs umfaßte, die fast so schnell wie der OmniMech waren, entschied er sich, diesen Namen ebenfalls zu benutzen. Der Kampfkoloß hatte sogar die entsprechenden Vogelbeine, über denen ein spitz zulaufender zylindrischer Rumpf hing, und zwei Arme mit den Waffenmodulen. Der linke Arm besaß keine Hand, sondern endete in der Mündung einer schweren Autokanone, während der geschwollen wirkende Unterarm auf der rechten Seite sechs mittelschwere Extremreichweitenlaser beherbergte.

Colonel Adele Tsang, die Kommandeurin der Lanciers, kam herüber und folgte seinem Blick. Sie war in den Vierzigern und hatte den Posten übernommen, nachdem ihre Vorgängerin Caroline Seng auf St. Ives zu Candace Liaos Militärberaterin befördert worden war. Sie verschränkte die Arme über der Kühlweste und schüttelte den Kopf. »Ich halte das immer noch für unklug, Hoheit.«

Kai sah sie von der Seite an. »Einen erbeuteten Clan-Mech ins Feld zu führen, wird keinerlei Probleme bringen, Colonel. Ich bin auf diesem Typ ausgebildet worden.«

»Ja, Sir, daran habe ich keine Zweifel. Ich spreche

von der Bemalung, die Sie angeordnet haben. Wir rücken in eine grüne Landschaft aus, und Sie haben diesen *Ryoken* wie einen Geist bemalen lassen. Er wird unübersehbar sein.«

Kai senkte für einen Moment den Blick, dann grinste er Tsang an. »Die weiße Farbe und die blau-roten Yin-Yang-Abzeichen sind die des Cenotaph-Stalls auf Solaris VII. Das ist mein Stall. Es sind die Farben, mit denen ich zum Champion von Solaris wurde.«

»Das weiß ich, Hoheit.«

»Kai, bitte. Ich habe Ihnen schon einmal gesagt, daß Sie mich nicht Hoheit nennen sollen.« Er seufzte. »Meine Mutter regiert den St. Ives-Pakt, aber hier bin ich kein Herrscher, sondern nur ein Krieger.«

»Ein Krieger, der seinen Mech gerade als riesige Zielscheibe hat ausstaffieren lassen.« Tsang zog die Augen zusammen, und auf ihrer Stirn entstand eine tiefe senkrechte Falte. »Meinen Sie nicht, daß dieser Vlad ohnehin schon Jagd auf Sie machen wird?«

»Oh, ich will, daß er Jagd auf mich macht. Und ich will ihn wütend über die Frechheit machen, meinen Mech so anzumalen. Wenn er von Solaris weiß, müßte ihn das zur Weißglut treiben. Er wird dafür sorgen, daß er sich auf mich stürzt, und zwar nur auf mich. Ich bin seinem *Waldwolf* gut gewachsen, und Sie und die anderen haben dadurch freie Hand, sich um seine Truppen zu kümmern.«

Die Falten auf der Stirn des Colonels vertieften sich. »Seinem *Waldwolf* gut gewachsen? Wie kommen Sie darauf? Sein OmniMech ist zwanzig Tonnen schwerer als Ihrer, dicker gepanzert und strotzt vor Waffen. Er ist nur minimal langsamer als Sie und Ward als Könner im Mechcockpit.«

Kais Grinsen verblaßte leicht. »Ihre Analyse ist korrekt, aber mit der Autokanone habe ich eine größere Schlagkraft, wenn ich in seine Nähe komme. Wenn ich in einer Drehbewegung gegen ihn vorrücke, kann ich ihn böse zurichten. Außerdem geht es bei dieser Übung darum, sie aus dem Kaulm zu vertreiben. Wer auch immer das Zielgebiet am Ende kontrolliert, hat gewonnen, und ich erwarte, daß Sie die übrigen Clanner niederwalzen, während ich ihren Kommandeur beschäftigt halte.«

»Das haben wir vor.« Tsang salutierte. »Gute Jagd, Kai.«

»Gleichfalls, Colonel. Lassen Sie aufsitzen.« Kai erwiderte den Gruß und stieg das Gerüst hinauf. Als er über den Metallsteg trat, hallten seine Schritte. Er erreichte die *Sturmkrähe*, rutschte durch die Cockpitluke und verriegelte sie. Dann ließ er sich auf die Pilotenliege sinken. Er schloß erst den Hüftgurt, dann die Kreuzgurte um den Brustkorb. Sie lagen eng an der Kühlweste an. *Gut. Ich möchte nicht durch die Kanzel fliegen.*

Aus einer Tasche an der linken Seite der Kühlweste zog er zwei Plastikleitungen und schob ihre Metallenden in die Buchsen der Liege. Da der Fusionsreaktor und die Waffensysteme des Mechs eine ungeheure Abwärme produzierten, trugen Piloten in der Kanzel so wenig Kleidung wie möglich und legten außerdem eine Kühlweste an. Neben der Weste bestand Kais Bekleidung nur aus gepanzerten Kniestiefeln und dünnen Shorts. Nach dem Kampf würde er trotzdem schweißgebadet und erschöpft sein, aber die Kühlweste würde verhindern, daß er in seinem eigenen Schweiß gesotten wurde.

Er hob den Neurohelm von einer Ablage über seinem Kopf und setzte ihn auf. Der schwere Helm senkte sich auf die Schulterpolster der Kühlweste, und Kai fühlte den vertraut schmerzhaften Druck. Er zog den Kinngurt an, bis der Helm fest saß. Die Neurosensoren im Innern gestatteten dem Gleichgewichtssinn des Piloten, den Kreiselstabilisator des Mechs über den Bordcomputer zu steuern, so den gewaltigen Kampfkoloß zu bewegen und trotz der furchtbaren Schäden der Schlacht aufrecht zu halten.

Kai öffnete eine Klappe in der rechten Armstütze der Pilotenliege und zog vier kleine kreisrunde Pflaster und eine gleiche Anzahl dünner Drahtleitungen heraus. Er löste die Abdeckfolie von der selbstklebenden Unterseite der Pflaster und drückte sie auf Oberschenkel und -arme. Er befestigte jeweils ein Ende der Drähte an der Metallhalterung in der Mitte der weißen Pflaster, dann fädelte er die Leitungen durch Schlaufen an der Kühlweste hoch und stöpselte sie in dafür vorgesehene Buchsen an der Kinnseite des Neurohelms. Die Sensoren an seinen Armen und Beinen würden mithelfen, den Mech auszubalancieren.

Er schloß die Klappe, streckte den Arm aus und drückte den Startknopf. Eine mechanische Stimme klang aus den Lautsprechern des Helms. »Autorisationscode eingeben.«

Angesichts der furchtbaren Zerstörungskraft der gewaltigen Kampfmaschinen waren BattleMechs mit Sicherheitsvorkehrungen ausgestattet, die verhindern sollten, daß sie von Unbefugten benutzt wurden. Die erste dieser Sicherungen war eine simple Stimmabgleichung. »Kai Allard-Liao, Sternenbund-Expeditionsstreitkräfte. Sicherheitscode 413256.«

»Stimmusterabgleichung erfolgreich. Persönlichen Freigabecode eingeben.«

Jeder Pilot sicherte seine Maschine zusätzlich mit einem persönlichen Kenncode, der garantierte, daß niemand sonst ihn starten konnte. Manche Piloten entschieden sich für pure Nonsenscodes, in der Meinung, daß die besonders schwer zu erraten wären, während andere einen Familienwahlspruch oder andere angemessen martialische Redewendungen wählten. Kai neigte zu Denksätzen, die ihm die angemessene Haltung für den Kampf vermittelten, in den er auszog.

Er räusperte sich. »Etwas zu versuchen heißt, eine Niederlage herauszufordern. Etwas zu tun ist der Weg zum Sieg.«

Ein Donnern lief durch die *Sturmkrähe*, als der Fusionsreaktor hochfuhr. Die über die Kanzel verteilten Monitore flammten auf, und Datenströme liefen über die Bildschirme. Die Waffenanzeige meldete alle sechs Laser einsatzbereit und im Aufladen begriffen. Die schwere Ultra-Autokanone war ebenfalls voll funktionstüchtig, und die Munitionszufuhr schien in bester Ordnung. Alle Wärmeanzeigen leuchteten in kühlem Blau.

Schließlich leuchtete auch die holographische Sichtprojektion vor ihm auf. Sie komprimierte eine 360°-Rundumsicht auf einen Winkel von etwa 160 Grad, mit senkrechten goldenen Linien, die den frontalen Schußwinkel seiner Waffen eingrenzten. Als er den Steuerknüppel auf der rechten Armlehne der Pilotenliege bewegte, erschien ein goldenes Fadenkreuz über der Anzeige. Es bewegte sich über einen der anderen Lancier-Mechs, und der Computer ließ einen goldenen Punkt im Zentrum des Fadenkreuzes aufblinken, um anzuzeigen, daß er das Ziel erfaßt hatte.

Kai schaltete die Kommeinheit auf die taktische Frequenz der Einheit. »Colonel Tsang, hier Kai. Ich wäre dann soweit. Wollen wir? Die Wölfe warten.«

* * *

Kais *Sturmkrähe* und zwei vogelähnliche *Raben* stellten die Speerspitze der St.-Ives-Truppen. Die *Raben* waren nicht nur schneller als die *Brandschatzer*, *Cataphracte* und *Totschläger* der restlichen Kompanie, sie waren darüber hinaus mit reichlich Elektronik ausgerüstet, die eine Ortung des Gegners erleichterte und einige seiner modernen Feuerleitsysteme empfindlich stören konnte. Die wogende Hügelebene des Kaulmdistrikts mit ihrem spärlichen Baumbestand bot nicht allzu viele Möglichkeiten, Mechs zu verstecken, aber die Wächter-ECM-Störsender der *Raben* lieferten dennoch einen gewissen Schutz gegen Hinterhalte.

Kai bremste die *Sturmkrähe* etwas, um die hinter ihm folgenden Mechs nicht zu verlieren. Colonel Tsang in einem der wuchtigen *Brandschatzer* hatte die drei Kolosse dieses Typs in der zweiten Reihe der Einheit plaziert, so daß ihre Gaussgeschütze in einer vernichtenden Salve zum Einsatz kommen konnten. Die kantigen *Cataphracte* und langbeinigen *Totschläger* in der dritten Reihe verfügten über eine größere Beweglichkeit und eine Phalanx von Fernwaffen, die ihnen bei der Begegnung mit den Wölfen gute Dienste leisten würden.

Einer der *Raben* sprintete zu einem kleinen Hain nahe der Kuppe eines langen Hügels. Kai stellte fest, daß die in Dunkelgrün und Schwarz gehaltene Tarnbemalung der Lanciers tatsächlich half, den Mech zu verbergen. Mit einer Fingerbewegung aber konnte er die Sichtprojektion auf Infrarot oder Magnetische Anomalie umschalten und den Mech aus der Umgebung hervortreten lassen wie eine Neonreklame. *Und bei mir ist das sogar in Normaloptik der Fall.*

Die Funkleitung knisterte etwas, als der Pilot des *Rabe* Bericht erstattete. »Sichtkontakt. Zehn Clanner. Ein *Waldwolf*, zwei *Galeeren*, drei *Fenrise* und vier *Schwarzfalken.*«

Abgesehen von dem *Waldwolf* und den *Galeeren* waren die Clan-Mechs recht klein und schnell. Im Vergleich zu den Lanciers waren sie unterbewaffnet, aber ihre Geschwindigkeit würde es schwierig machen, sie zu treffen. *Scheint, daß dieser Wolf sich an sein Totem erinnert und uns von einem Rudel hetzen lassen will.* Kai atmete tief durch. *Aber wie gut wird sich das Rudel ohne sein Alpha-Männchen schlagen?*

Die Sternenbund-Mechs rückten vor. Bei ihrem Anblick verteilten sich die schnelleren ClanMechs. Die *Galeeren* kamen näher, aber der *Waldwolf* hielt sich etwas zurück. Natürlich war das kein Zeichen von Angst, das war Kai klar. Vielmehr bedeutete es eine Einladung. Die *Galeeren* eröffneten das Feuer auf die *Brandschatzer*. Keiner ihrer Schüsse kam auch nur in die Nähe seiner *Sturmkrähe. Sie lassen mich passieren, ohne Zweifel auf Vlads Befehl.*

Kai beschleunigte den OmniMech und stürmte auf Vlads Maschine zu. Er bewegte die *Sturmkrähe* in einer Schleifenbewegung nach rechts und lief vor einer der breitschultrigen, großköpfigen *Galeeren* vorbei. Der Pilot ignorierte ihn, aber als Kai ihn passierte, drehte er den Torso der *Sturmkrähe* nach links und richtete die Autokanone auf den ClanMech. Eine riesige goldgelbe Stichflamme schlug aus der Mündung der Waffe. Der Orkan aus Urangranaten riß tiefe Breschen in die Panzerung an der rechten Seite und dem Arm der Maschine. Die Treffer entblößten die *Galeere* nicht völlig, aber sie ließen keinen Schutz zurück, den die anderen Lanciers nicht mit einem Schuß durchschlagen konnten.

Er gestattete sich ein grimmiges Lächeln. *Das sollte Vlad gehörig wütend machen. Er gestattet mir freies Geleit, und ich bedanke mich, indem ich einen seiner Kameraden verwüste. Er betrachtet das hier als eine hehre Schlacht zwischen Gut und Böse, aber ich weiß, es ist nur ein Streit um ein Stück Gelände. Er sucht Ehre. Ich will seine Leute nur aus einem vom Computer festgelegten Schlachtfeld vertreiben.*

Als er aus dem Schatten der *Galeere* trat, stählte Kai sich für Vlads ersten Angriff. Die kastenförmigen LSR-Lafetten auf den Schultern des *Waldwolf* erblühten im Feuerschein, als der Clanner ihm zwei Raketensalven entgegenschleuderte. Der schwere Laser im rechten

Arm und der darunter hängende mittelschwere Laser schossen beide weit und hätten fast die *Galeere* getroffen, die Kai Sekunden zuvor angegriffen hatte. Die mittelschweren Laser im linken Mecharm waren treffsicherer und schälten halb geschmolzene Panzerbahnen aus der rechten Flanke der *Sturmkrähe*. Die Raketen detonierten auf all ihren Extremitäten und kosteten den Omni Panzerung, allerdings an keiner Stelle genug, um gefährlich zu werden.

Kai überstand die Erschütterungen der Raketendetonationen und senkte das Fadenkreuz über den weit vorragenden Rumpf des *Waldwolf*. Er löste fünf seiner mittelschweren Laser aus, traf aber nur mit dreien. Zwei davon schnitten Panzerung von den Vogelbeinen der gegnerischen Maschine, der dritte bohrte sich in die Panzerung über deren rechter Seite. *Der Schaden, den wir uns gegenseitig zufügten, ist recht ähnlich, eine Tatsache, die ihn sicher mit großer Zuversicht erfüllt.*

Er lachte. »Zeit, ihm das Grinsen vom Gesicht zu wischen.«

Er ließ die *Sturmkrähe* mit Höchstgeschwindigkeit weiterpreschen und zog den Mech zugleich sehr dicht an Vlads *Waldwolf* hinüber. Der hatte seine Kampfmaschine schon in eine Drehung gelegt, um Kais Spiralkurs zu folgen, aber diese enger werdende Bahn zwang ihn, die Bewegung anzupassen. *Er weiß genau, daß es Wahnsinn für mich ist, auf ihn zuzurennen, und darum läuft es jetzt nicht, wie er es plante. Das ist der wunde Punkt der Clans und ihrer Bieterei – es eliminiert soweit es geht das Zufallsmoment aus der Kriegsführung, und dadurch haben sie Schwierigkeiten, mit dieser Art Chaos umzugehen.*

Aus nächster Nähe zog Kai das Fadenkreuz über den *Waldwolf* und löste einen Ultrafeuerstoß der Autokanone aus. Das flackernde Mündungsfeuer warf zuckende Schatten über den Torso des ClanOmnis, als die AK-Granaten auf die Panzerung seines linken

Beins donnerten. Die Waffe kam hoch und setzte die zweite Salve in die rechte Flanke des Clanners. Der Treffer fraß den letzten Rest an Panzerung weg und hinterließ seine Spuren an der internen Struktur, konnte jedoch keinen entscheidenden Treffer erzielen.

Zwei der mittelschweren Laser im rechten Arm der *Sturmkrähe* leuchteten auf. Ein rubinroter Strahl schoß in den rechten Arm und zerkochte die Panzerplatten. Der zweite schnitt ins rechte Bein und brachte die Panzerung dort zum Schmelzen.

Vlads Gegenschlag kam schnell und wild. Schwere und mittelschwere Laser ließen ihre roten und grünen Energiebahnen über die rechte Seite der *Sturmkrähe* zucken. Warnsirenen heulten durch Kais Cockpit, als die Laser den letzten Rest an Panzerung verdampften und sich in die internen Stützstreben vorfraßen. Kai blickte auf die Anzeige und sah die rechte Flanke des Mechdiagramms rot aufleuchten – aber keines der lebenswichtigen Systeme wurde beschädigt. Er hatte großes Glück gehabt.

Die gebündelte Lichtenergie aus dem linken Arm des *Waldwolf* spielte über Kais rechten Mecharm, löste dessen komplette Panzerung auf und röstete ihn. Aber trotz der furchterregenden Kraft der Strahlbahnen gelang es ihnen nicht, die Waffensysteme des Arms zu beschädigen. *Noch ein Treffer, und der Arm ist ab, aber dazu muß er ihn erst noch mal treffen, und die Chance werde ich ihm nicht geben.*

Kai kämpfte mit den Kontrollen und hielt den OmniMech auf den Beinen. *Das war etwas zu herb, aber es kam unerwartet für Vlad.* Kai grinste, als sein Mech an dem *Waldwolf* vorbei in das Gelände hinter der Anfangsaufstellung der Clanner schoß. *Es gibt noch eine Menge anderer Manöver, die er nicht erwartet, und wenn ihn das beschäftigt hält, kann Colonel Tsang für uns den Sieg erringen.*

9

**Befehlsstand der 1. Genyosha, Niegdje-Distrikt,
Strana Metschty
Kerensky-Sternhaufen, Clan-Raum**

23. April 3060

Hohiro Kurita ging in einem schwarzen Seidenkimono durch das Mechlager, dessen rechter Ärmel mit goldenen Sternen bestickt war. Trotz der tiefen Spuren der Mechfüße im Boden war sein Schritt gleichmäßig. Er wich immer den Pfützen aus und ging ruhig und gleichmäßig weiter, obwohl er die elf Krieger in einem Kreis aufgestellt auf ihn warten sah. Die Sonne blinzelte durch Lücken in der Wolkendecke und wärmte ihn, aber er wußte, daß diese Wärme nur das Vorspiel zur Hölle seines Mechcockpits in der bevorstehenden Schlacht war.

Er ging an den östlichen Rand des Kreises und kniete sich an den dort aufgestellten niedrigen Lacktisch. Er konnte die Sonne auf dem Rücken fühlen und war froh, daß er die Zeremonie auf eine Stunde nach Sonnenaufgang verschoben hatte. Hätte er sie abgehalten, wie sein Stellvertreter es vorgeschlagen hatte, hätten die Krieger, mit denen er in die Schlacht zog, ihn nur als Schattenriß vor der aufgehenden Sonne gesehen. Die Symbolik dieses Bildes wäre ihnen sicherlich bewußt gewesen, aber Hohiro wußte, daß sie keine mythischen Omen benötigten, um ihr Äußerstes zu geben.

Es war eine Konzession an seinen Adjutanten, daß er sich bereiterklärt hatte, den Platz im Osten einzunehmen. Doch vorher hatte er noch dafür gesorgt, daß die Tische im Kreis aufgestellt wurden statt in zwei Reihen. *Wenn nur Shin hier wäre, um als mein Adjutant zu fungieren. Er hätte sich nicht auf solche Spielchen eingelas-*

sen. Hohiro hatte kein Interesse daran, über die Krieger erhoben zu werden, die er führen sollte, ganz sicher nicht hier, auf Strana Metschty, vor dem Kampf gegen die Blutgeister.

Er legte die Hände auf die Oberschenkel und lächelte, als die anderen Krieger sich verbeugten. Sie verneigten sich tief und hielten die Geste aus Respekt vor ihm lange an. Er erwiderte sie, mit einer nicht ganz so tiefen Verbeugung, aber ebenso lange. Er wollte ihnen seinen Respekt bekunden und der Versammlung eine Note von Würde verleihen.

Er richtete sich auf. »Es ist ein guter Tag, dem Feind entgegenzutreten. Die Wolken sind nicht aufgezogen, um uns vor der Sonne zu schützen, sondern die Sonne vor uns. Sie wäre neidisch auf den Glanz, den wir auf dem Schlachtfeld zeigen werden. Wenn Krieger sich versammeln, um von gewonnenen Schlachten zu erzählen, werden sie sich prächtig an ihren eigenen Siegen ergötzen, aber immer wird jemand dasein, der sagt: ›Ja, aber wären wir nur in Niegdje gewesen, um gegen die Blutgeister zu kämpfen.‹«

Hohiro streckte den Arm aus und faßte die Sakekaraffe auf dem Tisch mit der Rechten. Sie war schwarzlackiert und mit goldenen Sternen verziert, ebenso wie die kleine Trinkschale, die er nun füllte. Er schüttete zweimal Sake ein, dann zögerte er kurz, und schüttete noch zweimal. Auf diese Weise vermied er es, die Schale in vier Bewegungen zu füllen. Da das japanische Wort Shi zugleich Vier und Tod bedeutete, hatte er mit dieser Handlungsweise ein böses Omen umgangen.

Er setzte die Karaffe wieder ab. »Ich weiß, daß es unter euch Einzelne gibt, die sich wünschten, gegen die Nebelparder zu kämpfen, aber ich muß euch fragen, warum? Haben wir sie nicht auf Wolcott besiegt? Haben wir sie nicht auf Luthien geschlagen? Haben wir sie nicht aus dem Kombinatsraum gejagt und ihre Heimatwelt Diana verwüstet? Sie jetzt zu stellen, hieße einem Feind nachzujagen, der zu schwach ist, um noch eine Gefahr zu bedeuten.«

Hohiro hob die Schale und nippte an dem Sake. Der starke Reisschnaps brannte den ganzen Weg die Kehle hinab. Kurita setzte die Schale ab und wartete, bis seine Piloten getrunken hatten, bevor er weitersprach. »Wir haben einen neuen Gegner. Mit seiner Wahl hat Victor Steiner-Davion uns geehrt, denn diese Blutgeister sind ein gefährlicher Haufen. Unter den Clans, die nicht an der Invasion beteiligt waren, ist dies der militanteste. Von ihm wird der Antrieb ausgehen, die Invasion fortzusetzen.« Er ließ seine Worte wirken. »Unsere Aufgabe ist es, ihre Kraft zu brechen und ihre Entschlossenheit zu zerschlagen. Indem wir sie besiegen, zerstören wir die Eroberungsträume der anderen. Victor Steiner-Davion und die anderen kämpfen darum, die Vergangenheit zu begraben, aber wir kämpfen darum, die Zukunft zu sichern. Die 1. Genyosha ist eine legendäre Einheit. Mein Großvater ließ sie ausheben, um einem großen Krieger die Gelegenheit zu geben, sich zu rehabilitieren. Hier und heute werden wir die Ehre des Kombinats wiederherstellen und garantieren, daß jene, die unter der Clan-Invasion gelitten haben, nie wieder Angst vor der Zukunft werden spüren müssen. Das ist unsere Mission, unsere Berufung. Die Blutgeister warten auf uns in Schluchten und Gestrüpp, zwischen Bergen und Tälern. Wir sind die Elite des Kombinats, und wir werden sie aufscheuchen und abschlachten wie wilde Tiere.« Er legte die Hand über die Trinkschale und lächelte. »Laßt uns den Rest in den Schalen belassen. Wir werden hierher zurückkehren, um ihn zu trinken und uns an den Erzählungen unserer Schlachten zu erfreuen, in dem Wissen, daß andere Krieger sich wünschen werden, sie hätten hier sein können, um mit uns zu trinken, mit uns zu kämpfen und mit uns zu siegen.«

* * *

Hohiros *Daishi* trug die graue Bemalung der Genyosha, mit dem draconischen Drachen-Mon auf dem rechten Oberschenkel und der mit goldenen Sternen durchsetzten schwarzen Flutwelle der Genyosha auf der linken Seite. Der OmniMech trottete auf seinen Vogelbeinen voran, und ein abgestorbener Baumstamm explodierte unter seinem Schritt. Beide Mecharme endeten in fünf Geschützmündungen, und auf der linken Schulter saß eine kastenförmige LSR-Lafette. Eigentlich war die Bestückung mehr für Langstreckengefechte geeignet, aber die schweren und mittelschweren Laser und Autokanonen würden auch in den Nahgefechten, die das Niegdjegebiet versprach, ernsten Schaden anrichten.

Hohiro hatte nicht den Schimmer eines Zweifels daran, daß die Blutgeister erwarteten, seine Leute würden sich in kleine und kleinste Grüppchen aufspalten, die sie einzeln aus dem Hinterhalt überfallen konnten. *Sie glauben von uns, was die ersten Berichte gemeldet haben: Daß wir auf die Kampfweise der Clans völlig unvorbereitet sind. Selbst unser Sieg gegen die Nebelparder hat für sie keine Bedeutung, da deren Niederlage den Clan deutlich als minderwertig disqualifiziert hat.*

Der Erbe des Drachenthrons schmunzelte. *Sie werden herausfinden, daß wir disziplinierter sind als sie ahnen, und mehr als bereit für sie.* Die Tatsache, daß er ebensowenig über die Blutgeister wußte wie diese von ihm, störte ihn etwas, aber seine Leute hatten Clans bekämpft und besiegt, die sich das Recht zur Invasion erstritten hatten. Wären die Blutgeister gleich stark, hätte er schon in der Inneren Sphäre Gelegenheit gehabt, auf sie zu treffen und sie zu schlagen.

Ein Stück voraus bewegte sich der einzige andere nicht-humanoide Mech in seinem Fünfertrupp, ein *Drachenfeuer*. Seine Arme waren kaum vorhanden. Ein Gaussgeschütz und eine Autokanone nahmen den größten Teil der Armstummel in Beschlag. Darüber hinaus verfügte er noch über drei Laser in Torso und Kopf, aber seine wichtigste Ausrüstung war ein Wächter-ECM-Störsender, mit dessen Hilfe er die Fähigkeit des Feindes, sein Feuer zu konzentrieren, erheblich einschränken konnte.

Links und rechts des *Daishi* stampften zwei *No-Dachis* durch das Dickicht. Die humanoiden Mechs waren eine draconische Eigenkonstruktion, deren linker Arm in einer PPK-Mündung endete. Der rechte Arm hielt ein vier Meter langes Katana für den Nahkampf. Hohiro hatte persönlich nie viel von direktem Zweikampf zwischen BattleMechs gehalten, aber die *No-Dachis* waren der pure Ausdruck des Samurai-Ethos, und ihre Anwesenheit hatte etwas Erhebendes.

Auch der letzte Mech seines Trupps bot ein Bild, das voll und ganz seinem Namen entsprach. Der nach einem japanischen Teufel benannte *Akuma* hatte einen geradezu diabolisch modellierten Kopf und einen linken Arm, der in einer PPK-Mündung endete. Wie die *No-Dachis* verfügte er zusätzlich über eine Mittelstrecken-Raketenlafette, die ungelenkte Raketen auf den Feind abfeuerte. Den MSR fehlte zwar die Treffsicherheit von LSR, aber sie waren kleiner, so daß sie in größerer Zahl geladen und abgefeuert werden konnten als ihre zielgenaueren Vettern. Unter den beengten Verhältnissen der zu erwartenden Kämpfe mit den Blutgeistern hatten die MSR eine Chance, sich als besonders wertvoll zu erweisen.

Die fünf Kampfkolosse stampften durch eine von Gestrüpp und abgestorbenen Bäumen überwucherte Schlucht. Obwohl diese offensichtlich durch Schmelzwasser in den Berg gegraben worden war, lief derzeit nur ein seichter Bach durch ihre Mitte. Die auf den Berghängen bis in eine beträchtliche Höhe wachsenden Bäume bildeten ein grünes, Sonnenlicht filterndes Blätterdach, durch das alles ringsum weicher und friedlicher erschien. Hohiro sah sich um und versuchte, sich den Anblick einzuprägen, denn jede Sekunde konnte ein Mechgefecht diese Idylle in ein tödliches Inferno verwandeln.

Über den nördlichen Berghang näherten sich drei ClanMechs in blutroter Bemalung mit schwarzen Streifen. Auf der Sichtprojektion sah er einen weiteren Blutgeist-Mech hinter sich in die Schlucht steigen, und ein fünfter kam über den Berg im Süden. Hoch über den draconischen Mechs aufragend, boten die Clan-Maschinen einen beeindruckenden Anblick, und als sie ihre Waffen auf seine Mechs richteten, erlebte Hohiro einen Augenblick der Angst.

Der erste der beiden *Eisvögel* auf dem Nordhang zielte auf Hohiros *Daishi*. Die schwere Autokanone im rechten Unterarm der Maschine spie Feuer und Granaten, die in der Torsomitte des Sternenbund-Omnis einschlugen und ein Drittel der Panzerung zerschmetterten. Leere Granathülsen flogen aus der Geschützkammer und fielen dampfend zu Boden. Hohiro rang mit der Steuerung seines Metallriesen, um die enorme Wucht des *Eisvogel*-Angriffs abzufangen.

Die schweren und mittelschweren Laser im linken Arm des *Eisvogel* feuerten ihre Energiebahnen über den Rumpf des *Daishi*. Die grüne Strahlbahn schälte zusätzliche Panzerung von der Frontseite des Mechs, während der rote Strahl das Kombinatswappen von seinem Bein brannte. Ein weiterer blutroter Laserstrahl stieß aus der rechten Seite des Blutgeist-Mechs und zerschmolz einen Teil der Panzerung auf dem rechten Arm des Omnis. Die Schadensanzeige meldete einen mittelschweren Panzerungsverlust auf der Brustpartie, während die übrigen Schäden nur unbedeutend waren.

Die *Kampfkobra*, die ihnen den Weg aus der Schlucht versperrte, richtete ihre Waffen auf den *Akuma*. Mit der PPK im rechten Arm schoß sie vorbei, aber die linke Arm-PPK des halslosen BattleMechs mit den weit ausladenden, V-förmigen Schultern erzielte einen Volltreffer. Der weite Blitzschlag riß einen Laubbaum auseinander und schleuderte brennende Splitter nach allen Seiten, während der andere sich geradewegs in die Brustpartie des draconischen Stahlriesen bohrte. Der *Akuma* wankte, und Hohiro erkannte, daß der Kreiselstabilisator beschädigt sein mußte, aber der Pilot konnte einen Sturz vermeiden.

Die *Armbrust* auf dem Südhang griff den ihr am nächsten stehenden *No-Dachi* an. Der ClanMech hatte keine Hände, statt dessen endeten seine Arme in walzenförmigen Waffenmodulen, an deren Außenseite ein Ring von Abschußrohren die Mündung eines mittelschweren Impulslasers umgab. Die Strahlwaffen blitzten unter einer Salve von Energieimpulsen auf, die Teile der Panzerung von der Brustpartie und vom linken Bein ihres Zieles wegscheuerten. Die LSR-Lafetten sandten zwei Raketensalven auf die Reise, die den *No-Dachi* in der rechten Seite und am linken Bein trafen, aber keiner dieser Angriffe konnte die Panzerung des Mechs durchschlagen. Die ebenfalls in die Module eingebauten Kurzstreckenlafetten jagten ihre komplette Ladung los und überzogen den Torso der Sternenbund-Maschine mit Detonationen.

Der zweite *Eisvogel* auf dem Nordhang wählte den zweiten *No-Dachi* zum Gegner. Zwei künstliche Blitzschläge rissen unregelmäßige Brandspuren in die Panzerung auf dem rechten Bein und dem linken Arm des draconischen Mechs. Rubinrote Strahlen gebündelter

Lichtenergie aus den Mecharmen des Clanners peitschten über Kopf und linke Brustpartie des *No-Dachi* und kosteten den Piloten einen Großteil der ihn beschützenden Panzerung. Die beiden letzten mittelschweren Laser in der Torsomitte des Blutgeist-Mechs schmolzen Panzerung von der Brustpartie und der rechten Seite des Ziels.

Der letzte Blutgeist-Mech, ein riesiger, häßlicher Metallberg mit handlosen Armen, attackierte den *Drachenfeuer*. Hohiro hatte eine Maschine dieses Typs noch nie zuvor gesehen, aber die von den Clans überspielten Dateien erlaubten es seinem Bordcomputer, sie als *Blutmilan* zu identifizieren. Die grünen Strahlbahnen schwerer Laser zuckten aus Mündungen an Kopf, Torso und linkem Arm des Mechs. Einer von ihnen verfehlte sein Ziel und verwandelte einen am Boden liegenden Baumstamm innerhalb einer Sekunde in einen Haufen Asche, während die beiden anderen die Panzerung auf dem linken Bein und dem rechten Arm des *Drachenfeuer* zum Kochen brachten. Die LSR-Lafetten auf beiden Mechschultern des Clanners spuckten Feuer. Ihre Raketen senkten sich auf spiralförmigen Flugbahnen den Hang hinab und sprengten Stahlkeramik von den Beinen, dem rechten Arm und Torso des Kombinatskolosses.

Der *Akuma* hob den linken Arm und richtete die PPK auf die *Kampfkobra*, die ihn angegriffen hatte. Ein kobaltblauer Energiespeer grub sich in den rechten Oberschenkel des ClanMechs und zerschmolz über die Hälfte der Panzerung, die das Bein beschützte. Die Autokanone im rechten Torso des *Akuma* erbrach einen Orkan von Granaten, der eine Kraterspur am linken Mecharm des Blutgeists emporzog und nur kaum erwähnenswerte Reste von Panzerschutz zurückließ. Dann schien die MSR-Lafette in seiner rechten Schulter in einer Fontäne von Rauch und Flammen zu explodieren. Fast die Hälfte der Raketen verfehlte ihr Ziel und überzog die Schlucht mit Feuer und Vernichtung. Die Geschosse, die ihr Ziel erreichten, kosteten die *Kampfkobra* weitere Panzerung am rechten Arm und der Flanke.

Der *No-Dachi,* der von der *Armbrust* auf dem Südhang attackiert worden war, widmete sich ebenfalls seinem Peiniger. Die MSR-Lafetten in seinen Schultern jagten einen Stakkatostrom von Raketen zu dem Blutgeist hinauf. Die Raketen sprengten Panzerung von Torso, rechter Seite und linkem Arm des Mechs, konnten aber keine großen Breschen aufreißen. Drei der Geschosse detonierten auf dem kuppelförmigen Kopf des Clanner-Mechs und rissen ein dekoratives Panzerohr ab. Der Rubinlaser des *No-Dachi* zielte zu tief, aber die KSR-Lafetten schleuderten ihre Projektile über die ganze rechte Seite des Clanners, Rumpf, Arm und Bein.

Mit einer winzigen Handbewegung zog Hohiro das Fadenkreuz über die Silhouette des *Eisvogel,* der seinen Mech beschossen hatte. *Jetzt bekommst du zu spüren, wie das Kombinat kämpft.* Sobald der goldene Leuchtpunkt im Zentrum des holographischen Fadenkreuzes aufblinkte, preßte er die Auslöser.

Er feuerte beide schweren Armlaser seines *Daishi.* Sie verbrannten die Panzerung an dem rechten Arm und der Torsoflanke des *Eisvogel.* Nur eine der beiden Autokanonen war ebenso treffsicher. Ihre Stakkatosalve zog eine Kraterspur quer über die Brustpartie des ClanMechs. Die vier mittelschweren Impulslaser fanden ihr Ziel mit Leichtigkeit und verwandelten Panzerung an der linken Seite, auf dem Torso und über beiden rechten Gliedmaßen des *Eisvogel* in glühende Schlacke. Hohiros Treffer hatten zwar an keiner Stelle den Panzerschutz des Blutgeists durchbrochen, es war ihm aber gelungen, dessen Panzerung beachtlich zu verringern.

Der Pilot des *No-Dachi* an der Nordflanke der Formation wählte denselben Blutgeist-*Eisvogel* zum Ziel seines Angriffs. Die Mittelstreckenraketen hagelten auf den Clanner hinab und explodierten auf beiden Rumpfseiten, dem linken Mechbein und in der Torsomitte. Einer der Torsotreffer brach durch und ließ eine schwarze Rauchwolke aus dem kantigen Rumpf des Mechs quillen. Der Kopflaser des *No-Dachi* verdampfte zusätzliche Panzerung an der rechten Seite des Ziels. Seine KSR sprengten Panzerung von Brustpartie und linker Flanke des *Eisvogel,* und die zerschmetterten Metallkeramikplatten flogen davon wie Spielkarten.

Der *Drachenfeuer* setzte seine gesamte Feuerkraft gegen den angeschlagenen *Eisvogel* ein. Die silberne Kugel des Gaussgeschützes bohrte sich in die linke Schulter des Clankolosses und kostete ihn die letzten Panzerreste. Die Autokanone im rechten Arm wütete über ihr Gegenstück auf der Seite des Blutgeists und hinterließ dessen Armpanzerung in kläglichen Fetzen. Der schwere Laser des draconischen BattleMechs schien die Rümpfe der beiden Kampfkolosse einen Moment lang mit einer massiven Säule aus Licht zu verbinden und sandte Sturzbäche verflüssigter Panzerung über den Torso des *Eisvogel*. Die beiden Impulslaser streuten ihre rubinroten Energiebolzen über den ClanMech, zerkochten weitere Panzerung an der rechten Seite und bohrten sich tief in dessen entblößte linke Flanke.

Hohiro sah erstaunt zu, was dem *Eisvogel* geschah. In einem Augenzwinkern verwandelte sich ein fabrikneuer Kampfkoloß in ein in grauen Panzerdunst gehülltes zerschlagenes Mechwrack. Ringsumher glühten von Raketen und Laserschüssen abgebrannte Büsche und Bäume. Der ClanMech wankte einen Augenblick, dann kippte er nach hinten weg.

Obwohl auch der *No-Dachi* stürzte und nach vorne ins Gestrüpp fiel, lachte Hohiro bellend auf. *Der Drache ist am stärksten, wenn er sich nicht ablenken läßt, sondern seine Stärke konzentriert.* Er grinste. »Und gegen die Clans, meine Freunde, ist es leicht, zusammenzustehen.«

10

Blutsenke, Lechenkadistrikt, Strana Metschty
Kerensky-Sternhaufen, Clan-Raum

23. April 3060

Nach den ersten Abtastungen des Lechenkadistrikts hatte Victor den Eindruck, die Nebelparder könnten wie die Blutgeister, mit denen Hohiros Leute zu tun hatten, versuchen wollen, seine Truppen aufzusplitten und einzeln zu besiegen. Die Blutsenke verdankte ihren Namen der Farbe der extrem eisenhaltigen Felsen, mit denen das Gelände übersät war. Das machte die Magnetische Anomaliedetektion nutzlos, und die hohe Außentemperatur der Wüstenumgebung neutralisierte auch die Infrarotortung.

Im Augenblick war das Gelände staubtrocken, aber es schien offensichtlich, daß die Schluchten und Hänge von Regen und Flußströmungen in Jahrtausenden gegraben worden waren. Es gab kaum noch Pflanzenleben, und das wenige, was zu finden war, bestand aus Flechten, die in den Schatten wachsen, oder einzelnen Grüppchen breitblättriger Fettpflanzen, die soviel Feuchtigkeit wie möglich speicherten. Schon jetzt arbeiteten die Wärmetauscher in Victors *Daishi* aufgrund der hohen Außentemperatur stärker, als es nach dem Marsch auf das Schlachtfeld normal gewesen wäre. *Ich nehme nicht an, daß sie diesen Ort gewählt haben, um unsere Mechs zu überhitzen. Jedenfalls hoffe ich das.*

Victor war zuversichtlich, was die Kompanie unter seinem Befehl betraf. Sie bestand in der Hauptsache aus Mitgliedern der 10. Lyranischen Garde – seinen Untoten. Sie alle hatten jahrelange Ausbildung in Clanabwehrtaktiken hinter sich und hatten sich bereits vor und während der Gegenoffensive im Kampf gegen die Nebelparder ausgezeichnet. Er hatte die Teilnehmer an dieser Operation handverlesen und mit Genugtuung festgestellt, daß keiner von ihnen seine Einladung abgeschlagen hatte.

Eine komplette Lanze der Kompanie stammte aus den Reihen der 1. Kathil-Ulanen, aber das einzige äußere Merkmal ihrer Herkunft war das goldene Löwenwappen auf der linken Brustpartie ihrer Mechs, da alle Maschinen der Kompanie im dunklen Blau der Sternenbund-Expeditionsstreitkräfte lackiert waren. Andrew Redburn führte die vier Ulanen an und stellte zusammen mit zwei von Victors Leuten die Nachhut der Formation.

Den einzigen Außenseiter der Einheit hatte Victor aus politischen Erwägungen einbezogen. Danai Centrella stammte aus dem Magistrat Canopus, einem Peripheriestaat. Sie hatte sich um einen Platz in einem der Gefechte gegen die Clanner beworben, und nach dem Durchsehen ihrer Akte hatte Victor sich bereiterklärt, sie mitzunehmen. Er hatte ihr einen *Falkner* zugeteilt, den Mech in seinem Arsenal, der von Konstruktion und Bewaffnung der *Banshee*, die sie meist steuerte, am nächsten kam. Sie war eine wertvolle Bereicherung seiner Einheit, und wenn sie sich auf dem Schlachtfeld bewährte, konnte sie eine Heldin des Magistrats werden.

Und ein Stachel in Sun-Tzus Fleisch. Victors Interesse auf dem Flug zu den Clan-Heimatwelten hatte zwar vor allem der Rettung der Einsatzgruppe auf Diana und dem Ende der Clan-Invasion gegolten, aber von Zeit zu Zeit schweiften seine Gedanken ab, und er versuchte sich vorzustellen, was wohl inzwischen in der Freien Inneren Sphäre geschah. Sun-Tzu Liao war zum Ersten Lord des Sternenbunds gewählt worden, und Victor war sich ziemlich sicher, daß er die neugefundene Position dazu benutzen würde, Ärger zu machen. *Besser das als völliges Chaos.* Danai in einer Position zu wissen, die es ihr ermöglichen konnte, ihr Volk zum Widerstand gegen Sun-Tzus Einfluß aufzurufen, konnte sich bei der Rückkehr als wertvolle Hilfe erweisen.

Falls wir zurückkommen. Der enge Hohlweg, durch den Victors Einheit sich bewegt hatte, öffnete sich in ein weites, felsenrotes Tal mit zu beiden Seiten steil aufragenden Klippen, vor denen die zehn Meter hohen BattleMechs wie Zwerge wirkten. Jäh traten die Wassermassen vor Victors inneres Auge, die auf ihrem Weg durch dieses Tal die geschmeidigen Formen der Felsen abgeschliffen hatten. *Wir würden alle davongerissen werden wie Kiesel. Eine Erinnerung der Natur, daß all unsere Hoffnungen, Wünsche und Feindschaften letztlich unbedeutend sind.*

Die Nebelparder hatten sich etwa zwei Drittel der Strecke ins Talinnere zu einer Schlachtreihe aufgestellt. Victor zählte nur neun BattleMechs, schaltete die Normaloptikanzeige aber auf Vergrößerung. Die Sichtprojektion vor seinen Augen wurde schärfer, und er konnte die Elementare um die ClanMechs und an deren Rümpfen erkennen. *Macht Sinn. Immerhin ist Osis ein Elementar.*

Victor blickte auf den Zweitmonitor, dann öffnete er den Funkkanal. »Ich zeichne einen *Kampfdämon*, einen *Masakari* und drei *Sturmkrähen* als die gefährlichsten Gegner, jedenfalls soweit ich das von hier aus sehe. Die müssen wir uns zuerst vornehmen.«

Redburns Stimme drang aus den Lautsprechern. »Verstanden. Wir übernehmen den *Kampfdämon* als Hauptgegner und passen uns ansonsten der Situation an.«

Danais *Falkner* trottete vor und deutete mit der linken Arm-PPK auf eine einzelne Gestalt auf einem kleinen Felsvorsprung. »Ein einzelner Elementar, Victor. Könnte das der ilKhan sein?«

»Könnte sein, aber wir wollen ihn nicht zum Hauptziel machen. Es wäre Munitionsverschwendung, und wenn wir ihn abschießen, müssen wir damit rechnen, daß es die anderen erst recht wütend macht.« Er überprüfte noch einmal den Status seiner Mechwaffen. »Ich habe grünes Licht bei allen Systemen. Vorwärts.«

Während die Untoten nach Osten zogen, machten sich zwei kleinere Maschinen mit charakteristisch tonnenförmigem Torso in einer Zangenbewegung auf nach Süden. Die *Schakale* verließen sich zu ihrem Schutz auf ihre Beweglichkeit. Eine auf der rechten Schulter montierte PPK diente als Hauptwaffensystem. Darüber hinaus besaßen sie noch ein Raketenabwehrsystem und eine leichte KSR-Lafette, aber es war die Partikelkanone, die ihren Biß ausmachte. Sie waren keine ernsthaften Gegner für ein Mechgefecht, aber wenn es ihnen gelang, in den Rücken der Clanformation zu kommen, konnten sie einiges zum Ende der Nebelparder beitragen.

Drei humanoide Clan-*Hankyus* zogen nach Süden, um die Clan-Linie zu strecken und es den *Schakalen* schwerer zu machen, diese Flanke aufzurollen. Steven Applegarth lenkte seinen kantigen, avoiden *Lichtbringer* hinter ihnen her. Die schweren Zwillingslaser seines Kampfkolosses konnten den leichteren Maschinen Deckungsfeuer liefern, und falls sich die *Hankyus* nicht aufteilten, bevor sie die *Schakale* erreichten, hatten die Impulslaser des schweren Mechs eine gute Chance, sie durch die Mangel zu drehen.

Durch diese Flankenbewegung blieben Victors *Daishi*, Danais *Falkner* und ein breitschultriger *Destruktor* als Kernmannschaft der Sternenbund-Kompanie zurück. Redburns vier *Longbows* und zwei *Rakshasas* bildeten die zweite Reihe. Die Bewegung in den Nebelparder-Reihen brachte den *Kampfdämon* und *Masakari* nach vorne, während die kleineren *Sturmkrähen* und ein *Schwarzfalke* um ihre schwereren Vettern herum nach Norden zogen.

Noch während der Manöver konnte Victor sehen, wie die Schlacht sich entwickelte. Der nördliche Haken sollte Druck auf seine linke Flanke ausüben und ihn nach Süden drängen. Redburns Leute würden dabei entweder zurückfallen oder einem Angriff der *Sturmkrähen* und des *Schwarzfalke* ausgesetzt werden. Wenn es den schwersten der ClanMechs gelang, nach Südwesten vorzustoßen, konnten sie den rechten Flügel aus den *Schakalen* und dem *Lichtbringer* vom Rest der Linie abschneiden und mit den *Hankyus* beschäftigt halten. Die nördlichen Einheiten würden versuchen, in den Rücken seiner Formation zu gelangen und Redburns Gruppe aufzubrechen.

Etwas anderes können sie nicht planen, aber wie schon von Moltke vor Jahrhunderten sagte: Kein Plan überlebt den Feindkontakt. Victor verzog verlegen das Gesicht. *Wollen wir hoffen, daß das diesmal nicht für meinen gilt.*

Die Nebelparder nutzten die überlegene Reichweite ihrer Waffen zu einem ersten Feuerstoß aus, bevor die Sternenbund-Maschinen auf ihre Schußweite heran waren. Zwei der *Sturmkrähen* feuerten schwere Laser auf Redburns Mechs ab und zerschmolzen Panzerung auf einer *Rakshasa* und einem *Longbow*. Der *Kampfdämon* traf nur mit einem seiner beiden schweren Laser und kostete Victors *Daishi* einen Teil seines reichlichen Panzerschutzes.

Der Prinz warf einen kurzen Blick auf die Schadensanzeige und lachte. »Du hast schon Schlimmeres ausgehalten, *Prometheus,* und bald sind wir am Zug.«

Die Schlachtreihen rückten aufeinander zu, und der goldene Leuchtpunkt im Zentrum des Fadenkreuzes blinkte, als Victor ihn über die möglichen Ziele bewegte. Er ließ es kurz über der insektenähnlichen Silhouette des *Kampfdämon* hängen, dann zog er es auf den rechts daneben anrückenden *Masakari*. Der Punkt blinkte auf, und Victor feuerte mit dem Gaussgeschütz im linken Unterarm seines Mechs und den drei schweren Impulslasern im rechten Arm.

Durch die Entfernung zu seinem Ziel trafen nur zwei der vier Schüsse. Die silberne Kanonenkugel des Gaussgeschützes sprengte über die Hälfte der Panzerung vom linken Arm des vogelbeinigen Mechs. Die grünschillernden Lichtpfeile der Impulslaser verkohlten Panzerung an der rechten Torsoseite und zerstörten das dort aufgemalte grauschwarze Clansymbol. Der erzielte Schaden war für sich genommen nicht ernst, aber eine weitere Gausskugel in den linken Arm konnte ihn abreißen und den Clan-Piloten zwei PPKs kosten.

Der *Masakari* erwiderte das Feuer mit drei Partikelprojektorkanonen. Die beiden im beschädigten linken Arm schossen vorbei, doch der einzelne Blitzschlag aus dem rechten Arm erwischte den *Daishi* an der linken Flanke. Dampfende Panzerplatten fielen ab wie tote Haut und zogen eine Spur hinter Victors Kampfkoloß her.

Auch der *Kampfdämon* nahm sich den *Daishi* vor, doch nur der schwere Laser in seinem rechten Arm traf. Der Strahl verdampfte Panzerung an *Prometheus'* linkem Arm, ganz ähnlich wie zuvor auf der anderen Seite. Victor fand an diesem Angriff vor allem bemerkenswert, daß die Nebelparder offensichtlich keinen Gedanken mehr an Ehre verschwendeten, indem sie ihre Kriegertradition des Einzelkampfes aufrechterhielten.

Entweder sie haben sich entschieden, mir diese Ehre zu verweigern, oder sie haben erkannt, wozu ich gekommen bin und wollen meinen Tod. Er zuckte die Schultern. *Wen kümmert's. Das macht es mir nur einfacher.*

Er öffnete die Kommverbindung. »General Redburn, Feuer frei.«

Die *Longbows* unter Andy Redburns Befehl waren weitgehend humanoid, allerdings endete diese Ähnlichkeit bei den Armen. Statt vollmodellierter Arme – wie die meisten BattleMechs – verfügte ein *Longbow* nur über wuchtige Zylinderlafetten zum Abschuß schwerer Langstrecken-Raketensalven. Und die *Rakshasas*, die mit ihren Vogelbeinen und nach vorne ausladenden Torsos keinerlei äußerliche Ähnlichkeit mit den *Longbows* aufwiesen, waren mit kastenförmigen LSR-Lafetten auf beiden Schultern ausgestattet sowie mit schweren Lasern, ganz wie die Waffen im Torso eines *Longbow*.

Das Raketenbombardement kam in Wogen aus Feuer über den *Kampfdämon*. Der Einschlag der Raketensalven schleuderte den ClanMech herum wie eine Stoffpuppe. Die grünen Strahlbahnen der schweren Lichtwerfer bohrten sich durch Staub und Qualm, verdampften Panzerung und fraßen sich in die Myomermuskeln im linken Bein und Arm des Kolosses. Als die Wolken, die ihn einhüllten, sich lichteten, bedeckte die einzige unbeschädigte Panzerung der Maschine deren Brustpartie. Beide Arme und das linke Bein waren völlig entblößt.

Danai Centrella feuerte auf den *Masakari*. Ein silberner Lichtblitz zuckte aus ihrem Gaussgeschütz und riß einen Krater im Zentrum des ClanMechtorsos auf. Die PPK in ihrem Mecharm bohrte blaues Feuer in die rechte Seite des Nebelparders und verdoppelte den Schaden, den Victors Treffer dort angerichtet hatte. Wichtiger aber war, daß der Pilot des *Masakari* es nicht schaffte, die Wucht der Treffer Danais abzufangen. Der Clanner-Mech krachte auf den linken Arm und verlor weitere Panzerung, als er in einer funkensprühenden Rutschpartie anhielt.

Der *Destruktor* zu Victors Linken beteiligte sich weder am Angriff auf den *Masakari* noch an dem auf den

Kampfdämon, sondern zielte statt dessen auf eine der nach Norden ausweichenden *Sturmkrähen.* Die Gaussgeschütze in beiden Mecharmen spuckten silbrige Projektile, die mit Überschallgeschwindigkeit über die mattrote Landschaft jagten und in den linken Arm des Nebelparder-Mechs einschlugen. Der erste Treffer zerschmetterte die Panzerung, der zweite riß den Arm ab. Als der Mecharm aufschlug, explodierte die eingebaute schwere Autokanone und schleuderte Granaten nach allen Seiten. Dann spießten die beiden Torso-PPKs des *Destruktor* die rechte Seite und das linke Bein der *Sturmkrähe* mit künstlichen Blitzen aus kobaltblau leuchtender Energie auf und verdampften kostbare Panzerung.

Victor öffnete eine Verbindung. »Guter Schuß, Jerry. So ein *Destruktor* ist eine angenehme Abwechslung nach dem alten Kasten, den du früher gesteuert hast, was?«

»Ich kann mich nicht beschweren, Boß.«

Der *Masakari* wirkte wie ein robotisches Küken bei dem Versuch, das Nest zu verlassen, als er wieder auf die Füße kam und drei PPK-Schüsse auf Danai Centrellas *Falkner* abgab. Zwei der Treffer schälten Panzerung von beiden Mecharmen, aber der dritte erwischte den *Falkner* in der Mitte der Brustpartie voll. Victor sah den Mech wanken und zur Seite kippen und wußte, daß der Kampf für Danai vorüber war. Aber sie kämpfte dagegen an und konnte das Feuer erwidern, bevor ihr Mech sich in den Boden grub.

Danais Gausskugel prallte von der linken Seite des *Masakari* ab und zog eine Spur von Panzertrümmern hinter sich her. Der PPK-Treffer bohrte sich ins Zentrum des ClanMechs, geradeso wie der Schuß, der ihren *Falkner* erledigt hatte. Und wie dieser wankte auch der Nebelparder-Koloß und krachte in einer Wolke aus zerschmetterten Panzersplittern erneut zu Boden.

Der *Kampfdämon* schoß auf Victors *Daishi*. Die schweren Laser trafen *Prometheus* am Torso und an der rechten Seite, während ein mittelschwerer Laser seine rote Energiebahn ebenfalls in die angeschlagene rechte Seite senkte. Der Angriff des Clanners reduzierte den Panzerschutz dort um fast zwei Drittel, aber trotz des Verlusts einer Tonne Panzerung hielt Victor den Omni aufrecht.

Die zweite Raketen- und Lasersalve von Redburns ArtillerieMechs hämmerte auf den *Kampfdämon* ein. Eine Explosion nach der anderen erstrahlte wie eine feurige Blume auf dem Rumpf der Clan-Maschine. Schwarze Rauchsäulen brachen durch den grauen Dunst, der sie einhüllte. Grüne Lichtspeere stießen durch die Wolke und lösten neue Detonationen aus, unter denen sie gespenstisch aufleuchtete. Unidentifizierbare Mechbrocken kugelten über den Boden, zogen teilweise lange Myomerfasern hinter sich her. Als der Staub sich legte, konnte Victor etwas sehen, das nach der Pilotenkanzel aussah, und ein dünnes Metallgitter, das sie mit einem anderen Bauteil verband, möglicherweise einem Bein. Aber alles, was er sonst noch von dem *Kampfdämon* sah, waren Trümmer und ein schwarzer Fleck auf dem Felsboden.

Victor schauderte. Es fiel ihm nicht schwer, sich an die Stelle des Piloten zu versetzen. *Ich weiß, daß unsere Anwesenheit hier Wahnsinn ist, aber die Clanner scheinen diesen Wahnsinn zu lieben und willkommen zu heißen. Sie sollten einsehen, daß sie verloren haben, aber das würde natürlich nicht wirklich etwas ändern, weder für sie noch für uns.* Er faßte sich und schwenkte die Waffen auf eine der *Sturmkrähen* im Norden. *Wir sind auf Tharkad übereingekommen, daß die Nebelparder sterben müssen. Es ist an der Zeit, die Arbeit zu Ende zu bringen, die so viele andere begonnen haben.*

Victors Gaussgeschütz traf den rechten Arm der

Sturmkrähe und sprengte den größten Teil der Panzerung weg. Die schweren Impulslaser bedeckten die Frontpartie und die rechte Seite des kleineren Mechs mit Energiepfeilen. Einer der Lichtbolzen stieß durch die Panzerung der Torsomitte, während die Flankentreffer die Panzerung wegschälten und interne Strukturträger zum Glühen brachten. Schwarzer Rauch floß aus Löchern in Brustpartie und Seite, und eine grüngelbe Flüssigkeit tropfte aus der rechten Hüfte.

Jerry Cranstons *Destruktor* feuerte erneut auf sein Ziel. Die Gausskugeln donnerten in das linke Bein und die Seite des ClanMechs und zerschmetterten alle Panzerung, die sie fanden. Der Seitentreffer beulte sogar den Rumpf der Maschine ein. Nur einer der PPK-Schüsse traf, aber dessen bläuliche Energie spielte über den Kopf der *Sturmkrähe.* Panzerung explodierte, und das Kanzeldach flog auseinander. Eine schwarze Rauchspur stieg aus dem Innern der Kanzel auf, in der ihr Pilot gesessen hatte, als die *Sturmkrähe* nach vorne wegkippte und in einem Hagel aufgeschleuderter Steinbrocken zu einem Halt schlitterte.

Victor starrte wortlos auf den dunklen, qualmenden Krater an Stelle des Cockpits. Ein säuerlicher Geschmack machte sich in seinem Mund breit. Es war nicht Angst. *Abscheu. Dieser Krieger hätte nicht zu sterben brauchen. Keiner von ihnen hätte zu sterben brauchen. Das ist der Wahnsinn daran, aber damit ist ein Ende erreicht. Hier und heute endet der Irrsinn der Clan-Invasion.*

11

Jadefalken-Verteidigungszone, Zhaloba Mons, Strana Metschty Kerensky-Sternhaufen, Clan-Raum

23. April 3060

Im Cockpit ihrer *Nemesis* öffnete Khanin Marthe Pryde einen Funkkanal. »Beta-Stern, wir greifen an. Ihr habt eure Ziele. Gute Jagd.« Noch während ihre Sternkameraden den Befehl bestätigten, setzte sie ihren humanoiden Mech in Bewegung. In diesem Augenblick ging die erste Clan-*Turkina* zu Boden.

Die blauen Augen der Khanin verengten sich bei dem Anblick. Ihre Leute hatten mehr Schaden genommen, als sie erwartet hatte, aber die Dateneinspielung auf dem Zweitschirm zeigte, daß die ComGuards-Einheit noch erheblich schwerer mitgenommen war. Bis auf einen waren all ihre Mechs weiter kampffähig, und, was noch wichtiger war, die Beschädigungen der ComGuards-Mechs hatten diese über den ganzen Berghang verstreut. Ihr zweiter Stern würde sie treffen und zerschlagen, sie zurück in die Tiefe schleudern, aus der sie gekommen waren.

Marthe brachte ihre *Nemesis* an den Rand des Hangs, neben die *Nova* ihrer saKhanin Samantha Clees. Augenblicklich senkte sie das goldene Fadenkreuz der holographischen Sichtprojektion über einen der breitschultrigen *Excaliburs* auf dem Schlachtfeld. Ein goldener Signalpunkt blinkte in der Mitte des Kreuzes auf, und Marthe preßte den Feuerknopf durch, der alle drei Waffensysteme der *Nemesis* auslöste. Die Autokanone verzehrte Panzerung am rechten Bein des Ziels, und die LSR fraßen sich in den Panzerschutz über dem Mittelbereich und dem rechten Arm. Ihre Wirkung wäre noch effektiver gewesen, hätte die Raketenabwehr des

ComGuard-Mechs nicht einige vom Himmel geholt, bevor sie einschlagen konnten. Die PPK stieß ihr kobaltblaues Energieskalpell tief in die rechte Seite des *Excalibur*, schälte die komplette Panzerung ab und schnitt in die Metallstreben des internen Skeletts.

In ihrem Innern wußte Marthe, daß ihr Angriff, so verheerend er gegen den bis dahin unversehrten Mech gewesen war, an einer der bereits angeschlagenen Maschinen noch weit größeren Schaden angerichtet hätte. So hatte er nur ein Ziel weichgeklopft, während sie ebensogut einen anderen Mech aus dem Kampf hätte werfen können. Die ComGuardisten hatten keinerlei Skrupel gezeigt, zu mehreren Kriegern ein gemeinsames Ziel anzugreifen, um den erzielten Schaden zu vergrößern.

Aber sie weigerte sich, eine derartige Barbarei mitzumachen. Die Jadefalken waren stolz auf ihre Leistung im Einzelkampf, im Kräftemessen gleicher Gegner. Die ComGuards-Piloten, so fähig sie auch waren, konnten ihren Jadefalken niemals gleichwertig sein. Sich gegen sie zusammenzuschließen, würde bedeuten, daß sie den Falken irgendwie Angst machten. *Sie haben uns auf Tukayyid besiegt, aber hier werden wir sie besiegen und unsere Ehre wiedergewinnen. Wir haben keinen Anlaß, sie zu fürchten. Gruppenangriffe mögen für die Wölfe oder andere akzeptabel sein, aber niemals für uns.*

Der *Excalibur* erwiderte das Feuer und beeindruckte Marthe mit der kühlen Reaktion des Piloten angesichts des Schadens, den sein Mech erlitten hatte. Seine LSR zerschlugen die Panzerung am rechten Bein ihrer *Nemesis* und entlang der Hüftlinie, und die Maschine zitterte unter den Detonationen. Ein silberner Lichtblitz aus dem Gaussgeschütz des gegnerischen Mechs krachte in den linken Arm des Omnis und riß den riesigen Kampfkoloß herum. Marthe rang mit den Kontrollen, um die *Nemesis* aufrechtzuhalten, und mußte mehrere Schritte zurückweichen, um sie zu stabilisieren.

Der gestürzte *Schwarze Ritter* stand wieder auf und wechselte Schüsse mit Samantha Clees' *Nova*. Der ComGuardist gab zwei schwere Laserschüsse und einen künstlichen PPK-Blitz ab. Die PPK zerkochte Panzerung an der linken Schulter der *Nova*, während einer der schweren Laser die Panzerung über der rechten Seite verdampfte. Der Strahl des zweiten schweren Lasers bohrte sich durch die Panzerungsreste über der Frontpartie des Mechs und fraß sich in dessen Innenleben.

Samantha Clees hielt ihren Omni aufrecht und feuerte zurück. Wieder verließ sie sich dabei vor allem auf den linken Arm der Maschine. Der einzelne mittelschwere Laser im rechten Arm schoß wieder daneben, und Marthe war klar, daß Samantha Clees ihren Techs dafür den Kopf abreißen würde. Alle sechs übrigen Laser trafen. Zwei peitschten über die Hälfte der Panzerung vom linken Arm des Mechs, und zwei zuckten grell über die Beine des *Schwarzen Ritter*, wo sie die Panzerung plattenweise abschälten. Aber es waren die beiden letzten Treffer, die den Hauptschaden anrichteten, indem sie den Panzerschutz über der linken Seite des Mechs zerstörten und sich in dessen Inneres vorarbeiteten. Trotz der furchtbaren Schäden, die Samantha Clees anrichtete, blieb der ComGuards-Mech auf den Beinen.

Die erste *Turkina* und der *Grimme Schnitter*, mit dem sie kämpfte, erhoben sich gleichzeitig und setzten das Gefecht fort. Die Raketensalve des *Grimmen Schnitter* flog in dichter Formation heran und badete die gedrungene Silhouette der *Turkina* in Flammen. Panzerung flog explosionsartig von beiden Rumpfseiten und fiel in großen Brocken vom rechten Mecharm. Der Energiestrahl des schweren Lasers schnitt die letzten Panzerreste weg, dann zuckte er durch ein Wärmetauschermodul aufwärts und zerschmolz die Hälfte der Myomermuskeln, die den Arm bewegten.

Die *Turkina* nahm den *Grimmen Schnitter* ins Visier und feuerte alles, was sie hatte. Beide Impulslaser schleuderten einen Sturm smaragdgrüner Lichtnadeln durch die angeschlagene Frontpanzerung des ComGuards-Mechs. Sie verdampften deren letzte Reste, dann zerschmolzen sie die internen Stützstreben und die Abschirmung des Reaktors. Einer der schweren Laser grub sich durch die Panzerung über dem rechten Arm des *Grimmen Schnitter* und verzehrte die darunter liegenden Myomerbündel, während der andere seine Energien mit denen eines mittelschweren Impulslasers kombinierte und den Mech ganz und gar ausweidete, den Reaktor durch dessen Rücken davonschleuderte und die Maschine in sich zusammenkrachen ließ.

Die übrigen Waffen zertrümmerten weitere Panzerung, aber ihre Erfolge hatten keinerlei Bedeutung mehr, nachdem der ComGuards-Mech auf den Boden schlug. Die Visierplatte des Stahlriesen explodierte in einem Flammenstrahl, dann schoß der Pilot auf seinem Schleudersitz davon. Er korrigierte die Flugbahn des raketengetriebenen Sessels, legte ihn in eine Kurve und flog in Richtung des fernen ComGuards-Befehlsstands.

Marthe schaltete die Hologrammanzeige auf Infrarot und hob die Hand vor die Augen, als der andere ComGuards-*Excalibur* den am schwersten beschädigten *Feldeggsfalke* der Clan-Einheit aufs Korn nahm. Die Reaktortreffer mußten die Innentemperatur des schweren BattleMechs in den Extrembereich treiben, doch er hob unbeeindruckt den rechten Arm und richtete sein Gaussgeschütz auf den Jadefalken. Der feuerte im selben Moment zurück.

Die silbrige Kugel des *Excalibur* schlug in das nackte rechte Bein des *Feldeggsfalke*, zerschmetterte den Titanstahlknochen und riß ihn knapp über dem Kniegelenk ab. Die untere Hälfte des Beines wirbelte in Richtung Bergsee davon, während der beschädigte Mech auf die rechte Seite kippte.

Das Gegenfeuer des Jadefalken erwies sich als nicht weniger vernichtend. Die PPK verzehrte praktisch die gesamte Panzerung im Mittelbereich des Mechs, und einer der beiden Impulslaser schmolz Panzerung vom linken Arm. Die rotleuchtenden Lichtbolzen des anderen Impulslasers schossen durch das klaffende Loch in der rechten Seite des *Excalibur* und verflüssigten, was an Stützstreben noch vorhanden war. Der rechte Arm des Mechs fiel davon und nahm das Gaussgeschütz mit. Ein erneuter Hitzeschub ließ die Maschine jäh erstarren. Schwarzer Qualm stieg aus ihrem Innern auf. Der Pilot rettete sich Sekundenbruchteile, bevor der beschädigte Reaktor explodierte und die obere Hälfte des Metallriesen in einem wogenden goldenen Ball ungebändigter Energie verschlang, die ihn angetrieben hatte, solange sie im Innern des Reaktors eingeschlossen gewesen war.

Ein *Geierfalk* in Marthes Stern feuerte mit allen Waffen auf einen noch unversehrten ComGuards-*Shootist*. Die beiden schweren Laser im rechten Unterarm des Mechs spielten über dem Gegner. Einer brannte eine Spur in die Panzerung auf der breiten Mittelpartie des Mechs, während der andere die Panzerung am Kopf auflöste. Ein Funkenregen aus dem Cockpit signalisierte den Ausfall zumindest eines Bordsystems, die Feindmaschine jedoch ging nicht zu Boden. Die beiden leichten Autokanonen hinterließen ihre Spuren auf den Armen des *Shootist*. Die mittelschweren Laser zuckten ins Ziel, als der ComGuards-Pilot den Beschuß bereits erwiderte. Eine der Lichtbahnen kochte weiter Panzerung vom rechten Mecharm, der andere aber badete den Kopf des Mechs in einem blutroten Energiesturm, der Kopf, Kanzel und Pilot verzehrte.

Der geköpfte Mech stürzte krachend zu Boden, jedoch nicht, bevor seine Schüsse ebenfalls ihr Ziel erreicht hatten. Der *Shootist* hatte nicht auf den *Geierfalk* gezielt, der ihn erledigt hatte, sondern auf die *Turkina*, deren Panzerung bis jetzt gehalten hatte. Die Autokanone des ComGuardisten fraß sich den linken Arm des Jadefalken-Mechs empor und sprengte bis auf eine hauchdünne Kruste allen Panzerschutz weg. Der schwere Laser des sterbenden Mechs zerschmolz die Panzerung entlang der Mittelpartie der *Turkina,* während seine beiden Impulslaser die Panzerung von ihrer linken Rumpfseite brannten und die letzten Panzerreste des linken Arms verdampften. Der letzte der rotglühenden Lichtpfeile grub sich in die Skelettstruktur der *Turkina,* aber ihr Pilot überstand den Angriff.

Jetzt konzentrierten auch seine anderen Gegner ihr Feuer auf die *Turkina*. Der *Grimme Schnitter* griff den Jadefalken mit allem an, was er hatte. LSR explodierten auf beiden Beinen und verwüsteten die beschädigte Panzerung am linken Bein und der darüberliegenden Rumpfseite weiter. Der schwere Laser in seinem rechten Mecharm zuckte auf und liebkoste den entblößten linken Arm der Clan-Maschine mit infernalischer Energie. Myomerbündel qualmten, und die Titanstahlknochen glühten dunkelorangerot auf. Die roten Lichtbolzen des Impulslasers hagelten auf den Rumpf der *Turkina,* und einer von ihnen stieß durch die Panzerung ins Innere vor. Schwarzer Rauch quoll aus dem Loch, und ein plötzlicher Hitzeanstieg zeigte Marthe, daß der Reaktor der *Turkina* getroffen war.

Der *Schwarze Ritter,* der sie schon zuvor attackiert hatte, griff den schweren ClanMech wieder mit konzentriertem Beschuß an. Er feuerte zwei schwere Laser, einen schweren Impulslaser und den mittelschweren Impulslaser im rechten Arm ab. Die schweren Laser brannten sich in die Panzerung am rechten Arm und der linken Seite der Maschine. Grün leuchtende Lichtspeere aus dem schweren Impulslaser im Torso des ComGuards-Mechs fraßen zusätzliche linke Seitenpanzerung. Der leichtere Impulslaser stieß seine Rubinpfeile durch die geschwächte Seitenwand, verzehrte die letzten Panzerreste und verflüssigte den Stützrahmen der *Turkina*.

Als auch der vierte ComGuards-Mech die *Turkina* aufs Korn nahm und deren Pilot auf den *Grimmen Schnitter* feuerte, staunte Marthe, mit welcher Ruhe der Pilot die schweren Schäden dieses Bombardements einsteckte. Trotz der gewaltigen Energie, die ihre Gegner ihr entgegenschleuderten, war die *Turkina* keinen Zentimeter zurückgewichen. Die Panzerung an ihrer linken Seite schien weitgehend zerschmettert und abgefressen, doch ihr Pilot unternahm keinen Versuch, sich zurückzuziehen oder diese Flanke abzuschirmen. *Arimas ist auf Coventry in Gefangenschaft geraten und hat darum gebettelt, sich dem Stern anschließen zu dürfen, damit er sich von dieser Schande reinwaschen kann. Er ist ein Malthus. Wenn er das überlebt, werde ich die Führer seines Hauses drängen, ihn zu einem Blutrecht vorzuschlagen.*

Der ComGuards-*Paladin* feuerte alle vier mittelschweren Laser auf die *Turkina* ab. Einer verfehlte sie, und ein anderer schwärzte nur weitere Panzerung auf der Brustpartie des Mechs. Die beiden anderen rasierten die letzten Panzerreste vom rechten Arm, bevor sie durch das Schultergelenk schnitten und der Arm der *Turkina* mit seinen beiden schweren Lasern krachend zu Boden stürzte. Arimas schaffte es, trotz der plötzlichen Gewichtsverlagerung durch den Verlust des Arms das Gleichgewicht zu behalten, und obwohl eine Dunstwolke aus verdampfter Panzerung über seiner Maschine hing, schien die *Turkina* unbesiegbar.

Einer der schweren Impulslaser schleuderte eine Stakkatosalve grüner Lichtbolzen, die den letzten Panzerschutz vom rechten Arm des *Grimmen Schnitter* geißelte und das Schultergelenk zerschmolz. Der andere spie grünes Feuer in das entblößte rechte Bein, schnitt durch Muskeln und Stahlknochen und hinterließ nur zerfledderte Trümmer. Einer der beiden schweren Laser schoß weit vorbei, aber der andere schnitt den rechten Mecharm der ComGuards-Maschine sauber ab. Einer der mittelschweren Impulslaser verzehrte das rechte Bein in einem Hagel aus rotem Licht, während der andere sich durch die interne Struktur auf halber Rumpfhöhe nagte. Der *Grimme Schnitter* wirbelte, plötzlich um die Hälfte seines Rumpfes gebracht, herum und schlug vornüber zu Boden, so daß der Pilot im Innern der Kanzel gefangen war.

Ein zweiter *Geierfalk* drehte sich zu dem unbeschädigten *Schwarzen Ritter* um und feuerte. Die Gaussgeschütze in beiden Armen spuckten donnernd ihre Metallkugeln auf den ComGuards-Mech. Eine pulverisierte die Panzerung an dessen rechter Seite, die andere sprengte mehr als die Hälfte der Panzerung vom rechten Mecharm, als sie krachend einschlug. Der ComGuardist hielt die Maschine aufrecht, wurde von der Wucht des Angriffs jedoch mehrere Schritte zurückgeworfen.

Die zweite *Nemesis* in Marthes Stern wählte den *Paladin* als Ziel aus. Die schwere Ultra-AK gab zwei Salven ab. Die erste brach sich eine Bahn durch die Panzerung an der rechten Flanke des Mechs. Eine silbergrelle Detonation kündete vom Ableben einer Sprungdüse, und eine grüne Qualmwolke zeigte, daß auch ein Wärmetauscher zerstört war. Die zweite Granatensalve riß die Panzerung vom rechten Arm der Maschine, bevor sie ihn beinahe wegriß. Der schwere Laser im rechten Arm der *Nemesis* vollendete das Werk und schleuderte den rechten Mecharm des *Paladin* davon.

Der letzte *Feldeggsfalke* tauschte erneut Schüsse mit dem *Shootist* aus, gegen den er kämpfte, seit die beiden Einheiten aufeinandergetroffen waren. Der Pilot traf mit allen fünf mittelschweren Lasern. Einer schnitt Panzerung aus dem rechten Mecharm des Gegners, der nächste konzentrierte seine Wirkung auf das rechte Bein. Zwei weitere bohrten sich in und durch die Panzerung der rechten Rumpfseite und vernichteten einen Wärmetauscher. Der letzte verflüssigte Teile der Panzerung am linken Arm des *Shootist*.

Der *Shootist* hielt sich auf den Beinen und blieb dem Jadefalken nichts schuldig. Seine Autokanone zog eine Feuerspur über dessen linkes Mechbein und sprengte bis auf kümmerliche Reste die ganze Panzerung ab. Ein Impulslaser verdampfte den letzten Panzerschutz am linken Arm und zerkochte künstliche Muskeln und Knochen. Der schwere Laser richtete den größten Schaden an, als sein Strahl über das schutzlose rechte Bein spielte. Die gebündelte Lichtenergie löste alles auf, was sie berührte, und amputierte das Bein an der Hüfte. Der *Feldeggsfalke* schwankte, dann stürzte er zu Boden.

Die beiden ComGuards-*Spartaner* griffen den letzten noch unbeteiligten ClanMech an, die dritte *Nemesis* in Marthes Stern. Der erste ComGuardist traf ihn mit allen Stahlwaffen. Eine PPK und ein Impulslaser verwandelten die Panzerung an der linken Seite des Omnis in glutflüssige Schlacke, während ein anderer Impulslaser eine Spur schwarzer Einschüsse über den linken Mecharm zeichnete. Der letzte Impulslaser konzentrierte sein Feuer auf das rechte Hüftgelenk der *Nemesis*, konnte die Panzerung aber nicht durchstoßen und ernsten Schaden anrichten.

Auch der zweite *Spartaner* setzte all seine Strahlwaffen ein. Ein Impulslaser schälte zusätzliche Panzerung vom rechten Bein, während unter den Treffern der beiden anderen die Panzerung über der Mittelpartie des

Rumpfes ins Kochen geriet. Der elektrischblaue Blitzschlag der PPK bohrte sich in den linken Arm des OmniMechs und ließ Panzerung in dampfenden Klumpen zu Boden tropfen. Schlimmer noch war jedoch, daß die Wucht der Attacken die *Nemesis* umwarf, wenn auch erst, nachdem sie das Feuer auf einen ihrer Peiniger eröffnet hatte.

Die *Nemesis* war komplett mit Raketenlafetten bestückt, Lang- und Kurzstrecken, mit denen sie einen der *Spartaner* bombardierte. Die Geschosse krachten über den ComGuards-Mech und sprengten am ganzen Rumpf Panzerplatten weg. Der Mech verlor hauptsächlich Panzerschutz am rechten Arm und der linken Seite, doch fünf Raketen schlugen in den Kopf ein und zerschmetterten dessen Panzerung. Der *Spartaner* wankte kurz, blieb aber aufrecht.

Mit mürrischem Respekt holte Marthe den *Excalibur* zurück ins Fadenkreuz und zog erneut den Auslöser durch. Die LSR-Salve verlor einen großen Teil ihrer Raketen an die Rakabwehr des ComGuards-Mechs, aber die fünf, die durchkamen, kosteten ihn den letzen Rest an Panzerung über dem rechten Bein und einiges an künstlichem Muskelgewebe. Marthe fluchte, als ihre 'Autokanonengranaten in die linke Flanke des Mechs schlugen, aber der künstliche Blitzschlag ihrer PPK setzte das rechte Bein unter Hochspannung. Die Myomerbündel gingen in Flammen auf, und die Stahlknochen leuchteten eine Sekunde lang in weißer Glut, bevor sie in einer Rauchwolke verschwanden.

Im Sturz feuerte der einbeinige *Excalibur* seine LSR und das Gaussgeschütz ab. Die silberne Kugel schoß nur Zentimeter an Marthes Kanzeldach vorbei, aber die LSR trafen die *Nemesis* voll in der Mitte des Torsos. Eine Hitzewelle schlug über ihr zusammen, als eines der Geschosse die Panzerung durchschlug und den Reaktor traf. Die Temperaturanzeige schoß in den roten Gefahrenbereich, während die Wärmetauscher sich abmühten, soviel Hitze wie möglich abzuleiten.

Samantha Clees pumpte mit ihrer *Nova* weiter Geschützfeuer in den *Schwarzen Ritter*, gegen den sie seit Beginn der Schlacht kämpfte. Den größten Teil ihres Laserfeuers lieferten die mittelschweren Waffen im linken Mecharm, aber jetzt endlich traf auch einer der Laser im rechten Arm. Die sieben mittelschweren Laser spießten die ComGuards-Maschine mit einer Phalanx von Lichtspeeren auf. Sie brannten die letzte Panzerung von seinem rechten Bein und einiges mehr vom linken Arm, aber vor allem bohrten sie sich in seinen Rumpf. Auf der linken Torsoseite verdampften sie sämtliche internen Verstrebungen, der linke Arm krachte zu Boden, und die Treffer in der Torsomitte stießen durch die Panzerung und in den Reaktor. Auf der IR-Anzeige strahlte die Silhouette des BattleMechs grell auf.

Der Pilot des *Schwarzen Ritter* wehrte sich tapfer und setzte alle Waffen ein, die Samantha Clees ihm nicht genommen hatte. Die PPK im rechten Arm zerschmolz die letzte Panzerung auf dem linken Arm der *Nova*, dann verwandelte sie den Oberarmaktivator in eine blubbernde, teerartige Masse. Der grün glänzende Lichtstrahl des schweren Lasers zerschmolz die Reste von Panzerung über dem rechten Mecharm, aber der Angriff konnte die *Nova* nicht aus dem Gefecht werfen.

Arimas' zerschlagene *Turkina* feuerte auf den *Shootist*, der den *Feldeggsfalke* abgeschossen hatte. Die schweren Impulslaser im linken Arm des Jadefalken-Mechs zerschmolzen Panzerung über der Mitte und der rechten Seite der ComGuards-Maschine. Die beiden mittelschweren Laser auf der linken und rechten Torsoseite schnitten weitere Panzerschichten von den Beinen des *Shootist*, während die Impulslaser tödliche Lichtpfeile über Kopf und Mittelpartie des Mechs schleuderten.

Der Pilot des *Shootist* verdiente sich Marthes Respekt, als sein Mech standhielt und Arimas' Feuer erwiderte. Die schwere Autokanone und ein Impulslaser bohrten sich in die Panzerung über dem rechten Mechbein, während der schwere Laser den verbliebenen Arm der *Turkina* zum Glühen brachte und glatt abtrennte. Der letzte Impulslaser nagte an der Panzerung auf der rechten Seite des ClanMechs und verwüstete die einzige unversehrt gebliebene Stelle auf dem Rumpf des Kampfkolosses.

Und trotzdem gibt er nicht auf! Marthe fühlte ein Schaudern durch ihren Körper laufen. *Arimas ist wahrhaft ein Jadefalke.*

Sie schaute auf die Statusanzeige ihres Cockpits und schüttelte den Kopf. Sie verfügte noch über drei unbeschädigte Mechs gegen einen einzigen unbeschädigten *Spartaner* der ComGuards. Selbst wenn man Arimas' Mech als zerstört zählte – obwohl er noch Torsowaffen besaß, die er einsetzen konnte –, hatte sie erst drei Maschinen verloren, ComStar schon fünf. *Und von denen, die noch stehen, sind zwei ernsthaft beschädigt und drei in Schwierigkeiten.*

Der Ausgang der Schlacht stand außer Frage. Einerseits wollte sie den Angriff fortsetzen und die leichte ComGuards-Kompanie aufreiben, andererseits aber sah sie darin keine Ehre. *Ihr Ziel war es, uns den See abzuringen, und ihr Angriff ist zurückgeschlagen. Banditen würde ich bis auf den letzten Mann vernichten, aber diese Gegner sind keine Banditen. Sie sind nicht Clan, aber sie wissen zu kämpfen.*

Ein dünnes Lächeln spielte um ihren Mund. Sie schaltete die Funkanlage auf Breitbandsendung. »ComStar, die Schlacht ist vorbei. Wir gestatten euch den Abzug und betrachten eure Ehre als unversehrt.«

In den Helmlautsprechern knisterte es, dann antwortete ihr eine müde Stimme. »Ich bin Präzentor

Harvison. Ihr habt uns fair und deutlich geschlagen. Wir ziehen uns zurück und betrachten eure Ehre durch diese Großzügigkeit als gesteigert.«

»Gut gehandelt und akzeptiert, Präzentor.« Marthe schaltete auf ihre eigene Taktische Frequenz um. »Jadefalken, Feuer einstellen. Sie ziehen heim, und wir haben das unsere erfolgreich verteidigt.«

12

Wolfsclan-Verteidigungszone, Kaulmdistrikt,
Strana Metschty
Kerensky-Sternhaufen, Clan-Raum

23. April 3060

Wer ist dieser tollwütige Rüpel? Vlads Knurren hallte durch den Neurohelm, als er die *Sturmkrähe* an sich vorbei und in Richtung seines Aufmarschgebiets stürmen sah. Sein Sekundärschirm zeigte den geschätzten Schaden des Lancier-Mechs: der rechte Arm schien nahezu abgerissen, und die linke Seite des Torsos war kurz davor wegzubrechen. Er drehte den *Waldwolf* hinter der *Sturmkrähe* her, und der Rest des Schlachtfelds rückte in die Randbereiche der Holosichtprojektion.

So schwer die Schäden an der *Sturmkrähe* auch schienen, Vlads *Waldwolf* war keineswegs unversehrt geblieben. Ein weiterer Treffer aus der Autokanone konnte ihn das linke Bein kosten oder die rechte Torsoseite zerschmettern und den Arm mit vernichten. Im Gegensatz zur *Sturmkrähe* besaß Vlad keine unbeschädigte Flanke, die er dem Gegner zukehren konnte. Wenn er versuchte, seine rechte Seite zu schützen, brachte er sein linkes Bein in Gefahr und umgekehrt. Es gab einfach keine einfache Lösung für den Kampf gegen diese *Sturmkrähe.*

»Verdammt sollst du sein, Lincoln Osis, daß du Diana verloren und ihre Schätze diesem Abschaum überlassen hast.«

Auf dem Schlachtfeld liefen die Dinge schlechter als erwartet. Seine leichteren Mechs waren tatsächlich schneller als die Maschinen der Lanciers, aber die bessere Panzerung der gegnerischen Mechs machte es erheblich zeitraubender, sie abzuschießen. Und obwohl die höhere Geschwindigkeit der ClanMechs sie eigentlich zu schwierigeren Zielen hätte machen müssen, war davon wenig zu bemerken. Die Lancier-Piloten schienen alle auf Grund ihrer Treffsicherheit ausgewählt worden zu sein. Vlad hatte schon eine *Nova* verloren, und einige andere Mechs waren beschädigt. Die meisten anderen hielten sich wacker, aber das war einfach nicht gut genug.

Er bellte Befehle ins Mikro, doch die *Sturmkrähe* hatte eine elegante Kehrtwendung ausgeführt und kam zurück. Offenbar hatte sie es diesmal auf die rechte Seite des *Waldwolf* abgesehen. Vlad drehte die Maschine um, so daß sie dem restlichen Schlachtfeld den Rücken zukehrte, und zog das Fadenkreuz über den leichteren Mech. Ein Signalpunkt blickte im Zentrum des Kreuzes auf, und er preßte die Feuerknöpfe durch.

Die LSR-Lafetten spien Rauch und Feuer. Die Raketen überzogen die *Sturmkrähe* mit Explosionen, sprengten Panzerung vom linken Arm, der linken Seite, der Torsomitte, sie schlugen sogar in die offene Bresche an der rechten Flanke. Noch während der Mech das Feuer erwiderte, stieß einer der beiden schweren Laser Vlads in die rechte Torsoseite, brach durch, und wirbelte den abgerissenen Mecharm seines Gegners über das Schlachtfeld davon.

Drei der Laser der *Sturmkrähe* konnten noch feuern, bevor sein Gegner den Arm verlor. Die grellroten Lichtbahnen schnitten in die rechten Mechglieder des *Waldwolf*, während der dritte in die offene rechte Seite stieß. Er zerschmolz einen Teil des Stützskeletts, und die Hitzewelle, die durch das Cockpit schlug, machte Vlad klar, daß der Reaktor Abschirmung verloren hatte. Die Autokanone der *Sturmkrähe* feuerte eine weitere Doppelsalve. Die erste kostete den linken Mecharm nahezu die komplette Panzerung. Die zweite fraß sich in die Panzerung über der Mitte des Mechtorsos, brach durch und verursachte internen Schaden. Der *Waldwolf* erzitterte und stolperte, dann kippte er plötzlich weg.

Gyroskoptreffer! Der OmniMech krachte auf den rechten Arm und kippte auf die Frontseite. Vlads Körper wurde in die Sicherheitsgurte geworfen, und Funken flogen durch die Kanzel. Panik stieg in ihm auf, als er die *Sturmkrähe* über dem Erdwall aufragen sah, den der Kopf des *Waldwolf* bei dem Sturz aufgeworfen hatte. *Ein Schuß ins Cockpit, und ich bin tot.*

Er hörte das Singen der Autokanone und fühlte, wie die Granaten durch die Panzerung über dem Rückgrat seines Mechs schnitten wie das Blatt einer Kreissäge. Das Knirschen kam von einem Punkt hinter der Kanzel, und die Anzeigen meldeten ernste Schäden an der Skelettstruktur des *Waldwolf*. Er stählte sich für eine zweite Salve, aber als keine kam, sah er seine Chance und versuchte, den Mech aufzurichten. Der beschädigte Kreiselstabilisator machte ihm einen Strich durch die Rechnung, und der *Waldwolf* stürzte krachend zurück auf die rechte Seite.

»Ich werde nicht hier im Schlamm verenden!« Vlad bäumte sich an der Steuerkonsole auf und zwang den Omni beinahe allein durch Willenskraft hinauf. Ein Regen von Erdklumpen stürzte vom Kanzeldach, als der Mech hochkam, und Vlad sah die zerbeulte und qualmende *Sturmkrähe* unmittelbar vor sich. Die einzige verbliebene Waffe seines Gegners, die Autokanone, schwenkte herum, und Vlad brachte seine Waffen gleichzeitig zum Tragen.

Der schwere Laser im linken Arm des *Waldwolf* schmolz Panzerung vom rechten Bein des Lancier-Mechs, während der mittelschwere Laser den Panzerschutz über der Rumpfmitte reduzierte. Der schwere Laser im rechten Arm schoß daneben, und seine Energiebahn zuckte vorbei, wo ursprünglich die rechte

Seite der *Sturmkrähe* gewesen war. Der rote Lichtspeer des mittelschweren Lasers aber kostete das rechte Bein des feindlichen Mechs noch mehr Panzerung.

Die Doppelsalve der Autokanone schlug mit genug Wucht in die Mittellinie des *Waldwolf,* um das Cockpit nach oben zu werfen. Die Granaten aus angereichertem Uran zerfetzten die letzten Überreste der Frontpanzerung, dann rissen sie die letzten internen Verstrebungen auseinander. Vlad hörte das gepeinigte Kreischen gefolterten Metalls hinter der Kanzel, dann wurden alle Instrumente dunkel. Durch das Kanzeldach sah er den Himmel, dann den Boden, wieder den Himmel. Seine Augen bestätigten ihm, was ihm sein Magen bereits signalisiert hatte: Die Kanzel war vom Rumpf gerissen worden und wirbelte durch die Luft.

Panzer brach, und das Kanzeldach explodierte, als der abgerissene Mechkopf auf den Boden schlug. Der brutale Aufprall trieb Vlad tief in die Polster der Pilotenliege. Er schlug gegen eine der Armlehnen und verstauchte sich eine Rippe, als das Cockpit wegrollte, dann hüpfte es noch ein paarmal und blieb in einer grasbedeckten Senke auf der Seite liegen.

Vlad schlug auf das Gurtschloß und warf sich durch das Loch im Kanzeldach. Er hastete fort von der gepanzerten Metallkapsel, die ihn vor Schlimmerem beschützt hatte, und kämpfte sich einen niedrigen Hang hinauf. Er riß den Neurohelm vom Kopf und schleuderte ihn beiseite, dann ließ er sich auf den Bauch fallen, um den Kampf zu beobachten. Er zitterte im kalten Gras, eine Reaktion, die von dem Anblick noch verstärkt wurde, der sich ihm auf dem Schlachtfeld bot.

Einer der *Brandschatzer* hämmerte auf eine *Galeere* ein, die schon den rechten Arm und den halben Torso auf derselben Seite verloren hatte, und deren linker Arm nur noch an einem dünnen Myomerstrang hing.

Dichter Qualm stieg aus der offenen rechten Flanke des ClanMechs auf und signalisierte einen Reaktorschaden. Der *Brandschatzer* hatte beträchtliche Panzerungsschäden, aber Vlad konnte keinen Durchbruch entdecken.

Die beiden Gaussgeschütze des Lancier-Mechs zerschmetterten mit ihren Projektilen die Panzerung über dem linken Mechbein der *Galeere,* dann zerfetzten sie die Myomerbündel über dem Oberschenkelknochen. Der schwere Laser im rechten Mecharm des *Brandschatzer* amputierte den linken Arm seines Gegners, bevor er die Stützstreben der jetzt völlig freien Flanke zerschmolz und die Abschirmung des Fusionsreaktors weiter reduzierte. Dann spießten drei der vier mittelschweren Laser den Wolf-Mech mit rubinroten Energiespeeren auf. Einer stieß durch die Rumpfpanzerung und löste eine grellstrahlende Explosion aus. Goldene Feuerzungen leckten aus beiden Torsoseiten, und der Pilot rettete sich, Sekundenbruchteile bevor die Reaktorexplosion das Cockpit verzehrte.

Vlad fühlte die Druckwelle der Detonation durch den Boden bis in sein Innerstes. *Auch dieser Mech fällt, ohne seinen Gegner mitzureißen. Er hat versagt, genau wie ich.*

Auf dem Rest des Schlachtfelds belauerten sich qualmende Kampfkolosse beider Seiten. Die *Sturmkrähe,* die seinen *Waldwolf* erledigt hatte, nahm die zweite *Galeere* aufs Korn. Der Mech war bereits durch sein Duell mit einem *Brandschatzer* angeschlagen, und als die Doppelsalve der *Sturmkrähe* seine Beine traf, verdampfte die eierschalendünne Panzerung und gestattete den Granaten, sich durch die Myomermuskeln zu fressen. Die Geschosse rissen ein Bein in Kniehöhe ab und verdrehten das andere so brutal im Hüftgelenk, daß der ClanMech herumgerissen wurde und krachend auf den Rücken stürzte.

Aber noch bevor er zu Boden ging, gab der Pilot der *Galeere* einen PPK-Schuß ab, der den *Brandschatzer* am Kopf erwischte. Innerhalb eines Augenzwinkerns löste sich die gesamte Panzerung auf, und das Cockpit flog auseinander. Eine Qualmspur zeichnete die Sturzbahn des Mechkopfes nach, als der *Brandschatzer* stocksteif nach hinten kippte.

Ein Lancier-*Cataphract* war zerstört, ebenso wie ein zweiter *Brandschatzer,* zwei der *Totschläger* und ein *Rabe.* Die *Eismarder* und *Novas* zogen sich zurück, um sich neu zu formieren, und hielten ängstlichen Abstand von der *Sturmkrähe,* dem verbliebenen *Brandschatzer* und den *Totschlägern.* Mit ihrer überlegenen Geschwindigkeit konnten die schwarzen Wolfsclan-Mechs die schwereren Maschinen der Inneren Sphäre bedrängen, aber sie zu besiegen, würde einige Zeit in Anspruch nehmen.

Die Lanciers stellten sich dagegen so auf, daß ihre Schußfelder überlappten, so daß sie ihre Angriffe auf ein gemeinsames Ziel konzentrieren konnten. Jeder Wolf-Mech, der ihnen zu nahe kam, sah sich damit einer vernichtenden Wand aus Energiestrahlen und Gaussgeschützkugeln gegenüber, die ihn innerhalb von Sekunden in Schrott verwandeln konnte. Da die Lanciers jedoch so langsam waren, hätte jeder Versuch, ihrerseits die Wölfe anzugreifen, den Angreifer für die Art von Kurzattacken verwundbar gemacht, wie die Wölfe sie geplant hatten.

Vlad stand auf und hob eine Hand an die Augen, um sie gegen die Sonne abzuschirmen. Er beobachtete eine Anzahl von Ansätzen zu einem Angriff von Seiten der Lanciers, die plötzlich wieder abbrachen. Die Mechs der Inneren Sphäre blieben in solider Formation beieinander und bewegten sich in einem Kreis herum, der sie im Zentrum des Schlachtfelds hielt. Die Wölfe konnten sie zwar umkreisen, aber jeder Angriff oder

Fehler einer der beiden Seiten drohte zur Katastrophe für die Seite zu werden, die den ersten Schritt tat.

Ein *Eismarder* löste sich von den anderen und kam herübergerannt. Der humanoide Mech senkte sich auf ein Knie, und der Pilot schaltete den Außenlautsprecher ein. »Mein Khan, wir befinden uns in einer Pattsituation.«

Vlad nickte langsam. »So scheint es.«

»Der Freigeburtsabschaum hat uns einen Waffenstillstand angeboten. Sie sagen, wir haben das Feld nicht verloren, aber wir kontrollieren es auch nicht. Sie bieten ein Unentschieden an.« Die Verachtung in der Stimme des Clanners rang mit Frustration. »Geben Sie den Befehl, und wir greifen an und zerschlagen sie.«

Vlads Kinnmuskeln spannten sich. Er wollte den Befehl geben und seine Krieger diese Lanciers zertrampeln sehen. Er wollte keinen Hinweis darauf zurücklassen, daß die Lanciers je existiert hatten, und er wußte wohl, daß seine Leute vor nichts zurückschrecken würden, um sie zu vernichten, selbst wenn ihr Angriff ein Selbstmordunternehmen war. Ihre Tapferkeit hier würde garantieren, daß das Genmaterial dieser Krieger in das Zuchtprogramm des Clans aufgenommen wurde, und ihnen die Unsterblichkeit schenken, auf die jeder ein Recht hatte.

Vlad sog die Luft in die Lungen, um den Angriffsbefehl zu geben, aber dann stockte er. Sein Haß auf die Lanciers war in Wirklichkeit Wut auf sich selbst. Die Truppen, die er hier zusammengezogen hatte, wären ausreichend für den Kampf gegen einen Gegner gewesen, der Angst vor den Clans hatte. Hätten seine Krieger es mit Truppen aus Rasalhaag oder der Lyranischen Allianz zu tun gehabt, hätten sie ihren Gegner zerfetzt. Diese Einheiten der Inneren Sphäre hatten die Clans bereits in Aktion erlebt und gelernt, sie zu fürchten.

Aber diese St.-Ives-Lanciers kennen die Wölfe nicht. Sie hatten sicherlich schon gegen Clanner gekämpft, aber nur in Form von Nebelpardern. Die Lanciers waren noch nie von Clannern besiegt worden. Ihre einzige Erfahrung mit den Clans war der Sieg. Jetzt standen sie einer Truppe gegenüber, der sie in Bewaffnung und Tonnage überlegen waren, und sie waren es, die ein Unentschieden anboten.

Und es ist ein Unentschieden. Vlad sah zum Cockpit des *Eismarder* hinauf. »Teile ihrem Kommandeur mit, daß ein Unentschieden akzeptabel ist. Und übermittle dem *Sturmkrähe*-Pilot mein Kompliment.«

»Sie sind sicher, mein Khan, franeg?«

»Klinge ich unsicher, Sterncaptain?« Der Khan schnaubte wütend. »Dieser Pilot hat mich an etwas erinnert, das unseren Clan retten wird. Ihn oder euch in einem sinnlosen Kampf zu töten, wird daran nichts ändern. Gib die Nachricht weiter.«

Eine leichte Brise zog über das Feld und verwirbelte den von den Mechwracks aufsteigenden Rauch. Der Geruch zerschmolzenen Plastiks, vermischt mit brennendem Gras, drang in Vlads Nase, und er verzog angewidert das Gesicht. Die Visierplatte der zuletzt zu Boden gegangenen *Galeere* klappte auf, und die Pilotin stieg aus. Sie trottete auf ihn zu, bremste aber auf Gehgeschwindigkeit ab, als sie sich umsah und feststellte, daß sie nicht mehr mitten in einer Schlacht war.

Der *Eismarder*-Pilot meldete sich wieder. »Die Nachricht ist verschickt und die Antwort eingetroffen, mein Khan. Der *Sturmkrähe*-Pilot erwidert Ihr Kompliment.«

»Wie heißt er?«

»Kai Allard-Liao.«

Vlad nickte langsam. Er erinnerte sich aus den Tagen der Invasion düster an diesen Namen. Dieser Kai war einer Jadefalken-Garnison entkommen und hatte dann mit ihr zusammengearbeitet, um die ComStar-Truppen auf dem Planeten zu besiegen. Nach allem, was man über ihn hörte, hätte er einen ausgezeichneten Leibeigenen abgegeben, doch die Jadefalken hatten ihn statt dessen als Verbündeten akzeptiert.

»Ihnen hat er einen Planeten gesichert«, lächelte Vlad. »Uns liefert er die Rettung.« Er sah zu der dampfenden *Sturmkrähe* hinüber und erlaubte sich ein kurzes Lachen. »Wenn er das wüßte, würde er herkommen und beenden, was er auf dem Schlachtfeld versäumt hat.«

13

Blutgeist-Verteidigungszone, Coldrilltal, Niegdjedistrikt, Strana Metschty Kerensky-Sternhaufen, Clan-Raum

23. April 3060

Khanin Karianna Schmitts Freude über den Anblick des in das Brackwasser des Bachs im Talboden kippenden draconischen *No-Dachi* erstarb, als der *Eisvogel* links von ihr nach hinten wegsackte. Die schiere Überraschung über dieses Ergebnis verschluckte ihre Hochstimmung, die gleich darauf zum Opfer rasch aufsteigender Wut wurde. Sie hatten die draconischen Mechs ehrenhaft angegriffen, im Einzelduell, und trotzdem hatten drei von ihnen ihre Waffen auf einen einzelnen Blutgeist gerichtet. Eine derartige Feigheit ließ ihr das Blut in den Adern gefrieren und kristallisierte ein übermächtiges Verlangen heraus, alle Gegner, die ihr gegenüberstanden, tot zu sehen.

Dabei war ihr allerdings klar, daß ihr Zorn sich nicht allein aus dem jämmerlichen Vorgehen der Draconier speiste. Sie hatte nichts besseres erwartet von Barbaren, die sich in der falschen Hoffnung, damit die Clans zur Abkehr von ihrer Mission der Eroberung der Inneren Sphäre zu bewegen, zu einem falschen Sternenbund zusammenschlossen. Die draconischen Truppen hatten sich selbst erniedrigt. Aschon auf Strana Metschty hatte sie gehört, wie bei ihnen niederste Banditen und absolut jeder, der einen Mech steuern konnte, die Möglichkeit hatte, zum Krieger zu werden. Unter diesen Umständen war zu erwarten gewesen, daß sie sich gegen ein einzelnes Ziel verbündeten.

Nein, was wirklich hinter ihrer eiskalten Wut steckte war die Tatsache, daß nicht *sie* zum ersten Ziel ihrer Gegner geworden war. Jason Keller, der Pilot des zerstörten *Eisvogel,* schien ein kompetenter Krieger zu sein, aber ohne Bedeutung verglichen mit ihr selbst. Und auch wenn ihr klar war, daß es irrational war, von den Mechpiloten des Kombinats zu erwarten, sie würden erkennen, daß sie, die oberste Kommandeurin der Blutgeister, sich herabließ, gegen sie anzutreten, war sie doch entschlossen, sie für die Beleidigung bezahlen zu lassen, sie nicht sofort als die tödlichste ihrer Gegner erkannt zu haben.

Weiter westlich tauschten die *Kampfkobra* und der *Akuma* Geschützfeuer aus. Erneut verfehlte eine der PPKs der *Kampfkobra* ihr Ziel und ließ einen weiteren Baum in Flammen aufgehen. Der blaue Blitzstrahl, der sein Ziel traf, verwüstete die Panzerung auf dem rechten Bein des schwereren Mechs. Trotz einer Lawine dampfender Panzerplatten, die mit lautem Zischen ins Wasser stürzten, war das Bein aber immer noch reichlich geschützt.

Der graue *Akuma* attackierte die Blutgeist-*Kampfkobra* mit allen Waffen seines Arsenals, außer der PPK. Ein mittelschwerer Impulslaser schleuderte ein halbes Dutzend rubinroter Lichtnadeln auf die Brustpartie des ClanMechs. Die rote Energiebahn des rechten Armlasers bohrte sich in dieselbe Panzerzone. Eine Salve aus der Autokanone des Draconiers zerschmetterte die letzte brüchige Panzerung über der rechten Torsoseite und bedeckte den Talboden mit einem Schrapnellhagel. Die MSR sprengten die letzte Panzerung vom rechten Mecharm und zerfetzten die freigelegten Myomermuskeln. Andere senkten sich in die linke Hüfte und Flanke der *Kampfkobra* und reduzierten schützende Panzerplatten zu einem glitzernden Staubregen.

Die Kurzstreckenraketen der *Akuma* vollendeten, was die übrigen Waffen begonnen hatten. Schwarzer Qualm drang aus tiefen Rissen in der Torsopanzerung des Blutgeist-Mechs. Die letzten Panzerplatten am linken Arm fielen ab, und eine KSR-Explosion sprengte die Panzerung vom Cockpitbereich der *Kampfkobra*. Schließlich riß eine der Raketen noch den rechten Arm des Mechs ab, und dessen rußgeschwärztes Skelett mit den funkensprühenden Überresten einer PPK wirbelte davon.

Auf der anderen Seite der Schlucht überschüttete die *Armbrust* den zu ihr hochkletternden *No-Dachi* mit Feuer. Alle KSR des Blutgeists hatten das Ziel erfaßt und rissen die Panzerung in großen Fetzen von den Armen, Beinen und insbesondere von der bereits beschädigten rechten Seite des draconischen Mechs. Ein Hagel von Langstreckenraketen schälte Panzerung von der linken Seite und Torsomitte, konnte aber keine Panzerbrüche aufreißen. Die beiden Impulslaser brannten Panzerung vom rechten Mecharm und bohrten sich durch die rechte Flanke, wo sie mehrere Querstreben des *No-Dachi*-Skeletts zerschmolzen.

Die beiden MSR-Lafetten in den Schultern des Feindmechs spien Feuer und Rauch. Die Raketen schossen hinauf gegen die *Armbrust* und detonierten über der vorspringenden Brustpartie. Die meisten zerschmetterten nur Panzerung, aber mindestens ein Geschoß drang ins Rumpfinnere durch und verursachte eine aufsteigende schwarze Qualmspur. Die anderen schlugen in das linke Bein, den linken Arm und die rechte Torsoseite ein und reduzierten deren Panzerschutz. Der linke Mecharm des *No-Dachi* kam hoch, und seine PPK schleuderte einen künstlichen Blitzschlag vom Knöchel bis zum Knie das linke Bein der *Armbrust* empor, der dessen Panzerung in Sturzbächen davonrinnen ließ.

Die *Armbrust* trat mit dem rechten Bein aus und erwischte den linken Arm des *No-Dachi*. Der flache Metallfuß des BattleMechs rammte den Arm des draconischen Kampfkolosses und zermalmte nahezu die gesamte Panzerung. Der *No-Dachi* drehte sich nach rechts, um die Wucht des Trittes abzufangen, dann drehte er sein Schwert herum und traf den ClanMech hinter dem rechten Knie. Panzersplitter flogen davon, als die Klinge sich in das Mechbein senkte. Der *Armbrust*-Pilot suchte mit dem linken Fuß seiner Maschine nach Halt, aber die Ferse pflügte eine breite Schneise durch den Lehm, ohne festen Boden zu finden. Die Blutgeist-Maschine kippte nach links und krachte zu Boden.

Jason Kellers *Eisvogel* war schlammverkrustet, als er schwerfällig wieder auf die Beine kam. Die an seinem Rumpf klebenden Zweige und Blätter verwandelten den Mech in eine Art urzeitliches Monster. Der Kampfkoloß suchte den *Daishi* und eröffnete das Feuer, aber Karianna Schmitt war klar, daß der Mech mit mehr als nur Reaktorschaden zu kämpfen hatte, als der Pilot die Autokanone nicht einsetzte.

Sie hat entweder Ladehemmung oder ist beschädigt. Ohne sie ist sein Mech kaum noch eine ernsthafte Bedrohung.

Trotz ihrer Einschätzung brachte der *Eisvogel* den draconischen *Daishi* mit seinen Strahlwaffen zum Leuchten. Die Liebkosung des schweren Lasers verdampfte Panzerung über dem rechten Bein des Feindmechs. Die vier mittelschweren Laser ließen ihre Strahlbahnen über den Torso der Kombinatsmaschine tanzen und schnitten ihn fast auf, während sie nebenbei noch Panzerung vom rechten Mecharm schälten. Der *Daishi*-Pilot behielt seinen Mech jedoch in der Gewalt und ließ sich von der vernichtenden Kraft des Angriffs um keinen Schritt zurücktreiben.

Der Draconier schlug mit brutaler Gewalt zurück. Die schweren Laser des *Daishi* stießen grünleuchtende Lanzen aus gebündeltem Licht in das rechte Bein des *Eisvogel* und durch die Panzerung über dessen rechter

Rumpfseite. Seine Autokanonen spuckten Feuer, als ihre Granaten sich über das rechte Bein hoch in die rechte Seite arbeiteten. Grüner Qualm stieg in den Himmel und meldete die Zerstörung eines Wärmetauschers, und ungenutzte AK-Granaten stürzten aus dem Rumpfloch ins Freie. Die vier mittelschweren Impulslaser erweiterten den Schaden an der rechten Seite und verdampften die Reste von Panzerung am rechten Arm des *Eisvogel*. Zwei von ihnen tobten sich auf der breiten Brustpartie der Kampfmaschine aus und verwandelten genug Panzerung in grauen Metalldunst, um nur einen hauchdünnen Schutz zurückzulassen.

Auch der wieder auf die Beine kommende *No-Dachi* richtete seine Waffen auf den malträtierten *Eisvogel*. Die wild zuckende Spur grellblau leuchtender Energie aus seiner PPK schlug krachend in den rechten Mecharm ein und hinterließ ein Gewirr verzogener, qualmender Metallstangen. Die MSR-Lafetten husteten und überschütteten den ClanMech mit Dutzenden von Detonationen. Der rechte Arm des *Eisvogel* verschwand in einem Bouquet feuriger Energieblüten, das sich auf die rechte Rumpfseite der Blutgeist-Maschine ausbreitete und die letzte Panzerung über dessen Herz verzehrte. Splitter und Bruchstücke der internen Struktur flogen aus dem aufgebrochenen Torso, und eine Serie von Sekundärexplosionen fraß sich in die linke Seite des Rumpfes vor.

Karianna Schmitt betrachtete es als Beweis für Jason Kellers Können als Pilot, daß sein Mech trotz allem nicht zu Boden ging, aber seine Einsatzfähigkeit war praktisch gleich Null. *Nach diesem Gefecht wird man seine Nachkommen hoch achten, selbst wenn er hier fällt.*

Der andere *Eisvogel* verwüstete den *No-Dachi*. Zwei PPK-Blitze peitschten die komplette Panzerung von Front und linker Seite des leichteren Mechs. Vier mittelschwere Laser jagten ihre Energien aus den Waffen des *Eisvogel* in den draconischen Kampfkoloß. Zwei der roten Lanzen aus konzentriertem Licht lösten die Panzerung des rechten Beins auf und rösteten die dabei entblößten Myomerbündel. Der dritte Strahl fräste zusätzliche Panzerung von der rechten Seite des Mechs, aber der vierte bohrte sich mitten in die Brustpartie des *No-Dachi*. Dünner Rauch quoll aus der KSR-Lafette, gefolgt von dichtem, schwarzem Qualm. Erstaunlicherweise ging der draconische Mech nicht zu Boden, sondern marschierte den Hang hinauf.

Karianna Schmitt wollte nicht glauben, was sie mit eigenen Augen sah. Sie wußte, daß die Clans Krieger hervorbrachten, die allem, was die Innere Sphäre aufzubieten hatte, an Fähigkeiten und Können, Talent und genetischer Ausstattung weit überlegen waren, und ihre Krieger schlugen sich entsprechend vorbildlich. Obwohl die Einheit der Inneren Sphäre nur einen OmniMech besaß und dieser von einem Piloten gesteuert wurde, der dessen Möglichkeiten sichtlich beherrschte, stand sie einer gleichstarken Clan-Einheit gegenüber. Nach allen Berichten, die sie gehört, allen Gefechtsanalysen, die sie durchgeführt hatte, war sie überzeugt gewesen, ihre Gegner müßten angesichts dieser Konfrontation in Panik geraten. Und doch hielt jetzt einer von ihnen in einem tödlich angeschlagenen Mech stand, stürmte sogar auf sie zu.

Sie unterdrückte den in ihr erwachenden Panikfunken und senkte das goldene Fadenkreuz über den *Drachenfeuer*. Ihre schweren Laser schwenkten über die linke Flanke des Kombinats-Mechs, näherten sich in einer scharfen Bewegung seinem Kopf. Panzerung zerschmolz auf dem linken Arm des Draconier-Mechs ebenso wie auf dessen Rumpfseite, dann strömte sie in Sturzbächen an seinem Kopf herab. Hitze brandete durch das Cockpit, als sie zwei LSR-Salven abfeuerte. Sie sprengten zusätzliche Panzerung vom linken

Mecharm und verschlimmerten die Schäden am Torso, verfehlten aber den Kopf, und der draconische Pilot überlebte.

Karianna Schmitt stellte jedoch befriedigt fest, daß ihr Angriff die Aufmerksamkeit des *Drachenfeuer*-Piloten erregt hatte. Der gedrungene Kampfkoloß richtete seine Waffen auf ihren *Blutmilan*. Der Granatenhagel der Autokanone schälte Panzerung vom rechten Hüftgelenk ihres Mechs, während die Gausskugel von dessen Brustpartie abprallte. Der schwere Laser des *Drachenfeuer* schnitt eine üble Brandspur in den linken Unterarm des ClanMechs, aus der halb zerschmolzene Panzerung floß und in der Nähe des Ellbogens zu Boden tropfte. Die kleineren Impulslaser des Draconiers spuckten einen Orkan aus blutroten Lichtpfeilen aus, der den Panzerschutz an beiden Torsoseiten des *Blutmilan* ausdünnte.

Jason Kellers *Eisvogel* feuerte noch einmal den schweren Laser auf den *Daishi* ab und traf ihn diesmal am linken Bein. Drei mittelschwere Laserbahnen zuckten schillernd hinüber und kosteten den OmniMech Panzerung am linken Bein und Arm. *Die Torsopanzerung ist zertrümmert, und er feuert auf die Gliedmaßen. Vielleicht ist seine Linie doch nicht so stark.*

Der anstürmende *No-Dachi* feuerte seine Geschütze auf Jason Kellers *Eisvogel* ab. Das MSR-Bombardement hüllte den ClanMech in einen Feuerkranz und brachte die linke Seite seines Torsos zum Einsturz. Der linke Arm fiel weg und schlitterte den Hang hinab in den Bach. Der frostig blaue künstliche Blitzschlag aus der PPK des draconischen Mechs fuhr in das klaffende Loch in der Flanke des Blutgeist-Mechs, und ein Lichtbogen spielte über dessen Struktur. Der *Eisvogel* erzitterte, dann kippte der unbeschädigte Mechkopf nach hinten, als böte der Pilot dem Schwert des *No-Dachi* die Kehle zum Todesstoß. Bevor der Draconier den Hieb durchführen konnte, wankte der Mech und stürzte nach hinten weg, wobei er mehrere Bäume mitriß.

Der andere *Eisvogel* rächte Jason Kellers Untergang. Die blauen Blitzschläge peitschten über die Arme des *No-Dachi*, zertrümmerten die Panzerung des rechten und häuteten den linken. Der Energietentakel, der über den linken Mecharm spielte, zerschmolz die oberen Myomermuskelbündel, die diesen kontrollierten, und zerfetzte die KSR-Lafette im Unterarm. Die mittelschweren Laser des *Eisvogel* verdampften den linken Arm des draconischen Mechs, dann fraßen sie sich in seine linke Flanke, während andere tief in den ungeschützten Torso stießen.

Es überstieg Karianna Schmitts Begriffsvermögen, doch der *No-Dachi* fiel nicht um, sondern stieg weiter den Hang empor.

Im Westen traf die *Kampfkobra* den *Akuma* mit einem PPK-Blitz, unter dem die Panzerung auf dem Bein des Kombinats-Mechs davonbrodelte. Der Pilot der Inneren Sphäre jedoch zog seine Waffen von dem Gegner ab, der ihn beschossen hatte. Als die Schulter des dämonisch aussehenden BattleMechs sich ihrem *Blutmilan* zukehrte, erkannte Karianna Schmitt, daß sie sein neues Ziel darstellte.

Die MSR-Lafette schleuderte ihr eine Raketensalve entgegen, unter deren Einschlag ihr Kampfkoloß erzitterte. Die Schadenanzeige meldete Panzerungsverluste an beiden Torsoseiten und der Frontpartie. Dann erschütterte ein zweiter Schlag den *Blutmilan*. Eine Warnsirene gellte auf, und Karianna Schmitt mußte die Maschine einen halben Schritt zurück bewegen, um das Gleichgewicht wiederzufinden. *Gyroskoptreffer. Das ist unmöglich.*

Zwei Laser peitschten über den *Blutmilan*, einer in einem kontinuierlichen Energiestrahl, der andere in einem Stakkato von Lichtwerferbolzen. Der Impulslaser grub sich in die Panzerung auf dem rechten Arm des Mechs, während die Strahlbahn in den rechten Oberschenkel fuhr. Die Autokanone des *Akuma* lieferte eine Salve in die Mittelpartie des ClanMechs, der ihn ein weiteres Mal durchschüttelte, dann senkten sich Schwärme von Kurzstreckenraketen in Spiralbahnen auf den Blutgeist-Kampfkoloß. Sie pulverisierten die Panzerung über dem ganzen Mech, einschließlich der immer verletzlicheren Torsomitte.

Der *Drachenfeuer*, der von Beginn an ihr Gegner gewesen war, senkte erneut die Waffen zum Angriff. Die Urangranaten der Autokanone hinterließen ihre Spuren in der Panzerung des rechten Unterarms. Gelblichgrüner Dunst brach hervor, als die Kugel des Gaussgeschützes neben der Restpanzerung am linken Mecharm auch einen Wärmetauscher zertrümmerte. Der schwere Laser des Draconiers schoß links vorbei, und einer der beiden Impulslaser schleuderte seine Lichtnadeln über die rechte Flanke des ClanMechs. Der letzte Impulslaser spuckte seine Energieimpulse in den Kopf des *Blutmilan*, wo er noch mehr Cockpitpanzerung verdampfte.

Karianna Schmitt schrie unwillkürlich auf, als unter dem Einschlag der rubinroten Laserbolzen die Temperatur in der Kanzel drastisch anstieg, und die Panik, die sie zuvor zu unterdrücken versucht hatte, trieb ihr beißende Magensäure in die Kehle. *Nein, ich bin Blutgeist. Ich kenne keine Angst.*

Dann hob der *Daishi* seine Waffen und schwenkte sie über den *Blutmilan*. Eine der Autokanonen hämmerte durch die letzte Panzerung an der rechten Torsoseite und zertrümmerte einen Wärmetauscher. Die andere sprengte Panzertrümmer vom rechten Mechbein. Die beiden schweren Laser brachen durch die dünne Restpanzerung der Brustpartie und die klaffende Bresche in der rechten Flanke und verdampften noch weitere

Teile der internen Struktur. Die vier Impulslaser des *Daishi* bedeckten die Frontpartie des *Blutmilan* mit ihren Energiebolzen und lösten das wenige auf, was er noch an rechter Rumpfhälfte besaß. Der rechte Arm des *Blutmilan* fiel ab, zusammen mit seinen Wärmetauschern und Raketenlafetten.

Der plötzliche Verlust der kompletten rechten Rumpfseite brachte die ganze Maschine aus dem Gleichgewicht. Khanin Karianna Schmitt rang mit den Kontrollen, um ihren *Blutmilan* auf den Beinen und im Gefecht zu halten, aber der beschädigte Kreiselstabilisator verurteilte jeden derartigen Versuch von vornherein zum Scheitern. Der Mech stolperte nach hinten, rutschte nach rechts weg und fiel schließlich nach vorne. Er schlitterte den Hang hinab, und Schlamm spritzte in solchen Mengen über das Kanzeldach, daß er Khanin Karianna Schmitt in einem brutheißen, nachtschwarzen Sarg einschloß, in dem sie reichlich Zeit hatte, sich darüber klarzuwerden, wie sträflich sie die Krieger der Inneren Sphäre unterschätzt hatte.

14

Blutsenke, Lechenkadistrikt, Strana Metschty
Kerensky-Sternhaufen, Clan-Raum

23. April 3060

Rechts von Victor kämpfe Danai Centrellas *Falkner* sich wieder auf die Beine. Erst als der Mech erneut wegsackte, erkannte Victor, daß die Maschine einen Gyroskoptreffer erlitten hatte und ihre Pilotin nicht mehr Kontrolle über den Kampfkoloß besaß als ein Betrunkener über seine Bewegungen. Panzerplatten fielen von den linken Gliedmaßen des *Falkner*, als er zu Boden ging. Ein zweiter erfolgloser Versuch richtete noch mehr Panzerschaden an.

Der *Masakari* stand auf und richtete seine Waffen auf den am Boden liegenden *Falkner*. Victor brachte *Prometheus* herum und holte den ClanMech ins vordere Schußfeld, doch er konnte nicht schnell genug feuern, um den Nebelparder aufzuhalten. Drei PPK-Strahlen blitzten auf und peitschten über den hilflosen Sternenbund-Mech. Ein höllisch blau gleißender Blitzschlag schmolz den linken Arm der Maschine komplett weg, während ein anderer durch die Restpanzerung über der Brustpartie des BattleMechs schlug und eine nachtschwarze Rauchsäule aufschleuderte.

Der dritte Partikelstrahl verband den rechten Arm des *Masakari* mit dem Kopf des *Falkner*. Kobaltblaue Energietentakel schlangen sich um die Pilotenkanzel und sengten schwarze Bruchlinien in die schmelzende Panzerung. Stahlkeramikplatten lösten sich auf wie Butter in der Sonne, und als sie fort waren, gab es nichts mehr zu sehen. Innerhalb eines Herzschlags war Danai Centrellas Herz für immer verstummt.

Victor hatte das Gefühl, sein Inneres würde zu Eis erstarren. Er hatte Danai kaum gekannt – sie hatten nicht ein Wort gewechselt, bevor sie mit der Bitte zu ihm gekommen war, gegen die Nebelparder mitkämpfen zu dürfen. Er erinnerte sich an ihre strahlend bernsteingelben Augen, ihre vollen Lippen und das Lächeln, mit dem sie ihre Bitte vorgetragen hatte. Sie hatten beide gewußt, daß sie in diesem Kampf sterben konnten, aber weder sie noch er hatten sich eingestanden, wie groß das Risiko tatsächlich war. *Wir reden uns ein, wir wären unsterblich, weil wir sonst beim bloßen Gedanken an einen Kampf schreiend davonrennen würden.*

Das goldene Fadenkreuz der Sichtprojektion senkte sich über den *Masakari*, und Victor preßte die Finger auf die Feuerknöpfe des Knüppels. Das Gaussgeschütz schleuderte seine Kugel durch die Überreste von Torsopanzerung, so daß sie im Innern des Rumpfes das Stahlskelett der Internen Struktur zertrümmern konnte. Ein Impulslaser spie seine Lichtnadeln hinter der silbrigen Kanonenkugel her und zerfetzte die Reaktorabschirmung. Die beiden anderen Impulslaser verdampften die kläglichen Reste von Panzerung über der linken Rumpfseite, bevor sie sich ebenfalls in die Reaktorabschirmung gruben.

Zwei Salven Blitz-KSR senkten sich in Spiralbahn auf den ClanMech. Sechs von ihnen detonierten auf der linken Flanke des Mechs, zerrissen die Myomermuskulatur des entblößten linken Arms und kraterten die Panzerung über dem Hüftgelenk. Fast ebenso viele zuckten durch die klaffende Bresche in der Front des *Masakari* und zertrümmerten, was er noch an Skelett besaß. Das Cockpit kippte nach vorne, als die Arme nach innen fielen und der ganze Mech nach links wegsackte, während die Schlacke seines Innenlebens wie Quecksilber aus den Trümmern des Torsos rann.

Cranstons *Destruktor* nahm sich den einzelnen *Schwarzfalke* an der Nordflanke des Gefechtsfelds vor. Die beiden Gaussgeschütze blitzten auf und schleuderten ihre Projektile in und durch den Mechtorso des Nebelparders. Ein PPK-Blitz bohrte sich nach ihnen in die Überreste des Rumpfes und zerschmolz, was sie noch nicht zerschmettert hatten. Die Visierplatte des Mechkopfes explodierte, als der Pilot sich mit dem Schleudersitz rettete, dann erblühte die jeder Kontrolle entrissene Fusionsreaktion. In einem grelleuchtenden Feuerball aus wogendem Plasma verschwand die obere Hälfte des Nebelparder-Omnis und hinterließ zwei intakte Mechbeine, die über die roten Felsen stolperten.

Das Raketen- und Laserbombardement, das den *Kampfdämon* verwüstet hatte, hämmerte jetzt auf die beiden letzten *Sturmkrähen* im Norden ein. Die *Rakshasas* erledigten die *Sturmkrähe,* die Victor bereits angeschlagen hatte, während die *Longbows* ihr Feuer auf den bis dahin unversehrt gebliebenen Nebelparder konzentrierten. Über die kürzere Entfernung fiel ihr Beschuß spürbar treffsicherer aus, und der ClanMech wurde von einer Welle von Detonationen überspült. Er wurde hierhin und dorthin geschleudert, als die Raketenwellen auf ihn einschlugen und die Laser ihn aufspießten, dann krachte er leblos zu Boden, wo er als qualmendes Wrack liegenblieb. Die *Rakshasas* fixierten ihren Zielmech mit den schweren Impulslasern, bohrten sich durch Front- und Seitenpanzerung und weideten den Mech regelrecht aus. Er krachte nach vorne und rollte weg, bevor er kopfüber liegenblieb, die Beine gegen eine schlanke rote Felsnadel gelehnt.

Im Süden hatten Applegarths *Lichtbringer* und die beiden *Schakale* die *Hankyus* aufgerieben. Ein *Schakal* hatte einen Arm verloren, der andere wirkte reichlich verbeult, aber das vernichtende Geschützfeuer des *Lichtbringer* hatte einen ClanMech entzwei geschnitten und einem zweiten die Beine abgerissen. Anscheinend hatten die *Schakale* den dritten zur Strecke gebracht, denn er lag reglos auf dem Gesicht, und aus seinem Rücken stieg eine Rauchsäule zum Himmel.

Victor drehte den *Daishi* in Osis' Richtung und bewegte sich über das Schlachtfeld. Er sah die Nebelparder-Elementare auf Abfangkurs gehen. »General Redburn, ich werde von Elementaren angegriffen. Wären Sie so freundlich, sie mir vom Hals zu schaffen?«

Eine erneute Salve der ArtillerieMechs erschütterte die Landschaft. Victor sah die winzigen gepanzerten Gestalten, wie sie sich als Silhouetten vor den Explosionen abzeichneten oder von den Druckwellen weggeschleudert wurden. Manche kamen hart auf und rührten sich nicht mehr, andere wurden einfach verdampft. Einige kamen wieder hoch, die Panzerung zertrümmert, aber der Kampfgeist intakt. Diejenigen, die dazu noch in der Lage waren, stürmten mit langen Schritten auf seinen Mech zu.

Von seinem Blickwinkel hoch im Cockpit des *Daishi*, mit dem Rest der Einheit im Anmarsch, wirkten die Elementare wie Spielzeugsoldaten, die nur darauf warteten, unter den Füßen der Kinder zerbrochen zu werden. Er weigerte sich, diesem Bild nachzugeben. *Es sind lebendige Menschen, und sie verdienen eine Chance, weiterzuleben.*

Er schaltete die Außenlautsprecher des *Daishi* ein. »Bleibt stehen, und ihr werdet nicht getötet.«

Die Elementare griffen weiter an. Einer von ihnen feuerte die beiden KSR in seinem Tornister ab, aber das Raketenabwehrsystem des OmniMechs holte sie vom Himmel, bevor sie Schaden anrichten konnten.

»Bleibt stehen.« Victors Stimme wurde sanfter. »Der Kampf ist vorbei. Bitte. Ihr seid keine Nebelparder mehr. Akzeptiert es. Bleibt stehen.«

Applegarth feuerte beide schweren Laser entlang einer Linie zwischen *Prometheus* und den Elementaren und bremste ihren Sturmlauf. Victor bewegte den

Daishi vorwärts und breitete die Arme aus. Die Elementare machten ihm Platz und gestatteten ihm, hinüber zu ihrem wartenden ilKhan zu wuchten.

Osis sprang von seinem Beobachtungsposten und landete schwerfällig, wobei er deutlich das linke Bein bevorzugte. Er humpelte den Hang hinab auf den *Daishi* zu, dann blieb er mit ausgebreiteten Armen stehen. »Trittst du mir so gegenüber, Victor Steiner-Davion? Du hast unsere Technologie gestohlen, unsere Sitten nachgeäfft, und jetzt kommst du, um mich zu zerquetschen wie einen Käfer, den du im Garten gefunden hast? Läuft es darauf hinaus?«

Victor blinzelte. »Worauf hast du erwartet, daß es hinausläuft? Die Clans haben dreihundert Jahre in absoluter Isolation verbracht, konnten Kampftechniken und Militärtechnologie verfeinern, während die Innere Sphäre sich beinahe zurück in die Steinzeit gebombt hat. Dann entscheidet ihr, es sei an der Zeit, zurückzukommen und das Geburtsrecht zu beanspruchen, das eure Vorfahren freiwillig aufgegeben haben. Was habt ihr erwartet, wie wir reagieren? Hallo, seid willkommen? Hier, nehmt Terra und jagt uns alle zum Teufel? Habt ihr ernsthaft erwartet, wir würden uns nicht wehren?«

»Du bist nicht nur dumm, Victor, du bist vulgär.«

»O ja, richtig, ich bin vulgär, weil ich mich nicht in verfeinerten Sprachwendungen ausdrücke. Vulgär, weil ich den Krieg nicht so führe, wie ihr ihn gerne geführt hättet.« Victors Nüstern blähten sich. »Vulgär, weil ich euch für lächerlich und verknöchert halte, und für eine Gesellschaft, die die Wirklichkeit von Sterblichkeit und Krieg nicht wahrhaben will.«

Osis streckte die Kampfkralle aus, die als linke Hand seines Gefechtspanzers diente, und ließ sie zuschnappen. »Du redest von Sterblichkeit und Krieg, aber in Wahrheit kennst du nichts von beidem. Ich bin Lincoln

Osis. Ich kann meine Blutlinie zurückverfolgen bis zu Charissa Osis, einer der Kriegerinnen, die mit General Kerensky die Innere Sphäre verließ. Ihre Tochter Terrisa kämpfte mit Nicholas Kerensky und gründete die Clans. Aus ihren Lenden stammen Krieger und Khane, die den Nebelpardern zu Ruhm verhalfen. Unsere Linie ist unter den Clans berühmt für ihre Tapferkeit. Generation um Generation verbessern wir unser Erbgut. Leo Showers' Genvater war ein Osis, und Leo Showers war der ilKhan, der unsere Rückkehr in Angriff nahm.«

Eine Nahtlinie erschien um die Brustplatte und den Hals des Elementarpanzers. Osis hob die Kralle und zog Helm und Brustplatte des Anzugs ab. Sie fielen vor ihm auf den Boden und gaben den Kopf und muskulösen, ebenholzschwarzen Brustkorb des ilKhans frei.

»Ich wurde zum Krieger gezüchtet, Victor, dazu, nichts und niemanden zu fürchten. Nur durch Heldentaten und taktische Überlegenheit konnte ich erwarten, mein Volk zum Sieg zu führen. Du hast gesehen, wie leicht es ist, Elementare zu vernichten, wenn Mechs das Schlachtfeld beherrschen. Mache dir klar, wie schwer es sein muß, aus ihren Reihen zur Spitze aufzusteigen.«

Osis befreite den linken Arm und ließ den gepanzerten Ärmel zu Boden fallen. Er zog den rechten Arm aus dem Anzug, und der leichte Laser, der auf dieser Seite die Greifkralle ersetzte, fiel ebenfalls weg. Der Clanner ließ die Muskeln an Brust und Armen spielen, dann zerrte er die Seitenpanzerung los und ließ auch den Tornister mit den KSR-Werfern scheppernd zu Boden stürzen.

»Weißt du, wie ich meinen Blutnamen gewonnen habe, Victor? Ich habe MechKrieger wie dich im Zweikampf gestellt und zerquetscht. Das Glück war auf meiner Seite, denn meine ersten Kämpfe wurden ohne Waffen ausgetragen, aber in der letzten Runde war dem nicht so. Um diesen Blutnamen zu erringen, um ein Osis zu werden, mußte ich einen MechKrieger vernichten, der wie du sicher im Cockpit eines BattleMechs eingeschlossen war. Wir kämpften in einem Gelände, diesem nicht unähnlich – auf Diana. Er dachte, er würde Jagd auf mich machen, aber in Wahrheit jagte ich ihn. Von einer Klippe sprang ich hinunter auf seine *Natter*. Er konnte mich hören, konnte genau verfolgen, wie ich mich ins Innere seines Mechs vorarbeitete, und es gab nichts, was er dagegen tun konnte. Er wußte es, deshalb ist er aus seiner Kanzel gekrochen und hat versucht, mich umzubringen. Er verlor, und sein Erbgut wurde entsorgt.«

Victors Augen wurden zu Schlitzen. »Du hast einen Mann getötet, der bereits klar besiegt war? Warum?«

»Er wollte sterben. Er wußte, daß er versagt hatte, wußte, daß er nicht die Sorte von Material war, die das Haus Osis an zukünftige Generationen weitergeben wollte.« Der ilKhan setzte sich auf den KSR-Tornister und zog die Beine aus dem Panzer. Darunter trug er nur ein Paar Shorts. Osis stand auf und unternahm keinen Versuch, die gräßliche Narbe an seinem linken Bein zu verbergen. Victor schaltete die Hologrammprojektion auf Vergrößerung und erkannte deutlich die Nähte. *Und es tritt Blut aus der Wunde.*

Osis breitete die Arme aus. »Ich bin der letzte der Nebelparder, Victor Steiner-Davion. Ich lade dich ein, dich mir Mann gegen Mann zu stellen. Tritt gegen mich an und verdiene dir die Ehre, von der du glaubst, sie stünde dir zu. Komm zu mir, Victor, und ich werde dich in Sekunden lehren, wofür andere Menschen ein Leben lang studieren müssen.«

Jerry Cranstons Stimme hallte durch Victors Helm. »Denken Sie nicht einmal daran, Victor. Seine Tochter hat Ihnen den Arsch versohlt. Teufel, auf Trellwan hab *ich* Ihnen den Arsch versohlt.«

»Ich höre dich, Jerry.« Victor schüttelte den Kopf. »Wie kommst du darauf, Lincoln Osis, daß ich die Lektion auch lernen will, die du mir anbietest?«

Osis öffnete langsam den Mund, und seine Schultern sackten leicht ab. »Du bist ein Krieger, frapos? So wie ich. Der Tod ist unser Geschäft. Ich biete dir eine Chance, dich dem Tod zu stellen und zu sehen, wen von uns zweien er sich holt.«

Victor schlug auf das Schloß seiner Sicherheitsgurte, dann drückte er den Knopf, der das Kanzeldach des *Daishi* öffnete.

»Victor, was machen Sie da?«

»Ganz ruhig, Jerry. Ich weiß, was ich tue.«

»Wären Sie so freundlich, es mir zu verraten?«

»Es wäre mir lieber, du würdest mir einfach vertrauen.« Victor hob den Neurohelm vom Kopf und hörte Jerrys Antwort nicht mehr. Er stand aus der Pilotenliege auf und löste das Band, mit dem die Strickleiter am Rand des Cockpits befestigt war, dann warf er sie hinaus, und sie entrollte sich bis zum Boden. Er drehte sich um, um hinabzuklettern, dann glänzte das Stichblatt des Katana im Sonnenlicht auf, das er bei seiner Ankunft auf Luthien erhalten hatte. Mit einem grimmigen Lächeln zog er es aus der Halterung an der Pilotenliege und nahm es mit nach unten.

Osis verschränkte die Arme vor der Brust und starrte ihn haßerfüllt an. »Das Schwert wird mich nicht daran hindern, dich zu töten.«

»Deswegen habe ich es nicht mitgebracht.« Victor schob es in den Pistolengürtel und rückte es in die korrekte Position an der linken Hüfte. Seine Finger hoben sich zu den Verschlüssen der Kühlweste. Er öffnete sie und streifte das wuchtige Kleidungsstück ab. Seine fahlweiße Brust stellte einen perfekten Kontrast zu

Osis' Körper dar und trug ihm einen verächtlichen Blick des Elementars ein.

Victor schnaufte und fuhr mit der Linken die Narbe auf seinem Brustkorb ab. »Ich wollte, daß du das hier siehst. Ich habe ein Katana wie dieses hier durch die Brust gestoßen bekommen. Warum? Weil jemand dachte, meiner Geburt wegen sei ich minderwertig. Er dachte, meine bloße Existenz wäre auf irgendeine Weise eine Beleidigung der Welt, in der er zu leben glaubte. Seine Sicht der Dinge, die Sicht der Dinge seines Meisters verlangte meinen Tod, und dieser Mann kam, um mein Leben zu nehmen.«

»Offenbar vergeblich.«

»Allerdings. Ich habe ihn mit diesem Schwert an meiner Seite getötet. Ich erhielt es als Höflichkeitsgeste und öffentliche Aussage, aber in der Nacht, in der ich meinen Attentäter damit tötete, habe ich mir das Recht verdient, es zu tragen.« Victor runzelte die Stirn. »Und in der Nacht, in der ich ihn getötet habe, bin ich auch gestorben. Ich habe die Berührung des Todes gespürt, aber ich kam zurück. Ich kam zurück, weil ich noch eine Aufgabe zu erfüllen hatte: euch zu besiegen und die Invasion zu beenden.«

Osis winkte verächtlich ab. »Mit dieser Geschichte kannst du vielleicht einer Novakatze Angst machen, aber keinem Nebelparder. Töte mich, wenn du es kannst.«

»Nein.«

»Nein?«

Victor schüttelte den Kopf. »Nein. Hier ist schon zuviel getötet worden. Das muß dir klargewesen sein.«

»Wie meinst du das?«

Victor stieß den Daumen über die Schulter in Richtung des Schlachtfelds. »Die Mechs, die du gegen uns hast antreten lassen. Dir muß doch klar gewesen sein, daß sie keine Chance hatten. Niemals hättest du damit mich oder irgendeine unserer Sternenbund-Kompanien aufhalten können. Du mußt diese Wahl getroffen haben, um einen Teil deiner Krieger zu verschonen, ihnen die Erniedrigung zu ersparen.«

Osis schluckte schwer, dann senkte er den Blick. »Du irrst dich.« Er zögerte einen Augenblick. »Sie waren alles, was mir geblieben war.«

Kalter Schweiß rann Victors Rückgrat hinab. *Wir haben sie tatsächlich zerschlagen.* »Du bist noch da. Deine Piloten sind noch da.«

»Ihr werdet sie vernichten, wie ihr es mit dem Rest der Nebelparder getan habt.«

»Ja, wir werden jede Spur eures Clans auslöschen, aber das heißt nicht, daß die Menschen sterben müssen. Du magst uns für minderwertig halten, aber wir sind keine Mörder.«

Osis sank langsam auf die Knie. Sein Mund stand offen, aber kein Laut drang heraus. Seine Augen zuckten hin und her, als sähe er die Ereignisse der Invasion vor sich Revue passieren. Seine zu Fäusten geballten Hände entspannten sich, wenn auch langsam. »Was, in Kerenskys Namen, haben wir getan?«

Der Schmerz in seiner Stimme versetzte Victor einen Stich. »Ihr habt versucht, den Menschen ein Talent für den Krieg anzuzüchten, wo ihr ihnen vielleicht besser die Dummheit hättet auszüchten sollen, die uns glauben läßt, daß es eine letzte Schlacht, einen letzten Sieg geben kann, die zum Frieden führen.«

Osis warf ihm ein kümmerliches Lächeln zu. »Aber genau das ist der Impuls hinter deinem Kreuzzug hierher, frapos?«

»Diese Ironie ist mir keineswegs verborgen geblieben, aber zumindest *will* ich ein Ende.«

Die Stimme des ilKhans wurde etwas lockerer. »Das wird nie geschehen. Du wirst niemals Frieden finden, das weißt du.«

»Zumindest werden einige Menschen Frieden finden, wenn die Invasion endet.«

Osis hob den Kopf und sah zu Victor hoch. »Ich werde niemals dein Leibeigener werden.«

»Ich will dich nicht zum Leibeigenen.«

»Ich bin am Ende, Victor Steiner-Davion. Nimm dein Schwert. Töte mich.«

»Nein. Wir sind keine Mörder.«

Osis streckte die Hand aus. »Bitte, unter Kriegern. Mein Volk ist vernichtet. Zwinge mich nicht, es zu überleben.«

»Nein.« Victor kniff die Augen zusammen. »Du hast verloren. Du weißt es. Es ist vorbei. Dich jetzt noch zu töten, wäre Mord. Ich werde es nicht tun. Deine Belohnung ist das Leben. Nebelparder-Krieger gibt es nicht mehr, aber das bedeutet nicht, daß du kein Leben mehr führen könntest.«

»Für einen Krieger, der keiner mehr sein kann, gibt es kein Leben.«

»Dann steht dir jetzt ein neuer Kampf bevor, der, als etwas anderes zu leben denn als Krieger.« Victor drehte dem ilKhan den Rücken zu. »Hier ist heute der letzte Nebelparder-Krieger gestorben.«

Er hörte die bloßen Füße auf dem Felsen und sah den Schatten über sich, aber Victor hatte Osis' Angriff bereits gespürt, bevor das Bewußtsein die Signale seiner Sinne erkannte. Der Prinz wirbelte reflexartig auf dem rechten Absatz herum. Das Katana glitt lautlos aus der Scheide, und goldenes Sonnenlicht funkelte über die Schneide, als die Klinge in einem hohen Bogen aufwärts schwang. Ohne darüber nachzudenken, riß Victor das Schwert nach unten. Es traf eine Sekunde lang auf Widerstand, dann war alles vorbei.

Victor stand da, die heiße Sonne Strana Metschtys im Rücken, und starrte in die toten Augen Lincoln Osis'. Das Blut des ilKhans tropfte von der Klinge des

Katanas und floß in einem kleinen Rinnsal über die Felsen zum abgeschlagenen Kopf des Nebelparders.

Der Prinz schüttelte langsam den Kopf und war überrascht von dem Geschmack der Tränen auf seinen Lippen. »Die Invasion begann mit einem Nebelparder, und nun hat sie ein ebensolches Ende gefunden. Hier ist heute tatsächlich der letzte Nebelparder-Krieger gestorben. Friede seiner Seele.«

15

Halle der Khane, Strana Metschty
Kerensky-Sternhaufen, Clan-Raum

25. April 3060

Prinz Victor Ian Steiner-Davion klopfte nervös mit dem Fuß auf den Boden, während er wartete. Das Geräusch hallte den Korridor außerhalb der Großen Konklavekammer hinauf und hinab. Es erinnerte an das Ticken einer primitiven Zeitbombe. Er grinste. Was er den Clan-Khanen zu sagen hatte, würde ohne Zweifel wie eine Bombe einschlagen. *Wir wollen nur hoffen, es ist eine Richtladung, die Schlüsselstrukturen vernichtet, ohne das ganze Gebäude zum Einsturz zu bringen.*

Die Gefechte des Widerspruchstests waren für die Freie Innere Sphäre positiv verlaufen. Das Unentschieden zwischen den Wölfen und den St.-Ives-Lanciers hatte Victor zunächst überrascht, aber nachdem er die Geschützkamera-Holovids und Gefechts-ROMs gesehen hatte, wußte er, daß die Dinge sich für die Freie Innere Sphäre leicht hätten sehr viel schlimmer entwickeln können. Alle, die sich die Gefechtsaufzeichnungen ansahen, lobten Kai dafür, wie er das Gefecht kontrolliert und eine der stärksten Waffen der Wölfe ausgeschaltet hatte. Kai erklärte darauf mit seiner üblichen Bescheidenheit, er habe einfach Glück gehabt. Victor antwortete ihm: »Ja, es ist besser, Glück zu haben als gut zu kämpfen, aber du bist gleichzeitig ein Glückspilz und ein ausgezeichneter Kämpfer, und das ist sehr schwer zu schlagen.«

Der Sieg der Jadefalken über die ComGuards hatte alle enttäuscht, aber die Falken hatten eine ausgezeichnete Verteidigungsposition gewählt, ihre Mechs gut aufgestellt und taktisch geschickt ihre Fähigkeit optimiert, Schaden auszuteilen, während sie eigene Verluste auf ein Mindestmaß reduziert hatten. Victor und seine anderen Ratgeber erklärten Focht, daß keine der Einheiten, die aus der Freien Inneren Sphäre mit in die Clanwelten gekommen war, dieses Gefecht hätte gewinnen können. Aber trotz dieser Versicherungen schien die Niederlage dem Präzentor Martialum arg zuzusetzen, und zum ersten Mal in all den Jahren, die Victor ihn kannte, wirkte er müde.

Die einzige andere Niederlage hatte es im Kampf der Sternennattern gegen die 1. Freie-Welten-Garde gegeben. Die Garde hatte sich für das Gefecht gegen die Clanner in ein Sumpfgebiet gewagt und übertrieben enthusiastisch auf den Kontakt mit zwei leichten Mechs und einem Strahl Elementare reagiert, die sie für Kundschafter der Haupt-Clanstreitmacht hielten. Tatsächlich stellten sie einen Köder dar. Als die Gardisten sich auf ihre leichten Ziele einschossen, schlugen die Sternennattern gegen ihre rechte Flanke los und rollten die Formation von der Seite auf. Eine Lanze der Garde konnte entkommen, aber all ihre Mechs waren beschädigt, und fünf der anderen Piloten starben.

Die Freie Innere Sphäre gewann die restlichen Kämpfe. Die Novakatzen zerfetzten die Gletscherteufel. Khan Severen Leroux persönlich schoß Asa Taneys *Visigoth*-Jäger ab. Die beiden Novakatzen-Khane übernahmen die Hauptlast des Kampfes und verloren beide das Leben, aber keiner der Novakatzen schien darüber betrübt oder verärgert. Soweit Victor es ausmachen konnte, betrachteten die Novakatzen den Tod ihrer Anführer als einen Wendepunkt für ihren Clan und Puzzlesteine in einem größeren Gesamtbild, das ihnen Trost und Führung lieferte.

Die capellanischen Roten Lanciers deklassierten die Feuermandrills. Deren Clan wurde zwar von Kreuzrittern kontrolliert, besaß aber intern politische Untergruppierungen, zu denen auch Bewahrer gehörten –

mit dem Resultat, daß die beiden Sterne ihrer Einheit miserabel zusammenarbeiteten. Mit Hilfe von Taktiken, die näher an denen Napoleons als Sun Tzus waren, gelang es den Lanciers, einen Stern zu binden, während sie den anderen überwältigten. Dann drehten sie um und erledigten die Reste des ersten Sterns. Nur Victors Sieg über die Nebelparder hatte eine noch vernichtendere Wirkung auf die angetretenen gegnerischen Kräfte, jedoch gestattete der Kommandeur der Roten Lanciers den letzten Feuermandrills klugerweise die Kapitulation und beschlagnahmte ihre noch auf dem Schlachtfeld stehenden Kampfkolosse.

Die möglicherweise größte und sicherlich angenehmste Überraschung war der Sieg der 3. Drakøner der Freien Republik Rasalhaag über die Höllenrösser. Dieser Clan stellte Panzerfahrzeuge und Infanterie zur Unterstützung seiner Mechtruppen auf und konnte die Drakøner zunächst zurückschlagen. Aber als die Clanner ihren Vorteil auszunutzen versuchten, spornte Överste Dahlstrom ihre Truppen zu neuem Kampfgeist an. Ihre knappen Befehle gaben den Kriegern neuen Mut und ließen sie wieder vorrücken. Ihr Geschützfeuer erreichte eine Präzision, die an ihrem Höhepunkt den Anschein hatte, Dahlstrom befehlige eine ganze Kompanie von Kai Allard-Liaos. Ihr vernichtendes Feuer brachte den Vormarsch der Höllenrösser zum Stehen und warf sie zurück. Die Drakøner wirkten erschöpft, aber sie eroberten ihr Gefechtsziel und schlugen sogar einen verzweifelten Versuch der Clanner zurück, es zu befreien.

Victor atmete langsam und tief durch. Sie hatten in fünf von acht Gefechten gesiegt. Damit war der Widerspruchstest gewonnen. *Die Invasion ist vorbei.* Elf Jahre hatte er auf diesen Tag gewartet, aber er hätte sich nie träumen lassen, daß er sich einmal hier befinden würde, beim Diktat der Friedensbedingungen. Wenn er sich jetzt zurückerinnerte, wurde ihm klar, daß er seinen Vater in dieser Rolle gesehen hatte, oder Morgan Hasek-Davion, oder sogar Takashi Kurita.

Hier stehe ich, dreißig Jahre alt, Leiter der größten militärischen Operation der Inneren Sphäre seit dem Untergang des alten Sternenbunds. In meinem Alter war Alexander der Große König von Mazedonien und hatte sein Reich über ein Großteil der bekannten Welt ausgedehnt. Ich habe Invasoren von ganzen Planeten vertrieben, sie bis in ihre Heimat verfolgt und hier besiegt. Stehe ich am Höhepunkt meines Lebens, wie Alexander? Werde ich auch in drei Jahren tot – und meine größten Siege vergangen sein?

Die Tür zur Großen Konklavekammer öffnete sich. Ein ungepanzerter Elementar sah Victor an und nickte. Der Prinz zupfte am Saum seiner SBVS-Uniformjacke. Dann schritt er durch die Tür und auf die Empore zu. Vor ihr saß ein mißgestalteter Mann, dessen Körper, so schien es zumindest, aus mehr Metall als Fleisch zu bestehen schien, und starrte ihn haßerfüllt an. Victor ignorierte den giftigen Blick und stieg die Stufen zum Platz des ilKhans hinauf. Dort angekommen, drehte er sich zur Versammlung um und stockte.

Der Saal war beeindruckend. Die Ränge, Tische und Sitzplätze des Amphitheaters waren aus schwarzem, weißgeädertem Granit gehauen. Rote Kissen lagen für die Khane auf den Sitzbänken, wie Victor durch die Lücken in den Reihen der Clanführer sehen konnte. Über den entsprechenden Sitzen hing ein Banner mit dem jeweiligen Clanwappen. Victor zählte vierzehn. Er zählte noch einmal nach und stellte fest, daß weder die Nebelparder noch die Novakatzen vertreten waren.

Er legte die Hände auf die kalte Steinplatte vor sich. Alle Khane trugen ihre zeremoniellen Roben und hatten ihre Gesichter unter kunstvoll emaillierten Masken versteckt. Die Masken wirkten furchterregend, aber Victor schienen sie brüchig und heuchlerisch. Er hatte keinen Zweifel daran, daß viele der Khane sie benutzten, um ihre Angst zu verbergen.

»Ich überbringe euch Grüße von den Lordräten des Sternenbunds und danke für meinen Empfang hier. Man hat mir gesagt, daß ich der erste Nicht-Clansmann bin, der vor den versammelten Khanen das Wort ergreift, und ungeachtet der Umstände betrachte ich dies als Ehre. Über ein Jahrzehnt habe ich gelernt, euch zu fürchten, und wenn ich euch jetzt vor mir sehe, weiß ich, daß diese Versammlung der Quell ist, aus dem die Clans ihre Kraft geschöpft haben.«

Victor hielt seine Stimme neutral und nicht allzu laut, so daß die Khane ihm aufmerksam zuhören mußten. Er sah, wie einige von ihnen das Gewicht verlagerten, und legte es als ein Zeichen aus, daß sich ihre Anspannung löste. Aber ohne ihre Gesichter sehen zu können, fiel es ihm schwer, ihre Reaktion zu deuten. *Ihre Kultur ist mir fremd. Kann ich meinen Augen trauen?*

»Wie ihr wißt, haben die Sternenbund-Expeditionsstreitkräfte vor einer Woche euren ilKhan zu einem Widerspruchstest über eure Invasion der Inneren Sphäre herausgefordert. Vor zwei Tagen kämpften wir gegen die acht Kreuzritter-Clans. Wir verloren zwei Kämpfe, ein Gefecht endete unentschieden, und fünfmal haben wir gesiegt. Eure Invasion ist vorbei.« Er ließ diese Feststellung einen Augenblick wirken, bevor er weitersprach. »Es gibt Einzelne unter euch, die in diesem Widerspruchstest mehr als nur einen Kampf um eure Invasion gesehen haben. Sie betrachteten ihn als einen Test eurer Kultur, eures Wesens, eurer Geschichte und eures Rechts, euer Leben so weiterzuführen, wie ihr es gewohnt seid. *Das* war niemals Teil unserer Absicht. Wir sind hierher gekommen, haben unsere Herausforderung ausgesprochen und eure Truppen besiegt, nicht, um euch unsere Werte aufzuzwingen, sondern um zu verhindern, daß ihr versucht, uns die euren aufzuzwingen.«

Der Wolfskhan stand auf und nahm den Helm ab. »Ihr habt den Nebelpardern erfolgreich neue Werte aufgezwungen.«

»Dein Einwand, Khan Vladimir Ward, ist gut, aber verfehlt. Als wir unsere Offensive vorbereiteten, war uns klar, daß ihr uns nur ernstnehmen würdet, wenn uns gelänge, was bisher ausschließlich die Clans geschafft hatten: Die Vernichtung eines Clans, die komplette Auslöschung seiner Identität. Wir wählten die Nebelparder und trugen den Krieg nach Diana. Ich bin sicher, ihr alle wißt, wie brutal die Kämpfe dort waren.« Der Prinz senkte einen Moment lang den Blick. »Eure Sitten haben euch gegen die Wirklichkeit des Krieges abgeschirmt, und wir mußten euch daran erinnern. So wie eure Angriffe auf unsere Welten das für uns getan haben. Aber die Tatsache bleibt bestehen, daß wir es nicht darauf anlegen, euch daran zu hindern, so zu leben, wie ihr es wollt. Die Invasion ist beendet, aber wir bleiben in Kontakt und unsere Zukunft ist offen. Zahllose Menschen in der Inneren Sphäre haben gelernt, euch zu hassen, und doch haben wir nicht vor, Krieg gegen euch zu führen. Jedenfalls nicht als Sternenbund. Als Sternenbund möchten wir euch zurück in die Innere Sphäre einladen, damit eure und unsere Völker sich kennenlernen. Wir haben euch etwas anzubieten, so wie ihr uns etwas anzubieten habt. Unter dem Schutz dieses Friedens eröffnen sich zahllose neue Möglichkeiten. Wir laden euch ein, sie zu erforschen.«

»Du lädst uns zu unserem Untergang ein, Victor Steiner-Davion.« Vlad trat aus seiner Bank in der ersten Reihe auf den freien Patz vor der Empore. »Beim Kampf gegen die St.-Ives-Truppen erkannte ich, daß ich einen Fehler gemacht hatte. Ich habe euren Kai Allard-Liao zu nahe kommen lassen. Dadurch habe ich zugelassen, daß er mich verletzt. Als ich aus der zerborstenen Kanzel meines Mechs kroch und meine Truppen kämpfen sah, wurde mir klar, daß mein Irrtum ein Stück des größeren Fehlers war, den wir alle begangen haben.« Vlad drehte sich zu den anderen Khanen um und zeigte mit ausgestrecktem Finger auf Victor. »Die Innere Sphäre ist eine Brutstätte des Zwistes, vor dem uns unsere Isolation bewahrt hat. Sie sind verdorben, und wir waren rein und gesund, bevor wir sie überfielen. Unsere jahrelangen Kontakte mit ihnen haben uns verseucht, uns geschwächt. Das hat es ihnen ermöglicht, uns zu besiegen. Und selbst jetzt, mit dieser Einladung, versucht die Innere Sphäre uns zu absorbieren.«

Bjørn Jorgensson von den Geisterbären erhob sich und setzte den Helm ab. »Deine Einschätzung Prinz Victor Steiner-Davions, Khan Vladimir Ward, erscheint mir falsch. Er hat nicht von uns verlangt, aufzugeben wer wir sind.«

»Nein, noch nicht. Aber es wird geschehen.« Vlad schüttelte den Kopf. »Diese Menschen verfügen über eine Welt, auf der Kämpfe zur Volkesbelustigung dienen.«

Victor lächelte. »Und der Champion dieser Welt war es, der dich besiegt hat. So kannst du die Qualität der Solaris-Krieger nicht in Frage stellen.«

»Das ist unwichtig, Victor, und ohne Bezug zu meiner Argumentation.« Vlad breitete die Arme aus. »Es sind Menschen, die Kämpfe als Volksspektakel aufführen, bei denen Menschen sterben, nicht um zu beweisen, wer es wert ist, sein genetisches Potential zu vererben, sondern für Geld. Sie verkaufen Seife und Kräcker, Zuckerwasser und Kosmetik. Sie verspotten, was wir tun, verspotten, was wir sind, und sie werden Clowns aus uns machen. Ihr alle kennt die Geschichte der Inneren Sphäre, besonders seit dem Exodus des großen Kerensky. Die Wolf-Dragoner wurden zu ihnen gesandt, um festzustellen, was für Menschen sie seien, und wie wurden sie eingesetzt? Als *Söldner*. Sie kämpften und vergossen ihr Blut als Stellvertreter für die Truppen ihrer Auftraggeber. Dasselbe Schicksal erwartet uns. Unsere Technologie wird an den Höchstbietenden versteigert werden, unsere Kultur werden sie für Modetrends ausbeuten. Die Clans werden kommerzialisiert werden, unsere Wappen zu Werbelogos verkommen, und unsere Traditionen werden untergehen!«

Die Leidenschaft in Vlads Stimme überraschte Victor. Er hatte in den Clans immer mitleidslose Krieger gesehen, und jetzt sah er einen Mann, einen ihrer herausragendsten Kämpfer, der eine sehr reale Angst vor dem Untergang ihrer Lebensart zum Ausdruck brachte. Victor hatte gelernt, die Clans zu fürchten, aber zugleich respektierte er sie auch und wollte ihre Lebensweise wirklich nicht zum Untergang verurteilen. Schlimmer noch, er konnte genau das kommen sehen, was Vlad vorhersagte.

Der Prinz lehnte sich vor und stützte sich auf beide Arme. »Khane der Clans, die Ängste des Wolfs basieren auf einer Fehlannahme: der nämlich, daß ich gekommen bin, euch die Friedensbedingungen zu diktieren. Ein Vorteil eurer Methode der Kriegsführung ist, daß ich keine Bedingungen zu stellen brauche. Wir haben ein Ende der Kampfhandlungen ausgehandelt und auf dem Schlachtfeld bestätigt. Wir haben Frieden. Meine Einladung an euch ist die eines Nachbarn an einen anderen. Wie ihr auf diese Einladung reagieren wollt, liegt allein bei euch. Ich möchte allerdings darauf hinweisen, daß wir weitere Angriffe eurerseits mit sofortiger und vernichtender Vergeltung beantworten werden. Hier und auf Diana ist genug Blut vergossen worden, um die Träume jedes Kriegers zu befriedigen. Als Erinnerung daran hat der Sternenbund das Gebiet um Lutera und den Mons Szabo auf Diana zu einer offenen und neutralen Zone erklärt, die wir im Interesse der Überlebenden verwalten werden, die auf diesem Planeten in Frieden leben wollen. Ein Teil der Stadt wird wiederaufgebaut werden, aber nur ein Teil. Die Narben sollen sichtbar bleiben, damit niemand vergißt, welche Konsequenzen es hat, gegen den Sternenbund ins Feld zu ziehen. Wir *werden* das Genetische Archiv in diesem Gebiet in unserem Besitz behalten, es weiterführen und erhalten. Außerdem werden wir natürlich einen Botschafter dorthin entsenden, der für alle Kontakte zur Verfügung stehen wird, die ihr mit dem Sternenbund aufnehmen wollt.«

Bjørn Jorgensson nickte. »Zumindest für die Hälfte meiner Brüder und Schwestern kann ich sagen, daß wir das Wohlwollen des Sternenbunds zu schätzen wissen. Uns allen sind die Augen geöffnet worden. Durch eure Siege ist die Invasion erledigt. Alle hier Anwesenden sind an das Ergebnis des Widerspruchstests gebunden.«

Vlad lachte kalt. »Nicht so hastig, Khan Geisterbär. Du wirst dich entsinnen, daß die Wölfe sich der Stimme enthalten haben, und wir wurden von der Inneren Sphäre nicht besiegt. Dieses Ergebnis ist für uns keineswegs bindend.«

Prinz Victors Augen verengten sich. »Wenn du es wünschst, Khan Wolf, werde ich meine Streitkräfte in der Freien Republik Rasalhaag zusammenziehen, und wir können euch aus der Inneren Sphäre werfen.«

»Ich bin sicher, Victor, daß eine derartige Übung dir endloses Vergnügen bereiten würde, aber ich bin ein Krieger und nicht an deiner Belustigung interessiert. Keine Angst, ich fühle mich immer noch an den Waffenstillstand von Tukayyid gebunden. Ich käme gar nicht auf die Idee, die Grenze zu überschreiten, bevor die sieben noch verbliebenen Jahre verstrichen sind. Du kannst dich entscheiden, deine Krieger zusammenzuziehen und mich jetzt schon anzugreifen, aber ich bezweifle, daß der Sternenbund dir dabei helfen wird.«

Etwas in Vlads Stimme ließ Victor frösteln. Weil seine Truppen auf einer geheimen Rettungsmission für eine auf ebenfalls geheimer Mission vorausgeflogene Einsatzgruppe zu den Clan-Heimatwelten gekommen war, hatten sie seit Monaten keinerlei Kontakt mit der Freien Inneren Sphäre gehabt. Und falls ihre Desinformationsstrategien wie geplant funktionierten, wußte auch der Erste Lord des Sternenbunds nicht genau, wo sie waren und was sie dort taten.

Die Clans hingegen konnten sehr wohl Nachrichten aus der Inneren Sphäre aufgefangen und nach Strana Metschty weitergeleitet haben. Es war schon seit langem alltäglich, daß Clan-Schiffe in ein bewohntes System sprangen, Nachrichtensendungen abfingen, soviel sie konnten, und anschließend flohen, um die gesammelten Daten zu analysieren. *Könnte er etwas über die Zustände in der Inneren Sphäre wissen, wovon ich nichts ahne?* Victor bemerkte die Andeutung eines selbstgefälligen Lächelns auf Vlads Gesicht. *Von wegen könnte. Aber* was?

»Du könntest recht haben, Khan Wolf. Sieben Jahre mögen vielen wie eine Ewigkeit erscheinen, aber für mich sind sie nicht mehr als ein Augenblick. Ich werde für dich bereit sein, ob du uns in sieben Jahren angreifst oder früher.«

»Sollte ich mich entscheiden, dich anzugreifen, Victor Steiner-Davion, wirst du nicht ahnen, wann oder warum, und du wirst in alle Ewigkeit bedauern, mich wiedergesehen zu haben.« Vlad drehte sich um und betrachtete den Rest der versammelten Khane. »Ihr habt euch entschieden, euch von diesem Test Fesseln anlegen zu lassen. So sei es. Meine Wölfe und ich werden euch eurem Schicksal überlassen. Wir werden der Kerensky-Vision treu bleiben, und eines Tages, wenn ich Terra zurückerobert habe, werdet ihr zu mir kommen und um Vergebung für euer Zaudern flehen.« Er streckte den Arm aus und nahm seinen Helm vom Tisch, dann drehte er sich um und stampfte aus dem Saal. Die saKhanin der Wölfe folgte ihm, während die übrigen Khane stumm zusahen. Nur der Geisterbärenkhan hatte seinen Helm abgenommen, und auf seiner Miene sah Victor einen Widerstreit der Gefühle. Entsetzen und Belustigung schienen sich irgendwie die Waage zu halten, und das fand Victor furchterregender, als es eines von beiden Extremen hätte sein können.

Jorgenssons Stimme war leise. »Die Wölfe, oder zumindest manche von ihnen, sind bekannt für ihren Wankelmut.«

Victor nickte. »Ist das eine Eigenschaft, die sie mit den anderen Clans teilen, oder kann ich meine Leute einschiffen und auf die Monate der Heimreise vorbereiten?«

Jorgensson lächelte. »Es besteht kein Anlaß zu Drohungen, weder zu verdeckten noch zu offenen, Prinz Victor Steiner-Davion. Ihr habt uns herausgefordert und besiegt. Das genügt. Ihr wolltet Frieden, ihr habt Frieden.«

»Nein, meine Khane«, antwortete Victor zufrieden. »*Wir* haben Frieden. Es ist zwar nur ein kleiner Unterschied, aber ich bin sicher, ihr werdet ihn im Laufe der Zeit schätzen lernen.«

16

Befehlsposten der Sternenbund-Expeditionsstreitkräfte, Lutera-Enklave, Diana
Kerensky-Sternhaufen, Clan-Raum

18. Juli 3060

Tiaret Nevversan immer eine Schattenlänge hinter sich, wanderte Victor mit Sir Paul Masters von den Rittern der Inneren Sphäre durch die Straßen von Lutera. Auf der Nordhälfte Dianas war der Herbst eingekehrt, und die Blätter der wenigen noch stehenden Laubbäume verfärbten sich golden und rot. Abgesehen von dem bereits herabgefallenen Laub wirkten die Straßen der Stadt unter dem grauen Himmel sauber und überraschend leer.

Victor sah den größeren Mann an. »Sie haben gute Arbeit geleistet, Sir Paul.«

»Die Chance, beim Wiederaufbau dessen zu helfen, was wir zerstört haben, gefiel mir.« Der blonde, blauäugige Ritter runzelte leicht die Stirn. »Ich verstehe, warum Sie einige der Ruinen als Erinnerung belassen wollen, aber es ist soviel in Schutt und Asche gelegt worden. Wir könnten hier noch viel mehr tun.«

Der Prinz blickte durch das Loch in der Stadt, an dem einst die Befehlszentrale der Nebelparder gestanden hatte. Davor lagen mehrere Gebäude, die stark in Mitleidenschaft gezogen worden waren, als das HQ-Gebäude zusammenbrach und auf den Paradeplatz stürzte. »Es stimmt, Sie könnten hier wahrscheinlich mehr tun. Aber ich will nicht, daß das geschieht. Die Menschen, das wissen Sie so gut wie ich, haben die Fähigkeit, ihre schlimmsten Ängste und Erinnerungen zu verdrängen. Selbst etwas wie dies hier wird irgendwann alltäglich werden. Ich möchte, daß alles so bleibt, wie es ist, damit die Leute, die hier leben, und diejenigen, die in unsere Enklave kommen, die Erinnerung ständig vor Augen haben. Selbst wenn es nur die Unbequemlichkeit ist, einen Umweg zu nehmen, um eine verschüttete Straße zu umfahren, oder in einem Restaurant zu sitzen und auf Ruinen blicken zu müssen. Ich will nicht, daß sie vergessen.«

»Nach allem, was wir ihnen hier angetan haben, glauben Sie, sie könnten vergessen?« Masters' Stimme troff vor vorwurfsvollem Unglauben. »Ihr ganzes Leben hat sich völlig und grundlegend geändert. Bevor wir kamen, existierten die niederen Kasten, um den Kriegern zu dienen und sie zu umsorgen. Sie hatten vielleicht zahlreiche moderne Bequemlichkeiten, aber trotz allem waren sie Sklaven der Kriegerkaste. Jetzt sind sie aus dieser Unterdrückung befreit. Wenn wir ihnen die Chance geben, werden sie ihre Gesellschaft so wiederaufbauen, daß sie diese neue Freiheit widerspiegelt.«

»Vielleicht.« Eine Sekunde lang zuckte Wut über Victors Gesicht. »Und vielleicht würden sie diese Freiheit dazu benutzen, die Fehler ihrer Vorfahren zu wiederholen.«

Masters schüttelte den Kopf. »Sie kennen diese Menschen nicht, Prinz Victor.«

Victor sah auf. »Mag sein, aber ich kenne *die* Menschen.«

»Wie meinen Sie das?«

»Nehmen wir einmal an, Ihre Einschätzung stimmt.« Victor sah die Straße hinunter, wo ein paar Kinder auf den Eingangsstufen eines Wohnhauses spielten. »Wenn diese Kinder aufwachsen und die Lektion lernen, die wir ihren Eltern erteilt haben, werden sie den Krieg ablehnen, und wir werden nie gezwungen sein, gegen sie aufzumarschieren.«

Masters nickte und trat vom Gehsteig, um über die Straße zu gehen. »Wir etablieren Schulungsprogramme, damit alle Kinder hier etwas über die Innere Sphäre lernen und eine Verbindung zu der Geschichte erfahren, die ihre Vorfahren verworfen haben. Danach werden sie sich als ein Teil von uns sehen. Wir lehren sie, daß die ursprüngliche Mission der Kerenskys, der Wiederaufbau des Sternenbunds, vollbracht ist, und daß sie das geschafft haben.«

»Das ist gut, und ich bin sicher, dieser Plan wird auf lange Sicht Früchte tragen.« Victor zuckte die Schultern. »Aber betrachten wir einmal ihre Eltern, die Erwachsenen hier. Sie haben nur eine einzige Art zu Leben kennengelernt, und wir haben dieses Leben radikal verändert. Jetzt werden sie sich auf eine offenere Wirtschaft einstellen müssen, statt eine Arbeit zu leisten, die in letzter Instanz eine Militärgesellschaft erhält. Manche von ihnen werden sich anpassen, andere können das nicht. Sie werden den Kern eines reaktionären Elements bilden, das sich nach den alten Zeiten und alten Sicherheiten sehnt. Ich weiß, daß es so ist, weil ich es erlebt habe. Genau diese Einstellung hat es meiner Schwester Katherine ermöglicht, die Lyranische Allianz vom Vereinigten Commonwealth abzuspalten. Wenn ich recht habe, und wir haben die Spuren des brutalen Krieges aufgeräumt und weggeschlossen, werden sie sich einreden, das alles wäre nur eine einmalige Verirrung gewesen.« Victor deutete nach Norden. »Dort hinten wartet der gesamte Fundus des genetischen Materials ihrer Krieger darauf, genutzt zu werden.«

»Wir können ihn nicht zerstören.«

»Ich weiß, und ich gebe Ihnen recht, wir können ihn nicht zerstören, ohne alle anderen Clans gegen uns aufzubringen und ihnen eine neue Entschuldigung für einen Krieg gegen uns zu liefern. Wir werden das Archiv erhalten, und für einige dieser Menschen wird es zu einem Heiligen Gral werden, der die Linderung ihrer Leiden verspricht.«

Paul Masters nickte einer Frau zu, die sich aus einem Fenster lehnte und den beiden Offizieren auf ihrem Weg die Straße entlang zusah. »Ich halte Ihre Einschätzung dieser Menschen für falsch, Prinz Victor. Während Sie unseren Einheiten hier geholfen haben, ihre Stärke wiederaufzubauen und unsere Verwundeten für die Heimreise zu stabilisieren, habe ich eng mit den einfachen Leuten Dianas zusammengearbeitet. Die Wissenschaftler- und Händlerkasten sind sehr fortschrittlich und haben sich besonders schnell an die Abwesenheit der Krieger angepaßt.«

»Eine Revolution bezieht ihre Anhänger nie aus den Reihen der Bessergestellten, Sir Paul. Es kann vorkommen, daß ein Intellektueller sie anführt, aber es sind die Wünsche der einfachen Leute, die als Triebfeder dienen.«

»Falls Ihr mir die Feststellung gestattet, Hoheit: Das hört sich an, als würden Sie Ihre Bürger als Rivalen um die Macht betrachten.«

Victor lachte. »Kaum. Sie sind meine Stärke, aber Sie wissen so gut wie ich auch, daß sie vom Spiel der Großen Politik, die den Kurs der Inneren Sphäre bestimmt, kaum berührt werden. Wenn ein Planet den Besitzer wechselt, ist häufig der einzige Unterschied, den seine Bürger bemerken, ein neues Steuerformular oder ein anderes Gesicht auf den Münzen. Ich liebe mein Volk, und genau deshalb bin ich bereit, hier dafür zu sorgen, daß es sicher vor der Bedrohung durch die Clans ist.«

Masters' Augen waren halb geschlossen. »Aber das ist nicht der einzige Grund für Ihre Anwesenheit hier.«

»Nicht?« Victor bückte sich und hob den Ball auf, mit dem die Kinder gespielt hatten. Er warf ihn mit einer leichten Bewegung zurück. »Jetzt muß ich fragen: Wie meinen Sie das?«

»Sie sind ein Krieger. Sie leben, um Krieg zu führen.«

»Autsch.« Der Prinz verzog das Gesicht. »Ich hätte gehofft, die Erfahrung auf Coventry hätte Sie eines anderen belehrt.«

»Meine Ansicht wird mehr davon bestimmt, daß Sie die Taktiken Einsatzgruppe Schlanges gutgeheißen haben.«

»Ah ja, ich verstehe.« Victors blaufleckige graue Augen verengten sich. »Sir Paul, die Ritter der Inneren Sphäre wurden um Sie herum aufgebaut. Sie und Ihre Krieger sehen den Krieg durch die Brille des Rittertums. Sie versuchen, sich allzeit so ehrbar zu verhalten wie möglich, zeigen Gnade, wenn man sie darum bittet, und führen auf eine Weise Krieg, die dessen Auswirkungen auf Nichtkrieger so weit wie möglich minimiert.«

»Korrekt.«

»Sie wollen einen sauberen Krieg, aber der Krieg ist nun einmal alles andere als sauber. Es eine schöne Vorstellung, daß ein schwer angeschlagener Gegner einsieht, daß er verloren hat, und sich ergibt, damit sie ihm nicht auch noch das Leben nehmen müssen.« Victor schüttelte den Kopf. »Eine hübsche Fantasie, aber wenn überhaupt, dann nehmen sich nur wenige Menschen im Chaos eines Krieges die Zeit, darüber nachzudenken, was logisch und anständig wäre. Wenn dem so wäre, würden sie überhaupt keinen Krieg führen.«

Masters Miene verdunkelte sich. »Wollen Sie damit andeuten, wir wären Narren?«

»Keineswegs. Ich deute an, daß Sie auf Grund Ihrer Position auf andere herabsehen, die sich nicht so zwanghaft an die Regeln halten, die Sie sich selbst auferlegt haben.« Er breitete die Arme aus. »Ich bin stolz darauf, die Invasion beendet zu haben. Ich bin nicht stolz darauf, was ich tun mußte, um das zu erreichen.«

Paul Masters lachte verächtlich. »Und das höre ich

von einem Mann, der seinen Mech verlassen und dem ilKhan mit dem Schwert den Kopf abgeschlagen hat.«

Victor erstarrte. »Sie waren nicht dabei. Sie wissen nicht, was vorgefallen ist.«

»Ich bitte Sie, Prinz Victor. Ihre Anhänger sind kaum zu zählen. Ich habe Holovidaufnahmen des Zwischenfalls gesehen. Osis ist auf den Knien. Sie drehen sich um. Er steht auf, sie wirbeln herum und schlagen ihm den Kopf ab. Ein Schwertstreich wie aus dem Lehrbuch.« Masters drehte sich um und sah Victor ins Gesicht. »Wollen Sie bestreiten, daß es genau so geschah?«

»Sie haben das Holovid gesehen, wie also könnte ich das?« Victor schauderte. Einer der *Schakale* hatte seine Konfrontation mit Osis über eine Geschützkamera aufgezeichnet, aber das Holovid war stumm, und die Entfernung zu groß, als daß selbst ein geübter Lippenleser hätte erkennen können, was gesagt wurde. Es war nicht schwer, diese Aufnahmen genau so auszulegen, wie Masters es getan hatte.

Er senkte die Stimme, und sein Ton wurde eisig. »Wenn Sie unbedingt das Schlimmste von mir denken wollen, aus welchem Grund auch immer, dann sollen Sie wissen, daß es keinen Unterschied macht. Lincoln Osis hat auf den Knien erkannt, welchen Fehler die Invasion bedeutete. Er flehte mich an, ihn zu töten, weil er nicht länger leben wollte, wenn er kein Krieger mehr sein konnte. Ich weigerte mich, erklärte ihm, ihn zu töten wäre Mord. Ich wendete mich ab. Er sprang auf, um mich anzugreifen, übernahm ein letztesmal die Rolle des Kriegers, um als Krieger zu sterben. Ich bedaure nicht, mich verteidigt zu haben, aber es tut mir leid, daß er sterben mußte.«

Masters hörte sich Victors Erklärung ohne sichtbare Regung an. »Ich kann mir vorstellen, daß sich diese Geschichte in Ihren Memoiren der Clan-Invasion gut machen wird. Sie hat etwas Romanhaftes. Wenn man erst das Holovid dazu dreht, wird das bestimmt eine der besten Szenen.«

Victor hatte Mühe, nicht die Fäuste zu ballen. »Falls ich mich entschließe, meine Memoiren zu schreiben, haben Sie wahrscheinlich recht. Sie scheinen sagen zu wollen, daß ich all das aus Selbstzweck getan habe.«

»Nein, ich glaube durchaus, daß Ihre Motive zu Beginn rein waren, oder so rein, wie es Ihnen möglich ist.« Der hochgewachsene Ritter zuckte die Achseln. »Aber Sie sind ein politisches Wesen, Prinz Victor. Der Vorteil einer Heimkehr als Bezwinger der Clans kann Ihnen nicht entgangen sein.«

Victor nahm den Spaziergang wieder auf. »Natürlich nicht. Aber das bedeutet keineswegs, daß ich vorhätte, ihn auszunutzen.«

»Wirklich nicht? Sie werden Ihre neue Macht und Ihren Einfluß nicht dazu verwenden, Ihr Reich wiederzuvereinigen?«

Der Prinz seufzte. »Wie denn? Dazu müßte ich einen neuen Krieg führen, und ehrlich gesagt, steht mir das Krieg führen im Augenblick bis zur Halskrause. Was ich jetzt wirklich möchte, ist nach Hause zu fliegen, meine Freunde wiederzusehen und gar nichts zu tun.«

Masters schüttelte den Kopf. »Dazu wird es nicht kommen.«

»Nein?«

»Nein. Sie müssen sich noch um Morgan Hasek-Davions Tod kümmern, oder haben Sie das vergessen?«

»Sie meinen, um seine Ermordung.«

»Allerdings, um seine Ermordung.« Masters warf Victor einen schrägen Blick zu. »Wem werden Sie die Schuld dafür zuschieben?«

Sie kamen um eine Ecke und stiegen eine kurze Treppe in ein zwei Häuserblocks langes und breites grünes Tal hinunter. Reihenweise ragten einfache weiße Markierungen aus dem Boden – wie zur Parade aufgestellte Soldaten. Der harte Kontrast der weißen Farbe vor dem grünen Hintergrund ließ Victor stocken. Der Friedhof wirkte äußerst friedlich, und seine Lage unterhalb der Straßenebene förderte die innere Einkehr.

»Die Schuld wird den treffen, der sie auf sich geladen hat.« Victor schüttelte den Kopf. »Ich habe noch nicht wirklich darüber nachgedacht.«

»Aber Ihnen steht noch ein langer Heimflug bevor.«

»So ist es.« Victor sah ihn an. »Darf ich aus Ihrer Wortwahl schließen, daß Sie über mein Angebot nachgedacht haben?«

»Ihr Angebot?« Masters Gesicht wirkte einen Augenblick lang irritiert. »Wie könnte ich die Ehre ablehnen, Gouverneur der Sternenbund-Enklave und erster Botschafter bei den Clans zu werden?«

»Ich habe Sie dafür ausgewählt, Sir Paul, weil Ihre Krieger-Philosophie Ihnen meines Erachtens Einsichten in die Clans gewährt, die sich bei Ihrer Arbeit als hilfreich erweisen werden. Besonders jetzt in der Frühphase der Beziehungen.«

»Und nicht etwa, um mich daran zu hindern, zurück in die Freie Innere Sphäre zu fliegen und meine Ansicht über die ganze Sache bekanntzumachen?«

Victor sah Masters scharf an. »Wir sind gerne bereit, welche Nachrichten auch immer zu überbringen, die Sie uns mitgeben möchten.«

»Aber kein direkter Kontakt zur Inneren Sphäre, bis Sie mir Nachricht zukommen lassen, daß Sie zurückkehren?«

Wieder seufzte Victor. »Wenn ich mich recht entsinne, Sir Paul, waren Sie es, der die Möglichkeit der Existenz von Nebelparder-Widerstandsnestern in Systemen zwischen den Heimatwelten und der Inneren Sphäre angeschnitten hat. Unser Rückflug findet auf

Ihren Einwand hin langsam und in Funkstille statt. Wir werden die in Frage kommenden Welten überprüfen und alle etwaigen Probleme lösen. Und um die Art von Problemen zu vermeiden, die wir auf dem Herflug hatten, nehmen wir zusätzliche Sprung- und Landungsschiffe mit, die Überlebende zurück nach Diana bringen können, damit sie wiederangesiedelt werden. Ich bin wirklich kein bluttriefender Mordbube, Sir Paul. Auch wenn Ihnen manches nicht behagt, was ich tue oder getan habe, tat ich doch nur, was ich für notwendig hielt.«

»Verzeihung, Prinz Victor, aber ich finde, Sie verehren den Tod.«

»Wie bitte?«

»Wenn dem nicht so ist, warum nehmen Sie einen Toten mit zurück in die Freie Innere Sphäre?« Masters deutete mit offener Hand auf den Friedhof. »Morgan Hasek-Davion sollte hier bei seinen Leuten ruhen.«

Victor runzelte die Stirn. »So unsympathisch wie Morgan Ihnen war, hätte ich nicht gedacht, daß Sie ihn hier begraben haben wollen.« Masters setzte zu einer Antwort an, aber Victor schnitt ihm das Wort ab. »Außerdem nehme ich ihn mit nach Hause, damit seine Familie Gelegenheit hat, um ihn zu trauern. Sie haben Ihre Toten hier beigesetzt, und viele andere Einheiten haben es ebenso gehalten.«

»Einschließlich Morgans 1. Kathil-Ulanen.«

»Stimmt, aber Morgan ist ein Sonderfall.«

»Er wurde ermordet, ohne Leiche wäre es jedoch schwierig, das politisch auszuschlachten, nicht wahr?«

Victor verschränkte die Arme vor der Brust. »Wieder unterstellen Sie mir Motive, die ich so nicht habe. Ich habe meinen Vetter geliebt, und ich liebe seine Familie. Ich bringe ihn nach Hause, um ihm ein Heldenbegräbnis zu geben. Das mindert in keinster Weise die Opfer all der anderen, von Generalin Winston bis zum einfachsten Schützen, der hier sein Leben ließ. Aber wenn Sie unbedingt zurück in die Freie Innere Sphäre fliegen und allen erzählen wollen, wie barbarisch dieser Krieg war, dürfen Sie gerne heute abend mit uns kommen. Wenn Sie die Arbeit nicht weiterführen wollen, die Sie begonnen haben, suche ich mir jemand anderen für den Posten. Auch wenn Sie mir nicht trauen, Sir Paul: Ich traue Ihnen. Ich vertraue darauf, daß Sie alles in Ihrer Macht Stehende tun werden, um unsere Beziehungen zu den Clans zu normalisieren und das Fundament für ein dauerhaftes freundschaftliches Verhältnis zu legen. Ich wüßte niemanden, der dazu besser geeignet wäre, deshalb habe ich Sie gebeten, das zu übernehmen.«

Masters zog skeptisch eine einzelne Augenbraue hoch. »Nicht einmal Sie selbst?«

Victor sah ihm in die Augen. »Ich ganz sicher nicht.«

Masters blinzelte. »Wirklich nicht?«

»Wirklich nicht.« Der Prinz beobachtete das Mienenspiel seines Gegenübers genau. »Ich kenne meine Grenzen. Sie mögen glauben, ich betrachte mich als über dem Rest der Menschheit stehend, und über dem Gesetz – aber dem ist nicht so. Ich bin auch nicht anders als jeder andere: jemand, der einen Job zu erledigen hatte, und jetzt wird es Zeit, weiterzuziehen. Ich habe andere Verpflichtungen, derentwegen ich mich nicht länger aufhalten darf als unbedingt nötig. Aber ich werde dafür sorgen, daß die Arbeit hier nicht umsonst war. Und deshalb muß ich jemandem die Leitung für diesen Teil Dianas übertragen, der verantwortungsbewußt, bedacht und kompetent ist. Und das sind Sie.«

Masters runzelte die Stirn. »Kaum glaube ich, Sie durchschaut zu haben, tun Sie etwas, womit Sie alles verändern.«

»Das liegt daran, daß ich selbst mich verändere. Diese ganze Expedition hat uns alle verändert.« Victor zuckte die Achseln. »Und genau wie Sie hoffe ich darauf, daß es uns zum Guten verändert hat.«

»Ich verstehe.« Masters nickte zögernd. »Nun gut, dann bleibe ich hier und regiere Diana für Sie. Aber sorgen Sie dafür, daß man einen Botschafter schickt, an den ich diese Aufgabe übergeben kann. Diplomatie ist eine Tätigkeit, die kaum Ritterliches an sich hat.«

Victor grinste. »Vor Jahrhunderten hat auf Terra einmal jemand gesagt, Diplomatie sei die Kunst, ›Guter Hund‹ zu sagen, während man nach einem großen Stein Ausschau hält. Ich hoffe, Ihre Erfahrungen werden besser.«

»Da bin ich mir sicher.« Masters lächelte und reichte Victor die Hand. »Gute Heimreise, und stellen Sie sicher, daß wer auch immer hierher entsandt wird, eine sanfte Stimme und einen Vorrat an großen Steinen mitbringt.«

17

State of the Art Gallerie und Café, Crescent Harbor, New Exford
Arc-Royal-Defensivkordon

15. August 3060

Francesca Jenkins' Herz stockte, als sie die Galerie betrat und Reginald Starling sah. Der hoch aufgeschossene, hagere Künstler hatte Haar und Augenbrauen grellrot gefärbt und trug künstliche Fingernägel in einem scheußlichen Fleischton. Als sie näherkam, erhaschte sie einen Blick auf reißzahnähnliche Verlängerungen der oberen Eckzähne und bemerkte blutrote Kontaktlinsen, die seine sonst blauen Augen verbargen. Die konservativ streng geschnittene schwarze Kleidung unterstrich seine dürre Gestalt und machte ihn vollends zu einer Kreatur der Nacht.

Sie hatte schon gehört, daß er diese Untotenrolle angenommen hatte, und bewunderte sein Gespür für die Stimmungen in der Lyranischen Allianz. Die atemberaubenden Siege der Sternenbund-Verteidigungsstreitkräfte gegen die Nebelparder im Draconis-Kombinat hatten alle überrascht und eine allgemeine Hochstimmung ausgelöst. Der lange, schwere Krieg, auf den sich alles eingestellt hatte, schien plötzlich zu einem Spaziergang geworden zu sein, und der Jubel darüber war gewaltig gewesen.

Dann hatte die SBVS ihre Operationen in die Peripherie verlagert, um den Parder-Widerstand dort zu brechen, und die Erfolgsmeldungen waren erheblich seltener geworden. Dadurch fragten die Menschen sich, ob ihre Zuversicht nicht vielleicht verfrüht gewesen war. Die Jadefalken standen weiter an der Grenze der Lyranischen Allianz, und auch wenn sich noch keine Clanner in den Arc-Royal-Defensivkordon gewagt hatten, konnte jeder neue Tag einen Angriff bringen. Die Ansicht verbreitete sich, daß die Clans doch nicht so sehr am Ende waren, wie es der Sternenbund gerne verbreitete, und alles wartete nur darauf, daß die Clanner sich aus ihren Gräbern erhoben und wieder angriffen.

Starling blickte über die eisblaue Frisur einer kleinwüchsigen Gönnerin hinweg und riß die Hände an die Brust, als er Francesca sah. Sein Raubtiergrinsen wurde breiter und zeigte ihr seine Zähne noch deutlicher. Er ließ die Frau, mit der er sich unterhalten hatte, auf der Stelle links liegen und kam herüber. »Ah, Fiona, du bist eine Vision.«

»Und du bist ein Schmeichler, Reg.« Francesca lächelte. Sie hatte sich für ein ärmelloses Kleid mit roten Pailletten entschieden, das wenige Zentimeter über dem Knie endete. Der hohe Stehkragen lag eng am Hals an, aber ein schmaler, rautenförmiger Ausschnitt streckte sich von dort bis zu ihrem Nabel und zeigte die sanften Kurven des Busens und die Schußnarbe unterhalb des Brustbeins. Die Narbe hatte Starling vom Beginn ihrer Bekanntschaft an fasziniert, und Francesca wußte, daß sie ihn in Erregung versetzen konnte, indem sie die Verletzung zur Schau stellte.

»Ich bin so froh, daß du kommen konntest.«

Francesca schob die Hand in seine Armbeuge. »Tatsächlich, Reg? Ehrlich gesagt, ich war überrascht, eine Einladung zu dieser Eröffnung zu bekommen. Ich habe all die anderen ignoriert, weil ich auf Häme verzichten kann.«

»Es ist ganz gut, daß du nicht zu den anderen gekommen bist, denn genau das hätte dich erwartet.« Starling führte sie tiefer in die Galerie, an der Kaffeebar vorbei in einen kleineren Saal. »Zuerst hat deine Abwesenheit mich verärgert, aber dann habe ich nachgedacht und Inspiration daraus gezogen.«

»Wirklich? Wie das?«

Reg zog seinen Arm aus ihrem Griff und breitete die Hände aus. »Eine gewaltige Inspiration, meine Liebe. All diese Werke verdanke ich dir.«

Francesca sah sich um und schluckte. Das Herz schlug ihr plötzlich bis zum Hals. Die Gemälde in diesem Raum waren von unterschiedlicher Größe, aber sie alle hatten Stil und Farbgebung gemeinsam. Starling hatte sie in einem recht primitiven, impressionistischen Stil gemalt und sich dabei auf eine hauptsächlich aus Schwarz- und Grüntönen bestehende Palette gestützt, mit Rot als Akzent. In vielen der Bilder erkannte sie Teile ihres Körpers wieder, unter anderem die Narbe auf ihrer Brust und die an ihrer Hüfte. Wo ihr Gesicht überhaupt auftauchte, war es verfremdet und im Vergleich zu den anderen Gestalten gewaltig vergrößert, wie das einer Übergöttin, die alles sah und verfolgte, was die anderen Gestalten taten.

Die Gemälde hatten Titel wie *Ehrlichkeit I*, *Wahrheit IV* und *Keine Geheimnisse VIII*. Sie rechnete schnell im Kopf nach und stellte fest, daß Starling, sofern er bei den Zahlen nicht gemogelt hatte, in den drei Monaten seit ihrer Trennung fast zwei Dutzend Bilder gemalt hatte, was für ihn eine Leistung bedeutete, die alle Erwartungen übertraf.

Sie sah ihn mit weiten Augen an. »Ich weiß nicht, was ich sagen soll.«

»Du brauchst überhaupt nichts zu sagen, meine Liebe.« Starling stierte einen Gönner an, der den Raum betreten wollte, und der Mann zog sich hastig zurück. »So etwas hast du von mir noch nie gehört, aber es tut mir leid, und ich danke dir.«

»Reg, geht es dir nicht gut?«

Der Mann warf den Kopf zurück und lachte. »Erinnerst du dich an unsere erste Begegnung?«

»Am Schwimmbecken? Natürlich. An jenem Abend

hast du mich zu einer Vernissage wie dieser mitgenommen.«

»Richtig. Bei dieser ersten Begegnung hast du etwas gesagt: für dich sei es bei einer Freundschaft Bedingung, daß es keine Geheimnisse gäbe. Und du hast gemeint, wenn ich das nicht akzeptieren kann, sollten wir besser keine Freunde werden. Ich dachte damals, ich könnte damit umgehen, und wir sind Freunde geworden.«

Sie streckte die Hand aus und strich ihm über die Wange. »Wir sind ein Liebespaar geworden.«

»So ist es. Ich habe mit dir eine Intimität erfahren, wie ich sie, glaube ich, noch bei niemandem sonst gefunden habe, und das hat mir angst gemacht. Deswegen hatte ich die Affäre mit meinem Modell. Deine Reaktion, als du es herausgefunden hast, war zum Teil die, auf die ich gewartet und die ich mir gewünscht habe.«

»Du wolltest, daß ich dich rausschmeiße.« Um Francescas Lippen spielte ein leichtes Lächeln. »Und ich habe dir deinen Wunsch erfüllt.«

»Ja, Liebling, aber nicht aus dem Grund, den ich erwartet hatte. Ich dachte, du würdest mich vor die Tür setzen, weil ich dir untreu geworden war. Aber du hast mir erklärt, daß meine Untreue nicht der Punkt war, um den es dir ging, sondern die Tatsache, daß ich dich deswegen belogen hatte.« Reg schüttelte den Kopf. »Nachdem du fort warst, habe ich lange nachgedacht. Ich wollte, daß du zu den anderen Eröffnungen kommst, damit ich dich öffentlich erniedrigen konnte, aber dann wurde mir klar, daß ich es gewesen war, der den Fehler begangen hatte. Du hast mir nichts verheimlicht und klare Bedingungen für unsere Freundschaft gestellt. Ich hatte diese Regeln verletzt und die Folgen getragen.« Er verzog das Gesicht und deutete durch die Tür auf die buntgekleidete Schar der Besucher. »Du bist nicht wie die, Fiona. Sie kommen her, um ein Stück von mir in ihren Besitz zu bringen, als könne bloßes Geld meinen Geist kaufen und meine Loyalität erzwingen. Ich gehe dort hinaus und beleidige sie, und sie lieben es. Es ist ein Statussymbol, von mir beleidigt zu werden. Wenn ich mich weigere, ihnen ein Stück zu verkaufen, und erkläre, ihr Heim sei seiner Gegenwart nicht angemessen, suchen sie sich einen Agenten, der es für sie kauft, um sagen zu können, sie hätten mich hereingelegt, ohne begriffen zu haben, daß der Agent einen absoluten Wucherpreis dafür bezahlen mußte.«

»Was willst du mir damit sagen, Reg?« Francesca sah sich um. »Willst du diesen Leuten Teile von mir verkaufen?«

»Aber natürlich.« Reg grinste schelmisch. Dann ging er zu einem kleinen Gemälde hinüber, das ein menschliches Herz zeigte. Es war in Grün gehalten, umgeben von Schwarz, und winzige rote Risse durchzogen es. »Aber das hier stellt mein Herz dar, das dich um deinen Frieden beneidet. Dieses Bild, *Geheimnisse X*, ist für dich. Es ist ein Stück von mir, das keinen Preis hat, aber ich hoffe, damit unsere Freundschaft zurückzugewinnen.«

Francesca betrachtete das Bild eindringlich, dann drehte sie sich um, stellte sich auf die Zehenspitzen und gab ihm einen Kuß. »Betrachten wir es als Anzahlung, in Ordnung?«

Reg lachte. »Das ist ein besseres Ergebnis, als ich erwartet habe.«

»Oh, du wirst noch zahlen, Reg. Du wirst teuer bezahlen.« Sie lächelte ihn an. »Aber ich finde, jetzt wird es Zeit, deine Gönner noch teurer bezahlen zu lassen.«

»Ohne Zweifel, meine Liebe.« Reg beugte sich hinunter und erwiderte ihren Kuß. »Vielleicht verkaufe ich ihnen die Bilder in diesem Raum für ein Vermögen und ein Geheimnis pro Käufer. Das müßte Spaß machen.«

»Und du wirst diese Geheimnisse mit mir teilen?«

»Es wird mir ein Vergnügen sein, Fiona Jensen. Ein großes Vergnügen.«

* * *

Francesca wurde Mr. Archie vorgestellt, dem Besitzer der Galerie – einem Mann, der äußerst bemüht war, jünger zu erscheinen als er war, und ohne Unterlaß um sie herumscharwenzelte –, dann präsidierte sie bei der Zeremonie, in der das Ausstellungsschildchen neben *Geheimnisse X* in ›Privatsammlung Fiona Jensen‹ geändert wurde. Danach bestand der Galeriebesitzer darauf, einen absurden Kaffeecocktail nach ihr zu benennen, eine Ehre, die sie nur deshalb über sich ergehen ließ, weil der Drink so schnell nicht schmeckte, auch wenn er genaugenommen nur zu 20% aus Kaffee bestand. Sie hörte sich Starlings kurze Ansprache über die ›Enthüllungen‹-Serie seiner Gemälde an, in der er deren Herstellung mit der Forderung an die Regierung verband, öffentlich zu machen, wie der Clan-Krieg in Wahrheit verlief. Innerhalb von nicht einmal fünf Minuten verwandelte Starling den Besitz eines seiner Werke von einer Investition in eine politische Protestaktion, was die Preise dramatisch in die Höhe trieb und den Verkauf spürbar ankurbelte.

Francesca entschuldigte sich, als Reg und Mr. Archie sie zu einem späten Abendessen einladen wollten, versprach aber, noch einmal vorbeizukommen und über die Möglichkeit zu reden, ob sie zusammen mit Reg Drucke der ›Enthüllungen‹-Serie signieren würde. Sie wußte genau, daß dieses Angebot ein Versuch Regs war, ihr Geld zukommen zu lassen und sie dadurch fester an sich zu binden.

Das konnte ihr nur recht sein. Von Anfang an hatte

ihre Mission darin bestanden, so nahe wie möglich an ihn heranzukommen und all seine Geheimnisse in Erfahrung zu bringen. Da sie viele davon bereits kannte, und sogar schon gekannt hatte, bevor sie ihn überhaupt getroffen hatte, fiel es ihr leicht, ihre Fortschritte in dieser Richtung zu messen. Bisher waren sie bescheiden.

Reginald Sterling war in Wirklichkeit Sven Newmark, ehemals Adjutant Ryan Steiners. Ryan Steiner und Katherine Steiner-Davion, die derzeitige Herrscherin der Lyranischen Allianz, hatten sich verschworen, Melissa Steiner-Davion, Katherins Mutter und der frühere Archon des Vereinigten Commonwealth, zu ermorden. Katherine hatte die Geschehnisse so gedreht, daß es schien, ihr Bruder Victor habe Melissas Tod auf dem Gewissen, und hatte die resultierenden Unruhen dazu benutzt, das Vereinigte Commonwealth zu spalten.

Sven Newmark war kurz nach Ryans Tod untergetaucht. Verschiedene selbsternannte Experten hatten darauf hingewiesen, daß Newmark zum Zeitpunkt von Ryans Tod als einziger bei ihm gewesen war, und da der Herzog an einem Kopfdurchschuß gestorben war, legten sie nahe, Newmark sei sein Mörder gewesen – und nicht ein Scharfschütze, einen halben Kilometer entfernt, wie es in der offiziellen Untersuchung des Attentats hieß. Nemarks Verschwinden ergab durchaus Sinn, wenn man bedachte, wie beliebt Ryan in manchen Kreisen gewesen war, und es hatte Francesca einiges an harter Arbeit gekostet, ihn auf New Exford ausfindig zu machen.

Soweit sie das sagen konnte, war Newmark der einzige Mensch, der Katherine mit dem Mordkomplott gegen Melissa Steiner-Davion in Verbindung bringen konnte. Möglicherweise ahnte nicht einmal der Attentäter, der die Schmutzarbeit erledigt hatte und der, soweit Francesca es wußte, nie gefaßt worden war, etwas von dieser tödlichen Beziehung zwischen Mutter und Tochter. Wenn Newmark Katherine hinsichtlich des Todes ihrer Mutter belasten konnte, würde sie als die Frau in die Geschichte eingehen, die nicht nur ihre eigene Mutter, sondern mit ihr auch eine der meistgeliebten Persönlichkeiten der Inneren Sphäre umgebracht hatte. Wenn das jemals bekannt wurde, waren Katherines Tage in irgendeiner Art Machtposition mit Sicherheit gezählt.

Francesca kehrte zu ihrer Wohnung zurück und hielt Ausschau nach Spuren unbefugten Eindringens. Sie zog einen Schlüsselring aus der Handtasche und suchte im Licht der daran hängenden Taschenlampe nach dem richtigen Schlüssel. Als sie ihn ins Schloß steckte, drückte sie einen zweiten Knopf an der Taschenlampe, und ein ultravioletter Lichtstrahl spielte über den Boden vor ihrer Wohnungstür.

Eine einzelne Fußspur, hinterlassen von ihren Stöckelschuhen, leuchtete kurz violett auf, bevor sie wieder verblaßte, als Francesca die Lampe ausschaltete. Der Teppichboden auf der anderen Seite der Tür war großzügig mit einem Pulver bestreut, das sich unter die Schuhsohlen setzte und in UV-Licht aufleuchtete. Wäre jemand in ihrer Abwesenheit in die Wohnung eingedrungen und hätte sie wieder verlassen, hätte er Fußspuren hinterlassen, oder er hätte auch ihre Spuren mit ausgelöscht, falls er die seinen verwischt hätte.

Sie öffnete die Tür, trat ein und verriegelte sie hinter sich. Sie schaltete das Licht ein und ließ ihren Blick durch das Zimmer schweifen. Der Stapel Diskzine auf dem Kaffeetisch war immer noch exakt an der Tischkante ausgerichtet, und der Sessel am Ende des Eßtischs stand noch immer zwei Zentimeter neben den Dellen im Teppichboden, wie sie ihn beim Verlassen der Wohnung zurückgelassen hatte.

Alles schien in Ordnung, und sie ging ins Schlafzimmer, schleuderte die Schuhe in eine Ecke und glitt aus dem Kleid. Nachdem sie es aufgehängt hatte, zog sie einen warmen Frotteemantel über und setzte sich an den Computer. Sie schaltete ihn an und löste einen Kaltstart aus. Dann unterbrach sie den Initialisierungsvorgang. Sie rief ein Programm namens Scramble auf, das unter gewöhnlichen Betriebsbedingungen ein einfaches Puzzlespiel auf den Bildschirm zauberte.

In seiner jetzigen Form allerdings gestattete es ihr, Nachrichten zu ver- und entschlüsseln. Sie tippte eine kurze Botschaft ein. »Kontakt hergestellt. Ziel ist aufgeschlossen. Mission wieder auf Kurs.« Sie überflog den Text noch einmal, dann startete sie das Programm und verschlüsselte ihn.

Die Kodierung verlief in zwei Etappen. Im ersten Schritt zog das Programm den Inhalt eines Buches aus dem Speicher und suchte die Worte der Botschaft in diesem Text. Jedes einzelne Wort wurde dann zu einem Kode aus drei Zahlen, die Seite, Absatz und Wortstelle angaben. Kontakt zum Beispiel erschien auf Blattseite siebenundsiebzig, zweiter Absatz, fünftes Wort, verwandelte sich in der kodierten Botschaft also in 77-2-5.

Der zweite Schritt der Kodierung verlief ähnlich, war aber auf Francescas Deckidentität abgestimmt. Sie hatte Newmark erzählt, als Researcherin zu arbeiten und Bibliographien für Forscher zu erstellen. Das Scramble-Programm durchsuchte die Inhaltsverzeichnisse zahlloser Bücher und suchte nach thematisch zusammenhängenden Zitaten, die ebenfalls zahlenmäßig in Ausgabe, Band und Seitenzahl ausgedrückt werden konnten. Danach wurde jedes Wort der Botschaft als Werkzitat ausgedrückt, so daß die Liste einen gewissen eigenständigen Sinn ergab. Die benutzten Bücherlisten waren zudem extrem technisch, so daß feindliche Kodierungsspezialisten, die sich die Mühe machten, die entsprechenden Zitate nachzuschlagen, keinen Schimmer haben würden, was sie bedeuteten.

Anschließend wurde die Liste in einer einfachen E-Mail an eine der Dutzend Deckadressen verschickt, die Francescas Führungsoffizier Curaitis zur Datenübermittlung benutzte, wobei die Deckadresse so gewählt war, daß der Erhalt einer Bücherliste über das gewählte Thema sinnvoll erschien. Nachrichten an Francesca erhielten entsprechende Zitate, Ticketpreise oder andere Daten, die sich in Zahlen ausdrücken ließen, und das Programm wandelte sie in verständliche Botschaften um. Alle Mitteilungen wurden kurz gehalten, um eine Entschlüsselung zu erschweren, und die zur Wortauswahl verwendeten Bücher wurden regelmäßig gewechselt.

Francesca schickte ihre Botschaft ab, dann lehnte sie sich zurück und lächelte. Nach ihrer Ankunft auf New Exford war es ihr nicht schwergefallen, Newmark kennenzulernen und zu verführen. Ihm dabei aber nahe genug zu kommen, um sein volles Vertrauen zu gewinnen, hatte sich als sehr viel schwieriger erwiesen. Gerade als sie geglaubt hatte, Fortschritte zu machen, hatte er sie betrogen. Sie war versucht gewesen, ihm zu verzeihen, hatte aber im letzten Augenblick entschieden, daß es besser war, eine Trennung zu erzwingen. Da alle Welt ihn nach außen hin liebte und insgeheim verachtete, was er genau wußte, war es eine grundlegend gegensätzliche Erfahrung für ihn, daß jemand, der ihn im Grunde mochte, ihn verstieß. Und Gegensätze machten Reginald Starlings Leben aus.

Als Agentin des Geheimdienstsekretariats des Vereinigten Commonwealth war sich Francesca Jenkins wohl bewußt, daß ihre Mission von entscheidender Bedeutung war und keinen Aufschub duldete. In der Anfangsphase der Operation hatten sie Katherine wissen lassen, daß ihr Bruder von ihrer Komplizenschaft beim

Tod Archon Melissas wußte. Das hatte Katherine verunsichern sollen und sich auch als durchaus effektiv erwiesen, aber es bedeutete ebenso, daß Katherine sich genötigt sah, alle möglichen Spuren zu verwischen, die zu ihrer Person führen konnten. Sven Newmark war eine solche Spur, und auch wenn Francesca mit Hilfe gezielt eingesetzter Computerviren die Informationen vernichtet hatte, die sie zu Reginald Starling geführt hatten, waren ihre Gegenspieler vom Lyranischen Geheimdienst bestimmt nicht weit.

Sie reckte sich, schaltete den Computer aus, legte den Mantel über das Fußende des Betts und glitt zwischen die Laken. »Aber jetzt ist es ganz gleich, wie nahe sie sind. Ich bin näher dran, und nicht mehr lange, gar nicht mehr lange, dann habe ich die Information, nach der ich suche.«

18

Landungsschiff *Josephine*, an der Nadir-Ladestation des Skye-Systems
Isle of Skye, Lyranische Allianz

30. September 3060

Archon Katrina Steiner betrachtete eine holographische Projektion der Inneren Sphäre und gestattete sich einen Augenblick genießerischer Vorfreude darauf, sie ganz zu kontrollieren. Es gab zwar noch, soviel gestand sie sich ein, ein paar Hindernisse auf ihrem Weg zur grenzenlosen Macht, aber Hindernisse waren dazu da, überwunden zu werden. *Und ich werde sie überwinden.*

Das erste Hindernis zwischen ihr und ihrem Ziel stellte ihr Bruder Victor dar. Zwar wußte bisher noch niemand in der Freien Inneren Sphäre vom Erfolg seines Angriffs auf die Clan-Heimatwelten, aber Katrina war genau darüber im Bilde, was sich während der langen Abwesenheit ihres Bruders aus der Inneren Sphäre abgespielt hatte. *Der Winzling kam, sah und siegte, präzise wie ein Uhrwerk. Dieser verdammte Lincoln Osis. In der tiefsten Hölle soll er dafür schmoren, daß er Victor nicht den Kopf abgerissen hat, als er die Chance dazu hatte.*

Ihre Informationen stammten von den Wölfen und waren ihr über ein Netz von Spionen zugetragen worden, das sich, zu ihrer Genugtuung, durch den Arc-Royal-Defensivkordon zog. Die Kells wären außer sich gewesen, hätten sie geahnt, daß sich Wolf-Spione unter ihren Untertanen versteckten, und sie hatte vor, ihnen diese Tatsache unter die Nase zu reiben, wenn sie deren lächerliches kleines Reich erst zerschlagen hatte. Die Kells hatten jahrelang von ihrer Verwandtschaft mit Haus Steiner profitiert, doch es war nur eine Verwandtschaft mittels Heirat, und Katrina war entschlossen, sie ebenfalls auszulöschen.

Sie stand von ihrem Platz hinter dem Schreibtisch auf und fuhr sich mit den Fingern durch das lange, goldblonde Haar, das in der Schwerelosigkeit wie ein seidenes Halo um ihren Kopf lag. Sie strich es vorsichtig hinab auf den weißen Pullover. Ein weißer Wollrock und weiße Lederstiefel mit Magnetsohlen vervollständigten ihre militärisch angehauchte Kleidung. Der Rock war zwar für die durch die fehlende Beschleunigung an Bord herrschende Schwerelosigkeit nicht sonderlich geeignet, aber im Augenblick hatte sie nicht vor, irgend jemanden zu sehen. Bei solchen Gelegenheiten pflegte sie, Hosen zu tragen.

Sie trat um den Schreibtisch und studierte die Wolke aus Lichtpunkten, die sich vor ihr zur Karte der Inneren Sphäre geformt hatte. Vorgewarnt, daß ihr Bruder im Triumph zurückkehrte, führte sie den Plan weiter, den sie fast unmittelbar nach seinem Aufbruch in die Peripherie in Angriff genommen hatte. Bisher war er atemberaubend erfolgreich. So erfolgreich, daß Victor bei seiner Rückkehr eine aus seiner Sicht äußerst unerfreuliche Überraschung erwartete.

Und aus meiner Sicht höchst erfreulich. Katrina lachte kalt und konzentrierte sich auf die anderen Reiche der Freien Inneren Sphäre. Der große rote Bereich zwischen Victors Vereinigtem Commonwealth und den Clanzonen war das Draconis-Kombinat. Früher war es einmal der Hauptfeind ihres Volkes gewesen, aber im Augenblick hatte es keine größere Bedeutung mehr. Die Anstrengungen des vergangenen Jahres hatten tatsächlich die meisten Systeme befreit, die das Kombinat an die Clanner verloren hatte, aber es würde nicht leicht werden, sie wieder in die draconische Gesellschaft zu integrieren. Bevölkerungen, die Widerstandszellen geformt hatten, um die Clans zu vertreiben, fiel es schwer, die Rückkehr ziviler Autoritäten zu akzeptieren, die nicht aus ihren eigenen Reihen rekrutiert waren. Und die repressive Politik Haus Kuritas führte zur Abschaffung mancher Freiheiten, die sich die Bevölkerung in ihrem Widerstand gegen die Clanner erkämpft hatten.

Unterhalb ihres Reiches erstreckte sich, in Violetttönen gehalten, die Liga Freier Welten. Historisch hatte die Liga nie eine bedeutende Rolle gespielt, hauptsächlich, weil Bruderzwist innerhalb der Familie Marik das Reich immer wieder gespalten hatte. Diese Kämpfe hatten ihren Zoll gefordert, und zum Glück für die Liga eine beträchtliche Anzahl von Bewerbern um den Thron aus dem Weg geräumt. Thomas Marik, der augenblickliche Herrscher, hatte einen Attentatsversuch überlebt, und seine neue Ehefrau, Sherryl Halas, hatte ihm vor vier Monaten einen Sohn geboren, den die stolzen Eltern Janos getauft hatten. Damit war die Thronfolge gesichert, und Thomas' unehelich geborene, aber anerkannte Tochter Isis hatte erheblich an Macht verloren. *Nicht, daß sie jemals mehr als eine Trophäe gewesen wäre, mit der Sun-Tzu Liao abgespeist wurde.*

Die neugefundene Solidität der Liga Freier Welten stellte Katrina vor ein gewisses Problem, denn dadurch sah sie sich an dieser Grenze einem starken Reich gegenüber, das nicht von den Clans verwüstet worden war. Vor Thomas' Heirat mit der Halas hatte er für eine Weile mit einer Liason mit Katrina geliebäugelt. Das wäre sicherlich zu seinem Vorteil gewesen und sogar zu ihrem, denn das Liga-Militär hätte ihre Streitkräfte für den Fall einer erneuten Clan-Offensive gestärkt. Die Entscheidung der Freien Inneren Sphäre, den Krieg ins Gebiet der Clans zu tragen, hatte die Notwendigkeit einer solchen Union jedoch reduziert, und die Gelegenheit war verstrichen.

Jetzt mußte Thomas darüber nachdenken, wieviel es

ihn kosten mochte, gewaltsam zu erobern, was er durch eine Hochzeit mit Katrina auf friedlichem Weg zu gewinnen gehofft hatte. *Es hat keine Truppenbewegungen seiner Militärs in Richtung meiner Grenze gegeben, aber wahrscheinlich geht er nur auf Nummer Sicher, solange Victor fort ist. Thomas glaubt zu sehr an die Heiligkeit des Sternenbunds, um dessen Existenz zu gefährden.*

Das ließ sich von Sun-Tzu Liao, dem jetzigen Ersten Lord des Sternenbunds und Kanzler der Konföderation Capella, nicht sagen. Seine Wahl war auf das Konto ihres Bruders gegangen. Katrina hatte Sun-Tzu für das Amt vorgeschlagen, in der Erwartung, daß ihr Bruder sich in seiner vehementen Ablehnung irrational genug aufführen würde, um zu verhindern, daß danach noch irgend jemand für ihn stimmen konnte. Damit wäre sie die logische Kompromißkandidatin gewesen, und sie hätte sich dann auch zögernd bereitgefunden, den Posten auf sich zu nehmen. Aber statt ihren Köder zu schlucken, hatte Victor Sun-Tzus Wahl unterstützt. *Er ist schuld, daß dieses capellanische Frettchen an die Macht gekommen ist.*

Sun-Tzu Liao hatte seine neue Machtposition geschickt ausgenutzt. Er hatte die Operationen in den umstrittenen Territorien zwischen Aldebaran und Helgoland ebenso verstärkt wie in jenem Gebiet, das in der breiten Öffentlichkeit als die Chaos-Marken bekannt war. Dort hatte er zwar keinerlei Erfolge zu verzeichnen, hatte aber erstaunlich viele Systeme in den umstrittenen Territorien für sein Reich zurückgewonnen. Weder Katrina noch Thomas hatten irgendwelche Einsprüche dagegen erhoben, da sie froh waren, wenn Sun-Tzu beschäftigt war. Seine Entschlossenheit, in der Vergangenheit verlorene capellanische Systeme heim ins Reich zu holen, verhinderte einen anderweitigen Einsatz seiner Mittel, und dafür war Katrina dankbar.

Als erstes würde sie gegen ihren Bruder vorgehen.

Wenn sie Victor erst ausgeschaltet hatte, würde es leicht werden, Sun-Tzu zu überrollen. Sie war sich nicht sicher, ob sie sein Reich erobern oder ihm einfach die Ehe anbieten und es auf diese Weise vereinnahmen sollte. *Ein Krieg wäre kostspielig, aber das gälte ebenso für meine Heirat.*

Nachdem sie mit Sun-Tzu fertig war, würde Thomas in der Falle sitzen. Das größte Problem bei der Handhabung der Liga war, daß Bedrohungen von außen die streitenden Parteien im Handumdrehen möglicherweise vereinen würden. Daher konnte sie hier auf keine unmittelbare militärische Eroberung hoffen. *Nein, Thomas würde ich eine Vereinigung unserer Reiche anbieten, so wie mein Vater es mit der Allianz mit Großmutter getan hat. Ich könnte ihm meine erstgeborene Tochter als Braut für Janos versprechen, um das Geschäft zu besiegeln. Das könnte durchaus gelingen.*

Der Holovidprojektor auf dem Schreibtisch summte. Sie kehrte in den Sessel zurück und drückte einen Knopf. An Stelle der Sternenkarte erschien das reglose Brustbild eines Uniformierten. Unter seinem Bild waren mehrere Textzeilen zu sehen, die ihn identifizierten, das Absendedatum der Nachricht und die Relaisstrecke anzeigten, über die sie eingetroffen war, sowie Datum und Uhrzeit des Empfangs und der Entschlüsselung in Dechiffrierraum ihres Schiffes. Sie warf einen kurzen Blick auf die Informationen, lehnte sich zurück und spielte die Botschaft ab.

»Hoheit, ich habe Informationen zu Operation Fray. Wir haben eine mögliche Spur des Ziels. Sie ist das Ergebnis einer normalen Überprüfung regierungskritischer Aktivitäten. Unser vermutliches Ziel äußerte sich bei der Eröffnung einer Kunstausstellung höchst regierungskritisch. Er forderte eine komplette Offenlegung der Fakten bezüglich des Clan-Kriegs und anderer Angelegenheiten, unter anderem des Mords an Eurer

Mutter. Wir haben einen Ausstellungskatalog requiriert und sind dabei, die Arbeiten auf subversive Inhalte hin zu analysieren. Ich habe eine Überwachung und heimliche Durchsuchung seiner Wohnung für den Fall autorisiert, daß eine nähere Prüfung der Kunstwerke geboten erscheint. Oberst Lentard Aus.«

Als in der oberen rechten Ecke des Bildes das Endsignal aufblinkte, schüttelte Katrina langsam den Kopf. Operation Fray hatte nur ein einziges Ziel, den Tod Sven Newmarks. Newmark war der einzige Mensch, der sie möglicherweise mit dem Attentat auf ihre Mutter in Verbindung bringen konnte. Außer ihm hatte nur noch ein Mann aus Ryans Umgebung mitgeholfen, Melissas Tod vorzubereiten, und der war im April auf Poulsbo Opfer eines Unfalls geworden. Sie hatte seiner Witwe sogar eine handgeschriebene Beileidsbotschaft zukommen lassen.

Sie nahm eine Antwort an ihren Geheimagenten auf. »Oberst Lentard, ich weiß Ihre Vorsicht betreffs Operation Fray zu schätzen, und sie sollten keine Mühen scheuen, sich davon zu überzeugen, daß die betreffende Person tatsächlich unser Ziel darstellt. Aber denken Sie auch daran, daß er nicht auf Grund subversiver Tätigkeit eine Bedrohung bedeutet, sondern weil er ein Krimineller im Besitz hochsensibler Geheiminformationen ist. Betrachten Sie ihn von mir aus als verseucht. Je länger er am Leben bleibt, desto mehr Schaden kann er anrichten. Wenn Sie seiner Identität sicher sind, eliminieren Sie ihn. Auf der Stelle. Archon Katrina Steiner Aus.«

Sie leitete die Botschaft weiter, dann warf sie die Fernbedienung, mit der sie den Projektor gesteuert hatte, auf den Schreibtisch, wo sie klappernd von der Tischplatte abprallte. Wahrscheinlich war es vernünftig von Lentard, wenn er sich vorsah, sobald bürgerliche Freiheiten ins Spiel kamen, und Katrina wußte diese

Vorsicht zu schätzen. Das war der Unterschied zwischen Lentard und beispielsweise dem Attentäter, der ihre Mutter umgebracht hatte. Der hatte eine Bombe eingesetzt, die nicht nur Melissa, sondern mit ihr auch noch mehrere andere Personen das Leben gekostet hatte, darunter Morgan Kells Frau Salome. Gleichzeitig hatte sie Morgan Kell zum Krüppel und zu Katrinas Todfeind gemacht. *Wenn er nur ein wenig mehr Sprengstoff benutzt hätte, wäre ich die Kells jetzt los.*

Katrina seufzte. Natürlich entsprach das nicht ganz der Wahrheit. Für Caitlin Kell hatte sie immer eine Schwäche gehabt – und sie als Freundin gesehen. *Naiv, aber eine Freundin.* Jetzt hatte Morgan Caitlins Einstellung ihr gegenüber vergiftet, und Morgans Stimmungswandel hatte Katrina Victors Einfluß zu verdanken. Und obwohl Morgans Tod in der Explosion, die ihre Mutter getötet hatte, ihr ein Problem vom Hals geschafft hätte, mußte sie zugeben, daß Morgan andererseits auch Phelan Kell im Zaum hielt, der von den Clans zurückgekehrt war und einen Großteil des Wolfsclans mitgebracht hatte.

Sie strich sich über den Hals. Selbst nach einem ganzen Jahr konnte sie Phelans Hände noch spüren. Zugegebenermaßen war Katrina zu weit gegangen, als sie Morgan Kell bei ihrer letzten Begegnung gedroht hatte. Phelan war ebenfalls dabei gewesen und hatte keinen Zweifel daran gelassen, daß er eine ganze Welt voller Wölfe in der Hinterhand hatte, die sie mit Vergnügen zerreißen würden, sollte ihm oder seinem Vater etwas zustoßen. Zu ihrem Glück waren die Kell Hounds und Phelans Wölfe ins Draconis-Kombinat abgereist, um gegen die Nebelparder zu kämpfen, so daß sie ihr keine Schwierigkeiten machen konnten. Außerdem konnten sie von dort aus nur ahnen, was sie ausbrütete.

Die Kells waren ein interessantes Problem. Ihr Arc-

Royal-Defensivkordon stellte im Grunde eine autonome Region innerhalb der Lyranischen Allianz dar. Während die Hounds und Wölfe unterwegs waren, um Parder zu jagen, hatten die Kells Söldnereinheiten wie die Legion der Aufgehenden Sonne, Gruppe W und die Wilde Meute angeheuert, um die Jadefalken auf ihrer Seite der Grenze zu halten. Diese Söldnertruppen waren zu schwach, ihr Reich zu bedrohen, aber zugleich zäh genug, um sie davon abzuhalten, Truppen an den Versuch zu verschwenden, den ARD zurückzuerobern.

Ursprünglich hatte sie genau das vorgehabt, aber in Anbetracht der erstaunlichen Erfolge an der draconischen Grenze hatte sie ihre Pläne geändert. Phelans Wölfe hatten genug Nebelparder-Einheiten absorbiert, um noch stärker als zuvor zu werden, und das machte es ratsam, ihnen keinen Anlaß zu einer vorzeitigen Rückkehr zu liefern. Außerdem wußte sie, daß Morgan niemals gegen sie vorgehen würde, ohne sich vorher mit Victor abzusprechen. Also diente alles, womit sie eine Aktion ihres Bruders hinauszögern konnte, auch ihrem Schutz gegen die Kells.

Womit sie wieder bei Operation Fray war. Ihre einzige echte Achillesferse war die Gefahr, mit dem Attentat auf ihre Mutter in Verbindung gebracht zu werden. Die Aufdeckung ihrer Mittäterschaft konnte die öffentliche Verehrung für sie ins Gegenteil umschlagen lassen und einen Volksaufstand auslösen, der sie hinwegfegen würde. *Die Leute haben meine Mutter dermaßen geliebt, daß sie mich bei lebendigem Leib in Stücke reißen würden. Das kann und werde ich nicht zulassen.*

Sie spielte mit einem dünnen Goldreif am rechten Handgelenk und lächelte. *Meine Geheimwaffe.* So sehr Morgan und Victor die Vorstellung hassen mußten, daß sie ihre Mutter getötet hatte, ihr Entsetzen darüber, daß sie heimlich in die Clan-Zone gereist und sich mit

Vlad Ward von den Wölfen verbündet hatte, wäre noch weit größer gewesen. Katrinas und Vlads gemeinsamer Haß auf Phelan Kell hatte ihre Bindung noch vertieft, eine Bindung, die aus starker körperlicher Anziehung entstanden war.

Solange Vlad bereitstand, in die Lyranische Allianz einzufallen – er war sich sicher gewesen, daß die Durchquerung der Jadefalken-Besatzungszone für seine Truppen keine Schwierigkeit darstellte –, mußte jede Aktion der Kells, die darauf gerichtet war, sie zu stürzen, in der Vernichtung des ARD enden. Dadurch würden sie wieder in den Kampf gegen ihre alten Feinde geworfen werden, der sie zu einem Zeitpunkt schwächte, an dem Katrina loyale Truppen zur Verteidigung gegen ihren verräterischen Angriff um sich scharte. Schon bloßes Säbelrasseln der Wölfe oder Jadefalken konnte ein Eingreifen der Kells stoppen und ihr reichlich Zeit liefern, sie zu vernichten.

Katrina grinste. »Kümmern Sie sich um Sven Newmark und eliminieren Sie mir dieses Problem, Oberst Lentard. Ich nehme mir Victor vor. Wenn er nach Hause kommt, wird ihn eine böse Überraschung erwarten, aber er wird mich nicht überraschen können. Und genau so ist es mir recht.« Sie klatschte in die Hände. »Du hast viel für die Freie Innere Sphäre erobert, Bruderherz, und selbst du wirst alles verlieren. Wie traurig, wenn ein Held lange genug überlebt, um zu sehen, wie sein Triumph verwelkt.«

19

Landungsschiff *Barbarossa*,
Landezone Alpha Tango III, Namenloser Planetoid
Äußere Peripherie

1. November 3060

Victor Steiner-Davion nickte Kai Allard-Liao zu, der ihn vom Holovidschirm in seinem Büro anblickte. »Verstanden, Kai. Die anderen Teams haben ebenfalls keinen Kontakt gemeldet. Sieht ganz danach aus, als ob es hier auch keine versteckten Parder gäbe.«

»Wahrscheinlich nicht, Victor, aber ich möchte meine Lanze trotzdem noch in ein Tal etwa anderthalb Klicks nördlich von hier führen. Der Eisengehalt der Felsen verursacht ungewöhnliche Ortungsdaten. Wahrscheinlich ist es nichts, aber nachsehen sollten wir.«

»Stimmt. Seht euch vor, und gib mir gleich Bescheid, falls ihr etwas entdeckt.«

Kais Grinsen wurde zwar vom Neurohelm weitgehend verdeckt, aber es war an seinen Augen abzulesen. »Geht klar, Victor. Kai Allard-Liao Aus.«

Das Bild verblaßte, und Victor sah zu den drei anderen Personen hinüber, die sich in seinem Büro aufhielten. »Scheint, daß wir noch einen möglichen Unterschlupf streichen können.«

Tiaret wandte sich vom Außenmonitor des Büros ab. »Ich glaube nicht, daß irgendeiner meiner früheren Kameraden diesen Ort als Versteck wählen würde.«

Der Planetoid, dessen Oberfläche sie betrachtet hatte, ließ sich in der Tat nicht als lebensfreundlich beschreiben. Er war kalt und öde, und der einzige denkbare Hinweis darauf, daß flüchtende Nebelparder hier Zuflucht hätten suchen können, war die dünne Atmosphäre, in deren Windböen der Staub über die Ebene wirbelte. Die Suchtrupps hatten Spuren längst vergangener Bergwerksaktivitäten gefunden, die wahrscheinlich noch von Kerenskys Armada auf der Flucht aus der Inneren Sphäre stammten. Die überprüften Minen hatten keine Anzeichen von Leben enthalten, und Victor erwartete in Kais verdächtigem Tal das gleiche Ergebnis.

Andrew Redburn nickte langsam. »Das ist die Art von Felsklumpen, auf die man zur Strafe geschickt wird.«

Der Präzentor Martialum rückte seine Augenklappe zurecht. »Auf jemanden, der um sein Leben flieht, könnte er durchaus einladend wirken, allerdings haben die Clans noch nie den Eindruck von potentiellen Flüchtlingen auf mich gemacht.«

»Nein, das sind sie wohl auch nicht, und unsere Analysen ihrer Unterlagen und Gefechtsberichte legen den Schluß nahe, daß wir so ziemlich alle Nebelparder-Krieger erwischt haben. Es gibt keine größeren Diskrepanzen. Ich persönlich halte unsere Mission für abgeschlossen.« Victor seufzte. »Aber so sehr ich auch heute noch heimfliegen möchte, wir werden mögliche Schlupfwinkel weiter absuchen.«

»Und noch in den dunkelsten Ecken stöbern?« fragte Redburn. »Ich wünschte, das wäre uns bei der Untersuchung von Morgans Tod gelungen.«

Victor klopfte auf eine Diskette, die auf seinem Schreibtisch lag. »Ich habe den vorläufigen Bericht und Ihre Anmerkungen dazu gelesen, Andrew. Ihr habt unter den gegebenen Umständen die bestmögliche Arbeit geleistet. Im Augenblick geht es uns kaum besser: Ich habe auch kein komplettes Kriminallabor dabei, aber ich möchte die Einzelheiten noch einmal durchgehen, weil da etwas in der Schlußfolgerung, zu der Sie gekommen sind, mitklingt, das mir Schwierigkeiten macht. Außerdem müssen wir uns überlegen, was wir dem Rest der Einsatzgruppe sagen, damit uns diese Sache nicht um die Ohren fliegt, wenn wir erst wieder in der Inneren Sphäre sind.«

Redburn runzelte die Stirn, und seine braunen Augen glitzerten kalt. »Die Schlußfolgerung hält jeder Überprüfung stand, Hoheit. Eure liebe Schwester Katherine hat Morgan umbringen lassen.«

Ein kalter Schauer durchfuhr Victor. Er wußte, daß seine Schwester hinter dem Mord an ihrer gemeinsamen Mutter steckte, daher fiel es ihm nicht schwer, sich vorzustellen, daß sie auch Morgans Tod in die Wege geleitet hatte. Tatsächlich wollte er das sogar glauben, aber da gab es immer noch ein paar Details, die ihm keine Ruhe ließen. »Glauben Sie mir, Andrew, ich würde Ihre Schlußfolgerung liebend gerne so akzeptieren, wie sie ist, aber mir fehlt die rauchende Pistole oder in diesem Fall die Ampulle Fugugift in Morgans Gute-Nacht-Drink.« Er zögerte. *Ich habe ihm den Kasten Glengarry Black Label Special Reserve zu Weihnachten geschenkt, damit er ihn mitnehmen konnte. Ich frage mich, ob der Attentäter das gewußt hat. Ich frage mich, ob meine Schwester es gewußt und darauf bestanden hat, den Whisky als Mordwaffe zu benutzen?* Er lehnte sich zurück. »Bitte verbessern Sie mich wenn nötig, Andrew, aber so wie ich den Bericht lese, liegen die Dinge wie folgt: Morgan hatte die Angewohnheit, einen Schluck Scotch zu trinken, bevor er sich schlafen legte. An jenem Abend schüttet er sich seinen Drink aus einer Flasche ein, die mit einer Kugelfischgiftvariante versetzt ist – extrem tödlich und durch die kulturellen Assoziationen ein Hinweis auf draconische Täter. Die Untersuchung hat erbracht, daß sich der Attentäter mit einem hochmodernen Einbruchswerkzeug den Schlüsselcode von Morgans Kabinenluke und damit den Zutritt verschafft hat.«

Redburn hob die Hand. »Also, ich habe mich darüber mit einem Tech unterhalten, der auf Diana ein paar Schlösser knacken mußte. Ich habe erwähnt, daß der Attentäter wahrscheinlich mit so einem Gerät in Morgans Kabine eingedrungen ist, und er hat das verneint. Er meinte, Geheimdienstler nehmen grundsätzlich immer an, daß die andere Seite Zugang zum Besten und Neuesten hat, was an Ausrüstung zu haben ist, aber bei der Zeit und den Möglichkeiten, die der Attentäter als Besatzungsmitglied hatte, wäre es viel wahrscheinlicher, daß er einfach das Schloß geöffnet und einen kleinen Kombinationsklau eingebaut hat. Danach hat das winzige Gerät, nicht mehr als ein Chip, eine Batterie und ein paar Drähte, die elektrischen Impulse von der Tastatur zum Schloßmechanismus einfach abgefangen und aufgezeichnet, als der nächste die Tür geöffnet hat. Der Attentäter kommt zurück, baut den Chip aus, steckt ihn in ein Lesegerät und hat die Kombination. Mit dem richtigen Adapter hätte er dazu jede Menge Trideospieler benutzen können, wie sie unter den Crewmitgliedern zu finden sind.«

»Freut mich, daß Sie darauf hinweisen, Andrew«, schmunzelte Victor. »Mir ist meinerseits der Gedanke gekommen, daß der Attentäter mit etwas Computergeschick eine eigene zusätzliche Schlüsselkombination eingefügt haben könnte, die ihm jederzeit Zugang zu Morgans Quartier verschaffte. Nach dem Bericht hat das niemand überprüft.«

Der Präzentor Martialum runzelte die Stirn. »Ich werde jemanden daransetzen, um sicherzugehen. Und ich muß sagen: Ich bin froh, daß Ihr bereits eine Stellung habt, Hoheit, denn es behagt mir gar nicht, wie leicht Ihr Lücken in unseren Sicherheitsvorkehrungen findet.«

Victor grinste ihn an. »Wenn man sein ganzes Leben damit zubringt, seinen Sicherheitsbeamten zu entwischen, eignet man sich ein paar Tricks an.«

Tiaret verschränkte die Finger, drehte die Handflächen nach außen und dehnte die Hände, bis die Gelenke knackten. »Mich werden Sie so leicht nicht abschütteln, Prinz Victor.«

»Nein, wahrscheinlich nicht.« Der Prinz seufzte. »Der Attentäter goß das Gift in den Scotch, Morgan trank ihn, legte sich hin und starb. Eine spätere Durchsuchung des Schiffes förderte kein Gift oder irgendwelche Spezialgeräte zum Stehlen von Schlüsselcodes zu Tage. Eine Überprüfung der Personalunterlagen richtete die Aufmerksamkeit jedoch auf eine Anzahl von Personen, die vor ihrer Rekrutierung und Aufnahme bei ComStar nicht existiert zu haben schienen. Einer von ihnen war ein Mann namens Lucas Penrose. Auf dem Weg zum Verhör tötete er seine Bewacher und beinahe auch Generalin Winston, bevor es ihr gelang, ihn zu erschießen.«

Focht lehnte sich vor. »General Winstons Bericht über Penroses Äußerungen scheinen darauf hinzudeuten, daß er nach der Rückkehr in die Freie Innere Sphäre einer Verfolgung für den Mord entgehen konnte, weil eines der Großen Häuser dahintersteckte.«

Redburn schlug mit der Faust auf die Sessellehne. »Die Lyranische Allianz. Alle Beweise deuten in diese Richtung. Einschließlich der Nachricht, die Ariana bekam.«

»Ah ja, die Nachricht.« Victor lehnte sich zurück. »Generalin Winston erhielt einen Anruf von einem Nekekami namens Talisen …«

Tiaret sah fragend hoch. »Nekekami?«

»Japanisch für ›Geisterkatzen‹«, antwortete Redburn. »Sie sind ein hochtrainiertes Corps Eliteattentäter. Anscheinend hat Theodore Kurita sie mitgeschickt und Morgan davon unterrichtet. General Winston erfuhr erst nach seinem Tod von ihrer Existenz, als sie seinen Safe öffnete und die Unterlagen sichtete. Ich habe auf dieselbe Weise von ihnen erfahren, als ich ihre Nachfolge antrat.«

»Ja. Selbst ich wußte nichts von ihnen, bis Sie es auf Diana erwähnten.« Victor zögerte. »Ich frage mich, ob Theodore uns auch mit einem Team ausgestattet hat. Ich werde Hohiro bei Gelegenheit fragen. Jedenfalls teilte dieser Talisen Winston mit, daß Penrose ein Loki-Agent war, der bereits für das Vereinigte Commonwealth und die Lyranische Allianz ähnliche Aufträge ausgeführt hatte. Talisen identifizierte den Mann, weil er ihn aus der Inneren Sphäre kannte. Außerdem bat er um die Freilassung einer anderen Verdächtigen, bei der es sich wohl um ein Mitglied seines Teams handelte – das ist ein Rückschluß aus der Tatsache, daß er keinen anderen Grund haben konnte, ihre Freilassung zu wünschen.«

Focht warf dem Prinzen einen skeptischen Blick zu. »Sie scheinen der Aussage dieses Talisen nicht allzuviel Gewicht beizumessen. Glauben Sie, er hat gelogen?«

Victor bewegte unbehaglich die Schultern. »Das nicht, aber es würde mich nicht überraschen, wenn er auch nicht die ganze Wahrheit gesagt hätte. Einmal identifizierte er den Mann erst lange *nach* Penroses Tod, und Talisen dürfte genau gewußt haben, daß die Einsatzgruppe nicht die Mittel hatte, seine Angaben nachzuprüfen. Talisen erklärte, Penrose habe allein gearbeitet, was genügt hätte, alle weiteren Nachforschungen zu beenden, und die laufende Untersuchung hatte bereits einen seiner Leute erwischt. Darüber hinaus belastet Penroses Identifikation als Loki-Agent Katherine mit dem Mord und nimmt damit den Druck von den draconischen Truppen. Talisen hat das Vertrauen, das Morgan und Winston ihm und seiner Mission schenkten, eingesetzt, um sein Teammitglied zu befreien und eine Untersuchung zu beenden, die Gefahr lief, die Einsatzgruppe zu spalten. Meine Ansicht in dieser Sache ist die: Penrose ist oder war höchstwahrscheinlich auf einer gewissen Ebene tatsächlich Loki-Agent. Ich glaube auch, daß er wirklich allein gearbeitet hat. Aber die Frage ist: für wen?«

Die Elementarin verschränkte die Arme. »Sie sagen, er hat für Loki gearbeitet. Das beantwortet Ihre Frage doch bereits, frapos?«

»Nicht wirklich.« Victor legte die Handflächen aufeinander. »Sehen Sie, ich bin bereit zuzugestehen, daß Katherine durchaus Morgan Hasek-Davions Tod gewünscht haben mag, allein schon deshalb, weil Morgan mich unterstützte und für die gesamte Mark Capella des Vereinigten Commonwealth sprach. Ohne ihn bin ich …«

Victors Stimme versagte. Plötzlich steckte ein Kloß in seiner Kehle. Er schloß die Augen und erinnerte sich an all die Zeit, die Morgan und er gemeinsam verbracht hatten. *Morgan war Lehrmeister und Freund für mich, großer Bruder und überzeugter Anhänger. Er hat mich gezwungen, mich Entscheidungen zu stellen, denen ich lieber ausgewichen wäre, und er hat mich gezwungen, hart zu arbeiten. Ohne ihn hätte ich die Untoten nicht geformt, und Hohiro wäre auf Teniente gefallen. Ohne Morgan hätte ich nicht zugelassen, daß die Einsatzgruppe nach Diana aufbricht. Ich mag die Streitmacht angeführt haben, die den Sieg über die Clans errungen hat, aber Morgan hat diesen Sieg überhaupt erst möglich gemacht.*

»Verdammt, ich vermisse ihn.« Victors Nüstern blähten sich für eine Sekunde, dann preßte er die Hände auf die Schreibtischplatte. »Morgans Tod würde mich weiter isolieren, und Katherine ist absolut imstande, die öffentliche Meinung so zu manipulieren, daß der Eindruck entsteht, ich hätte Morgan umbringen lassen, um den Ruhm des Siegers mit niemandem teilen zu müssen. Ehrlich gesagt erwarte ich genau das.«

Focht nickte. »Ihre Schwester ist eine giftige Schlange.«

»So ist es«, knurrte Redburn. »Um so mehr haben

wir Grund, sie für den Mord an Morgan zur Rechenschaft zu ziehen.«

»Meine Schwester mag eine Giftschlange sein, aber sie ist nicht dumm.«

Tiaret nickte langsam. »Ah, ich sehe das Problem. Ein subtiler Punkt.«

Redburn lehnte sich stirnrunzelnd zurück. »Wovon reden Sie?«

»Es ist ganz einfach, General Andrew. Der Zeitpunkt des Mordes stimmt nicht.« Tiaret stemmte die Fäuste in die Hüften. »Sie alle bestätigen, daß diese Katherine reichlich Motive hatte, Morgans Tod zu wollen, aber sie hatte auch Grund, ihn am Leben zu lassen. Er führte die Einsatzgruppe an, die einen direkten Schlag gegen das Herz des Nebelparders ausführen sollte. Sein Wert als Prinz Victors Rivale wäre nach einem Erfolg gestiegen. Außerdem hätte ein Erfolg den Druck gemindert, der auf ihrem Reich lastete. Hätte sie Morgans Tod gewünscht, hätte sie ihn *nach* dem Angriff auf Diana umbringen lassen, nicht vorher. Ihn früher umzubringen, brachte den Erfolg dieses Angriffs in Gefahr. Damit beabsichtige ich keine Beleidigung, General.«

»Schon klar. General Winston hat die wirkliche Arbeit erledigt, ich habe erst ganz zum Schluß übernommen.« Andrew Redburn strich sich mit der rechten Hand den Bart glatt. »Ich hatte meinen Täter, deshalb habe ich mir über das Motiv keine Gedanken gemacht. Jetzt frage ich mich allerdings, wer ein Interesse an Morgans Tod vor dem Angriff auf Diana gehabt haben könnte.«

Der Prinz atmete lautstark durch. »Genau das frage ich mich auch schon die ganze Zeit. Betrachten wir die Sache einmal aus zwei Blickwinkeln. Erstens: Er schaltet Morgan aus und sorgt für Reibungen zwischen den Einheiten unserer Einsatzgruppe. Das zielt eindeutig darauf ab, unsere Effektivität als Kampfstreitmacht zu reduzieren und den Erfolg des Angriffs zu gefährden. Davon profitieren nur die Clans oder jemand, der einen Vorteil darin sieht, wenn die Clans als Bedrohung erhalten bleiben. Zweitens sorgt die Verwendung eines Loki-Agenten dafür, daß der Verdacht ganz eindeutig auf meine Schwester fällt. Das erhöht die Spannungen zwischen unseren beiden Reichen, was anderen eine Möglichkeit gibt, sie für sich auszunutzen.«

Der Präzentor Martialum rieb sich die Stirn. »Nicht einmal Sun-Tzu Liao wäre zu einem derartigen Irrsinn fähig. Außerdem kann ich nicht glauben, daß die Maskirovka in der Lage gewesen sein soll, einen Schläfer bei Loki erfolgreich einzuschleusen, der sich dann bei ComStar eingeschlichen hat. Unmöglich.«

»Ich stimme Ihnen zu. Sun-Tzu würde zwar in gewissem Maße davon profitieren, aber beim Sieg über die Clans als Erster Lord des Sternenbunds zu fungieren, ist für ihn sehr viel wertvoller.« Victor schüttelte den Kopf. »Ich weiß, daß ich es nicht war, ich bin sicher, daß Theodore Kurita es nicht war, und Thomas Marik fehlt ein ausreichendes Motiv. Marik profitiert zwar vom Verkauf der Mechs und der Munition an die ganze Freie Innere Sphäre, aber er haßt den Krieg. Er wünscht sich ein Ende der Clans ebensosehr wie wir alle. Ich würde ihn als Verdächtigen streichen.«

Redburn verzog das Gesicht. »Da bleibt nicht mehr viel übrig. Keiner der Peripheriestaaten hätte irgend etwas dadurch zu gewinnen, und genau wie die Konföderation Capella könnten sie niemanden so tief einschleusen.«

Focht schüttelte den Kopf. »Bei Loki so gut wie, und bei ComStar völlig ausgeschlossen.«

Victor sah zu ihm hinüber. »Genau das war auch mein Problem. Und ehrlich gesagt glaube ich auch nicht, daß Loki jemanden bei ComStar einschleusen könnte. Mein Vater hat es einige Male versucht, und es hat nie geklappt. Und selbst nachdem es nach Tukayyid zum Schisma kam, wäre ein Unterwanderungsversuch wohl aufgeflogen. Um es ganz klar auszusprechen, ich wüßte nur eine einzige Organisation in der Inneren Sphäre, die das hätte zustande bringen können.«

Focht wurde bleich. »Blakes Wort.«

»So ist es.«

Blakes Wort hatte sich von ComStar abgespalten, als der Präzentor Martialum und die derzeitige Prima Sharilar Mori die Organisation säkularisiert hatten. Die Blakisten hingen weiter dem Mystizismus an, der ComStar jahrhundertelang charakterisiert hatte. Victor vermutete, daß Blakes Wort Hunderte von Schläfern in den Reihen ComStars hatte und nicht wenige von ComStars ROM-Agenten sich bei Blakes Wort eingeschlichen hatten, um dessen Treiben im Auge zu behalten. Aber trotz der Anstrengungen ComStars, die Splittergruppe zu überwachen, war es den Blakisten kürzlich gelungen, der Organisation in einem Überraschungsschlag Terra zu entreißen.

Die Elementarin kratzte sich im Nacken. »Warum würde Blakes Wort von einer Fortsetzung des Krieges profitieren?«

Focht zuckte müde die Achseln. »Die Blakisten haben Verbindungen zur Liga Freier Welten und könnten von deren Kriegswirtschaft profitieren, aber dazu müßten sie weit kaltblütiger sein, als ich es für möglich hielte. Vielmehr glauben sie immer noch daran, daß die Zivilisation im Krieg untergehen wird und es vom Schicksal vorherbestimmt ist, daß die Menschheit, wie von Jerome Blake vorhergesagt, unter der Führung von Blakes Wort neugeboren wird. Indem sie den Krieg verlängern und Zwietracht säen, versuchen sie, den Zusammenbruch der Zivilisation zu beschleunigen. Wie bei den meisten irregeleiteten Kultisten sind sie, wenn die vorhergesagte Apokalypse nicht eintritt, zu sehr viel gefährlicheren Handlungen fähig, als irgend jemand ahnt.«

Victor sah zu Andrew Redburn hinüber. »Jetzt verstehen Sie wohl, Andrew, warum ich meiner Schwester nicht die Schuld an Morgans Tod geben kann, so gerne ich das auch täte. Und da wir keinen hieb- und stichfesten Beweis gegen sie in der Hand haben, würde es uns nichts einbringen, auch nur Gerüchte über ihre Beteiligung zuzulassen. Außerdem, falls die Blakisten hinter all dem stecken, machen wir ihnen gerade dadurch einen Strich durch die Rechnung, daß wir die Einheit unserer heimkehrenden Streitmacht erhalten.«

»Das sehe ich ein, Hoheit, und ich bin ganz Eurer Meinung.« Auf Redburns Gesicht stand Besorgnis. »Aber was sagen wir den Truppen über Penrose? Alle wissen, daß er es war. Sie warten nur darauf zu erfahren, warum.«

Victor erlaubte sich ein vorsichtiges Lächeln. »Vor Jahren, im Krieg von 3039, haben die 1. Kathil-Ulanen auf Quentin gekämpft, sind dann aber abgezogen worden, und das Kombinat eroberte den Planeten. Wie sich herausstellt, zumindest wird es sich herausstellen, wenn wir seine Daten etwas massieren, stammt Penrose von Quentin und hat dort die Eltern und den ganzen Rest seiner Familie verloren. Er gab Morgan Hasek-Davion die Schuld am Tod seiner Familie und wollte Rache nehmen. Er zog in die lyranische Hälfte des Vereinigten Commonwealth um, und als Waisen nahm Loki ihn gerne auf. Er hatte gehofft, bald darauf nahe genug an Morgan heranzukommen, aber die Clan-Invasion hat sein Vorhaben durchkreuzt. Er gab seine Hoffnung auf Rache schließlich auf, verließ das LNC und ging zu ComStar, wo er, wie der Zufall es will, ausgerechnet Einsatzgruppe Schlange zugeteilt wurde. Dort erwies sich seine Ausbildung als sehr nützlich und erlaubte ihm, sich doch noch zu rächen.«

Die Elementarin lachte. »Ich habe noch nie eine so elegant konstruierte Lüge gehört.«

Focht stimmte ein. »Das erklärt auch, warum er den Verdacht auf das Kombinat lenken wollte, denn seine Familie ist bei der Eroberung Quentins durch die Draconier umgekommen. Das wird sicher funktionieren. Unsere Dateien werden ein wenig angepaßt werden müssen, um paranoide Tendenzen bei ihm auszuweisen, aber wer hat die heutzutage nicht, bei all den Problemen mit den Clans und so weiter.«

Der Prinz sah Focht an. »Das könnte ComStar einige Vorwürfe wegen Morgans Tod einbringen.«

»Auch dieses Gewitter werden wir überstehen.«

Victor sah sich zu Redburn und Tiaret um. »Irgendwelche Einwände?«

Tiaret schüttelte den Kopf, aber Redburn zögerte. »Sie werden doch nicht vergessen, dem Geheimnis weiter auf den Grund zu gehen, nur weil Sie jetzt eine Deckgeschichte haben?«

Victor schluckte den Kloß hinunter, der ihm in der Kehle steckte. »Sie haben mein Wort, Andrew. Morgans Tod wird nicht ungesühnt bleiben. Wenn wir herausfinden, wer den Befehl dafür gab, und ihn dingfest gemacht haben, dürfen Sie den Abzug durchziehen, wenn Sie wollen.«

»Mit einem Schuß, Hoheit?« Redburn fletschte die Zähne. »Ich würde ein Messer vorziehen. Und zwar ein stumpfes, damit es länger dauert.«

»Ich werde daran denken.« Victor lächelte. »Ich werde eine Erklärung für die Einsatzgruppe aufsetzen, damit wir diese Schwierigkeiten begraben können, und hoffentlich hat die Geschichte die Runde gemacht, bevor wir zu Hause sind. Ich schätze doch, daß die Nachricht von unserem Sieg das Wichtigste ist, was wir heimzubringen haben, und nichts soll deren Glanz trüben.«

20

Crescent Harbor, New Exford
Arc-Royal-Defensivkordon

27. November 3060

Francesca Jenkins hatte über Reg Starlings Verfolgungswahn gelacht, aber er rettete ihr das Leben. Nachdem die Ausstellung zu Ende war und bis auf zwei von Starlings älteren Stücken sowie *Keine Geheimnisse X* alle Bilder verkauft waren, war es an der Zeit für sie gewesen, sein Geschenk abzuholen. Obwohl Reg ihre Wohnung kannte und mehr als nur ein paar Nächte dort verbracht hatte, betrachtete er sie mit neuen Augen, als ihm klar wurde, daß eines seiner Werke dort hängen sollte. Er bestand auf dem Einbau einer Alarmanlage und teilte sich die Kosten dafür mit ihr, indem er ihre Hälfte aus dem Erlös für den Verkauf der Drucke bezahlte.

Ihre Heiterkeit erklärte sich daraus, daß sie mehr über Alarmanlagen wußte als die Handwerker, die Reg damit beauftragt hatte, ihre Wohnung zu sichern. Sie brachten kleine Magnetschlösser an den Fenstern an, und sie wußte genau, daß man nur einen einfachen Elektromagneten brauchte, der den Schaltkreis geschlossen hielt, während die Fenster geöffnet wurden, um den Alarm zu umgehen. Das neue Schloß an der Eingangstür benötigte einen Spezialschlüssel mit eingebautem Mikrochip, aber Schlösser dieser Art waren nutzlos gegen relativ moderne, allerdings auch allgemein erhältliche computerisierte Codeknacker oder im Notfall auch einen altmodischen Schmiedehammer. Alle Geräte wurden mit der Telefonleitung verbunden, doch es reichte aus, zwei Drähte im Verteilerkasten im Keller durchzuschneiden, und kein Alarm hatte eine Chance, das örtliche Polizeirevier zu erreichen.

Wie sich herausstellte, war es das seltsamste der Geräte, für die Reg sich verausgabt hatte, das sie retten sollte. Da er sich Sorgen um einen möglichen Diebstahl von *Keine Geheimnisse X* machte, hatte Reg den Einbau eines Alarms verlangt, den die Handwerker als ›Teufelsgabel‹ bezeichneten. Der Haken, an dem das Bild aufgehängt werden sollte, hatte zwei deutlich voneinander getrennte Zinken, um die im Innern der Wand ein isolierender Plastikstöpsel gelegt war. Am hinteren Ende des Stöpsels waren Drähte angebracht, die mit der Alarmanlage verbunden waren. Der Aufhänger des Bildes vervollständigte den Stromkreis, und solange das Bild an seinem Platz hing, schien alles in Ordnung. Sobald es jedoch bewegt wurde, klingelte auf dem Polizeirevier der Alarm.

Aber für Reg war das nicht genug. Er ließ ein zweites Gerät anschließen, das ein Niedrigfrequenzfunksignal ausstrahlte, durch das auf kurze Entfernung ein Vibrationsalarm in einer wunderschönen Gold- und Platinarmbanduhr ausgelöst wurde, die er Francesca verehrte. Er bestand darauf, daß sie die Uhr ständig trug, damit sie notfalls aufgeweckt wurde, falls Diebe einbrachen, während sie schlief. Sie sollte Gelegenheit haben, sich die Einbrecher anzusehen, um später ihre Festnahme zu erleichtern.

Francesca dachte eher daran, in einer solchen Situation eine Waffe zu nehmen und die Einbrecher kampfunfähig zu machen, aber Reg gegenüber erwähnte sie das nicht, da er glaubte, sie hasse Waffen und Gewalt. Das entsprach schließlich ihrer Deckidentität. Sie fragte sich oft, wie er wohl reagieren würde, wenn er herausfand, wer sie wirklich war, aber in ihrem tiefsten Innern hatte sie keinerlei Zweifel an der Antwort. *Daß ich eine Agentin des Geheimdienstsekretariats bin, würde seinen Verfolgungswahn nur bestätigen.*

Seine Reaktion würde gewalttätig und möglicherweise

selbstzerstörerisch ausfallen, und weil sie das wußte, gab sie ihm niemals irgendeinen Hinweis auf den wahren Grund für ihre Anwesenheit auf New Exford. Sie war in Regs Welt gekrochen und zog den gesellschaftlichen Mikrokosmos dieser Welt allen Nachrichten aus dem Rest der Inneren Sphäre vor. Was sie sah, war nicht weniger heimtückisch als die Politik der Nachfolgerstaaten, aber etwas komischer, besonders dank Reg und seiner Eskapaden. Er schien ihr die Verkörperung des Chaos, und sie bewunderte sogar seine Fähigkeit, jene zu manipulieren, die versuchten, ihn zu kontrollieren.

Ein Teil von ihr blieb hinter der Fiona-Jensen-Identität versteckt, aber Reg Starling wurde ihr auf sehr reale Weise sympathisch. Francesca fand es amüsant, daß sie die Maske sympathisch finden konnte, die Sven Newmark angelegt hatte, während er offensichtlich entsprechende Gefühle für *ihre* Maske empfand, wobei sie in ihren beiden echten Identitäten Todfeinde sein würden. Aber sie hatte den Eindruck, als sei Sven Newmark nahezu vollkommen in Reg Starling aufgegangen und betrachte Newmark als nicht mehr denn einen weiteren fiktiven Hintergrund, den er sich irgendwann ausgedacht hatte.

Die Sonne war fast untergegangen und ließ den Himmel in einem leuchtenden Blau erstrahlen, während die Wolken rosa leuchteten. Sie sah hoch, während sie vom Schweber zum Haus spazierte, und genoß das Naturschauspiel, auch wenn Reg die klischeehafte Farbgebung gräßlich gefunden hätte.

»Die Natur ist nicht mehr als eine Ausrede wahrhaft mittelmäßiger Talente für ihre Faulheit. Sie versuchen, die Wirklichkeit einzufangen, während ich versuche, sie zu erschaffen«, hatte er ihr erklärt. Darauf hatte sie ihn des Größenwahns beschuldigt und behauptet, er halte sich für Gott. Regs Antwort hatte gelautet: »Als Schöpfer wird Gott überbewertet. Er hat sechs Tage gearbeitet und seitdem kaum etwas geleistet. Ihm all dies zuzurechnen, wäre geradeso, als würde man mein Genie dem Kerl anrechnen, der meine Farben mischt.«

Sie schüttelte den Kopf und schmunzelte, dann fühlte sie ihre Uhr vibrieren. Das Lächeln gefror ihr auf dem Gesicht, aber sie setzte den Weg über die Straße ins Foyer des Apartmenthauses fort. Sie gab den Sicherheitscode ein, der die Tür öffnete, dann wartete sie, bis diese sich hinter ihr geschlossen hatte. Hinter dem kleinen Schmuckgitter ihres Briefkastens war nichts zu sehen, und sie ging die Treppe hinauf. Sie hätte auch den Aufzug zum dritten Stock nehmen können, aber es war zu einfach, die Kontrollen so zu manipulieren, daß der Lift auf ihrem Stockwerk nicht anhielt oder es nur mit deutlicher Verzögerung erreichte.

Mit der rechten Hand holte sie die Schlüssel aus der Handtasche und wechselte sie sofort in die Linke. Ihre Rechte verschwand erneut in der Tasche und kam mit einem schlanken, kleinen schwarzen Nadler wieder heraus, einer Pistole, die statt Kugeln Plastikpfeile verschoß. Sie nutzte nicht viel, wenn man durch eine Wand oder Tür schießen mußte, aber ihre Wirkung beim Einsatz gegen Menschen war fürchterlich.

Auf dem Treppenabsatz des dritten Stocks angekommen, warf sie einen schnellen Blick durch das kleine Glasfenster der Treppenhaustür. Sie konnte ihre Wohnungstür sehen. Sie war geschlossen, und alles wirkte ganz normal. Francesca drückte die Klinke hinunter und öffnete einen hauchdünnen Spalt weit die Tür, um nach Monofilamentdraht oder Auslösern für einen Alarm oder eine Sprengladung zu suchen, fand aber nichts. Sie schob die Tür etwas weiter auf, überprüfte die Öffnung ein zweites Mal, dann erst war sie bereit, die Tür weit genug aufzumachen, um sich in den Gang zu schieben.

Francesca schloß die Tür wieder vorsichtig. Wahrscheinlich übertrieb sie maßlos. Vermutlich waren tatsächlich nur Diebe eingebrochen, um *Keine Geheimnisse X* zu stehlen. Die Tatsache, daß ihre Uhr vibrierte, bewies, daß das Bild bewegt worden war. Auf New Exford war sie ein Niemand. Die Verbindung zu Reg Starling war das einzige, was sie interessant machte. Die Art Diebe, die es auf ihr Gemälde abgesehen hatten, war zu kleinspurig, um die Tür zum Treppenhaus zu präparieren.

Andererseits ist der Alarm zwar ausgelöst worden, aber es ist keine Polizei im Anmarsch, also haben sie das Telefon lahmgelegt. Es sind nicht bloß Amateure. Gleichzeitig hieß das auch, daß sie wahrscheinlich schon längst wieder fort waren. Diese Schlußfolgerung hätte sie beruhigen sollen, aber als sie sich der Tür näherte, fühlte sie, wie sich die Härchen in ihrem Nacken aufstellten.

Sie schlüpfte an ihrer Tür vorbei und ging rechts vom Türrahmen in die Hocke. Ihr gegenüber auf der anderen Seite der Wand stand eine schwere Eichenkommode, die einen gewissen Schutz gegen Schüsse aus dem Wohnungsinnern bieten konnte. Mit der Taschenlampe überprüfte sie den Korridorboden. Sie sah nur ihre eigenen Fußabdrücke. Die waren allerdings verwischt, so, als sei jemand darübergegangen, und das Fehlen einer zweiten Spur zeigte, daß der Dieb noch in der Wohnung war oder sie durch ein Fenster verlassen hatte.

Francesca zog die Schuhe aus. Obwohl sie niedrige Absätze hatten, war es schwierig, in ihnen zu rennen, und bei ihrer Kampfsportausbildung hatte sie nicht gelernt, beim Auftreten in Stöckelschuhen das Gleichgewicht zu halten. Ihre Zehen gruben sich in den Teppichboden vor der Tür, als sie den Arm ausstreckte und unter Klimpern den Schlüssel ins Schloß schob. Sie zog die Klinke herunter und gab der Tür einen herzhaften Stoß.

Ohne aus der Hocke aufzustehen, krabbelte sie um die Ecke und zwängte sich mit dem Rücken gegen die Kommode. Die Tür prallte von der Wand ab und schlug hinter ihr zu. Der aus dem Flur einfallende Lichtkegel verschwand. Sie wartete, hielt den Atem an, lauschte angestrengt nach einem Hinweis auf Eindringlinge. Als sie nichts hörte, ließ sie das ultraviolette Licht über den Teppich spielen und entdeckte vier Fußspuren. Nach der Art und Größe der Schuhe zu schließen, hatten zwei Männer ihre Wohnung betreten.

Sie schaltete die Taschenlampe wieder aus und ließ sie mit den Schlüsseln auf dem Teppichboden liegen. Dann hob sie den Arm und tastete an der rechten Ecke der Kommode entlang. Sie ließ grundsätzlich einen 20-Kronen-Schein auf der Kommode liegen, den kein Dieb übersehen konnte. Auch ohne den Alarm hätte der fehlende Geldschein ihr schon an der Tür gezeigt, daß jemand eingebrochen war.

Hätte der Schein noch dort gelegen, wäre das ein Zeichen dafür gewesen, daß die beiden Männer gekommen waren, um ihre Wohnung heimlich zu durchsuchen. Sie hätten das Geld nicht angerührt, hatten aber den Alarm ausgelöst, von dem sie nichts wußten. *Sie können natürlich vorgehabt haben, die Wohnung zu durchsuchen und es wie einen Einbruch aussehen zu lassen …*

Francesca arbeitete sich den schmalen Gang entlang vor und hielt den Nadler ständig ins Innere der Wohnung gerichtet. Rechts lag das Wohnzimmer, das eine ganze Wohnungshälfte einnahm. Ein Stück näher am Eingang lag die Kochecke, und dahinter die Tür zum Schlafzimmer. Als sie in die Wohnung kam, entdeckte sie ein aufgeschlitztes Sofakissen auf dem Boden. Sie schob es beiseite und fand darunter mehrere Diskzine.

Sie richtete sich langsam auf und schaltete die Beleuchtung der Kochecke an. Im gelben Licht der Lampe sah sie, daß die ganze Wohnung verwüstet war. Alles war durcheinandergeworfen worden, und ihr Computer lag zertrümmert am Kamin, über dem schief das Bild hing. Sie suchte hastig den Rest der Wohnung ab und vergewisserte sich, daß sie allein war.

Sie überprüfte noch einmal die Tür, hob die Schlüssel auf und schob die Riegel vor, dann suchte sie die gesamte Wohnung ab. Die Eindringlinge hatten ihren Schmuck und stapelweise Disketten gestohlen. Sie überprüfte die Trümmer des Computers, und stellte fest, daß jemand die Festplatte herausgerissen hatte. Sie hob die Tastatur auf. Das Gehäuse war zerbrochen, aber der Spezialchip zur Kodierung und Dekodierung von Nachrichten war unversehrt geblieben. Ohne ihn war es unmöglich, die Geheimbotschaften zu finden und zu entschlüsseln.

Abgesehen von ein paar anderen Kleinigkeiten, die sich leicht verstecken ließen, hatten die Diebe nichts mitgehen lassen. Sie war ehrlich überrascht, daß sie auf *Keine Geheimnisse X* verzichtet hatten und nahm es als Ausdruck der Verachtung. Damit war für sie augenblicklich klar, daß die Einbrecher keine Diebe, sondern Agenten gewesen waren. Kein Auftraggeber auf New Exford hätte darauf verzichtet, Starlings Gemälde in die Hände zu bekommen, also mußten die Eindringlinge Fremdweltler gewesen sein.

Francesca zitterte. *Lyranisches Nachrichtencorps, wahrscheinlich Loki. Sie wissen nicht, wer ich bin, aber das Computermaterial, das sie mitgenommen haben, zeigt, daß sie bei mir Informationen vermuten, die sie suchen. Und die Informationen, die jemand bei mir finden könnte, sind Daten von oder über Reg.* Ihr Mund wurde trocken. Sie überprüfte das Telefon, aber die Leitung war immer noch tot.

Nach einem letzten Rundblick griff sie sich die Tastatur und *Keine Geheimnisse X*. Sie schob beides zusammen mit ein paar Kleidern in eine Nylontasche neben der Tür. Dann ging sie ans Schlafzimmerfenster und zog die

Schnüre der Jalousie so an, daß deren unterer Rand auf der linken Seite hochstand. Das war das vereinbarte Signal für Curaitis, daß sie Wohnung und Deckidentität aufgab. Er würde sie am nächsten Nachmittag an einem vereinbarten Notfalltreffpunkt erwarten.

Sie verließ die Wohnung mit Handtasche und Nylontasche und ging durch das Treppenhaus nach unten. Als sie das Apartmenthaus verließ, sah sie sich kurz um, dann ging sie zügig zu ihrem Schweber. Sie warf die Tasche in den Kofferraum und fuhr los.

Eine Weile fuhr sie scheinbar ziellos umher und suchte dabei ständig im Rückspiegel nach möglichen Verfolgern. Erst als sie sicher war, nicht beschattet zu werden, drehte sie um und fuhr in direkter Linie zu Reg Starlings Atelier. Sie hoffte nur, daß es nicht schon zu spät war.

Als sie die offene Tür sah, kannte sie die Antwort.

Sie betrat das Atelier mit gezogener Waffe. Reg hatte eine alte Schweberwerkstatt übernommen und aus den Büros im hinteren Teil eine Wohnung gemacht. Die Wartungsgruben waren mehr oder weniger unverändert geblieben und ganz und gar mit Farbkleksen und -spritzern bedeckt. An den Wänden standen reihenweise Leinwände, alle über Rahmen gespannt, die meisten farbbedeckt. Sie erinnerte sich, wie sie die Bilder einmal morgens durchgesehen hatte, bevor Reg aufgewacht war. Als er sie bemerkt hatte, war er herübergekommen und hatte sie als seine ›Altersversorgung‹ bezeichnet. Er hatte erklärt, eines Tages würde er sie alle für ein Vermögen verkaufen und sich von dem Geld auf irgendeiner warmen Tropenwelt zur Ruhe setzen.

Daraus wird nichts mehr. Francesca lief durch das Atelier zur Wohnung. Das Untergeschoß mit einer kleinen Küche und einem Gästeschlafzimmer mit angeschlossenem Bad war leer, aber verwüstet. Sie ging die Treppe in Regs Privatquartier hinauf. Als sie oben ankam, hörte sie Wasser rauschen. Sie ging durch das Schlafzimmer in das dahinterliegende Badezimmer und erstarrte.

Reg hatte auf einem Badezimmer aus weißem Marmor bestanden, das er makellos sauber hielt. Er hatte es immer seine Zuflucht vor Farben und Lacken genannt. Es war prachtvoll ausgestattet, mit einer breiten Kommode und mehrteiligem Spiegel, einer Duschkabine und einer riesigen Badewanne. Reg hatte es geliebt, in der Wanne zu liegen und zu entspannen, und er hatte den Rest seines Lebens dort verbracht.

Aber das Zimmer war nicht mehr weiß.

Reg Starling saß voll angezogen in einer vollen Wanne mit rosa Wasser. Seine Pulsadern waren aufgeschlitzt, und das herausspritzende Blut hatte sich über das ganze Bad verteilt. Auf dem Spiegel stand, mit seinem Blut geschrieben: »Es tut mir leid. Ich war es. Ich habe Ryan umgebracht. Ich verdiene den Tod.«

Francesca sackte gegen den Türrahmen. »O Reg, sie hat dich gefunden. Und ich war so nahe dran. Das letzte Geheimnis, dein Wissen über Melissas Tod … Ich weiß, du warst kurz davor, es mir zu verraten. Und jetzt …«

Sie wollte sagen, daß sie es nie erfahren würde, aber etwas an seinem Gesichtsausdruck ließ sie stocken. Er war mit der Andeutung eines Lächelns gestorben. *Es muß ihn eine unfaßbare Konzentration gekostet haben, das fertigzubringen. Aber das kann ihm nicht schwergefallen sein. Sie waren hier, um Sven Newmark zum Schweigen zu bringen, aber getötet haben sie Reg Starling. Und Reg Starling hat sich von niemanden austricksen lassen.*

Sie ging hinüber zur Wanne, hockte sich hin und drückte ihm einen Kuß auf die Stirn. »Du hast dafür gesorgt, daß deine Verfolger nicht gewinnen können. Das war ein Geheimnis, und jetzt weiß ich es. Und wir beide, Reg Starling, werden dafür sorgen, daß sie nicht damit durchkommt.«

21

State of the Art Galerie und Café, Crescent Harbor, New Exford
Arc-Royal-Defensivkordon

27. November 3060

Der ernste Ausdruck auf Francescas Miene ließ Mr. Archies Plastiklächeln zerfließen. Der kleine Mann mit dem pomadig glänzenden, zurückgekämmten Haar und dem bleistiftdünnen Schnurrbart war zu ihrer Begrüßung mit ausgebreiteten Armen auf sie zugekommen, doch jetzt stoppte er, die Lippen zu einem Luftkuß geschürzt. Seine braunen Augen weiteten sich, als sie auf ihn zukam, und zwei Kunden bemerkten seine Überraschung.

Francesca ignorierte sie. »Ins Büro, Arch.« Auf ihr Knurren weiteten seine Augen sich noch mehr, und auf die Gesichter der Angestellten und Kunden der Galerie, die sie hörten, trat ein heimliches Grinsen. In seiner Galerie war Mr. Archie, der selbsternannte Richter darüber, was auf New Exford modern war, der absolute Alleinherrscher. Eine derartige Vertraulichkeit duldete er von niemandem außer Reg Starling, und Francesca nutzte ihre Beziehung zu Starling auf unverschämte Weise aus.

Mr. Archie schnüffelte und senkte die Lider. »Ich befürchte, ich habe hier draußen zu tun.«

»Das war keine Bitte.« Francesca stürmte, die Nylontasche über der Schulter, an ihm vorbei und die gußeiserne rote Wendeltreppe zum Büro der Galerie hinauf.

Der kleine Mann klammerte sich an ihren Arm. »Sie können nicht …«

In Francescas Blick lag glutheißer Zorn. »Bewegung, Arch!«

Ihre Schritte auf den Metallstufen hallten allein

durch den Saal, bis sie fast oben angekommen war, dann hörte sie Mr. Archie folgen. Sie erreichte sein Büro vor ihm und hatte schon hinter seinem Schreibtisch Platz genommen, als er sie einholte. Die einzige Beleuchtung im Innern des überfüllten Zimmers stammte von einer einzelnen Schreibtischlampe. Auf jeder möglichen Stellfläche des Büros waren kleine Statuetten verteilt, und eine Menge dieser Stellflächen bestanden aus den Oberkanten an den Wänden gestapelter Leinwände.

»Fiona Jensen, ich weiß nicht, was Sie sich einbilden ...«

Francesca löste die Tastatur vom Computer auf dem Schreibtisch und warf sie Mr. Archie zu. Er fing sie auf und preßte sie an die Brust wie eine Jungfrau, die mit einem Stück Stoff ihre Schamhaftigkeit bedeckt. Francesca steckte ihre eigene Tastatur an das Gerät und schaltete es ein.

Während die Maschine hochfuhr, blickte sie über den Monitor zum Besitzer der Galerie, dessen Gesicht tomatenrot angelaufen war. »Holen Sie einen von diesen Agentenzetteln, die sie berechtigen, die Werke von Künstlern zu verkaufen, die hier ausstellen.«

»Was? Wozu?«

»Sie werden auf ewige Zeiten Starlings Agent sein.«

Der Mann blinzelte sie überrascht an. »Was? Wie soll das gehen?«

»Ich werde seine Unterschrift fälschen, dann unterschreiben Sie den Vertrag, und ich bezeuge ihn.«

»Aber das ist Betrug ...«

Sie drückte den Resetknopf und startete die Maschine neu. »Ich habe eine Neuigkeit für Sie: Reg ist tot.«

Die Tastatur fiel zu Boden, und einige der Tasten flogen davon. »Tot? Wie?« Mr. Archie riß die Augen auf. »Sie haben ihn ermordet ...«

»Nein, aber ich weiß, wer es getan hat, und ich kann Ihnen beweisen, daß ich es nicht war.«

Ein Ausdruck selbstgefälliger Überlegenheit trat auf die Miene des Galeriebesitzers. »Ach ja? Und wie wollen Sie das tun?«

»Man wird Ihnen mitteilen, daß Reg Starling Selbstmord begangen hat.«

»Er hat oft genug davon gesprochen.«

»Ja, ich weiß, ich erinnere mich, was er gesagt hat. Erinnern Sie sich, wie er aus dem Leben scheiden wollte?«

Mr. Archie schmunzelte vorsichtig. »Wie ein echter Showmann. Reg hat erklärt, er würde vor einen heranrasenden Schwebelaster laufen, einen dieser weißen, die überall Eiskrem an kleine Kinder verkaufen.«

»Genau. Er wollte ein blutiges Schauspiel, damit die Kids etwas haben, an das sie sich erinnern können.« Francesca zögerte, als die Badezimmerszene vor ihre Augen trat. »Reg hat sich die Pulsadern aufgeschlitzt, mit seinem Blut eine Abschiedsbotschaft auf den Spiegel geschrieben und sich dann in eine Wanne mit warmem Wasser gesetzt, um zu sterben.«

Mr. Archie schauderte. »O nein, nicht Reg. Das ist so … so Elvis, im Badezimmer abzutreten. Wer immer das verbrochen hat, hätte genausogut noch überall Doughnuts und Ausgaben von *Moderner Söldner* verstreuen können. Das paßt ganz und gar nicht zu Reg.« Sein Blick wurde stechend. »Und Sie, Sie hätten es so angelegt, daß es einen Riesenaufstand verursacht haben würde. Nicht daß ich Ihnen übelgenommen hätte, wenn Sie ihn hätten umbringen wollen. Das wollten wir alle.«

»Ja, aber nicht in letzter Zeit.« Sie blickte auf den Monitor und dann zurück zu Mr. Archie. »Bekomme ich jetzt diesen Agentenvertrag?«

Er runzelte die Stirn. »Niemand wird glauben, daß er ihn unterschrieben hat.«

»Doch, das werden sie, weil die Unterschrift dieselbe sein wird wie auf der Hälfte der Echtheitsurkunden und Drucke, die Sie verkaufen.« Trotz der grausigen Umstände mußte Francesca grinsen. »Reg hielt es für den besten Witz aller Zeiten, daß seine Unterschrift von mir stammte und meine von ihm. Wir haben geübt, bis wir unsere Unterschriften perfekt imitieren konnten. Wenn irgend jemand versucht, Einspruch zu erheben, wird jeder Experte die Echtheit bestätigen.«

In Mr. Archies Augen glänzte die Habgier. »Und welchen Anteil an meinen Einnahmen werden Sie verlangen?«

»Nur das, was mir aus den Geschäften zusteht, die wir bereits abgeschlossen haben. Vorher brauche ich vielleicht noch etwas Hilfe, aber das Geld gehört ganz Ihnen. Ich bezweifle sogar, daß sie mich je wiedersehen werden, nachdem ich Sie heute verlasse.«

»Oh, wie schade.« Francesca entging das geheuchelte Bedauern in Mr. Archies Stimme keineswegs.

»Da ist allerdings noch ein Punkt. Ich brauche, was Reg für den Fall seines Ablebens bei Ihnen hinterlegt hat.«

Mr. Archie blinzelte noch einmal, dann flog seine rechte Hand an den Mund. »Das hatte ich bei dem Schock ganz vergessen. Natürlich, einen Augenblick.« Er schob sich in eine Ecke des Zimmers und kniete sich vor einen alten Safe. »Ich habe es hier hineingelegt.«

Während der Galeriebesitzer sich an seinem Geldschrank zu schaffen machte, verschlüsselte Francesca eine kurze Nachricht an Curaitis. Da sie keinen Zugang zu den Büchern auf ihrer Festplatte mehr hatte, benutzte sie als Kodierungsprogramm die Software-Hilfedateien des Geräts. Sie gab mehrere von Curaitis' Deckadressen ein und schickte die Botschaft ab. *Wenn er sie heute noch bekommt, gut. Wenn nicht, sehe ich ihn morgen ohnehin.*

Sie schaltete den Computer ab und stöpselte gerade ihre Tastatur aus, als Mr. Archie sich umdrehte und ihr einen Plastizinumschlag reichte. Sie riß ihn auf und schüttelte den Schlüssel für ein Bankschließfach und eine Notizkarte heraus. Auf dem Schlüssel stand der Name der Bank, und sie ging davon aus, daß das Schließfach in der Niederlassung zu finden war, in der sie mit Reg ein gemeinsames Konto für die Einnahmen aus dem Verkauf der Drucke eröffnet hatte.

Die Karte trug Regs krakelige Handschrift.

Fiona, meine Liebe.

Keine Tränen, keine Geheimnisse. Du hältst den Schlüssel zu meinem letzten Geheimnis in der Hand, und da nur du allein weißt, welches das ist, liegt es an dir, diejenigen bezahlen zu lassen, die dafür gesorgt haben, daß du es erhältst. Du bist meine Freundin, und jetzt bist du zudem mein letztes Werk. Mach ein Spektakel daraus, Baby.

In Liebe,

Reg

Francesca seufzte. »Du hast mich nicht enttäuscht, Reg.«

»Gute Nachrichten?« Mr. Archie stockte und senkte den Blick. »Ich meine, unter den Umständen ...«

»Die besten, die zu erwarten waren.« Francesca hielt den Schlüssel hoch. »Jetzt muß ich nur noch warten, bis morgen früh die Bank aufmacht, um die Sache zu Ende zu bringen. Aber ich kann nicht nach Hause.«

Mr. Archies Blick wurde plötzlich hart, und seine gekünstelte Art fiel wie ein alter Umhang von ihm ab. »Kommen Sie mit nach unten, wir essen etwas, und dann besorge ich Ihnen eine Unterkunft ...«

»Danke, aber alles, was mit Reg zu tun hat, könnte gefährlich sein.«

Der kleine Mann winkte ab. »Meine liebe Fiona, ich beliefere die Elite dieses Planeten mit Kunstwerken. Die Hälfte der führenden Geschäftsleute hier besitzt heimliche Wohnungen für vertrauliche Treffen, und ich kenne sie alle. Ein, zwei Anrufe, und Sie haben einen Ort, an dem Sie untertauchen können. Das ist das mindeste, das ich für Sie tun kann.«

Francesca lächelte ihn an. »Danke. Ich bin sicher, Reg würde Ihnen auch dafür danken.«

»Und sich seinen sorgfältig aufgebauten schlechten Ruf verderben?« Mr. Archie schüttelte den Kopf und deutete zur Tür. »Es ist noch etwas früh, um aus Reg Starling einen Heiligen zu machen. Aber dazu wird es kommen. Dafür werde ich schon sorgen, aber ich denke, nicht ganz so schnell.«

* * *

Bei ihrem Essen mit Mr. Archie, das sie in einer kleinen Nische im hinteren Teil der Galerie einnahmen, wo sie nicht belauscht werden konnten, aber jeder sie zusammen sah, gewann er etwas von seiner Gehässigkeit zurück. Während Reg die Freiheit gehabt hatte, alle und jeden zu beleidigen, und Mr. Archie den Schaden reparieren mußte, um einen Abschluß zustande zu bringen, ließ auch der Galerist sich von Gönnern und Mäzenen und all jenen umwerben, die es darauf anlegten, auf seine Vorzugslisten für Sonderverkäufe und Eröffnungen zu kommen. Er wußte einiges darüber, was in der Gesellschaft vor sich ging, und teilte Regs Vergnügen daran, sich über die Fehler und Schwächen der Reichen lustig zu machen.

Sein Versprechen, Francesca einen Schlafplatz zu besorgen, hielt er. Sie verbrachte eine ungestörte Nacht in einer reichlich sterilen Konzernwohnung, bevor sie sich am frühen Morgen auf den Weg zur Innenstadtzweigstelle der 1st Bank of New Exford machte. Sie zeigte einem Bankangestellten den Schließfachschlüssel, und er brachte sie in die Stahlkammer und ließ sie das Journal abzeichnen. Es überraschte sie nicht zu sehen, daß die Bank bereits eine digitalisierte Kopie ihrer Unterschrift für das Fach besaß, und ein Blick genügte, um zu sehen, daß Reg sie gefälscht hatte.

Im Innern der Stahlkammer schloß der Bankangestellte das Fach gemeinsam mit ihr auf. Francesca zog den langen Metallkasten heraus und nahm ihn in einen Privatraum mit. Nachdem sie ihn vorsichtig geöffnet hatte, hob sie überrascht die Augenbrauen. »O Reg, du hast wirklich all deine Geheimnisse hier reingelegt!«

Ein Teil des Kastens wurde von 100 000 Kronen in Hundertern vereinnahmt. Es war eine beachtliche Menge Geld, und auf jeden Fall genug, um New Exford für eine andere Welt zu verlassen, wenn das nötig wurde. Zusätzlich zu dem Geld fand sie drei Sets mit Papieren. Zwei waren auf Sven Newmark ausgestellt: ein Satz aus der Freien Republik Rasalhaag, der andere aus dem Vereinigten Commonwealth. Der dritte lautete auf den Namen Stefan Kresescu und war in der Liga Freier Welten ausgestellt. Auf den ersten Blick war nichts Ungewöhnliches an ihnen zu erkennen, doch sie war sich ziemlich sicher, daß diese Papiere gefälscht waren. *Aber es ist Qualitätsarbeit.*

Reg hatte Kopien von Diskzinen aufgehoben, die seine Arbeiten gelobt hatten, und ein kleines Taschenmesser mit seinen Initialen. Sie hob das Sterlingsilbermesser heraus und lächelte. Sie hatte es ihm geschenkt, und er hatte später behauptet, es verloren zu haben. *Er wollte nicht, daß ich herausbekomme, wie sentimental er sein kann. Das hätte überhaupt nicht zu seinem Image gepaßt.*

Das letzte Teil im Innern des Kastens war ein Schlüssel mit einem Adreßanhänger. Sie fand keine weiteren

Erklärungen dazu, aber das überraschte sie nicht. Auf der Notiz, die sie hierher geführt hatte, stand alles, was Reg hatte sagen wollen. Obwohl er auf sie als das Instrument seiner Rache zählte, wollte er es ihr auch nicht zu einfach machen. *Selbst jetzt verlangt er noch, daß ich mich seines Vertrauens würdig erweise.*

Sie steckte den Schlüssel und das Messer ein und verstaute das Geld in ihrer Handtasche. Dann schloß sie den Kasten und händigte ihn dem wartenden Bankangestellten aus. Nachdem sie ihren Schließfachschlüssel zurückerhalten hatte, verließ sie die Bank. Die Adresse auf dem Schlüsselanhänger war nur ein paar Querstraßen entfernt – in Richtung des Hafens. Sie lief über die Straße, wobei sie mehreren Schwebern ausweichen mußte, und ging hin.

Das Gebäude war in Crescent Harbor unter dem Namen Plinthe bekannt. Es sah aus, als wäre ein Blitzschlag in grauem Granit erstarrt und aus dem Mittelpunkt des Planeten an die Oberfläche geschoben worden. Der Stein der Außenmauern war spiegelglatt poliert und wurde in unregelmäßigen Abständen von Fenstern durchbrochen. Nachts schienen die Fensterzeilen in den Himmel zu klettern – ›Ein Morsenotrufsignal von der Sonne‹ hatte Reg es ihr gegenüber einmal genannt, als sie das Gebäude im Dunkeln gesehen hatten.

Im Foyer blieb sie am Gebäudewegweiser stehen. Sie gab mehrere Suchbegriffe ein und brauchte drei Versuche, bis sie Erfolg hatte. Mark Newson und Partner hatten Büros im fünfundzwanzigsten Stock. Sie ging zu den Aufzügen, wählte einen, der die mittleren Etagen bediente, und fuhr hoch.

Der Name der Firma war ein klarer Hinweis auf Sven Newmark, aber kein so deutlicher, daß irgend jemand die Verbindung ziehen würde, der nicht bereits wußte, daß eine bestand. Auf dem Weg nach oben hoffte Francesca, daß Reg beim Anmieten der Räume und der Zahlung der Miete geschickt genug gewesen war, denn in beiden Fällen konnte eine Computerüberprüfung genügen, die Verbindung zwischen der Firma und Reg Starling herzustellen, und die Loki-Agenten, die ihn getötet hatten, waren mit Sicherheit allen Verbindungen Starlings nachgegangen, die sie finden konnten. Genau das hatte sie in Francescas Wohnung geführt.

Der Aufzug kam lautlos im fünfundzwanzigsten Stock zum Stehen. Sie fand die Newson-Büros auf der Westseite des Gebäudes, die eine wunderbare Aussicht auf den Hafen garantierte. *Ein Büro in einem Gebäude, das er haßte, mit Aussicht auf ein Panorama, das er nur als Thema für die ›Fabrikproduktion zu Recht hungernder Möchtegernkünstler‹ anerkannte. Eine Studie von Kontrasten, was, Reg?*

Sie öffnete die Tür und stellte beruhigt fest, daß es im Innern recht muffig roch. Auf dem Schreibtisch der Empfangsdame hatte sich eine dünne Staubschicht gebildet. Francesca schloß hinter sich die Tür und marschierte geradewegs zur halboffenen Bürotür mit Mark Newsons Namen. Sie schob sich in den Raum und stoppte. Der Blick auf den Hafen war atemberaubend.

Der riesige Mahagonischreibtisch war so aufgestellt, daß jeder, der in dem ledernen Chefsessel hinter ihm saß, dem Panoramafenster den Rücken zukehrte. Das war typisch Reg, aber es lenkte Francescas Aufmerksamkeit auch auf die Bilder an der dem Schreibtisch gegenüberliegenden Wand. Sie waren in Rot und Schwarz, mit einem Stich Grün, gehalten, und eines erkannte sie als Teil der Ehrlichkeitsserie. Die anderen Stücke an den Wänden stammten bis auf eines aus Regs Altersversorgung und bildeten keinen allzu großen Kontrast zum Dekor des Raums. Tatsächlich schienen sie beinahe wie für dieses Büro gemacht.

Das letzte Bild im Innern des Büros war ganz eindeutig wie für diesen Raum geschaffen. Es war in leuchtenden Farben gemalt, in einer impressionistischen Punkttechnik, die alle Motive aus kleinen, sorgfältig plazierten Farbtupfern zusammensetzte. Es zeigte einen Blick auf den Hafen und hätte am Fenster hinter dem Schreibtisch entstanden sein können.

Das Hafenbild zog sie sofort an. Noch bevor sie auf zwei Meter heran war, wußte sie, daß es nicht von Reg stammte. Als sie nahe genug war, klopfte sie mit dem Fingernagel dagegen und hörte ein scharfes Klacken. Das Bild war auf hartem Zeichenkarton gemalt, einem Material, das Reg nur als Verpackung für seine Leinwände benutzte. Der Rahmen paßte zwar zu dem Bild, aber Reg hätte mit den Zähnen geknirscht, wenn irgend jemand es gewagt hätte, eines seiner Bilder damit auszustaffieren.

Alles in allem war diese einfache Hafenszenerie genau die Sorte Kunstwerk, die Reg in Nullkommanichts in Rage gebracht hätte. *Und noch ein Widerspruch, Reg.* Sie stellte die Handtasche auf dem Schreibtisch ab, nahm das Bild von der Wand und drehte es um. Am Rahmen klebte das Etikett eines örtlichen Rahmenhandels, den Reg von Herzen gehaßt hatte, aber das Bild selbst trug keinerlei Aufschrift. Das erschien ihr seltsam, denn einmal, als Reg mit ihr über eine Verkaufsausstellung ›hungernder Künstler‹ hergefallen war, weil er gehört hatte, ein Teil der Arbeiten ähnelten den seinen vom Stil her, hatte er mit großer Geste einige der Stücke umgedreht und ihr den plakativ unter einer Lagernummer aufgetragenen Preis gezeigt. Dann hatte er erklärt, daß es Firmen gäbe, in denen Hunderte von Malern beinahe in Fließbandarbeit immer wieder dasselbe Stück herstellten, damit jeder ein Original der Sorte Kunstwerk besitzen konnte, wie es in billigen Absteigen auf den Zimmern hing.

Sie hakte eine Kante des Rahmens über den Schreibtisch und drückte nach unten, bis er sich löste. Ein Blick auf den Rand des Bilds zeigte ihr, daß es aus zwei Kartonbögen bestand. Sie entfernte den Rest des Rahmens, dann holte sie Regs Taschenmesser heraus, öffnete es und machte sich daran, den Klebstoff zu entfernen, der die beiden Lagen zusammenhielt. Sie schälte etwas von dem Klebstoffsaum ab, dann schob sie die Klinge hinein und drehte sie.

Die beiden Kartonbögen lösten sich mit einem dumpfen Krachen. Die hintere Lage glitt weg und gab zwei sorgfältig ausgefräste kreisrunde Vertiefungen frei. In jedem der Löcher lag eine in Plastik eingeschweißte CD-ROM. Die Disks trugen keine Etiketten, aber Francesca hatte nicht den Schatten eines Zweifels, daß sie Unterlagen enthielten, die Katherine Steiner-Davions Mittäterschaft beim Mord an ihrer Mutter belegten.

»Das nehmen wir«, meinte der erste der beiden Loki-Agenten, als er das Büro betrat. Beide trugen schwarze Geschäftsanzüge, hatten aber Skimützen übergezogen, die ihre Gesichter unkenntlich machten. Der vordere streckte die behandschuhte Hand aus. Sein Partner, der sich links von ihm aufbaute, mit einem Blick auf das Fenster, richtete seine gefährlich aussehende Pistole auf sie.

Francesca klappte überrascht den Mund auf. »Hören Sie, Sie können sich nehmen, was Sie wollen. Ich will nur die Bilder. Reg hat sie mir geschenkt.«

»Geben Sie uns einfach die CDs.«

Sie drehte sich zu ihrer Handtasche um. »Hören Sie, ich habe Geld.«

»Die CDs.« Die Stimme des Mannes wurde hart. »Machen Sie es sich nicht schwerer als nötig, Ms. Jensen.«

»Woher wissen Sie meinen Namen? Wie haben Sie mich gefunden?«

Der Anführer der beiden Agenten rollte mit den Augen und nickte seinem Partner zu. Der zweite Mann schob die Hand in die Tasche und holte einen Schalldämpfer heraus, den er auf seine Waffe schraubte.

Jetzt oder nie. Francesca schleuderte den Karton wie einen Diskus nach dem vorderen Loki-Agenten. Sie hechtete über den Schreibtisch und schnappte sich im Flug mit der linken Hand ihre Handtasche. Ein kurzes Husten ertönte, und sie fühlte, wie Splitter der Schreibtischplatte ihre Beine trafen, dann war sie unter dem Tisch in Deckung. Sie prallte hart auf dem Boden auf, rollte sich auf den Rücken und zog den Nadler.

Sie verzichtete darauf, zum Feuern aufzuspringen, sondern schoß unter dem Schreibtisch hindurch auf die Füße des ersten Agenten. Sie hörte ihn aufschreien, dann sah sie ihn auf den Teppich stürzen. Zwei weitere Schüsse zerfetzten seine Maske und sein Hemd, aber seine Leiche blockierte die Sicht auf den zweiten Mann. Sie blieb in Deckung und wartete ab, sah und hörte aber nichts außer einem trägen Seufzen.

Dann drang der Gestank verbrannten Fleischs in ihre Nase. Sie schnaubte und rief: »Klar.«

»Ich komme rein.«

Francesca zog sich hoch und grinste, als Curaitis das Zimmer betrat. In der rechten Hand hielt er eine Laserpistole. Der große, muskulöse Geheimagent mit den tiefschwarzen Haaren und den eisblauen Augen warf ihr einen kurzen Blick zu, dann sank er auf ein Knie und tastete am Hals des Mannes, den sie erschossen hatte, nach dessen Puls. Der zweite Agent lag auf dem Boden, und von seinem durch Curaitis' Laserschuß gerösteten Brustkorb stieg immer noch Qualm auf.

»Sie sind tot.«

Francesca nickte. »Danke für die Rettungsaktion. Wo haben sie mich entdeckt?«

»In der Bank. Wahrscheinlich haben sie in den

Datenbänken etwas über Starlings Schließfach gefunden. Dann sind Sie aufgetaucht und haben es ausgeräumt, bevor die beiden es sich holen konnten. Sie haben sie herauskommen sehen und sind Ihnen gefolgt. Ich bin den beiden gefolgt. Geben Sie mir Ihre Waffe.«

Sie warf ihm den Nadler zu, und er steckte ihn dem Toten mit der Laserwunde zu, nachdem er ihm Maske und Handschuhe ausgezogen hatte. Der Laser wanderte in die Hand des Agenten, den Francesca getötet hatte, und er behielt Maske und Handschuhe. Auf den ersten Blick mußte es so aussehen, als habe jemand einen Einbrecher überrascht. Durch die Kugeln im Schreibtisch und die Blutspuren der Schnittwunden an Francescas Beinen würde diese Täuschung bei näherem Hinsehen zwar auffliegen, aber die örtliche Polizei hielt nicht viel von näherem Hinsehen.

Curaitis deutete mit dem Kopf auf den Karton mit den CDs. »Ist es das?«

Sie nickte. »Reg wußte, daß sie ihn irgendwann finden würden, und er wollte sich noch aus dem Grab an seinen Mördern rächen. Ich gehe jede Wette ein, daß dieses Zeug explosiv ist.«

Curaitis lächelte schwach. Es war das erste Mal, seit sie ihn kannte, daß er eine Gefühlsregung zeigte. »Gut. Bei dem, was sich Katherine in letzter Zeit leistet, kann die Explosion gar nicht groß genug ausfallen.«

22

**Takashi-Kurita-Gedächtnisraumhafen,
Imperial City, Luthien
Präfektur Kagoshima, Militärdistrikt Pesht,
Draconis-Kombinat**

15. März 3061

Obwohl er sich der Würde der Gelegenheit bewußt war, schaffte Victor Steiner-Davion es einfach nicht, ein Grinsen zu unterdrücken. Er wartete mit Kai Allard-Liao, Hohiro Kurita, dem Präzentor Martialum und General Andrew Redburn auf den an die Ausstiegsluke des Landungsschiffs *Tengu* heranrollenden Kranwagen. Die undurchsichtige Außenhülle der Plattform war entfernt worden, so daß es möglich war, sie einzusehen. Als sie näherkamen, sah er Theodore Kurita, zusammen mit verschiedenen Würdenträgern und Theodores Tochter Omi.

Ihr Anblick erfüllte sein Herz mit Freude, aber das war nur der Zuckerguß auf dem Kuchen seiner Begeisterung, den Clan-Raum hinter sich gelassen zu haben und endlich wieder den Boden eines Planeten der Freien Inneren Sphäre unter den Füßen zu spüren. Seine Einsatzgruppe war aus dem draconischen Raum zum Kerensky-Sternhaufen aufgebrochen und kehrte auf denselbem Weg zurück. Sie hatten zunächst auf Richmond haltgemacht, waren aber aufgefordert worden, sofort und eiligst nach Luthien weiterzufliegen. Und zwar unter absoluter Funkstille.

Diese Aufforderung hatte bei einigen der lyranischen, capellanischen und Liga-Truppen beinahe zur Meuterei geführt. Victor jedoch legte die Unruhen schnell bei, indem er seine Truppen darauf hinwies, daß die Geisterbären, die Wölfe oder einer der anderen Clans in der Inneren Sphäre aktiv geworden sein konnten, während sie nach Nebelparder-Nachzüglern gesucht – und unterwegs auch einige vereinzelte gefunden – hatten. Falls dem so war, konnte sich ihre geheime Ankunft als großer Vorteil erweisen. Victor hatte darauf hingewiesen, daß er selbst darauf verzichtet hatte, Kontakt mit der Heimat aufzunehmen, und da sicherlich keiner von ihnen einen zwingenderen Grund hatte als er, sich mit seiner jeweiligen Zentralwelt in Verbindung zu setzen, erwartete er von seinen Leuten dieselbe Zurückhaltung.

Die Angst, daß sich in seiner Abwesenheit etwas Furchtbares ereignet hatte, fraß an seinen Eingeweiden und nahm ihm auf dem Flug nach Luthien beinahe jeden Appetit. Dann hatte Theodore Kurita die Einsatzgruppe bei der Materialisation an der Nadir-Ladestation persönlich angerufen und ihnen versichert, daß alles in Ordnung war. Er erklärte ihnen, die Bevölkerung des Kombinats wolle den heimkehrenden Helden als erste einen würdigen Empfang bereiten, und daher habe er in einem Anflug selbstsüchtiger Motive persönlich die Bitte um Funkstille erlassen. Gleichzeitig bat er, diese bis zum Eintreffen auf Luthien weiter einzuhalten. Nach ihrer Begrüßung stünden ihnen alle Einrichtungen der draconischen Regierung zur Verfügung.

Victor schüttelte den Kopf. Normalerweise hätte die Bitte um eine noch längere Funkstille für Ärger gesorgt, aber das Versprechen einer Feier schien weitere Beschwerden erstickt zu haben. Die meisten Mitglieder der Einsatzgruppe wollten vor allem endlich wieder festen Boden unter den Füßen spüren, und auch wenn höchstens zehn Prozent erwartet hätten, das ausgerechnet auf Luthien zu erleben, waren sie bereit, dafür einiges auf sich zu nehmen. Während des achttägigen Flugs ins Systeminnere diktierte die Luft/Raumkontrolle Luthien Landezonen, Flugformationen und Flugzeiten, und innerhalb der Flotte wuchs die Vorfreude.

Das Landungsschiff der *Leopard*-Klasse *Tengu* hatte

als erstes Landeerlaubnis erhalten, und seine Passagierliste war exakt vorgegeben worden. Victor erinnerte sich noch gut an die Zeremonie bei seiner ersten Ankunft hier, daher erschien es ihm absolut vernünftig, daß er und seine vier Begleiter als die ersten Krieger der Einsatzgruppe den Fuß auf Luthien setzten. Nach allem, was er von den Plänen für die übrigen Schiffe gesehen hatte, war ihre Rückkehr ein Paradebeispiel für das draconische Talent im Hinblick auf Zeremonie und Symbolik.

Die Luke glitt mit einem lauten Zischen auf, als die Kranplattform gegen den Rumpf des Schiffes stieß. Hohiro trat als erster hinaus. In der schwarzen Uniformjacke der 1. Genyosha, deren rechter Ärmel mit gestickten Goldsternen übersät war, bot er einen prachtvollen Anblick. Er trug zwei Schwerter im Stil draconischer Samurai. Am Rand des Stegs hielt er an, um sich tief vor seinem Vater zu verbeugen, und Theodore, der einen einfachen schwarzen Anzug trug, erwiderte die Verbeugung und behielt sie respektvoll bei.

Beide Männer richteten sich gleichzeitig wieder auf, dann verzogen sich Theodores Lippen zur Andeutung eines Lächelns. Er zog seinen Sohn an sich, und Victor hörte entfernten Jubel. Anschließend arbeitete Hohiro sich mit Verbeugungen und Händeschütteln die Reihe der Würdenträger entlang.

Andrew Redburn war der nächste und verbeugte sich zackig. Auf dem Weg zur Oberfläche hatte Redburn angekündigt, daß die Hölle zufrieren würde, wenn er den Fuß auf Luthien setzte, aber wie sich herausstellte, wurde seine Ankunft von keinerlei übernatürlichen Erscheinungen begleitet. Der Koordinator des Kombinats flüsterte Andrew etwas ins Ohr, das ein Lächeln auf das Gesicht des Offiziers zauberte, dann ging er auch die Reihe der Würdenträger ab.

Kai folgte ihm. Auch er trug zwei Schwerter. Sie

waren ein Geschenk des Koordinators bei seinem ersten Besuch Luthiens gewesen. Theodore begrüßte Kai freundlich und hatte auch für ihn eine geflüsterte Botschaft. Kai trat einen Schritt zurück und verbeugte sich erneut vor dem Koordinator, dann machte er dem Präzentor Martialum auf der Plattform Platz. Focht hatte wieder die einfache Montur eines ComStar-Adepten angelegt, aber seine Haltung und die zackige Präzision der Verbeugung ließen keinen Zweifel an seinem militärischen Vorleben.

Victor schluckte, um die Magensäure zurückzuhalten, die drohte, ihm in die Kehle zu steigen, und überzeugte sich, daß die Schwerter korrekt in seiner Schärpe steckten. Er machte eine ernste Miene und folgte dem Präzentor Martialum auf die Plattform des Fahrzeugs. Dort blieb er an derselben Stelle stehen wie Hohiro und verneigte sich vor Theodore. Nachdem er sich wieder erhoben hatte, wartete er reglos, während dieser ihm ebenfalls die Ehre einer tiefen und langen Verbeugung erwies. Dann traten die beiden Männer aufeinander zu und schüttelten sich die Hände.

Theodore lächelte ihn an und erklärte auf deutsch: »Sie waren lange fort. Sie ahnen nicht, welche Freude ich über Ihre Rückkehr empfinde.«

Victor erwiderte das Lächeln und antwortete auf Japanisch. »Wir alle freuen uns, hier sein zu können. Ich danke Ihnen für die Ausrichtung unserer Rückkehr.«

Die Augen des Koordinators weiteten sich. »Sie haben unterwegs dazugelernt.«

»Ihr Sohn war ein ausgezeichneter Lehrmeister.«

»Das Können eines Sensei zeigt sich in den Fortschritten seiner Schüler.« Theodore preßte die rechte Hand auf Victors Rücken unterhalb der linken Schulter. »Sie werden unsere Freunde hier begrüßen wollen. Ich habe einen Platz in der Empfangsreihe für Sie reserviert. Dort, neben meiner Tochter.«

»Domo arigato.«

»Auch ich war einmal Soldat, Victor.«

Der Prinz ging die Reihe der Würdenträger entlang, verbeugte sich, tauschte Händedrücke aus, wechselte ein paar freundliche Worte, bis er Omi erreichte. Er verneigte sich tief vor ihr und nahm ihre antwortende Verbeugung entgegen. Ohne ein Wort zu sagen, aber auch ohne eine Nuance dessen zu verpassen, was ihr Blick ihm mitteilte, nahm er seinen Platz an ihrer Seite ein.

Das Kranfahrzeug löste sich vom Landungsschiff und fuhr in einer langsamen Kurve zurück zum Empfangsgebäude. Als es aus dem Schatten der *Tengu* trat, hatte Victor zum erstenmal Gelegenheit, die Menge zu sehen, die sich auf dem Raumhafen versammelt hatte. Menschen drängten sich an den Fenstern und auf den Dächern und wurden von Sperrgattern und Polizisten zurückgehalten. Das Kranfahrzeug bewegte sich auf eine Tribüne zu, hinter der eine Flotte von offenen Schwebern wartete. Mehrere kleinere Tribünen waren dichtgepackt mit Holovidkameras des draconischen Informationsamtes, und ohne Zweifel wurde die Rückkehr ins gesamte Kombinat übertragen. Scheinwerfertürme badeten die Tribüne in Licht, als das Kranfahrzeug näherkam und am Rand der Tribünenplattform anhielt.

Theodore trat als erster auf die Tribüne, unter donnerndem Beifall der Menge. Die übrigen Würdenträger stellten sich am hinteren Rand der Plattform auf. Hohiro führte die anderen in eine Reihe hinter seinem Vater. Omi blieb an Victors rechter Seite. Neuer Jubel schallte durch die hereinbrechende Dämmerung.

Der Koordinator trat an das Mikrofon und breitete die Arme aus. »Jubele, mein Volk, denn der Tag, auf den wir solange gewartet haben, ist gekommen. Vor über anderthalb Jahren nahm die Befreiung unserer

Systeme von den Clans ihren Anfang. Diese Männer hier und die tapferen Truppen unter ihrem Befehl haben die Nebelparder aus unseren Grenzen verjagt. Dann haben diese mutigen Krieger die Nebelparder in deren Bau verfolgt, wo eine zweite Einsatzgruppe bereits auf sie wartete. Gemeinsam haben sie die Parder vernichtet und die vereinte Macht der Clans besiegt. Dank ihrer Bemühungen brauchen wir nie wieder die Tyrannei der Clanner zu fürchten.«

Spontaner Applaus schlug über ihnen zusammen. Victor fühlte, wie ihm eine verlegene Röte ins Gesicht stieg. Er war stolz darauf, was er und seine Leute geleistet hatten, aber gewöhnlich sparte er sich alles Lob für die Soldaten und Offiziere auf, die für ihn gekämpft hatten. Die herzliche Dankbarkeit, die ihm hier von den Draconiern entgegengebracht wurde, überwältigte ihn. *Ich weiß, wir haben es für sie getan, aber während der Kämpfe war das leicht zu vergessen. Der Verstand kann nicht fassen, welche Bedeutung unser Sieg für Billionen von Menschen hat, und ich bin nicht in der Lage, ihren Dank zu verarbeiten.*

Der Koordinator hob die Arme, und langsam verklang der Beifall. »Bewohner Luthiens, erhebt eure Augen zum Himmel. Über euch werdet ihr die Konstellationen wandern, Sterne ihre Position verändern und heller erstrahlen sehen. Diese Sterne sind die Landungsschiffe, in denen die siegreichen Krieger eintreffen, die unser Reich und unsere Heimat gerettet haben. Es gab eine Zeit, in der solche Bewegungen am Himmel eine Katastrophe angekündigt hätten, eine Invasion, von der wir uns niemals erholt hätten. Heute kündigt es die Heimkehr von Freunden an, guten Freunden, Helden allesamt. Ich vertraue sie euren Händen an. Ich weiß, ihr werdet sie willkommen heißen und ihnen den vollen Umfang unserer Dankbarkeit für ihre Opfer um unseretwillen beweisen.«

Zusammen mit allen anderen blickte auch Victor hoch und sah den Himmel über Imperial City voller strahlender Lichtpunkte. Dutzende von Landungsschiffen senkten sich auf Luthien herab. Mehrere aus allen Nationen waren auf Kurs nach Imperial City, aber der größte Teil verteilte sich auf die übrigen größeren Städte des Planeten. Die draconischen Einheiten würden in ländlicheren Regionen aufsetzen, da anzunehmen war, daß es in den Metropolen weniger Probleme mit ausländischen Besuchern geben würde.

Theodore nickte der Menge und den Holovidkameras würdevoll zu. »Luthien, dieser Tag ist um nichts weniger bedeutend als jener, an dem Nebelparder und Novakatzen hier eine Niederlage erlitten. Jubele von ganzem Herzen. Du hast deine Pflicht erfüllt, so wie diese Krieger die ihre erfüllt haben. Dies ist ein Sieg, an dem wir alle teilhaben, und wir wollen ihn gemeinsam feiern.«

Ein weiterer Beifallssturm donnerte los, den Victor am ganzen Körper spürte, als der Koordinator das Mikrofon verließ. Er winkte alle zur Treppe am anderen Ende der Tribüne, und sie stiegen hinab zu den Schwebern. Hohiro und Theodore wurden zum ersten Wagen geführt, der Präzentor Martialum, Kai und Andrew Redburn zum zweiten. Omi und Victor teilten sich den dritten, und sie hätten sich kaum gesetzt, als der Motor schon aufheulte und der Fahrer den beiden anderen Schwebern folgte.

Victor lächelte Omi an und streichelte mit einem Finger ihren Handrücken. »Ich habe dich so vermißt.«

Sie senkte einen Moment lang den Blick, dann fing sie seinen Finger zwischen zwei eigenen ein. »Mein Garten gedeiht prächtig. Er wurde reich gewässert mit meinen Tränen. Du warst ein Leben lang fort, und ich bin sicher, dir ist es länger als ein Lebensalter erschienen. Ich brauchte nur zu warten.«

»Wir haben beide gewartet. Ich hatte nur andere Möglichkeiten, mich abzulenken.«

Sie suchte mit ihren blauen Augen sein Gesicht ab. »Du bist sehr freundlich, meine Tätigkeit mit deiner gleichzusetzen. Deine Aufgabe war weit wichtiger als die meine. Es gibt soviel, was ich ertragen habe, das ich mit dir teilen möchte, aber ich kann und werde es nicht tun.«

Victor runzelte leicht die Stirn. »Warum nicht?«

»Du würdest mich für schwach halten. Ich möchte mich in deinen Augen nicht erniedrigen.«

Victor verschränkte seine Finger mit den ihren. »Nichts, was du tust, könnte mich schlecht von dir denken lassen, Omiko-chan. Ohne die Gewißheit, daß du auf mich wartest, hätte ich niemals zu Ende gebracht, was ich mir vorgenommen hatte.«

»Du kannst nicht ahnen, welche Freude du mir mit diesen Worten machst.« Sie lachte ihn kurz an. »Später können wir weiter darüber reden, und ich werde dir zeigen, wie groß meine Freude über deine Rückkehr ist.«

Der Prinz nickte. »Auch ich sehne mich nach einer Chance, dir zu zeigen, wie glücklich ich bin, wieder bei dir zu sein.«

»Aber jetzt müssen wir für die Menschen da sein.« Omi wandte sich ab, als der Wagen durch die Raumhafentore glitt, und hob die rechte Hand zum Winken.

Victor sah nach links, und sein Mund fiel auf. Die Straßen Imperial Citys waren voller Menschen. Banner hingen aus Fenstern und über den Straßen. Die meisten trugen japanische Schriftzeichen, aber häufig waren englische und deutsche Übersetzungen hinzugefügt worden. Er konnte nur wenige Texte verstehen und fand die Übersetzungen gut gemeint, aber unbeholfen. Trotzdem waren die Gefühle, die hinter diesen Bemühungen standen, nicht mißzuverstehen.

Selbst ohne Schriftbanner hätte sich die Freude auf den Gesichtern nicht falsch auslegen lassen. Die Menschen drängten sich an den Straßen und jubelten, jung und alt, reich und arm, Adlige und Bauern. Viele hatten breite weiße Stirnbänder mit Schriftzeichen angelegt, andere hatten sich Uniformen geschneidert, die an die seiner 10. Lyranischen Garde, der ComGuards oder der anderen Einheiten der Einsatzgruppe erinnerten. Kinder standen am Bordstein und salutierten oder winkten ihnen von den Schultern der Eltern zu.

Die Menge hob und senkte sich, als die Fahrzeuge sie passierten. Einige hielten schlanke Kerzen, andere ganze Fackeln, und ihr Feuer beleuchtete die Prozession. Feuerwerksraketen schossen in den Abendhimmel und explodierten in leuchtender Farbenpracht, und die Blitzlichter der Holovidkameras funkelten wie Sterne in der Menge.

Victor stockte der Atem. Er war bei den verschiedensten Staatsfeiern in ähnlichen Kavalkaden mitgefahren, häufiger als ihm lieb war. Als Kind hatte er es gehaßt, weil seine Arme vom ständigen Winken wehtaten. Als er erwachsen wurde, hatte er verstanden, warum es notwendig war, daß er sich zeigte, in die Menge lächelte und grüßte, aber es war ihm immer wie eine Art Spiel erschienen. Aber hier gab ihm die schiere Liebe und Dankbarkeit, die ihm von allen Seiten zuströmte, neue Kraft und ließ ihn um so stärker lächeln und winken – und hoffen, daß jeder, der ihn sah, das Gefühl hatte, er winke ganz besonders ihm zu.

Victor verlor sein Zeitgefühl auf dem Weg vom Raumhafen zum Einheitspalast. Die Fahrt schien ewig zu dauern, aber gleichzeitig war sie vorüber, kaum daß sie begonnen hatte. Die Schmerzen in den Schultern machten ihm klar, daß er reichlich gewunken hatte, und doch fühlte er sich nicht müde. Er senkte die Arme, als der Schweber durch das Tor glitt, und als das Fahrzeug zum Stillstand kam, hüpfte Victor hinaus und bot Omi die Hand an, um ihr beim Aussteigen zu helfen.

Sie zog ihre Hand fast augenblicklich zurück und senkte den Blick. Victor drehte sich um und sah den Koordinator näherkommen. »Das war ein bemerkenswerter Empfang, Theodore-sama.«

»Es freut mich, daß Sie beeindruckt waren.« Theodores Miene verdüsterte sich etwas. »Es gibt Dinge, über die wir sprechen müssen. Nein, es geht nicht um meine Tochter und Sie. Aber zuerst warten hier ein paar Leute auf Sie. Omiko, wenn du Victor zu ihnen bringen würdest.«

»Wie du wünschst, Vater.«

Victor bot Omi seinen Arm, und sie hakte sich bei ihm ein. »Was wollte dein Vater andeuten?«

»Vertrau mir, Victor, und vertrau meinem Vater.« Sie stoppte in den Schatten am Eingang und zog ihn näher. »Erinnerst du dich an den Jubel der Menge?«

»Jetzt gerade? Wie könnte ich das vergessen?«

»Gut. Du solltest ihn nie vergessen.« Sie lächelte und drückte ihm einen Kuß auf die Nase. »Und erinnerst du dich an unser letztes Beisammensein in meiner Zuflucht?«

Victor lächelte. »Sehr gut sogar, meine Liebe.«

»Gut.« Sie ging weiter zum Eingang des Einheitspalastes.

»Was entgeht mir hier, Omiko?«

»Nichts, Victor. Vertrau mir.«

Omi führte ihn durch die Tür, und Victors Herz stockte. In einem Flur, der ihre hochgewachsene Statur betonte, stand seine Schwester Yvonne und lächelte ihn verlegen an. Sie trug einen roten Kimono, der mehrere Töne dunkler als ihr Haar und mit Tigern vom Grau ihrer Augen bestickt war. Sie kam auf ihn zu, dann zögerte sie.

Victor lächelte Omi zu und zog seinen Arm aus ihrem Griff. Er trat zu seiner Schwester und drückte sie. »Yvonne, du bist auch hier. Das ist großartig.«

»Ich bin auch froh, dich zu sehen, Victor. Ich hatte solche Angst.«

»Was?« In ihrer Stimme lag ein Zittern, das er sich nicht erklären konnte. Er trat etwas zurück und sah zu ihr hoch. *Rotgeränderte Augen – sie hat geweint.* »Was ist los, Yvonne? Warum warst du nicht am Raumhafen?«

Seine Schwester erstarrte und entzog sich seinen Händen. Sie kreuzte die Arme vor dem Leib und wich seinem Blick aus. »Ich wollte dir die Rückkehr nicht verderben.«

»Wie?« Er runzelte die Stirn. »Wie hättest du das tun können?«

»Verstehst du nicht, Victor?« Tränen strömten über ihr Gesicht. »Ich habe dein Reich verloren.«

23

Büro der Ersten Prinzessin, New Avalon
Mark Crucis, Vereinigtes Commonwealth

15. März 3061

Katrina beobachtete, wie die Luftbläschen in ihrem Champagner nach oben stiegen. Sie staunte darüber, wie die bernsteinfarbene Flüssigkeit, die in der Glasflöte perlte, die Welt verzerrte, die sie durch das Glas betrachtete. Langsam drehte sie es in den schlanken Fingern der linken Hand und fing den ganzen Raum darin ein, der zwei Jahre zuvor noch Victors Büro gewesen war. Sie lächelte, als ihr klar wurde, daß sie nun alles, was einmal ihrem Bruder gehört hatte, in der Hand hielt.

Sie nippte an dem Champagner und schmunzelte genießerisch. *Trocken, so trocken wie Victors Kehle jetzt ungefähr sein muß.* Katrina lehnte sich in dem Sessel zurück, in dem schon Victor und vor ihm ihr Vater, Hanse Davion, gesessen hatten, und lachte kehlig. Theodores Geste, die Einsatzgruppe zu einem Heldenempfang nach Luthien zu holen, hatte sie keineswegs überrascht. Es entsprach voll und ganz der draconischen Art. Dort würde Theodore Victor mitteilen, daß dieser alles verloren hatte.

Aber wird der Koordinator es ihm selbst sagen, oder wird er Yvonne allein für ihre Sünden büßen lassen? Katrina nippte wieder an ihrem Glas und genoß den Hauch von Frucht im Geschmack des Champagners und das Kitzeln der in ihrer Kehle zerplatzenden Bläschen. Yvonne hätte diesen Champagner auch gemocht. Tatsächlich war sie es gewesen, die ihn bestellt hatte. *Zu schade, daß sie keinen Grund zum Feiern hat.*

Yvonne war erst kurz nach Neujahr aus dem Vereinigten Commonwealth geflohen, aber es hatte sich schon über die Feiertage abgezeichnet. Katrina hatte gewußt, daß der Machtwechsel ihre jüngere Schwester verletzen würde, die Erste Prinzessin hatte jedoch gehofft, daß sie sich für vernünftige Argumente zugänglich erweisen würde. *Immerhin habe ich es für das Wohl* unseres *Volkes und aller Völker der Freien Inneren Sphäre getan.*

Katrina seufzte. Sie hatte von Anfang an gewußt, daß ihr Bruder Victor sich nicht zum Herrscher eignete. Selbst als Kind war der kleine Victor schon äußerst brav gewesen, ein kleiner Soldat, der geradezu strahlte, wann immer sein Vater ihn lobte. Wenn er die Wahl hatte, trug Victor eine der verschiedenen Uniformen, die ihm die Militäreinheiten des Vereinigten Commonwealth als Geschenk schickten. Sie verstand, warum das Militär ihn liebte: Er war zum Ende der Kampfhandlungen des Vierten Nachfolgekriegs geboren worden, in dem ihr Vater mehr als die Hälfte der Konföderation Capella erobert hatte. Victor, Hanse Davions Stammhalter, dazu mit diesem Namen, wurde zu einem lebenden Symbol des Sieges.

Sie senkte das Glas und sah sich in dem Büro um. Soweit sie feststellen konnte, hatte sich nichts verändert. Victor hatte es nicht umbauen lassen, nachdem ihr Vater gestorben war. *In diesem Sessel ist Hanse Davion an einem Herzschlag gestorben.* Victor war wirklich von ihrem Vater zu dem gemacht – *mehr zu dem geschmiedet* – worden, was er heute war. Victor war eindeutig der beste Mann für die Auseinandersetzung mit den Clans gewesen, aber weil er selbst eine Waffe war, konnte er kein guter Herrscher sein. *Für ihn gehören Blut und Leiden zu einem Konflikt.*

Sie hatte Mühe, vor Freude nicht laut aufzuschreien. Schon am Beginn der Rivalität mit ihrem Bruder um die Macht hatte sie gelernt, daß Meinungen sich ebenso gut wie Fakten dafür eigneten, die Stimmung der Massen zu beeinflussen. Sie hatte Victor in den lyranischen Distrikten den Todesstoß versetzt, indem sie den Anschein erweckt hatte, es stecke tatsächlich eine gewisse Wahrheit in dem Gerücht, daß er Melissa Steiner-Davion hatte umbringen lassen. Es war Katrina leicht gefallen, das Erbe ihrer Mutter anzutreten und die Herzen ihres Volkes für sich zu gewinnen. Als sie die Lyranische Allianz aus dem Vereinigten Commonwealth gelöst hatte, hatten die Menschen es nicht als Verrat angeprangert, sondern als Rettung bejubelt.

Bei dieser Medienmanipulation hatte sie eine Methode gefunden, Victor zu vernichten. Solange er noch auf New Avalon an der Macht war, hatten sich ihre Bemühungen in Grenzen gehalten und nur darauf ausgerichtet, ihm kleinere Schwierigkeiten zu machen. Aber sobald er abgereist war, um die Clans zu zerschlagen, konnte sie Yvonnes Naivität für ihre Pläne ausnutzen. *Es war geradezu beängstigend einfach.*

Herrscher über Nationen, deren Grenzen sich über Hunderte von Lichtjahren erstreckten, konnten sich nicht die Zeit nehmen, mit jedem einzelnen Bürger zu sprechen und seine Wünsche und Bedürfnisse in Erfahrung zu bringen. Der Bedarf für lokale Verwaltungen hatte ein neues Feudalsystem entstehen lassen. Die Adligen, die einzelne Planeten kontrollierten, waren der Zentralregierung Rechenschaft schuldig und erwarteten von dieser Unterstützung, aber auch sie konnten die Ansichten ganzer Weltbevölkerungen nicht allein feststellen.

Das erledigten Meinungsforscher. Die meisten dieser Institute organisierten Umfragen, in denen eine Palette von Fragen gestellt wurden, einschließlich einiger über irgendein Produkt, dessen Hersteller die Kosten der Umfrage trug. Die Geschäftswelt erhielt auf diese Weise nützliche Daten über ihre Konsumenten, und als Nebenprodukt entstanden politische und gesellschaftliche Meinungsbilder der Bevölkerung.

Katrina sponserte über verschiedene Konzerne eine Menge solcher Umfragen. Die Fragen, die dabei gestellt wurden, waren grundsätzlich so formuliert, daß die gewünschte Antwort praktisch vorgegeben war. Statt zu fragen: ›Finden Sie es gut, daß Prinz Victor die Sternenbund-Expeditionsstreitkräfte anführt?‹, wurden die Leute gefragt: ›Lenkt die Führung der Sternenbund-Expeditionsstreitkräfte Prinz Victor von wichtigen innenpolitischen Aufgaben ab?‹ Diese Fragestellung konnten nur die eingefleischtesten Militaristen anders als mit ja beantworten. Also zeigten die Meinungsumfragen, daß über achtzig Prozent der Bevölkerung der Meinung waren, daß Prinz Victor durch seine Sternenbund-Aktivitäten sein Herrscheramt vernachlässigte.

Als Victor und seine Truppen in die Peripherie aufgebrochen waren, hatte Katrina ihre Tätigkeiten intensiviert. Die Fragen wurden einseitiger, und die Unzufriedenheit mit Yvonnes Regierung wuchs. Um den Effekt noch zu steigern, hatte Katrina eine Reihe von Dokumentationen über den Clan-Krieg, Kerenskys Exodus, den Zusammenbruch des ursprünglichen und die Entstehung des neuen Sternenbunds produzieren und über die Welten des Commonwealth verteilen lassen. In all diesen Beiträgen wurde Victor auf eine Ebene mit Aleksandr Kerensky gestellt. Das ließ ihn in strahlendem Licht erscheinen, weckte jedoch gleichzeitig die Angst, er könnte der Inneren Sphäre den Rücken kehren, genau wie Kerensky es getan hatte. Schlimmer noch. Kerenskys selbstgewähltes Exil hatte die Clans hervorgebracht, und die Menschen fingen an, sich zu fragen, welche Monster Victors Feldzug hervorrufen mochte.

In der Mark Draconis betonten die Dokumentationen über den Clan-Krieg Victors Anstrengungen, Hohiro Kurita zu retten und besetzte draconische Systeme zu befreien – ohne sich zuerst um die Befreiung der lyranischen Welten zu kümmern, auf die er immer noch einen Herrschaftsanspruch erhob. Die Bevölkerung der Mark Draconis hatte eine tiefsitzende historische Furcht vor dem Kombinat, und Victors Aktionen zum Vorteil von Haus Kuritas sorgten für eine sich ausweitende Spaltung unter den Menschen der Mark.

Und der gute Arthur war mir dabei eine große Hilfe. Ihr jüngster Bruder studierte an der Gefechtsakademie auf Robinson, der Zentralwelt der Mark Draconis. Er war ein fähiger Militär und wollte immer nur das beste, aber Arthur war wie eine Wetterfahne, die immer in die Richtung des stärksten Windes zeigte, und in diesem Fall wurde der von den Markfürsten erzeugt, die Angst bekamen, ihr Reich könnte jetzt, da die Clans keine Bedrohung mehr waren, vom Draconis-Kombinat vereinnahmt werden. Arthur schwor, das nicht zuzulassen, und machte sich damit unwissentlich zum Sammelpunkt für alle, die sich von Victor im Stich gelassen fühlten.

Es war so leicht gewesen, Arthur zu manipulieren. Ein, zwei kurze Botschaften, in denen sie ihn ermutigte und für seine kluge Antwort auf lokale Sorgen lobte, hatten genügt, um sicherzustellen, daß er diesen Kurs beibehielt. Bei Yvonne hatte sie weniger leichtes Spiel gehabt, hauptsächlich, weil Tancred Sandoval sich als kluger Berater erwiesen hatte. Sandoval war Yvonnes politischer Steuermann und half ihr die Klippen zu umschiffen, die Katrina in ihren Kurs legte. Hätte er weiter am Ruder gestanden, wäre es nahezu unmöglich für Katrina geworden, New Avalon zu erobern.

Zu ihrem Glück regierte Sandovals Familie jedoch die Mark Draconis. Als diese Grenzregion immer unruhiger wurde, war Tancred als Yvonnes persönlicher Gesandter nach Robinson zurückgekehrt, um die Bevölkerung zu beruhigen. Es war zu mehreren unmittelbaren Konfrontationen zwischen Arthur und Tancred gekommen, bei denen Tancred keinen Zweifel daran gelassen hatte, daß sein Gegenüber mehr aus dem Bauch agierte als über den Verstand. Das hätte die Lage entspannen sollen, doch hatte Tancred nicht mit den Sympathien eines Großteils der Mark-Bevölkerung für Arthur gerechnet. Die Umfragen erwiesen, daß er bei seinen Debatten mit Arthur einen äußerst negativen Eindruck erweckt hatte, was Tancreds Fähigkeit, Yvonne zu helfen, deutlich untergraben hatte.

Die dritte und letzte Phase in Katrinas heimlichem Krieg gegen das Vereinigte Commonwealth wurde mit der Nachricht über Victors bevorstehende triumphale Rückkehr eingeläutet. Mittels beträchtlicher Bestechungszahlungen an Umfrageinstitute und kleinere Bürokraten manipulierte sie die nach New Avalon strömenden Daten so, daß der Eindruck schwerer Unzufriedenheit entstand. Dieselben Daten fanden ihren Weg zurück in die einzelnen Systeme des Commonwealth, und hier und da gelang es einzelnen Unruhestiftern, mit Unterstützung durch Sun-Tzus Bewegung Freies Tikonov, Protestdemonstrationen zu organisieren, die ausgezeichnetes Holovidmaterial als Beweis für die weitverbreitete Unzufriedenheit lieferten.

In Yvonnes privater Korrespondenz mit Katrina wurde die Angst ihrer kleinen Schwester deutlich. Katrina schlug in ihren Antworten kleine Gesten vor, mit denen Yvonne Sympathie gewinnen konnte. All diese Strategien produzierten sofort positive Resultate: dank der manipulierten Meinungsumfragen. Unglücklicherweise – für Yvonne – verursachten Geldmittel für einen Planeten Probleme auf anderen Welten, deren Bewohner sich fragten, warum sie nicht auch ihren Teil der Unterstützung durch die Zentralregierung erhielten, so daß sich Yvonnes Probleme insgesamt noch verschlimmerten.

Plötzlich begannen die Umfragen steigende Sympathien für Katrina auszuweisen. Sie steigerte den Effekt noch, indem sie mehrere Grenzsysteme besuchte und Unterstützung aus der Lyranischen Allianz mitbrachte, die sehr viel näher an Welten wie Addicks und Helen lag als New Avalon. Sie wurde von jubelnden Mengen begrüßt, und die Holostopps lieferten ihr exzellentes Werbematerial. Das Bild eines kleinen Kindes, das auf Katrinas Schoß krabbelte und erklärte: »Du bist hübsch. Ich wünschte, du wärst unsere Prinzessin«, war so saccharinsüß, daß der Anblick bei empfindlichen Gemütern Brechreiz auslöste – doch es wurde im gesamten Vereinigten Commonwealth immer wieder gezeigt.

Mitte Oktober hatte sich die Debatte auf eine einzelne, klar definierte Frage zugespitzt, die in Kneipen ebenso debattiert wurde wie in politischen Talkshows. »Wäre Katrina nach Victors Tod nicht die Thronerbin des Vereinigten Commonwealth?« Immerhin war Yvonne nur als Regentin eingesetzt, und es schien offensichtlich, daß sie dieser Aufgabe nicht gewachsen war. Außerdem wußte niemand, ob Victor nicht bereits irgendwo jenseits der Peripherie sein Leben gelassen hatte. Möglicherweise steuerte Yvonne das Vereinigte Commonwealth grundlos ins Verderben, als ihre Schwester eigentlich schon lange hätte herrschen sollen.

Die Debatte trieb Yvonne zur Verzweiflung. Mitte November schickte sie Katrina eine Botschaft, in der sie ihre Schwester bat, nach New Avalon zu kommen und die Regentschaft zu übernehmen. Katrina stimmte zu und erklärte sich bereit, gerade rechtzeitig zu den Feiertagen das Herrscheramt anzutreten. Sie stellte sicher, daß Yvonne an ihrer Seite stand, und lobte ihre junge Schwester für deren tapfere Anstrengungen in schweren Zeiten. Aber alles atmete in dem Wissen auf, daß endlich wieder eine erfahrene Herrscherin am Ruder des Staatsschiffes stand.

Katrina verlor keine Zeit, die ›Flitterwochen‹ ihrer Amtszeit zu nutzen. Die Umfragen zeigten einen dramatischen Anstieg der Zufriedenheit, und sie initiierte verschiedene Reformen, die sie aufgeschlossen für die Sorgen der Bevölkerung erscheinen ließen. Sie schickte Yvonne nach Robinson, um die Menschen in der Mark Draconis zu beruhigen, daß man sie nicht vergessen hatte, und war keineswegs überrascht, als Yvonne und Tancred kurz darauf verschwanden und später auf Luthien wieder auftauchten.

Sie trank noch etwas Champagner und sah sich weiter im Büro um. »Zuviel altes Holz und Leder. Ich werde es neu einrichten lassen.«

Ein scharfes Klopfen an einer der Eichentüren riß sie aus ihren Träumen. Sie drehte sich um. Ein älterer, gesetzter Mann von deutlich asiatischer Herkunft neigte den Kopf und betrat den Raum. »Brauchen Sie etwas, Mandrinn Liao? Sind Sie gekommen, um mir die Stimmung zu verderben, oder soll ich großzügig sein und Ihnen etwas von diesem Champagner anbieten?«

Tormano Liao sah sie aus blauen Augen nachdenklich an. »Ich bin mir nicht sicher, ob Euch gefallen wird, was ich zu sagen habe, Hoheit.«

Sie zuckte die Schultern. »Dann trinken Sie erst ein Glas mit mir. Auf den plötzlichen Ruhestand meines Bruders. Jetzt hat er endlich alle Zeit der Welt, um mit seiner Drac-Geliebten herumzupossieren.«

Tormano schenkte sich ein Glas ein, stieß mit ihr an und trank. »Wie immer ausgezeichnet, Hoheit.«

»Natürlich. Ich verdiene nur das Beste.« Sie nahm die Sektflöte in beide Hände. »Was wollten Sie mir sagen?«

»Ich sehe mich gezwungen, aus Euren Diensten zu scheiden, Hoheit.«

»Wie erstaunlich. Erklären Sie das bitte.«

Der ältere Liao stellte sein Glas ab und verschränkte die Hände im Rücken. »Mein Neffe hat als Erster Lord des Sternenbunds Einheiten der Sternenbund-Verteidigungsstreitkräfte dazu benutzt, den St. Ives-Pakt zu besetzen, das Reich meiner Schwester. Wie Sie wissen, ist es zu Kämpfen gekommen, und die Dinge stehen nicht gut für die Untertanen meiner Schwester. Gleichzeitig hat Sun-Tzu Erfolge in den Umstrittenen Territorien aufzuweisen und beansprucht Planeten zurück, die Euer Vater vor Eurer Geburt befreit hatte. Ich habe Freunde auf diesen Welten.«

»Ich weiß, Mandrinn.« Katrina lächelte kalt. »Soweit ich mich erinnere, habe ich Ihre Loyalität belohnt, indem ich beträchtliche Beträge in Ihre Befreiungszellen umgeleitet habe. Die Bewegung Freies Capella, nicht wahr?«

»So ist es, Hoheit, und Ihr wart äußerst großzügig. Aber in Zeiten wie diesen ist Führung ebenso kostbar wie Geld. Cassandra und Kuan-Yin Allard-Liao tun ihr Bestes, ihrem Vetter Sun-Tzu zu widerstehen, aber es herrscht Bedarf an größeren Führungsqualitäten, als die beiden sie besitzen.«

»Und Sie könnten diese Lücke schließen?«

»Das könnte ich.« Tormano legte beide Hände flach auf die Brust. »Ich bin nicht mehr der beste Krieger, aber ich besitze einen Schatz an Erfahrung, der meinen Nichten fehlt.«

»Und einen Hunger auf Macht, der ihnen ebenfalls abgeht.« Katrina lachte leise über den überraschten Ausdruck auf Tormanos Gesicht. »Kommen Sie, Tormano, wir wissen beide, daß Sie Ihren Hintern am liebsten auf dem Himmelsthron auf Sian plazieren würden.«

»Ich würde meine Pflicht als Liao freudig akzeptieren.«

»Daran habe ich nicht den geringsten Zweifel, aber Sie sollten ein paar Punkte bedenken, die Sie früher als erwartet dorthin bringen könnten. Da wäre zuerst einmal dieses: Kai ist in diesem Augenblick auf Luthien und erfährt von den Schwierigkeiten des St. Ives-Paktes. Er dürfte das Führungsvakuum, das Sie sehen, bestens ausfüllen.«

Tormano blinzelte überrascht, dann lächelte er. »Kai wird in dieser Rolle höchst effektiv sein, ja.«

»Aber der zweite und weitaus wichtigere Punkt, den Sie bedenken sollten, ist der: Sun-Tzus Amtszeit als Erster Lord des Sternenbunds endet im November. Auf der Zweiten Whitting-Konferenz, die ich in acht Monaten auf Tharkad begrüßen werde, wird man seinen Nachfolger wählen, und ich plane, dieser Nachfolger zu werden.«

Tormano runzelte die Stirn. »Das ist keineswegs sicher.«

»Ach, ich weiß nicht. Ich bekomme Sun-Tzus Stimme, indem ich drohe, sein Reich völlig zu vernichten, wenn er sie mir verweigert. Da der kleine Janos Marik Thomas' Erbe wird – und wie ich höre, ist die Halas bereits wieder schwanger –, ist Sun-Tzus Scheinverlobung mit Isis Marik wertlos. Er hat keine Rückendeckung, also wird er für mich stimmen. Thomas wird dasselbe tun, um sich mir anzubiedern und damit Sun-Tzus Aufmerksamkeit auf das Vereinigte Commonwealth gerichtet bleibt und er sich nicht mit der internen Liga-Politik abmühen muß.«

»Theodore Kurita wird gegen Euch stimmen.«

»Das spielt keine Rolle, er hat nur eine Stimme von sechsen. Ich kaufe die Stimme der Freien Republik Rasalhaag mit Handelsvereinbarungen, und die Ihrer Schwester, indem ich die Unterstützung für ihre Truppen erhöhe.« Katrina hielt Tormano das Glas hin, damit er nachfüllen konnte. »Und vor allem gibt es keinen ernsthaften Gegenkandidaten. Theodore wäre die logische Alternative, aber er ist noch damit beschäftigt, sein Reich zu konsolidieren, nachdem er die Nebelparder aus deren Besatzungszone vertrieben hat. Er kann sich die Ablenkung nicht leisten.«

Tormano schenkte ihr Glas voll, dann schob er die Flasche zurück in den Eiskübel auf dem Schreibtisch. »Und Euer Bruder, der die erste Wahl für dieses Amt gewesen wäre, ist nicht mehr wählbar, weil er kein Reich mehr besitzt.«

»So ist es.«

Tormano nickte nachdenklich. »Und wenn Ihr die Erste Lady des Sternenbunds seid, werdet Ihr die SBVS-Truppen von St. Ives abziehen.«

»Und Sie, Mandrinn, als meinen persönlichen Gesandten verwenden, der die Waffenstillstandsvereinbarungen aushandelt und den Truppenabzug überwacht.«

Tormano lächelte und griff nach seiner Sektflöte. »Ich erhebe mein Glas auf Euch, Hoheit. Weisheit und Erfolg in allen Dingen.«

»Danke, Mandrinn Liao.« Sie stieß mit ihm an und genoß das freudige Klingen der Gläser. »Unsere loyalen Freunde erhalten ihren Lohn – und unsere Feinde die Namenlosigkeit eines verpfuschten Lebens.«

24

Einheitspalast, Imperial City, Luthien
Präfektur Kagoshima, Militärdistrikt Pesht,
Draconis-Kombinat

16. März 3061

Victor kauerte in einem Sessel im Besprechungszimmer des Koordinators und starrte auf die holographische Karte der Inneren Sphäre. Eine breite goldene Hantel zog sich quer durch die grob kugelförmige Projektion und unterstrich die Vereinigung seines Reiches mit Katherines Lyranischer Allianz. Das Grün der Konföderation Capella überschattete den St. Ives-Pakt. Die Chaos-Marken waren weiter zerfallen, aber die Konföderation hatte zusätzliche Systeme im unteren Teil der ehemaligen Mark Sarna geschluckt, der als ›Umstrittene Territorien‹ markiert war.

Wie betäubt sah er über den rautenförmigen schwarzen Tisch hinüber zum Koordinator. »Während des ganzen Feldzugs habe ich erwartet, daß Katherine und Sun-Tzu Ärger machen. Ich dachte, ich hätte Vorkehrungen dagegen getroffen. Das hätte ich nie erwartet ...«

Theodore schüttelte den Kopf. »Niemand hat es kommen sehen. Ihre Schwester war äußerst geschickt.«

Victor schloß die Augen und umarmte sich noch ein wenig fester. Yvonnes Geständnis, daß sie das Vereinigte Commonwealth verloren hatte, war ein Schock gewesen, und ihr Bericht, wie es geschehen war, widersprach aller Logik. Es war ihm völlig unbegreiflich, wie sein Volk in nur einem Jahr einen derartigen Haß auf Yvonne hatte aufbauen können. Als er die Freie Innere Sphäre verlassen hatte, war noch alles in Ordnung gewesen. Zu hören, daß sein Volk innerhalb von nur einem Jahr entschieden hatte, daß er im Kampf gegen die Clans gefallen war und es Katherine zur Herrscherin wollte, ging ihm nicht in den Kopf.

Yvonne war am Boden zerstört. Sie war völlig zusammengebrochen, nachdem sie ihm erzählt hatte, was geschehen war, so, als habe es ihre ganze Kraft gekostet, zumindest solange durchzuhalten. Er hatte ihr zugehört, sie an sich gedrückt und ihr den Kopf gestreichelt. Er hatte ihre Tränen mit seiner Uniform aufgesogen und ihr immer wieder erklärt, daß es in Ordnung – und nicht ihr Fehler gewesen war, denn schon bevor Theodore ihm die Entwicklung erläutert hatte, war Katherines Hand in all dem für ihn spürbar gewesen.

Als Theodore gekommen war, um Victor zu holen, hatte Omi Yvonne übernommen. Sie und Tancred waren in Omis Palast der Stillen Zuflucht einquartiert. Mit einem stummen Nicken hatte Omi ihn beruhigt, daß sie sich um seine Schwester kümmern würde, und er hatte den Koordinator begleitet, um sich darüber aufklären zu lassen, was während seiner Abwesenheit in der Freien Inneren Sphäre vorgefallen war.

Victor öffnete die Augen. »All das durch Manipulation der öffentlichen Meinung. Ich wußte schon vorher, daß sie gut ist, aber ich habe nicht geahnt, wie gut.«

Theodore nickte traurig. »Wir hatten auch keine Ahnung und hätten fast nicht bemerkt, was sie tat. Nur zweierlei hat uns alarmiert. Erstens hatten wir einen Maulwurf im Vereinigten Commonwealth, der aus reiner Eigeninitiative ein Interesse an Umweltproblemen seines Planeten entwickelte. Er organisierte eine kleine Protestgruppe. Nichts von irgendeiner Bedeutung für das Reich, aber es machte ihn als Unruhestifter bekannt. Jemand setzte sich mit ihm in Kontakt und bot ihm für den Fall Geld an, daß er seine Proteste intensivierte. Er stimmte zu und ließ sich von seinen Geldgebern hinsichtlich des Timings der Aktionen und der politischen Richtung seiner Proteste leiten. Sie verwandelten sich von Aktionen gegen allgemeine Probleme zu ausgesprochen scharfen Attacken gegen Yvonne. Das erschien unserem Mann ernst genug, seine Dekkung zu verlassen und uns zu kontaktieren.«

Der Prinz nickte. »Haben Sie ihn schon zurückgeholt?«

»Wir arbeiten daran.«

»Wenn es irgendwelche Schwierigkeiten gibt, werde ich helfen, wo immer ich kann.« Er schüttelte sich unter einem plötzlichen Lachanfall. »Na, das Angebot dürfte so ziemlich exakt den Atem wert sein, den es verbraucht hat. Was war die andere Warnung?«

»Unser Vergleich von Wirtschaftsdaten auf planetarer Ebene mit den veröffentlichten Daten. Wir bemerkten eine Divergenz. Medien und Regierungsstellen meldeten schlechtere Werte als die Bevölkerung sie vor Ort erlebte. Anscheinend nahm jeder, der die Nachrichten darüber hörte, wie schwierig die Lage unter Yvonne geworden war, an, seine eigenen positiven Erfahrungen hätten damit zu tun, daß er Teil einer glücklichen Minderheit war. Die Leute hatten keinen Anlaß, aufzustehen und öffentlich zu erklären, daß es ihnen gut ging. Sie waren nur froh darüber und behielten es für sich, damit nicht der Eindruck entstand, sie wollten sich über die Schwierigkeiten der anderen lustig machen.«

»Das paßt gar nicht zu Katherine.« Victor schüttelte den Kopf. »Yvonne sagte, Katherine hätte einiges von meinem Privatbesitz hierher geschickt. Stimmt das?«

Theodore senkte kurz den Blick. »Die Sachen befinden sich im Palast meiner Tochter.« Er zögerte einen Augenblick. »Es ist wahrscheinlich am besten, wenn ich das hier sage, in einem schallsicheren Raum. So lange Sie es wünschen, sind Sie als Gast auf Luthien willkommen. Ich habe keine Ahnung, welche Zukunftspläne Sie haben. Diese Nachricht muß ein

Schock für Sie sein, aber es wäre besser, darauf nicht überhastet zu reagieren.«

»Nein, keine Eile.« Victor seufzte. »Ich dachte, Katherine würde etwas Militärisches versuchen, deshalb habe ich Phelan dagelassen, um auf sie aufzupassen. Wie sich herausstellt, ist sie auf eine Weise vorgegangen, gegen die er absolut nichts machen konnte.«

Theodore lächelte. »Khan Kell wollte einen Feldzug gegen Ihre Schwester starten, aber ich machte ihm klar, daß er damit alles nur noch verschlimmert hätte. Wenn es etwas gibt, was noch katastrophaler wäre als das Auftauchen von draconischen Kriegsschiffen über New Avalon, dann das Auftauchen von Clanschiffen. Ich habe ihn aufgefordert zu warten, bis Sie zurück sind, bevor er etwas unternimmt. Wenn Sie in den Krieg ziehen wollen, um Ihr Reich zurückzugewinnen, stehen seine Wölfe und meine Krieger Ihnen natürlich zur Seite.«

»Ich weiß das mehr zu schätzen, als Sie ahnen, Theodore, und dasselbe werde ich Phelan sagen, aber ich weiß nicht...« Victor breitete die Hände aus. »Einerseits hat meine Schwester unsere Mutter ermorden lassen und systematisch alles getan, um meine Position zu untergraben. Sie ist bösartig, und wenn ich Sie auf dem Thron lasse, wird das wahrscheinlich in der Zukunft zu ungeahnten Problemen führen. Die einzige Lösung, die sich dagegen anzubieten scheint, wäre, gegen sie in den Krieg zu ziehen. Andererseits habe ich gerade erst zwei Jahre mit einigen der übelsten Schlachten meiner Laufbahn verbracht. Mit dem Schwert, daß Sie selbst mir bei meinem ersten Besuch hier gaben, habe ich den ilKhan der Clans enthauptet. Wenn sein Blut das letzte sein würde, das an meinen Händen klebt, wäre mir das sehr recht.«

»Ich würde mich mehr als freuen für Sie, Victor, wenn ich auch nur die geringste Chance sähe, daß es so kommt.« Theodore schüttelte traurig den Kopf.

»Aber ein Krieg ist hier nicht die einzige Wahl. Im November treffen die Mitglieder des Sternenbunds zur zweiten Whitting-Konferenz zusammen, um Angelegenheiten allgemeiner Bedeutung zu besprechen und einen neuen Ersten Lord zu wählen. Übrigens wurde die Verfassung des Sternenbunds abgeändert, so daß zu dieser Wahl jetzt eine einfache Mehrheit ausreicht.«

»Interessant, aber da es jetzt nur noch sechs stimmberechtigte Reiche gibt: KonCap, VerCom, Liga, Pakt, Kombinat und Rasalhaag, wäre jede Mehrheit automatisch eine Zwei-Drittel-Mehrheit, wie sie bisher nötig war. Wer hat die Änderung beantragt?«

»Thomas Marik, und sie wurde einstimmig beschlossen.« Der Koordinator wirkte verlegen. »Es ist niemandem entgangen, daß Sun-Tzu nur gewählt wurde, weil Sie sich anders verhalten haben, als Ihre Schwester erwartete. Niemand hat ein Interesse daran, daß der Erste Lord ausgelost wird, also macht eine einfache Mehrheit Sinn.«

»Und wenn es zu einer Pattsituation kommt, sorgt die Stimme ComStars für die Entscheidung.«

»Das stimmt, aber zum Zeitpunkt der Änderung existierten noch sieben stimmberechtigte Mitgliedsstaaten, daher war ComStars Rolle kein entscheidender Faktor.« Der ältere Mann schmunzelte. »Ich hatte gehofft, Sie würden der nächste Erste Lord werden.«

Victor nickte. »Irgendwo habe ich das wohl selbst gehofft. Aber jetzt erscheint mir das alles so weit entfernt und lange zurückzuliegen.«

»Ich habe vor, Katherines Usurpation Ihres Throns auf der Konferenz zur Sprache zu bringen. Natürlich wird sie behaupten, dabei handle es sich um eine interne Angelegenheit, so wie Sun-Tzu bei jeder Erwähnung des Themas St. Ives reagieren wird. Ich bezweifle, daß ich irgend etwas erreichen werde. Sie will Erste Lady werden, und sie kann Ihnen auf keinen Fall gestatten, wieder einen Thron zu besteigen, denn gegen Sie hätte sie bei einer Wahl nicht den Hauch einer Chance.«

»Schön zu hören, aber Sie haben recht. Wir werden bei der Konferenz keinen Fuß auf den Boden bekommen.« Er gluckste. »Ich glaube kaum, daß ich überhaupt eine Einladung bekomme. Sun-Tzu dürfte mir, sobald er von meiner Rückkehr erfährt, ein offizielles Dankeschön übermitteln und mich von meinen Kommandeurspflichten entbinden, und Katherine wird mich ganz sicher nicht zum Oberbefehlshaber der Sternenbund-Verteidigungsstreitkräfte ernennen, wenn sie erst gewählt ist.«

Theodore sah auf. »Sie klingen nicht sonderlich betrübt über diese Aussichten.«

»Nein, wohl nicht.« Victor zuckte die Achseln. »Ich weiß, ich weiß. Im Augenblick stehe ich noch unter Schock, und ich bin verflucht müde, aber wenn ich in meinem ganzen Leben nie wieder einen Befehl erlassen müßte, würde ich es nicht vermissen. Eigentlich ist das ironisch. In meiner letzten Unterhaltung mit dem ilKhan verlangte er von mir, ihn zu töten, weil er glaubte, für einen Krieger gäbe es kein Leben ohne Kampf. Ihm war das Kriegersein angeboren, es war sein Schicksal, und wir haben einen Krieg geführt, um den Clans zu beweisen, daß es kein unabänderliches Schicksal ist, sondern eine Entscheidung, und zwar eine Entscheidung, die man wann immer möglich vermeiden sollte. Und jetzt und hier habe ich eine Chance, diese Entscheidung zu treffen. Ich bin mit den besten Kriegern der Freien Inneren Sphäre ausgezogen. Wir haben die Clans besiegt. Ich habe meine Arbeit getan und jetzt die Gelegenheit, mich ins Zivilleben zurückzuziehen.« Er beugte sich vor und stützte die Ellbogen auf den Tisch. »Und Theodore, bitte glauben Sie mir, daß ich damit die draconischen Kriegertraditionen nicht beleidigen will. Ich ehre sie und bin gelegentlich so arrogant, mir einzubilden, daß ich sie verstehe. Ein Punkt, den ich sehr gut verstehe, ist, daß ein Krieger seine Laufbahn manchmal aufgibt, um ein anderes Leben zu führen. Er zieht sich in ein Kloster zurück – wie Yorinaga Kurita.«

»Oder Ihr eigener Morgan Kell.«

»Stimmt.«

»Aber beide sind ins Kriegerleben zurückgekehrt, als man sie brauchte.«

Der jüngere Mann lächelte. »Vielleicht werde ich das ja auch tun.«

»Was würden Sie statt dessen tun?«

»Nun, Sie haben mir die Gastfreundschaft Ihres Planeten angeboten, und Omi hat einen Garten, der Pflege benötigt.« Victor senkte den Kopf. »Klingt es seltsam, daß ich in einem Garten herumstochern und Leben heranzüchten möchte, statt es irgendwo anders zu zerstören?«

»Keineswegs, und sogar äußerst ehrenhaft.« Auch Theodore beugte sich über den Tisch. »Sie stehen vor einer Wahl, zu der ich niemals eine Gelegenheit hatte. Sie sind meinem Vater nie begegnet, aber er ähnelte sehr Ihrem eigenen. Er hat mich gedrängt, der Erbe zu werden, den er sich wünschte, weil ich sein einziges Kind war, *und* weil er wußte, in welcher schwierigen Lage sein Reich steckte. Er hatte keinen so beschwichtigenden Einfluß wie ihre Mutter. So wie ich meinen Vater und auch den Ihren kannte, schätze ich, daß die beiden zwar ihre Probleme mit dieser Entscheidung hätten, sie aber doch respektieren würden. Der Krieg ist zu entsetzlich, um ihn als Hobby oder Berufung zu verstehen. Daß Sie allein schon erkennen, daß es eine Wahl gibt, eine Gelegenheit, sich für etwas anderes zu entscheiden, macht Sie zu etwas ganz Besonderem.«

»Domo arigato.« Victor reckte sich und gähnte in die

vorgehaltene Hand. »Verzeihung, aber der Tag war doch recht anstrengend.«

»Ja, das kann ich mir vorstellen.« Der Koordinator stand auf und ging zur Tür. »Ich werde einen Wagen rufen, der Sie zu Omis Palast bringt.«

»Noch einmal, danke.« Victor lächelte Theodore an. »Und ich haben Ihnen noch gar nicht dafür gedankt, daß Sie Omi und mir diese Gemeinsamkeit gestatten. Auf Grund Ihrer Wünsche hatten wir uns damit abgefunden, getrennte Leben führen zu müssen. Ich habe sogar ...« Victor lachte »... mit dem Gedanken gespielt abzutreten, damit die Politik uns nicht länger trennen kann.«

Der Koordinator schmunzelte. »Ich habe mich zu Beginn wegen der Spannungen zwischen unseren Nationen gegen Ihre Verbindung gestellt, aber ich bin immer davon ausgegangen, daß eine wahre Liebe zwischen Ihnen beiden diese Schwierigkeiten überwinden würde.«

»Ihre Tochter hat sich immer treu an Ihre Befehle gehalten.«

»Das weiß ich.« Theodore winkte Victor durch die Tür in den Gang. »Ich weiß nicht, ob Sie davon wissen, aber ich habe meine Frau heimlich geheiratet, und sehr gegen die Wünsche meines Vaters. Ich bin froh, daß Omi eine Möglichkeit gefunden hat, ihren unabhängigen Geist und ihr Pflichtbewußtsein unter einen Hut zu bringen.«

»Sie ist eine ganz besondere Frau. Sie ist die einzige, die ich je geliebt habe, und die einzige, die je zu lieben ich mir vorstellen kann.«

»Dann danke ich Ihnen, Victor. Ich weiß jetzt, daß die Zukunft meiner Tochter gesichert ist.« Der Koordinator deutete eine kurze Verbeugung an. »Ich schicke Ihnen einen Fahrer. Gute Nacht. Schlafen Sie gut.«

Victor erwiderte die Verneigung und sah Theodore nach. Als das Geräusch seiner Schritte verklang, wurde dem Prinzen plötzlich klar, daß er zum erstenmal seit einer scheinbaren Ewigkeit allein war. Er lächelte. Aber seine Freude erstarb jäh, als ein kalter Schauer sein Rückgrat entlanglief. *Ich bin* wirklich *allein. Meine Nation ist verloren.*

Der Gedanke an Omi, die auf ihn wartete, verdrängte das Schaudern, aber eine andere, seltsame Empfindung nahm dessen Platz ein. Er drehte sich um und starrte auf einen tiefen Schatten links von sich. Er kniff die Augen zusammen, war nahezu überzeugt, daß dort nichts war, und doch konnte er das Gefühl nicht abschütteln, beobachtet zu werden. Gerade als er glaubte, durch den Schatten hindurchsehen zu können, die Ecke zu erkennen, in er die Wände aneinander stießen, löste sich ein Teil der Dunkelheit und trat ins Licht.

»Komban wa, Sensei«, verneigte Victor sich. »Ich hatte mich bereits über Ihre Abwesenheit gewundert.«

Minoru Kurita erwiderte die Verbeugung. Obwohl er ein paar Zentimeter größer war als Victor, ließen seine schmächtige Statur, der etwas zu große Kopf und die dicke Brille ihn kleiner als den Prinzen wirken. Hätte jemand Victor ein Bild seines Gegenübers gezeigt und ihn gefragt, ob er diesen Mann in einem Zweikampf besiegen konnte, hätte er ohne jedes Zögern mit ja geantwortet.

Aber ein Hologramm kann die Kraft nicht vermitteln, die in diesem Körper steckt. Vor seinem ersten Besuch auf Luthien hatte Victor kaum etwas über Omis jüngeren Bruder gewußt. Die Akten des Geheimdienstsekretariats hatten ihn im Machtgefüge des Kombinats als Mystiker ohne Bedeutung beschrieben und abgetan. Victors Haltung Minoru gegenüber hatte sich nach seiner Verletzung geändert, als der junge Draconier ihn geführt und geheilt hatte. Während Victors Therapie aus T'ai-Chi-Chuan-Übungen seinen Körper stärkte, hatte Minoru sie mit Gesängen und anderen esoterischen Übungen unterstützt, um seine Lebenskraft zu stärken. Trotz anfänglicher Skepsis hatte Victor sich schneller erholt, als seine eigenen Ärzte es für möglich gehalten hatten, was Minoris Therapie ein gewisses Gewicht verlieh.

»Ich freue mich auch, Sie wiederzusehen, Victor.« Minoru lächelte andeutungsweise. »Ich war in der Nähe, wollte jedoch nicht bemerkt werden. Es ist erfreulich, daß Sie mich jetzt gesehen haben.«

»Ich habe Sie nicht gesehen. Ich fühlte mich gesehen.«

»Eine noch nützlichere Fähigkeit.« Der junge Kurita schob die Hände in die Ärmel seiner roten Robe. »Sie haben Ihre Übungen weiter durchgeführt. Das freut mich.«

»Ich bin froh darüber. Sie haben mich gestärkt.«

»Nein, ich habe Ihnen nur gezeigt, wie Sie Ihre vorhandene Stärke finden können.«

Victor nickte dankbar. »Ohne Ihre Hilfe hätte ich mich von meinen Wunden nicht erholt, und dafür schulde ich Ihnen Dank. Wenn es irgend etwas gibt, womit ich mich revanchieren kann …«

»Das gibt es.«

»Sagen Sie es mir, obwohl Sie entschuldigen müssen, daß meine Möglichkeiten unter den gegebenen Umständen arg beschränkt sind.«

»Das, was ich von Ihnen möchte, können Sie sich leisten.« Minoru rückte seine Brille zurecht. »Sie haben den ilKhan mit dem Schwert getötet. Erzählen Sie mir von dem Hieb.«

»Dem Hieb?« Victors Augen wurden zu Schlitzen. Der Tod des ilKhans war das Glanzlicht der Nachricht von der Rückkehr der Einsatzgruppe gewesen, als habe dieser eine Mann alle Bösartigkeit der Clans verkörpert – und als sei diese mit seinem Tod vernichtet worden. Victor erinnerte sich, versetzte sich in den

Augenblick zurück. Er hatte lange nicht mehr an den Kampf mit Osis gedacht. *Warum nicht?*

Er sah auf. »Ich war in meinem Mech, und Osis forderte mich heraus, mich ihm auf gleicher Ebene zu stellen. Er bot an, mich dem Tod vorzustellen. Ich verließ den Mech und nahm mein Katana mit. Ich sagte, ich würde nicht gegen ihn kämpfen, ich wäre bereits getötet worden, sei schon einmal gestorben und wolle kein weiteres Sterben. Ich sagte ihm, daß er besiegt war, und erkannte in seinen Augen das Wissen um die Dummheit des ganzen Kreuzzugs. Nachdem er diese Einsicht hatte, flehte er mich an, ihn zu töten.«

»Und dann haben Sie es getan, um ihm einen ehrenvollen Tod zu schenken?«

Victor schüttelte den Kopf. »Nein. Er war kein Krieger mehr. Er hatte weder die Ehre noch irgendein Recht darauf, das zu erbitten. Obwohl er das wußte, bat er darum. Er erklärte mir, ein Krieger könne nur als Krieger leben, aber ich antwortete ihm, seine Strafe sei, als etwas anderes leben zu müssen. Dann drehte ich ihm den Rücken zu und ging zurück zu meinem Mech. Ich hörte das Scharren von Füßen auf dem Stein, sah seinen Schatten über mich fallen, aber schon vorher wußte ich, daß er mich angriff.« Victors Herz hämmerte, sein Puls raste. »Ich wirbelte herum, zog und schlug zu, ohne nachzudenken. Ich kann mich an den Hieb kaum erinnern. Ich erinnere mich an die heiße Sonne auf meinem Rücken, als ich auf seinen Kopf hinabsah und auf das Blut, das versuchte, Kopf und Körper wieder zu verbinden.« Er sah Minoru an. »Es tut mir leid, daß ich Ihnen nicht mehr sagen kann.«

»Sie haben mir genug gesagt.« Minoru senkte den Kopf. »Hören Sie mir zu, Victor. Sie stellen eine Waffe von großer Macht dar. Sie haben ihren Feind zerstört und sind wie ein scharfes Schwert in Ihre Scheide zurückgekehrt. Deren sicheres Dunkel mag Ihnen behagen, und Sie haben es sich verdient. Für den Mann, der alles hatte, so wie Sie, ist das einzig mögliche Geschenk, nichts zu besitzen.«

Victor lächelte. »So hatte ich es noch nicht gesehen. Danke. Sie sind sehr freundlich zu mir, wie alle hier.«

Minorus Rechte kam mit ausgestrecktem Zeigefinger aus dem Ärmel der Robe. »Die anderen sprechen aus Ninjo mit Ihnen – aus Mitgefühl. Ich spreche über Giri – die Pflicht. Sie mögen jetzt in der Scheide ruhen, aber das wird nicht immer so bleiben. Die Pflicht wird Sie rufen, und Sie werden ihr folgen.«

Ein Schaudern lief durch Victors Körper. Minoru sprach leise, aber seine Worte besaßen das Gewicht von Kampfkoloßschritten. *Es ist, als würde ich mit einem der Novakatzen-Khane reden.* »Ich kann nicht behaupten, daß ich das genau verstehe ...«

»Das Verständnis wird kommen, Victor.« Minoru sah an ihm vorbei, dann wirbelte er davon.

Theodore kam in Begleitung einer Frau in der Uniform der Otomo, seiner Leibwache, um eine Ecke des Korridors. »Victor, das ist Tai-i Lainie Shimazu. Sie wird Sie zum Palast meiner Tochter bringen. Sie können Ihr so vertrauen wie Ihrer Nebelparder-Leibwächterin.«

Victor verbeugte sich vor der Kriegerin. »Dann bin ich in guten Händen.«

Sie erwiderte die Verbeugung, sagte aber nichts und zog sich in die Eingangshalle des Palastes zurück, um ihm und Theodore einen letzten Moment in der Privatsphäre zu gönnen.

Der Koordinator schüttelte den Kopf. »Ich entschuldige mich, daß Sie solange warten mußten, vorhin und jetzt gerade, bis ich mit Lainie zurückkam.«

»Nicht der Rede wert, Theodore«, versicherte Victor ihm. »Der heutige Tag hat mir viel zu denken gegeben, und ich habe die Zeit genutzt, damit anzufangen.«

25

Haus Musashi, Imperial City, Luthien
Präfektur Kagoshima, Militärdistrikt Pesht,
Draconis-Kombinat

2. April 3061

Solange er sich zurückerinnern konnte, war es Teil seiner alltäglichen Routine gewesen, eine Uniform zu tragen, und trotzdem fühlte Victor sich in der, die er jetzt trug, unwohl. Sie schien ihm nicht mehr zu passen. Er wollte sie abstreifen wie eine Schlange ihre alte Haut, und daß ihm gerade dieser Vergleich in den Sinn kam, bewies ihm, daß er zwiespältige Gefühle diesbezüglich hatte. Ja, er war über die Uniform hinausgewachsen und würde froh sein, sie loszuwerden, aber gleichzeitig fühlte er sich schuldig, diese Veränderung so herbeizusehnen. *Mancher wird das als einen Verrat erleben, und ich kann es nicht einmal übelnehmen.*

Er trat in die Mitte der kleinen Bühne Haus Musashis. Die hellen Scheinwerfer der Holokameras machten es ihm schwer, mehr als Schattenrisse des Publikums zu sehen – aber er wußte, wer dort unten saß. Er hatte ihre Uniformen gesehen, als sie hereinkamen: ein Offizier oder Mannschaftsgrad von allen Einheiten der Einsatzgruppe, und die Kommandeure der nationalen Kontingente. Die Uniformen unterschieden sich, aber alle Krieger trugen einen Aufnäher der Sternenbund-Verteidigungsstreitkräfte auf der Schulter und darunter Gefechtsabzeichen für die Schlachten gegen die Clans, an denen sie als Teil der SBVS teilgenommen hatten.

In den zwei Wochen seit seiner Ankunft hatte Victor versucht, sich von allem fernzuhalten, was mit Pflicht zu tun hatte, und dankenswerterweise hatte niemand versucht, ihn zu stören. Kais Frau und Kinder waren nach Luthien gekommen, um ihn zu begrüßen, und Theodore hatte ihnen einen der Sommerpaläste seiner Familie auf einer kleinen Insel der Südhalbkugel zur Verfügung gestellt. Victor hatte Zeit mit Yvonne verbracht und erfreut festgestellt, wie sehr Tancred sie unterstützte. Sie hatte sich wieder entschuldigt, und er hatte ihr verziehen, auch wenn er sicher war, daß er das noch einige Male würde tun müssen, bis Yvonne ihm glauben würde, daß er ihr wirklich vergeben hatte.

Die meiste Zeit hatte er mit Omi zugebracht, und sie war das beste Heilmittel für seine Sorgen und Ängste, das es nur geben konnte. Ihre körperliche Intimität erlaubte Victor, zurück zu sich selbst zu finden und gab ihm wieder die Fähigkeit zu fühlen. Sie verankerte ihn in einer Wirklichkeit, die angenehm und erfreulich war und damit das vollkommene Gegenteil des Krieges. Er hatte die letzten zweieinhalb Jahre im Krieg verbracht, in konstanter Kampfbereitschaft, und Omis sanfte Präsenz, ihr süßer Geruch, ihr nächtliches Flüstern, holten ihn in eine Welt zurück, die sich nicht um Tod und Vernichtung drehte.

Sie widmete sich seinen Bedürfnissen mit solcher Hingabe, daß sie in allen Lebenslagen vorausahnte, was er brauchte. Bis er sich für eine Rede fertigmachte, hatte er keine einzige seiner Uniformen gesehen. Seine Mahlzeiten deckten das gesamte Spektrum von alltäglicher, einfacher VerCom-Kost bis zu exotischen Speisen ab, die ihm hervorragend mundeten, wenn er abenteuerlich gestimmt war. Omi war nirgends zu sehen, wenn er allein sein wollte, und zur Stelle, wenn er die Einsamkeit nicht länger ertragen konnte.

Er hatte keinen Zweifel daran, daß sie wirklich und wahrhaftig seine bessere Hälfte war, die Hälfte, nach der er sein ganzes Leben gesucht hatte und ohne die er sterben würde. Den letzten Beweis, soweit er noch einen benötigt hatte, erhielt er eines Nachmittags bei der Arbeit in ihrem Garten, als er sich an einer Rose stach. Omi, die ein paar Schritte entfernt saß und las, sah sofort auf, obwohl er keinen Laut von sich gegeben, die Hand nicht zurückgezogen und auch sonst keinerlei Anzeichen einer Verletzung gezeigt hatte. Sie kam auf leisen Sohlen herüber, zog ein Taschentuch hervor, um die Wunde zu verbinden, und küßte seinen Finger, um den Schmerz zu vertreiben.

Am nächsten Morgen lag eine komplette Gärtnermontur für ihn bereit, als er aufwachte, ein Paar Handschuhe eingeschlossen.

Im Verlauf der Tage wurde Victors Verstand schärfer, und er erkannte die Notwendigkeit für diese Ansprache. Jetzt, als er zum Rednerpult trat und das Mikrofon justierte, zogen die verschiedenen Versionen der Rede durch seine Gedanken. Es gab keine offensichtlich angemessene Art auszudrücken, was er zu sagen hatte. Manche Formulierungen klangen aufgeblasen, andere zuckrig. Er wollte den Kriegern, die unter ihm dienten, mitteilen, was er fühlte, und zwar ohne irgendwelche versteckten Botschaften. *Die Lage ist zu angespannt, um Mißverständnisse zuzulassen.*

»Ich grüße Sie alle, hier im Saal und draußen auf Luthien und in der Umlaufbahn. Verzeihen Sie mir, daß ich Ihren Urlaub unterbreche. Ich weiß, Sie alle brauchen Ihre Freizeit, verdienen sie und haben hart dafür gearbeitet. Vor zweieinhalb Jahren haben die Lordräte des Sternenbunds unseren Krieg gegen die Nebelparder autorisiert, und wir alle haben vorhergesagt, daß wir Jahre brauchen würden, um ihn zu gewinnen. Ja, wir haben von Jahren gesprochen, in der Mehrzahl, aber keiner von uns hat erwartet, daß es *zwei* Jahre werden würden.« Victor grinste breit. »Hätte ich geahnt, wie gut Sie alle kämpfen würden, hätte ich vorgeschlagen, uns auf Monate einzustellen, und nicht einmal auf allzu viele.«

Leises Lachen ging durch den Saal, und Victor konnte vor sich sehen, wie überall auf Luthien Bierkrüge und Sakeschalen gehoben wurden.

»Wie Sie inzwischen sicher alle wissen, hat das Vereinigte Commonwealth einen Machtwechsel erlebt, während wir gegen die Clans kämpften. Meine Schwester Katherine wurde eingeladen, zum Wohl der Bürger die Kontrolle über das Vereinigte Commonwealth zu übernehmen. Sie hat dies im Dezember letzten Jahres getan und scheint nicht geneigt, ihre Position wieder aufzugeben. Um genau zu sein, habe ich dieselbe Grußbotschaft erhalten wie Sie alle hier auf Luthien, aber in meinem Fall wurde sie von einem Großteil meiner persönlichen Habe begleitet. Wie es scheint, sind meine persönlichen Gemächer auf New Avalon frei geworden, also falls irgend jemand von Ihnen noch eine Wohnung sucht, die Aussicht ist erstklassig ...«

Wieder klang Gelächter auf, und Victor setzte ein strahlendes Lächeln auf, von dem er wußte, daß es seine Schwester zur Weißglut treiben würde. Er wartete, bis wieder Ruhe eingekehrt war, bevor er weitersprach.

»In den letzten zwei Wochen habe ich von vielen von Ihnen gehört ...« Er zögerte einen Augenblick, bis der Druck in seiner Kehle sich linderte. »Von Einheiten des Vereinigten Commonwealth und auch von anderen, die mir mitteilten, Sie wären bereit, an meiner Seite zu kämpfen und meine Schwester abzusetzen. Ihre Bereitschaft, für mich zurück in die Hölle zu ziehen, aus der wir gerade erst gekommen sind, berührt mich tiefer, als Sie ahnen können. Ihre Bereitschaft, mir noch einmal Ihr Leben anzuvertrauen, ist das höchste Lob, das ich mir vorstellen kann. Ich hatte gedacht, es gäbe keine Möglichkeit, *noch* stolzer auf Sie alle sein zu können; zu meiner Freude jedoch muß ich gestehen: Sie haben mir das Gegenteil bewiesen.« Victor hob den

Kopf. »Ich betrachte Ihr Vertrauen in mich als geheiligt, und es zwingt mich zu einer schweren Entscheidung. Diese Entscheidung ist folgende: Habe ich das Recht, die Innere Sphäre in einen Krieg zu stürzen, Sie, Ihre Angehörigen und die Bürger zahlloser Welten in einen Blutrausch zu ziehen, der mich zurück auf den Thron eines zerschlagenen Reiches hebt? Die Antwort ist klar. Ich habe dieses Recht nicht. Manche werden argumentieren, ich hätte die *Pflicht* dazu, aber dem stimme ich nicht zu. Meine Pflicht, *unsere* Pflicht ist es, die Sicherheit der Zivilbevölkerung zu garantieren. Aus diesem Grund haben wir gegen die Clans gekämpft, und wir haben die Clans durch unsere Hingabe an diese Verpflichtung besiegt. Jetzt gegen meine Schwester in den Krieg zu ziehen, würde alles verhöhnen, was wir geleistet haben, um der Inneren Sphäre Frieden zu bringen. Ich werde weder Ihnen noch dem Gedächtnis derer so etwas antun, die für dieses Ziel ihr Leben gelassen haben.«

Victor holte ein Glas Wasser aus einem Fach im Rednerpult und nahm einen Schluck, um seine Kehle zu befeuchten. »Mein Mandat, Sie zu befehligen, ist mit unserer Rückkehr in die Freie Innere Sphäre erloschen. Sie alle werden in Kürze Befehl erhalten, nach Hause zu Ihren Freunden und Familien zurückzukehren, und ich freue mich für Sie über diese Möglichkeit. Ich weiß, manche von Ihnen denken, daß es eine Schande sei, daß mir eben diese Freude versagt wird, aber ehrlich gesagt ist das ein Irrtum. In den letzten zwei Jahren waren *Sie* meine Familie. Zu wissen, daß Sie zurück in der Heimat sind, bedeutet für mich, mit jedem einzelnen von Ihnen das Geschenk der Heimkehr zu genießen. Meine persönlichen Schmerzen werden in diesem Meer der Freude untergehen.« Er starrte genau in die Holokamera an der Rückwand der Halle. »Da unsere Mission beendet ist, habe ich dem Ersten Lord meinen Rücktritt angeboten. Ich habe dies zum Teil deshalb getan, weil ich des Krieges müde bin, aber vor allem Ihretwegen. Kein Soldat darf hoffen, eine großartigere Gemeinschaft tapferer Männer und Frauen unter seinem Befehl vereinen zu können. Es war mir eine große Ehre und besondere Auszeichnung, zusammen mit Ihnen zu dienen. Ich wünsche Ihnen allen Frieden und eine schnelle und sichere Heimreise. Sie sind die Helden des Clan-Kriegs. Vergessen Sie das nie, was auch geschieht. Sie haben der Inneren Sphäre eine Zukunft erkämpft. Jetzt liegt es an uns, diese Zukunft zu gestalten und mit Leben zu erfüllen. Gehen Sie, leben Sie, werden Sie glücklich. Das ist mein letzter Befehl an Sie alle, und ich erwarte seine Ausführung.«

Aus dem Saal ertönte Beifall. Victor trat vom Pult zurück, und als er wieder aufsah, bemerkte er, daß alle Soldaten aufgestanden waren. Er spürte einen Kloß im Hals, und seine Brust war wie zugeschnürt. Seine Absätze knallten zusammen, als er Haltung annahm und die rechte Hand zu einem zackigen Salut hochzuckte. Augenblicklich verstummte der Applaus, und die versammelten Soldaten salutierten wie ein Mann.

Victor verbeugte sich vor ihnen, dann zog er sich hinter die Bühne zurück. Er schlüpfte durch eine Seitentür hinaus und in eine wartende Schweberlimousine, in der er nur seinen Fahrer und Tiaret Nevversan erwartete. Zu seiner Überraschung befanden sich noch drei weitere Personen im Wagen, von denen er zwei sofort erkannte. Neben Jerry Cranston saß Curaitis, der Agent, den er zwei Jahre zuvor losgeschickt hatte, um Beweise gegen seine Schwester zu besorgen. Victor gegenüber, neben Curaitis, saß eine zartwüchsige Frau, die ihm entfernt vertraut schien.

Victor beugte sich mit einem breiten Grinsen vor und reichte Curaitis die Hand. »Schön, Sie wiederzusehen.«

»Gleichfalls, Hoheit.«

»Wie sind Sie hergekommen?«

»Wir sind hergekommen.«

Jerry Cranston lachte. »Sie kamen an Bord eines Frachters, der vor zwei Tagen eingetroffen ist. Aber sie fanden keine Möglichkeit, Sie zu erreichen, deshalb hat Curaitis mich in Kubeto ausfindig gemacht, und ich habe ihn hergeschafft. Und dann hatte ich verteufelte Probleme, Tiaret dazu zu bringen, uns hier auf Sie warten zu lassen.«

Victor lachte. »Sehen Sie, Curaitis. Ich war gezwungen, mir eine Clansfrau zu suchen, die Ihren Platz einnimmt. Sie sollten sich geehrt fühlen.«

»Könnte eine gute Wahl gewesen sein. Wir werden sehen.«

Jerry schüttelte den Kopf. »Sie haben beide Zweifel daran, ob der andere eine angemessene Leibwache für Sie ist. Aber sie werden sich ein Dojo suchen und ihre Meinungsverschiedenheit beilegen.«

Victor deutete mit einem Kopfnicken auf die junge Frau ihm gegenüber. »Und wer ist das, Curaitis?«

»Francesca Jenkins.«

Der Name weckte eine Erinnerung in Victor. Jenkins war ursprünglich ein Maulwurf der Liga Freier Welten im Vereinigten Commonwealth gewesen. Sie hatte Thomas Marik die Information verschafft, daß sein Joshua, der auf New Avalon wegen Leukämie in Behandlung gewesen war, gestorben war. Kurz darauf wäre sie selbst fast umgekommen, als sie versucht hatte, Attentäter daran zu hindern, den Doppelgänger zu töten, den Victor an die Stelle des jungen Joshua gesetzt hatte. Curaitis und andere hatten Jenkins zur loyalen VerCom-Agentin umgedreht und auf die Spur Sven Newmarks angesetzt.

Victor schüttelte ihr die Hand. »Es ist mir eine Freude, Ms. Jenkins.«

»Keine so große wie mir, Hoheit.«

Der Prinz knöpfte die Uniformjacke auf und lehnte sich zurück, als der Motor der Limousine ansprang und der Wagen sich auf sein Luftkissen erhob. »Was haben Sie für mich?«

Curaitis sah zu Francesca hinüber, und sie begann mit dem Bericht. »Wir fanden Sven Newmark unter dem Namen Reginald Starling auf New Exford. Er lebte dort als moderner neogothischer Kunstmaler. Ich freundete mich mit ihm an und konnte im Verlauf von vierzehn Monaten sein Vertrauen erringen. Ich wollte ihn dazu bringen, mir seine Tagebücher und Aufzeichnungen der Dienstzeit bei Ryan Steiner aus freien Stücken auszuhändigen, und ich bin sicher, dazu wäre es auch gekommen. Vorher aber haben Loki-Agenten im Dienst Eurer Schwester ihn gefunden und umgebracht. Reg hatte Vorkehrungen getroffen. Er war aus gutem Grund paranoid. Nach seinem Tod gelangte ich an zwei CD-ROMs mit Daten. Eine enthielt eine riesige Büchersammlung, die andere allem Anschein nach eine Datensicherung des Compblocks, den er während dieser Zeit bei Ryan benutzt haben muß. Ich isolierte die wahrscheinlichsten Dateien für seine Tagebücher und stellte fest, daß sie verschlüsselt waren.«

Victor nickte. »Konnten Sie die Dateien entziffern?«

Francesca wurde rot. »Schließlich ja. Ich hätte es schneller schaffen sollen, weil Reg mir den Schlüssel für die Dekodierung gegeben hatte, aber ich war nicht in der Lage, klar zu denken. Er hatte die Tagebücher in einem nahezu unknackbaren Code chiffriert, der jedes Wort einer Botschaft mit einer Positionsangabe in einem Buch verknüpft. Ohne die exakte Ausgabe des betreffenden Buches, auf das die Seite-Absatz-Wort-Angaben abgestimmt sind, ist der Code nicht zu lösen.«

»Es ist eine uralte Technik, Hoheit, die wir selbst oft

einsetzen.« Cranston lächelte. »Wie sie bereits sagte, ohne das Schlüsselbuch ist sie nicht zu knacken.«

»Aber Francesca, Sie haben auch gesagt, daß Newmark eine Disk voller Bücher hinterlassen hat, also muß der Schlüssel eines davon gewesen sein, oder?«

»Ja, Hoheit, genau das dachte ich auch.« Sie sah für einen Moment auf ihre Hände hinab. »Ich verglich die kodierten Tagebücher mit jedem Buch der Bibliotheks-CD und erhielt nur Kauderwelsch. Nichts ergab einen Sinn. Ich konnte mir nicht vorstellen, warum es nicht funktionierte. Ich überlegte, daß Reg möglicherweise die Buchdateien manipuliert und die Seiten selbst versetzt hatte, um auch das Schlüsselbuch irgendwie zu kodieren, also setzte ich mich hin und las die Bücher durch, um zu sehen, ob sie Sinn ergaben. Ich besorgte mir sogar Kopien aus einer anderen Quelle, um sie zu vergleichen, aber Computerabgleichungen ergaben, daß der Text identisch war.«

Victor runzelte die Stirn. »Sie waren identisch?«

»Nein, Hoheit, der *Text* war identisch, aber die Bücher waren es nicht. Obwohl ich zu Vergleichszwecken zwei Kopien desselben Buchs in den Computer geladen hatte und der Text übereinstimmte, unterschieden sich die Buchparameter. Die Bücher auf Regs CD waren allesamt entweder länger oder kürzer, und zwar häufig um einige Seiten.«

»Wie das?«

»Die Seitenzahl eines Buches ist eine Illusion, Hoheit. Sie hängt entscheidend vom benutzten Schriftfont und dessen Satzgröße ab, davon, ob der Font proportional ist oder nicht – und noch von anderen Faktoren wie der Seitenformatierung. Deswegen ist die exakte Ausgabe des Schlüsselbuchs so wichtig. Dieselbe Menge Text läßt sich je nach Formatierung über beliebig viele Seiten verteilen, um ein dickes Buch dünner oder ein kurzes länger zu machen. Das machte mich nachdenklich, und ich nahm mir noch einmal die Datensicherungs-CD vor. Ich listete die verschiedenen Schriftfonts auf, die Reg abgespeichert hatte, und fand einen mit dem Namen Keine Geheimnisse. Reg hatte mir kurz zuvor ein Gemälde mit dem Namen *Keine Geheimnisse X* geschenkt, und ich hatte es für das zehnte Bild einer Serie gehalten, aber es konnte auch eine Anweisung sein, den Fontsatz Keine Geheimnisse in einer Größe von zehn Punkt für die Formatierung seiner Kodebücher einzurichten. Genau das habe ich gemacht und die Dechiffrierung neu gestartet, und jetzt haben wir alles.«

»Alles?«

Jerry Cranston nickte. »Newmark war gut. Er hat komplette Unterlagen mit einem Schlüssel für die Codenamen geführt, die sie benutzt haben, um Spione in die Irre zu führen. Wir haben eine detaillierte Beschreibung des Plans für den Mord an Ihrer Mutter und dessen Bezahlung. Er deckt sich hundertprozentig mit dem, was wir vor fünf Jahren ermittelt haben. Newmark hat Sergei Chou angewiesen, einen Attentäter auf den Archon anzusetzen, und die Bezahlung arrangierte Ihre Schwester. Chou kaufte wertloses Sumpfland, dann kaufte ihm ein Konzern das Gebiet zu einem überhöhten Preis ab und schenke es der Regierung des Vereinigten Commonwealth für einen Naturpark. Der Konzern erhielt zum Dank für die Spende einen Steuerabzug, und der Direktor wurde auf Katherines Vorschlag geadelt und mit einem Landgut belohnt.«

»Wir haben sie. Endlich haben wir sie.« Victor blinzelte erstaunt, dann verzog er das Gesicht. »Aber jetzt, da Newmark tot ist, wird sie behaupten, wir hätten die Beweise gefälscht. Und ohne eine eigene Nation als Rückendeckung kann ich das nicht einmal den Lordräten des Sternenbunds vortragen.« Er lächelte reumütig. »Zum Teufel, ich zahle nicht einmal mehr Ihr Gehalt. In Wahrheit arbeiten Sie jetzt für Katherine.«

Curaitis schüttelte den Kopf. »Sie denken wohl, Sie hätten ein Monopol aufs Zurücktreten?«

Francescas Blick wurde stechend. »Ich arbeite nicht für eine Frau, die ihre eigene Mutter und meinen Freund Reg Starling ermorden ließ. Agent Curaitis und ich haben uns über verschiedene Möglichkeiten unterhalten, wie wir weitere Beweise gegen Ihre Schwester zusammentragen können. Wir schaffen es vielleicht nicht, Sie für den Mord an Ihrer Mutter heranzukriegen, aber wir können Beweise für ihren Versuch sammeln, die Verbindung zu vertuschen. Behinderung der Behörden mag nichts Schwerwiegendes sein, aber in diesem Fall könnte es ausreichen, Eure Schwester zum Stolpern zu bringen.«

Der Prinz rieb sich das Kinn. »Irgendwie will ich mit all dem gar nichts mehr zu tun haben, ich will all diesen Mist von mir stoßen, aber sie hat meine Mutter auf dem Gewissen. Wir sind die einzigen Menschen, die das sicher wissen – abgesehen von meiner Schwester selbst. Wenn wir gegen sie vorgehen, muß das insgeheim geschehen. Wir können von ihr verlangen abzutreten, oder wir gehen an die Öffentlichkeit, sobald wir genug Beweismaterial haben. Sie brauchen eine leichte Hand dafür. Sie haben doch nicht etwa vor, sie von einem Hausdach aus mit einem Gewehr abzuknallen?«

»Nein, Hoheit.« Francesca schüttelte den Kopf. »Ihre Schwester liebt verwickelte Intrigen. Wir haben ein echtes Juwel für sie ausgearbeitet. Wir werden sie in Unsicherheit halten und soviel Material gegen sie sammeln wie möglich. Wenn es keine Fluchtmöglichkeit mehr für sie gibt, dann werden wir es Ihnen übergeben, und Sie können entscheiden, was Sie damit tun.«

»Okay, das geht in Ordnung.« Victor lächelte vorsichtig. »Jerry, habe ich überhaupt noch Geld oder sonst etwas, womit ich Ihnen aushelfen könnte?«

Francesca schüttelte entschieden den Kopf. »Keine Sorge, Hoheit. Reg hat mir genug hinterlassen, um seinen Mörder zu stellen oder zumindest, um ein gutes Stück voranzukommen. Wir werden uns Mittel besorgen, wenn wir sie brauchen.«

Jerry grinste. »Lassen Sie sich Quittungen geben.«

Curaitis starrte ihn an. »Wo wir hingehen – und bei dem, was wir tun werden – gibt es keine Quittungen.«

Victor beugte sich vor. »Dann sehen Sie sich vor.«

Francesca sah sich zu Curaitis um, dann lächelte sie Victor an. »Das werden wir, Hoheit. Als ob unser Leben davon abhinge.«

26

**Palast der Stillen Zuflucht, Imperial City, Luthien
Präfektur Kagoshima, Militärdistrikt Pesht,
Draconis-Kombinat**

16. April 3061

Victor Steiner-Davion richtete sich langsam auf und preßte eine behandschuhte Hand auf den Rücken. Er dehnte seine Rückenmuskeln eine Sekunde und genoß, wie die Schmerzen allmählich abklangen. Dann rollte er zurück und entfaltete die Beine, bevor er sich auf die Füße erhob. Seine Oberschenkel protestierten heftig, und er stolperte einen Schritt nach hinten, wobei weiße Marmorkiesel unter seinen Fersen davonspritzten.

Grinsend zog er den Handschuh von der rechten Hand und reichte sie Kai. »Was für eine angenehme Überraschung.«

»Ich freue mich auch, dich zu sehen.« Kai deutete mit dem Daumen auf die sich zurückziehende Tiaret. »Jemand hat ihr ein beachtliches Veilchen verpaßt. Dein Werk?«

Victor schüttelte mit dem Kopf. »Curaitis. Sie haben auf drei von fünf Würfen gekämpft, und das war sein größter Erfolg.«

»Oh. Wann wird er entlassen?«

»Er liegt nicht im Krankenhaus. Sie war gnädig und hat ihn davonhumpeln lassen.« Victor schob den großen Strohhut nach hinten, so daß er an einer Kordel um seinen Hals hing und gegen die Schulterblätter schlug. »Wie war's auf Komadorishima? Omi sagte mir, daß es dort um diese Jahreszeit wunderschön sein soll.«

»Es war paradiesisch. Wenn man die minimale Technik übersieht, könnte man leicht glauben, man wäre ein paar tausend Jahre in die Vergangenheit gereist und würde im feudalen Japan Urlaub machen.« Kai verzog das Gesicht. »Es gibt elektrisches Licht und andere grundlegende Annehmlichkeiten, aber überhaupt keine Elektronik. Wahrscheinlich hast du mich deshalb nicht angerufen, bevor du zurückgetreten bist. Bis ich nach Imperial City zurückgekommen bin, hatte ich nicht die geringste Ahnung. Da draußen gibt es keine Holovidempfänger oder -spieler.«

Der verletzte Ton in Kais Stimme traf Victor schwer. »Ich wollte mit dir darüber reden, Kai, aber ich wollte dir auch nicht die Zeit mit Deirdre, David und Melissa verderben. Wie geht es ihnen übrigens?«

»Es geht ihnen gut, Victor. Danke der Nachfrage. Versuch nicht, das Thema zu wechseln.«

»Okay, tut mir leid.« Victor winkte Kai etwas weiter in den Garten, zu einer Steinbank, und wartete, bis sein Freund sich gesetzt hatte, bevor er weitersprach. »Kai, ich kenne dich. Ich weiß, du hättest mir ausgezeichnete und sehr kluge Argumente gegen den Rücktritt vorgetragen. Ich hätte sie mir alle angehört und sie abgewogen, und dein letzter Kommentar hätte das größte Gewicht gehabt. Du hättest gesagt: ›Victor, was immer du entscheidest, ich stehe hinter dir.‹«

Kai runzelte die Stirn. Dann griff er in die über ihn herabhängenden Zweige eines Baumes und pflückte eine rosafarbene Kirschblüte. »Warum bist du so sicher, daß ich dich nicht umgestimmt hätte?«

»Was hättest du sagen können, Kai? Wenn ich versucht hätte, Oberhaupt der SBVS zu bleiben, hätte Sun-Tzu mich einfach gefeuert. Der Oberkommandierende der SBVS hält sein Amt mit Duldung des Ersten Lords. Ich wäre meiner Privilegien enthoben worden, was Sun-Tzu begeistert hätte, und Katherine gleich mit. Die SBVS wären in ihrer Loyalität gespalten gewesen, und die Bewegung, Katherine zu meinen Gunsten vom New Avalon zu verjagen, hätte ein Eigenleben entwickelt. Zum Teufel, es gibt schon Gerüchte, daß Leute Arthur die Treue versprechen, wenn er sich gegen sie stellt.«

»Trotzdem... daß du einfach gehst, Victor?« Kai spielte mit der rosafarbenen Blüte zwischen seinen Fingern. »Das will mir nicht in den Kopf.«

»Hast du dem Militär nicht auch den Rücken zugekehrt, Kai?« Victor grinste trocken. »Ich glaube mich zu erinnern, daß du Champion von Solaris bist?«

Kais Miene wurde noch säuerlicher. »Deirdre hat vorhergesagt, daß du das ansprichst.«

»Da hast du eine kluge Frau geheiratet.« Victor seufzte und setzte sich neben ihn. »Hör mal, ich bin aus meiner Heimat verjagt worden, habe all meine Macht verloren, und weißt du was? Ich habe mich nie besser gefühlt. Die Verantwortung lag wie eine tonnenschwere Last auf meinen Schultern, und jetzt ist sie fort. Ich kann hier bei Omi sein, ohne daß Milliarden Menschen befürchten, daß ich Theodore ihren Planeten als Brautpreis für seine Tochter schenke.« Er fingerte an seinem Jeansoverall herum. »Diese Gärtnerei ist schwieriger als ich dachte. Meine Arme und Beine schmerzen mehr als je in einem Mech, aber es ist anders.«

Er stand auf und zog Kai zu einem braunen Stück Erde. »Da, siehst du das, da unten, diese kleinen grünen Triebe? Das sind Pflanzen. Kapuzinerkresse, glaube ich ... Mein Japanisch ist inzwischen ganz gut, aber mit Fachbegriffen tue ich mich noch schwer. Aber sieh hin. Ich habe diese Pflanzen eigenhändig in die Erde gesetzt, und sie wachsen.«

»Das ist schön, Victor, aber du bist zu begabt, um hier als Gärtner zu versauern.«

»Du verstehst nicht, was ich sagen will, Kai.« Victor sah hoch in Kais graue Augen. »Zum ersten Mal habe ich etwas wirklich Produktives geleistet. Ich meine, du hast David und Melissa. Sie sind dein Beitrag zum Fortbestand des Lebens im Universum. Vielleicht werden Omi und ich eines Tages auch Kinder haben, aber im Augenblick erforsche ich das hier. Ich arbeite mit den Händen. Ich mache all das, was die Leute tun, die von mir Führung erhofften. Bis ich das erste Mal mit schwarzen Fingernägeln heimkam, wußte ich gar nicht, wie isoliert ich gelebt hatte.« Er griff in die Tasche und zog ein Bündel zerknitterter draconischer Yen-Scheine heraus. »Hast du irgendeine Vorstellung davon, wie lange es her ist, daß ich echtes Geld in der Tasche hatte? Nicht mehr seit ich den Nagelring verließ. Ich kannte den Preis eines Liters Milch nicht, genausowenig wie den eines Kohlkopfs oder eines Kilos Fleisch. Die Sorgen der Menschen, über die ich geherrscht habe, waren mir so fremd, wie mein Alltag es für sie war.«

»Aber Victor, du hattest andere Sorgen, sehr wichtige Probleme, mit denen du dich beschäftigen mußtest.« Kai legte die Hände auf Victors Schultern. »Ja, du kannst dich soweit herablassen, daß die Sorge um den Preis von Milch, Reis oder Kohl zu deiner größten Sorge wird, aber nur sehr wenige Menschen können sich auf eine Stufe erheben, auf der sie mit dem Schicksal von Nationen befaßt sind. Dafür bist du erzogen worden. Versteh mich nicht falsch, Victor. Ich bin sicher, du bist ein ausgezeichneter Gärtner, wenn du das willst. Bei deinem Ehrgeiz habe ich keinen Zweifel, daß du die feinsten Rosen oder Orchideen der Inneren Sphäre züchten wirst, oder was immer du dir sonst aussuchst. Nichts wird dich daran hindern können. Genauer gesagt, der einzige Mensch, der dich daran hindern könnte, bis du selbst.«

»Ich weiß.« Victor sah zu Boden. »Minoru hat mir in meiner ersten Nacht hier ein paar seltsame Dinge erzählt. Er sprach davon, daß ich eine Waffe wäre, und zwar eine, die im Augenblick in der Scheide steckt. Ich schätze, ich brauche einfach diese Zeit in der Scheide, Kai.«

Kais Hände fielen herab. »Ich kann das verstehen, Victor. Ich weiß nur nicht, ob jetzt der richtige Zeitpunkt dafür ist.«

»Ich weiß«, zischte Victor. »Wäre ich noch Herrscher des Vereinigten Commonwealth, würde Sun-Tzu den Pakt nicht besetzt halten. Die Informationen, die wir hier erhalten, sind recht grob, aber es scheint in die heiße Phase zu gehen.«

Kai nickte. »Das kann man so sagen.«

»Fliegst du runter in den Kampf?«

»Das steht noch nicht fest.« Kai verschränkte die Arme vor der Brust. »Ich hoffe, es findet sich noch vor Tharkad eine Lösung. Als ich zurück nach Imperial City gekommen bin, wartete die Einladung auf die zweite Whitting-Konferenz auf mich. Deirdre, David und Melissa sind ebenfalls eingeladen.«

»Vorige Woche kamen die Einladungen für Theodore, seine Frau Tomoe, Omi und Hohiro. Yvonne und Tancred sind ebenfalls eingeladen.«

»Du nicht?«

»Das soll wohl ein Witz sein.« Victor grinste. »Minoru und ich werden eine Junggesellenparty schmeißen, während ihr alle weg seid.«

»Hört sich ganz unterhaltsam an.«

»Du kennst Minoru nicht.« Victor schüttelte den Kopf. »Ehrlich gesagt, ich habe daran gedacht, mich während der Konferenz selbst nach Komadorishima zurückzuziehen. Wenn ich hierbliebe, würde ich wie ein Süchtiger die Nachrichten verfolgen, und ich weiß genau, daß Katherine alles so vorgefertigt an die Medien weitergeben würde, daß ich kotzen müßte.«

Ein schelmisches Grinsen trat auf Kais Gesicht. »Während Katherine auf Tharkad ist, solltest du dir

Phelan und seine Wölfe holen und New Avalon zurückerobern.«

»Das wäre mal ein Gedanke.« Victor zuckte die Achseln. »Leider hat Katherine Phelan, seine Schwester und ihren Vater ebenfalls zur Konferenz eingeladen. Ich hätte gedacht, Morgan würde Candace erst wirklich heiraten müssen, bevor es dazu käme, aber Katherine hält sich wohl an den alten Leitspruch: ›Behalte deine Freunde in deiner Nähe und deine Feinde erst recht.‹«

»Dann begeht sie einen Fehler, indem sie dich übersieht.«

»Mag sein, mein Freund, mag sein.« Victor reichte Kai die Hand. »Bitte grüße alle von mir, die du siehst und die irgendwelchen Wert darauf legen würden, und wenn du danach nicht sofort nach St. Ives fliegst, laß mich wissen, wie es gelaufen ist.«

»Ich werde deine Augen und Ohren sein, Victor.«

»Danke, mein Freund.« Er begleitete Kai zurück ins Gebäude. »Ach ja, und bedanke dich bei Sun-Tzu für seine Botschaft.«

»Was?«

»Natürlich, davon weißt du noch nichts. Ich habe sie einrahmen lassen.« Er führte Kai einen kleinen Gang hinab, an dessen Wand eine eingerahmte ComStar-Nachricht hing. »Ich soll noch etwas Offizielleres bekommen, auf Sternenbund-Briefpapier und so weiter, aber bis die richtige Urkunde eintrifft, erfüllt das auch seinen Zweck.«

Kai sah sich das Dokument näher an. »Mit großem Bedauern nehme ich, Sun-Tzu Liao, Erster Lord des Sternenbunds und Kanzler der Konföderation Capella, hiermit Ihren Rücktritt aus den Sternenbund-Verteidigungsstreitkräften an. In Anerkennung Ihrer Dienste spreche ich Ihnen eine herzliche Belobigung für gute Dienste aus.« Er drehte sich mit offenem Mund zu Victor um. »Das ist alles? Das ist alles, was du dafür bekommst, daß du den Clans ihren kollektiven Arsch versohlt hast?«

»Die englische Version klingt noch am besten. Die deutsche ist wirklich herb.«

Kai betrachtete die chinesische Passage der dreisprachigen Botschaft. »Du kannst kein Mandarin, oder?«

»Nö.«

»Sei froh. Es würde dir nicht gefallen.«

»Sag bloß.« Victor seufzte. »Verstehst du jetzt, warum mir die Gartenarbeit so einladend erscheint?«

»Ja, ich schätze schon.« Kai richtete sich auf. »Nun, ich kann dir ein Ergebnis der Whitting-Konferenz versprechen, nämlich, daß die Lordräte dir eine echte Anerkennung zukommen lassen werden. Das hier ist eine Schande, die ich nicht zulassen werde.«

»Vorsicht, Kai. Du willst dich doch nicht in die Politik einmischen.«

»Falsch, ich will die anderen davon überzeugen, daß sie kein Interesse daran haben, mich ins Spiel zu bringen. Das ist ein Unterschied.«

»Mit politischem Feingefühl formuliert. Ich nehme es zur Kenntnis.«

»Ich habe von dir gelernt, Victor.« Kai lachte ihn breit an. »Und falls sich herausstellt, daß ich auf St. Ives Gartenarbeit hätte ...?«

»Ich weiß nicht, ob ich jemals zurück in den alten Trott will, Kai. Es wird sich zeigen.« Victor schlug ihm auf den Rücken. »Ich verspreche nichts, mein Freund, aber wenn ich komme, bringe ich einen OmniMech mit, und dann werden wir ernsthaft pflügen.«

27

**Großer Ballsaal, Königlicher Hof, Triade,
Tharkad City, Tharkad
Distrikt Donegal, Protektorat Donegal,
Vereinigtes Commonwealth**

1. November 3061

Kai Allard-Liao lächelte seine Frau dankbar an, als sie mitten im Ballsaal unauffällig die Aufschläge seines Jacketts glattstrich. »Danke. Noch etwas, an daß ich mich erst gewöhnen muß.«

Deirdre Lear erwiderte die Geste. »Ehrlich gesagt gefällst du mir in einem Geschäftsanzug wie diesem besser als in Uniform. Er ist weniger aufdringlich, und das paßt besser zu dir.«

»Ich hoffe nur, du hast recht.« Er runzelte leicht die Stirn. »Du hast doch keine Probleme deswegen, oder? Seit wir uns kennen, habe ich alles getan, um mich von der Politik fernzuhalten, und jetzt bin ich mittendrin gelandet. Und um die Sache noch schlimmer zu machen: ich bin gegen die Wölfe, die da draußen auf mich lauern, ein unschuldiges Baby.«

Deirdres blaue Augen funkelten. »Kai, zwei Dinge an dir ändern sich nie. Erstens tust du immer dein Äußerstes, um anderen zu helfen. Ich habe es selbst erlebt, und obwohl diese Veranlagung dich dazu zwingt, Dinge zu tun, denen du lieber ausweichen würdest, läßt du dich nicht davon aufhalten. Du leidest lieber selbst als andere leiden zu sehen, und bei einer Führungspersönlichkeit ist das eine sehr gute Eigenschaft.«

»Aber, Deirdre, bei dir hört sich das an, als ob …«

Sie legte ihm den Finger auf die Lippen. »Ich bin noch nicht fertig, Liebling. Der zweite Punkt ist, daß du immer Hervorragendes leistet. Prinz Victor mag sehr schnell lernen, aber du hast eine Art sechsten Sinn dafür, was richtig ist, und deine Lernkurve ist so schlecht auch nicht. Deine Feinde werden gar nicht wissen, wie ihnen geschieht.«

Kai strich sich mit der Hand über die Stirn. »Aber es ist so vieles im Fluß, so viel in Bewegung. Victor ist entmachtet, Sun-Tzu hat den St. Ives-Pakt besetzt, und es herrscht offener Krieg dort.« Er seufzte. »Ich habe sogar Gerüchte gehört, daß der Präzentor Martialum an Rücktritt denkt.«

»Veränderung ist an sich nichts Schlechtes, Kai. Und es bedeutet, daß Öffnungen entstehen, die du ausnutzen kannst, um dich als Politiker zu etablieren.« Deirdre streichelte seinen Arm. »Ich will, was du willst, Liebling, und ich weiß, du willst nur, was für dein Volk und deine Freunde das Beste ist. Du wirst in die Rolle des Staatsmanns hineinwachsen.«

»Ich werde mein Bestes tun, damit du stolz auf mich sein kannst.«

»So wie immer.« Deirdre zwinkerte ihm zu. Dann wurde ihr Lächeln breiter, als ein großer, dunkelhaariger Mann in der grauen Ledermontur des Wolfsclans sich näherte. »Khan Kell, welche Ehre.«

Phelan Kell strahlte sie an. »Ganz meinerseits, Dr. Lear. Kai, freut mich, dich wieder hier zu sehen. Wie ich gehört habe, mußt du Vlad auf Strana Metschty hart zugesetzt haben.«

Kai bemerkte das Unbehagen seiner Frau und nickte. »Er war ein fähiger Gegner. Ich könnte dir die Holokamera-Aufzeichnung des Kampfes schicken.«

»Habe ich schon, aus Vlads Blickwinkel.« Phelans grüne Augen glitzerten. »Er hat seine Agenten, ich habe meine. Du hast ihn in einer *Sturmkrähe* besiegt. Keine schlechte Leistung.«

»Leider konnten wir die Wölfe nicht schlagen, sondern haben nur ein Unentschieden herausgeholt.«

Phelans Ledermontur knirschte, als er mit den Schultern zuckte. »Ich konnte Katherine nicht daran hindern, Victors Reich zu übernehmen, also konnte keiner von uns tun, worum er uns gebeten hat. Natürlich ist mein Versagen das schlimmere.«

Kai zog eine einzelne Augenbraue hoch. »Aber was hättest du tun können? Mit all deinen Truppen New Avalon erobern? Das hätte das gesamte Vereinigte Commonwealth geschlossen hinter Katherine gestellt. Es gibt genug Leute in der Freien Inneren Sphäre, die deine Abspaltung von den Wölfen für fingiert halten, so daß du mit so einer Aktion einen neuen Krieg ausgelöst hättest.«

In Phelans Augen zeigte sich schmerzliche Zustimmung, und seine Stimme wurde matt. »Du hast natürlich recht, und genau das sage ich mir auch jeden Tag, seit Katherine Yvonne vertrieben hat. Wobei mir einfällt, daß ich mich bei Yvonne für mein Versagen entschuldigen muß. Hast du sie gesehen?«

Kai schüttelte den Kopf.

»Soweit ich weiß, ist sie hier«, erklärte Deirdre. »Ich habe sie auch noch nicht gesehen, aber Katherine soll sie wohl in der alten Residenz einquartiert haben, die Victor vor drei Jahren bewohnt hat. Sicher hat das ihre Stimmung gebessert. Als ich sie zuletzt auf Luthien gesehen habe, versank sie gerade in einer schweren Depression.«

»Das ist nicht gut.« Phelans Blick ging in die Ferne, dann wurde er wieder scharf. »Katherine hat viel zu verantworten. Irgendwie hatte ich gehofft, Victor würde sie nach seiner Rückkehr zur Rechenschaft ziehen, aber das soll wohl nicht sein.«

Kai nickte zögernd. »Ich habe zuletzt im April mit ihm gesprochen. Damals war er wohl einfach kriegsmüde. Ich kann es ihm nicht verdenken. Gelegentlich beneide ich ihn sogar ein wenig.«

Phelan verzog das Gesicht. »Aber ein Gärtner? Im Kampf gegen Blattläuse? Ich weiß nicht. Ich hätte gedacht, Victor wäre aus härterem Stoff.«

»Ich bin sicher, Sie werden noch feststellen, daß Victor durchaus aus härterem Stoff gemacht ist.« Omi Kurita tippte dem Wolf leicht auf die Schulter und trat zwischen ihm und Deirdre in den Kreis. »Verzeihen Sie meine Einmischung, aber ich soll Sie alle von Victor grüßen. Er bittet Sie alle, ihn nicht zu vergessen, und wünschte, er könnte ebenfalls hier sein.«

»Vielen Dank, Lady Omi.« Kai verbeugte sich. »Natürlich werden Sie ihm unsere besten Wünsche übermitteln. Und falls Sie auf direktem Wege nach Luthien zurückkehren, hätte ich ein paar Dinge, die ich Victor zukommen lassen möchte.«

»Es wäre mir ein Vergnügen, sie für Sie mitzunehmen.«

Phelan sah Omi an. »Sie sagten, Victor habe noch immer Rückgrat, aber er lasse sein Volk im Stich.«

»Nein, Khan Kell, ich sagte, Victor ist aus härterem Stoff gemacht. Im Augenblick hat sich nur sein Blickwinkel verändert. Er geht die Gartenarbeit und das ganze Leben mit derselben Leidenschaft und Intensität an wie den Krieg. Er ist noch immer derselbe Mensch, an den Sie sich erinnern, nur widmet er sich jetzt dem Leben, auf eine Weise, wie er es zuvor noch nie getan hat.«

Kai nickte. »Ungefähr dasselbe hat er mir auch gesagt. Phelan, du warst nie von den normalen Menschen isoliert. Während dein Vater Arc-Royal regierte, bist du bei den Kell Hounds aufgewachsen. Deine Laufbahn war alles andere als privilegiert, und soweit ich mich erinnere, hast du dein Bestes getan, jeder Bevorzugung als Victors Cousin aus dem Weg zu gehen. Und nachdem du zu den Clans gestoßen bist, hast du dich vom Leibeigenen zum Khan hochgearbeitet. Du hast dir den Respekt verdient, der dir entgegengebracht wird. Victor wurde privilegiert geboren und hatte nie Gelegenheit, sich den Herausforderungen zu stellen, die du erlebt hast. Er hatte nie ein normales Leben.«

»Er hat sich einen verteufelt ungünstigen Zeitpunkt ausgesucht, um auf die Suche nach einem normalen Leben zu gehen.« Phelan schüttelte den Kopf. »Ich will nicht respektlos erscheinen, aber von Victor hatte ich mehr erwartet. Ich weiß, es ist eine schwere Zeit für ihn, aber er sollte hier sein.«

»Tatsächlich, Khan Kell?« Deirdres blaue Augen verengten sich zu Schlitzen. »Er hat keinerlei Status hier. Hier zu erscheinen und an der Tür abgewiesen zu werden, wäre ein unglaublicher Prestigeverlust. Und Sie übersehen die Frage, ob er sich berechtigt fühlt, sein Reich in einem Bürgerkrieg zu zerreißen.«

»Das sind alles gute Einwände, Doktor, aber soweit ich das mitbekomme, droht auch so ein Bürgerkrieg.« Phelan verschränkte die Arme. »Arthur schürt Unruhe in der Mark Draconis, und einige Systeme, die Katherines Machtübernahme nicht anerkannt haben, stehen durch das Ausbleiben von Importen ernsten Schwierigkeiten gegenüber. Katherine scheint nicht daran interessiert, militärisch für Ordnung zu sorgen, aber sie hat keine Bedenken, Nahrungsknappheit und Wirtschaftschaos auszulösen, um Rebellenwelten zu disziplinieren.«

Omi legte Phelan die Hand auf den Arm. »Ich wüßte es zu schätzen, wenn Sie mir Informationen über diese Welten zukommen lassen könnten, so daß ich Victor informieren kann.«

Phelan kniff die Augen zusammen. »Sie sind also auch nicht begeistert über Victor den Gärtner.«

»Das habe ich nicht gesagt, Khan Kell.« Omis Stimme wurde zu einem Flüstern. »In meiner Kultur wird ein Krieger für seine Leistungen in zahlreichen verschiedenen Künsten gelobt. Gärtnerei, Poesie, Malerei, all das ist akzeptabel.«

Phelan verdrehte die Augen. »Ich habe einige von Victors Gedichten gelesen. Wenn er ein ebenso guter Gärtner wie Poet ist, kann ich nur hoffen, daß Sie jemanden haben, der hinter ihm aufräumt.«

Omi lächelte kurz. »Hai, Khan Kell, die Gärten leiden nicht unter ihm. Victor aber zieht sich zurück. Als ich mit meinem Vater hierher aufbrach, reiste Victor nach Komadorishima. Der Aufenthalt dort ist ein Rückzug aus der Welt und unserer Zeit.«

»Es ist wirklich äußerst friedlich dort. Deirdre und ich haben unseren Aufenthalt sehr genossen.«

»Ja, aber man sollte sich dorthin zurückziehen, um über die Zukunft zu meditieren oder den Frieden in sich aufzunehmen, nicht, um sich vor der Welt zu verstecken.« Omi sah auf, und Kai spürte die Energie in ihren blauen Augen. »Der Löwe in Victors Herz schläft, aber es ist wichtig, daß jemand ihn aufweckt.«

Der Kreis weitete sich erneut, als der Präzentor Martialum sich dazugesellte. »Sie werden feststellen, Omi-sama, daß der Löwe einen sehr leichten Schlaf hat. Auf Ihre Bitte hin habe ich Victor nach Ihrer Abreise in Komadorishima besucht. Obwohl er kein Interesse daran zu haben vorgibt, was hier geschieht, hat er mich höchst gewissenhaft verhört und gebeten, ihm nach Abschluß Bericht zu erstatten.«

Kai hob eine Hand bis auf Schulterhöhe. »Mich hat er im April um dasselbe gebeten.«

»Ihre Sorge um Victor ist verständlich, Omi-sama.« Fochts Miene wirkte väterlich. »Er ist des Kämpfens wirklich müde, aber wichtiger ist, daß seine Verantwortung dem Sternenbund und dem Vereinigten Commonwealth gegenüber zur gleichen Zeit ein Ende hatten. Im Grunde läuft es darauf hinaus, daß ihn nichts mehr vorangetrieben hat, und zum ersten Mal in seinem Leben sah er eine Gelegenheit auszuruhen. Ich zumindest habe Schwierigkeiten damit, ihm diese Ruhe zu mißgönnen.«

Phelan schmunzelte. »Das hört sich fast so an, als würden Sie sich selbst nach einer Ruhepause sehnen.«

Focht warf mit einem kehligen Lachen den Kopf zurück. »Ah, die Gerüchte über meinen angeblichen Rücktritt machen schon die Runde. Sie werden feststellen, daß es reichlich Arbeit für den Präzentor Martialum gibt, besonders jetzt, da Victor sich aus der Öffentlichkeit zurückgezogen hat.«

Der Wolfskhan runzelte die Stirn. »Ich hatte bisher nicht den Eindruck, daß Sie eine Neigung zur Politik besitzen, erst recht nicht für die in der Vereinigte-Sonnen-Hälfte des Vereinigten Commonwealth.«

Focht rückte die Augenklappe zurecht. »ComStar besitzt noch immer einen nicht unbeträchtlichen Besitz innerhalb der Grenzen aller Nationen der Freien Inneren Sphäre mit Ausnahme der Liga. Außerdem erfahren wir dadurch, daß wir für Kommunikation sorgen, von vielen Schwierigkeiten – und wir wären keine Menschen, wenn wir nicht mit der Bevölkerung mancher Planeten leiden würden. Natürlich läßt sich auch heute noch, wie es vor über dreißig Jahren geschah, ein Kommunikationsinterdikt dazu einsetzen, zu humanitärer Hilfe für die notleidenden Bürger einer Nation zu ermutigen. Im Falle eines solchen Interdikts wird der Schutz der ComStar-Relaisstationen entscheidend sein. Wir suchen nicht nach Eroberungsmöglichkeiten, sondern haben eine defensive Grundhaltung. Davon abgesehen stellt sich uns weiterhin die Frage, wie Vlads Wölfe sich verhalten werden, wenn der Waffenstillstand endet. Der Präzentor Martialum hat reichlich Beschäftigung.«

Kai grinste. »Und jetzt, da wir nur noch mit sechs

Lordräten im Sternenbundrat sitzen, müssen Sie damit rechnen, mit Ihrer Stimme Pattsituationen aufzulösen. Noch eine Verpflichtung.«

»Ich würde den Kriegseinsatz vorziehen.«

»Es ist ein Kriegseinsatz, Präzentor Martialum, nur mit subtileren Waffen«, lachte Kai. »Aber ich würde es auch vorziehen, ihn im Mechcockpit zu bestreiten statt im Anzug.«

»So ist es.« Focht neigte den Kopf. »Wenn Sie mich entschuldigen, ich sehe gerade, daß einer meiner Adjutanten nach mir sucht.«

Kai folgte dem Blick des Präzentors Martialum und sah einen ComStar-Akoluthen, dessen Gesicht unter der als Verbeugung vor der Ordensvergangenheit der Organisation in die neue Uniform integrierten Kapuze nicht zu erkennen war. *Rot bedeutet wohl Präzentor.* Er zuckte die Achseln. *Wahrscheinlich ist das genau die Art von Detail, auf die ich jetzt achten sollte.*

Als er sich wieder umdrehte, stellte er fest, daß Focht bereits gegangen war, an seiner Stelle aber eine hübsche junge Frau mit langen braunen Haaren und braunen Augen sich zu ihnen gesellt hatte. Sie umarmte Omi und lächelte den anderen zu. »Ich hoffe, ich störe Sie nicht.« Sie senkte traurig den Blick. »Herzog Allard-Liao, ich möchte Ihnen mein tiefes Bedauern über die Lage in St. Ives ausdrücken. Ich habe mein Bestes versucht, Sun-Tzu davon zu überzeugen, daß sein Vorgehen dumm und disruptiv ist, aber er wollte nicht auf mich hören. Vermutlich klingt das aus meinem Mund verlogen, aber ...«

Der Schmerz in ihrer Stimme klang durchaus echt in seinen Ohren, und Kai schenkte ihr ein beruhigendes Lächeln. »Isis, ich danke Ihnen für den Versuch, meinen Vetter zurückzuhalten, und ich bedauere es ebenso wie Sie, daß er Ihren Rat nicht angenommen hat.«

Isis Marik nickte. Ihr Mund war nur ein Strich. »Danke. Ich, äh, ja, danke.«

Deirdre streckte die Arme aus und nahm eine Hand der jüngeren Frau. »Was ist denn, meine Liebe?«

Isis wischte eine einzelne Träne weg. »Es tut mir leid, ich, äh, bin nur, ähm, etwas verwirrt. Sun-Tzu hat sich von mir entfernt – und es wird immer schlimmer. Und mein Vater hat einen neuen Sohn, ein *rechtmäßiges* Kind, und ich bin immer weniger wert.«

Kai hatte Mühe, seine Überraschung über Isis' Verhalten zu verbergen. Er kannte sie nicht allzu gut, aber sie war ihm immer kühl und beherrscht erschienen.

Omi legte Isis eine Hand auf die Schulter. »Ich hatte bisher nie den Eindruck, daß Sie ihren Wert daran messen, wie andere Sie sehen. Sie waren stark genug, auf Hustaing zu bestehen. Sie besitzen Kraft und Wert, selbst wenn ihre Rolle als politisches Verhandlungsobjekt vorüber ist.«

»Aber Omi, mich hat niemand auf eine Rolle vorbereitet, wie Sie sie innehaben.«

Phelan sah sie ermutigend an. »Aber Sie sind intelligent genug, selbst eine Rolle für sich zu finden.«

Deirdre verdrehte die Augen. »Phelan, Sie verstehen nicht, was los ist. Die Rolle, um die es Ihnen ging, war Sun-Tzus rechte Hand, nicht wahr, Isis? Sie lieben ihn noch immer.«

Isis nickte stumm.

Phelan setzte zu einer Erwiderung an, aber Kai boxte ihn in die Schulter. »Lassen Sie's gut sein. Wir sind hier völlig überfordert.«

Deirdre sah Kai an und warf ihm einen scharfen Blick zu. »Stimmt. Warum geht ihr nicht los und mischt euch unter die Leute, Jungs. Aber versucht bitte, keinen Krieg anzuzetteln.«

Phelan sah sie fragend an. »Wo ist denn da der Spaß?«

Kai zog ihn mit, während die drei Frauen sich in eine der Ecken des Großen Ballsaals zurückzogen. »Wir sollten es ihnen überlassen, sich um Isis zu kümmern. Sie tut mir leid. Ich weiß, wie bösartig mein Vetter sein kann, und jetzt, da Thomas einen Sohn hat, der ihren Platz in der Thronfolge einnimmt, wird er sie wahrscheinlich verlassen. Sun-Tzu kann etwas Besseres finden – jedenfalls bildet er sich das mit ziemlicher Sicherheit ein.«

»Etwas Besseres?« Phelan blinzelte. »Katherine?«

»Besser könnte es gar nicht kommen. Die beiden hätten einander verdient.« Kai grinste. Diese Ehe würde nicht in Jahrestagen gemessen werden, sondern in Nanosekunden. »Nein, ich dachte mehr an die Peripherie, oder vielleicht an Yvonne.«

»Yvonne?« Phelan schnitt ein Gesicht. »Ich würde denken, Sun-Tzu wäre klüger, als sich noch einmal mit der Aussicht auf ein Reich locken zu lassen, wie Thomas es mit ihm gemacht hat. Einer der Peripheriestaaten allerdings, das könnte gelingen. Sein Reich kampflos zu vergrößern und dabei entweder das VerCom oder die Liga zu bedrohen. Da es sich in St. Ives nicht so entwickelt, wie er es sich wünschen würde, wäre das eine Möglichkeit.«

»Nun, was immer er tut, zumindest wird er es nicht mehr als Erster Lord des Sternenbunds beginnen.« Kai schüttelte den Kopf. »Es wird fünfzehn Jahre dauern, bis er für diesen Posten wieder in Frage kommt.«

»Ich frage mich, wie viele von den Leuten hier in fünfzehn Jahren noch leben werden?« Die Frage war in ernstem Tonfall gestellt. »Ziehst du nach St. Ives in den Kampf, Kai?«

»Ich weiß es noch nicht. Ich werde tun, was immer nötig ist, um meiner Heimat die Freiheit zu sichern. Im Augenblick glaube ich, daß meine Mutter mich hier am nützlichsten findet, also bleibe ich hier.«

»Victor wäre hier auch am nützlichsten«, seufzte Phelan. »Andererseits, wenn Sun-Tzu St. Ives einnimmt und Katherine sich entschließt, den Arc-Royal-Defensivkordon zu zerschlagen, kann es durchaus dazu kommen, daß wir beide nach Luthien ziehen und Victor bei seinem Kampf gegen die Blattläuse beistehen müssen.«

»Ich will doch sehr hoffen, mein Freund«, erklärte Kai, und legte dem Wolf die Hand auf die Schulter, »daß es dazu nicht kommt.«

28

Königlicher Hof, Triade, Tharkad City, Tharkad Distrikt Donegal, Protektorat Donegal, Vereinigtes Commonwealth

1. November 3061

Kai stöhnte. *Möglicherweise wäre der Kampf gegen Blattläuse die angenehmere Alternative.* Als Erster Lord hatte Sun-Tzu den Vorsitz über die Versammlung der Lordräte und diktierte die Einzelheiten der dieses Treffen einrahmenden Zeremonien. Für diese erste Sitzung des Hohen Rats hatte er auf vollen Würden aller Delegierten und Adjutanten bestanden, was Stunden trostloser Ankündigungen zur Folge hatte.

Die Ratskammer war weitgehend so hergerichtet, wie Kai es von der ersten Konferenz drei Jahre zuvor in Erinnerung hatte. Wieder war der Große Ballsaal nach dem Eröffnungsempfang in einen Versammlungsraum verwandelt worden. Die lange Treppe, über die alle Delegierten den Saal betraten, reichte bis zum Rednerpult. Rechts davon stand ein Tisch für die Konföderation Capella, und noch weiter rechts einer für das Draconis-Kombinat. Es folgte die Liga Freier Welten, und unmittelbar dem Rednerpult gegenüber stand der Tisch des Vereinigten Commonwealth. Der St. Ives-Tisch stand dem Tisch der Konföderation Capella diagonal gegenüber, also rechts neben dem Katherines, dann folgten die Freie Republik Rasalhaag und schließlich zur Linken des Rednerpults ComStar.

Bei der ersten Konferenz haben ComStar und Rasalhaag sich einen Tisch geteilt, aber jetzt verfügt Rasalhaag über den Tisch, der für Victors Vereinigtes Commonwealth vorgesehen gewesen wäre. Kai warf einen kurzen Blick nach links, zu Katherine, die mit erhabener Miene, aber eiskaltem Blick auf ihrem Platz saß. Hinter ihr saß

Yvonne, die eine Million Lichtjahre entfernt schien. Kai wünschte sich, Deirdre wäre bei ihm gewesen. Sie hätte erkannt, ob Katherine Yvonne unter Medikamente gesetzt hatte und als Trophäe ausstellte.

Da der St. Ives-Pakt als Kleinstaat der Freien Inneren Sphäre galt, waren Kai, seine Mutter, Morgan Kell und Phelan als erste angekündigt worden und hatten die Parade der anderen Delegierten bei deren allmählicher Ankunft über sich ergehen lassen müssen. Morgan Kell war ebenso wie Phelan als Adjutant Candace Liaos zugelassen worden. Der Arc-Royal-Defensivkordon hätte durchaus als eigenständiges Reich vertreten sein können, aber Katherine hatte sich entschieden, die Tatsache zu ignorieren, daß Morgan nichts mit ihr zu tun haben wollte. Sie beanspruchte den ARD weiterhin als Teil ihrer Nation. Falls Morgan seine Unabhängigkeit erklärte, würde sie um das Gebiet des Kordons kämpfen, damit die lyranische Hälfte des Vereinigten Commonwealth schwächen, und die Jadefalken hätten die Chance, in das zurückbleibende militärische Vakuum einzufallen.

Es folgten die Freie Republik Rasalhaag, dann ComStar und das Kombinat. Nach Haus Kurita erschien die Liga Freier Welten, gefolgt von Katherine – auch wenn sie hier in ihrem Reich als Katrina vorgestellt wurde. Kali Liao, die rothaarige Anführerin des Thugee-Meuchelmörderkults, führte die capellanische Delegation die Treppe hinab, dann wartete alles auf Sun-Tzus Erscheinen.

Mitglieder des Black-Watch-Regiments, der Leibgarde des Ersten Lords, gingen ihm voraus. Sie nahmen entlang der Treppe Aufstellung, während ein kaum verhülltes, schockiertes Raunen durch die Versammlung ging. *Also da stecken sie. Das hätten wir uns eigentlich denken können. Wenn man bedenkt, wer und was sie sind, war klar, daß sie an der Seite dessen zu finden sind, der das Amt des Ersten Lords bekleidet, ganz gleich, wie er heißt.*

Dann erschien Sun-Tzu. Er strahlte geradezu in einer goldenen Han-Jacke, auf deren Brust und Ärmeln schwarze Tiger prangten. Der goldene Stoff leuchtete fast aus eigener Kraft, und Katherines Miene ließ keinen Zweifel daran, daß sie diesen Aufzug für absurd überzogen hielt, aber Kai erkannte, was vor sich ging. *Im alten China war die Farbe Gelb allein dem Kaiser vorbehalten. Die capellanische Bevölkerung wird ihn in vollem kaiserlichen Prunk sehen, wie er die übrigen Fürsten der Freien Inneren Sphäre anführt. Diese Show ist für das Heimatpublikum gedacht, nicht für uns.*

Kai grinste und freute sich, daß seine Jacke, deren Schnitt ebenfalls an alte asiatische Trachten angelehnt war, aus rotem Tuch gearbeitet, aber mit goldenen Drachen verziert war. In China war der Drache ein kaiserliches Symbol gewesen. Die Jacke, die seine Mutter ihm mitgebracht hatte, deutete an, daß Kai bereit war, Sun-Tzus Position als Erbe des Liao-Throns anzufechten. In Wahrheit hatte Kai dazu zwar nicht die leiseste Absicht, aber er wußte sehr wohl, daß Sun-Tzu genau das seit langem fürchtete, und alles, was seinen Vetter verunsicherte, half dem St. Ives-Pakt.

Der Protokolloffizier der Black Watch kündigte Sun-Tzu mit lauter, klarer Stimme an. »Lords und Ladys, ich präsentiere Seine Exzellenz, den Herzog von Castrovia, Großherzog von Sian, Kanzler der Konföderation Capella, Ersten Lord des Sternenbunds und Bezwinger der Clans, Sun-Tzu Liao.«

Bezwinger der Clans? Kai tauschte quer durch den Saal einen Blick mit Hohiro aus und schauderte. *Ja, er war Erster Lord, als die Clans besiegt wurden, aber er hat nichts dazu beigetragen.* Er fühlte, wie die Wut in ihm aufstieg, während dieser Satz ihm in den Ohren nachhallte. Normalerweise hätte er den Zorn unterdrückt, aber er hielt sich daran fest und speicherte ihn.

Sun-Tzu stolzierte langsam die Stufen herab. Er

wirkte staatsmännisch und gelassen, als stünde er über den alltäglichen politischen Kümmernissen der Ratsversammlung. Sein tiefschwarzes Haar war mit reichlich Pomade nach hinten gekämmt, und bei jedem Schritt tanzten goldene Glanzlichter über seinem Kopf. Seine jadegrünen Augen blieben auf einen Punkt weit hinter Katherine gerichtet. Schließlich erreichte er den Fuß der Treppe. Seine Stiefel knallten laut auf dem Parkett, dann stieg er die Stufen zur Rednerempore hinauf und beugte sich über das Pult, als trage er Lasten, die einen geringeren Menschen erdrückt hätten.

»Wir heißen Sie alle zu dieser dreijährlichen Versammlung des Hohen Rates des Sternenbunds willkommen – dieser zweiten Whitting-Konferenz. Wir danken Archon-Prinzessin Katrina Steiner für die Großzügigkeit, mit der sie uns erneut ihre Gastfreundschaft gewährt. Ihre Bereitschaft, diese Konferenzen zu organisieren, spricht für ihre große Besorgnis um die Zukunft der Inneren Sphäre. Ihr Beitrag zu unser aller Stabilität und Sicherheit läßt sich weder unterschätzen noch ignorieren.«

Diese Bemerkung läßt sich so oder so auslegen. Kai drehte sich zu Katherine um, deren Wangen sich röteten. *Und sie hat es negativ verstanden. Warnt Sun-Tzu uns etwa, daß ihr unersättlicher Machthunger uns alle verschlingen könnte?*

Der Erste Lord sprach weiter. »Es gibt viele Fragen zu besprechen, aber zuerst wollen wir Ihnen einen Bericht zur Lage der Inneren Sphäre liefern, sofern Sie uns diese Abschweifung gestatten. Wie Sie alle wissen, hatten unsere Agenten Erfolg bei dem Unternehmen, die Clans auf Diana und Strana Metschty zu bezwingen. Wir wollen keine einzelne Person oder einen nationalen Vertreter für ein besonderes Lob hervorheben, denn es war in Wahrheit eine vereinte Anstrengung, die uns die Freiheit von der Unterdrückung beschert hat. Dieser Sieg ist ein Sieg für uns alle. Wir waren in unserer Zeit als Erster Lord siegreich, aber dies ist wahrhaft ein Sieg für Sie alle. Ohne Ihre Anstrengungen wäre er nie möglich gewesen.«

Kais rechte Hand ballte sich unwillkürlich zur Faust.

»Darüber hinaus haben wir in unserer Amtszeit viel erreicht. Wir haben das Piratentum zerschlagen und die Wirtschaft gefördert. Wir haben die Rückkehr unserer Krieger und deren Wiedereingliederung in die Gesellschaft geleitet. Wir haben einen Diplomatenaustausch eingeleitet, der uns gestatten wird, unsere Kontakte mit den Clans auszuweiten und deren Integration in unsere Gesellschaft zu ermöglichen. Diese Erfolge, so mager sie erscheinen mögen, sind unser Vermächtnis. Wir wünschen unserem Nachfolger nur das Allerbeste. Hiermit erkläre ich diese Sitzung des Rates für eröffnet.«

Als Sun-Tzu den Blick über die Versammlung schweifen ließ, richtete Kai sich langsam auf. »Ich bitte ums Wort, Erster Lord.«

»Präsidentin Liao, bitte teilen Sie Ihrem Adjutanten mit, daß Sie die akkreditierte Repräsentantin des Paktes sind.«

Kais Mutter Candace stand auf. »Genug Possenreißerei, Sun-Tzu. Du kennst meinen Sohn, und du weißt, daß er ein Recht hat, gehört zu werden. Nur weil du deine Schwester nicht für deine Nation sprechen lassen willst, hast du keinen Grund anzunehmen, ich würde meinem Sohn nicht vertrauen.«

Trotz der ätzenden Schärfe in Candaces Worten verzog Sun-Tzu keine Miene. »Wie Sie wünschen, Präsidentin. Ich gestattete ihm dieses Mal, für den Pakt zu sprechen. Kai Allard-Liao, Sie haben das Wort.«

Kai schluckte schwer. Langsam ließ er seine Wut durchscheinen. »Meine Lords, meine Ladys. Ich stehe vor Ihnen als einer der Krieger, die als Vertreter des

Sternenbunds die Freie Innere Sphäre verlassen haben. Ich war dort und habe zum Sieg über die Clans beigetragen. Ich war einer von vielen, die für Sie gekämpft haben, und es war mir eine Ehre. So wie die anderen, die an meiner Seite gekämpft und gelitten haben, glaubte ich, für den Erhalt der Freien Inneren Sphäre zu kämpfen, die wir kannten und liebten.« Kai schob das Kinn vor und bemühte sich, mit kräftiger Stimme und trotz seiner Nervosität nicht zu schnell zu sprechen. »Während meiner Abwesenheit hat es Veränderungen gegeben, und ich bin sicher, daß diese noch Anlaß zu weiteren Diskussionen sein werden. Aber die Veränderung, die mir die größten Sorgen bereitet, ist das totale Fehlen grundlegendster Höflichkeit, wie es der Erste Lord des Sternenbunds zur Schau stellt.«

Sun-Tzu schnaufte abfällig. »Wovon reden Sie überhaupt?«

Kai sah sich im Saal um und nahm reihum Blickkontakt mit allen Fürsten der Freien Inneren Sphäre auf. »Wovon ich rede, Sun-Tzu, ist die erbärmliche Nachricht, die Sie Prinz Victor Steiner-Davion geschickt haben. Nachdem er an der Spitze einer Armee – die *alles* für ihn zu tun bereit war – vom Sieg über die Clans zurückgekehrt war, entschied er sich, seine Position aufzugeben, statt sie auszunutzen, um sein Reich zurückzuerobern und sogar Sie von dem Posten zu entfernen, den Sie noch innehaben. Er hat geleistet, was kein anderer hätte leisten können, indem er die Clans vernichtete, und hat darauf verzichtet, die Freie Innere Sphäre mit Krieg zu überziehen, und Sie speisen ihn mit einer flüchtig aufgesetzten Dankesnote ab?«

»Diese Botschaft war alles andere als flüchtig aufgesetzt.«

»Und auch alles andere als überdacht. Wie lautete der Text noch? ›In Anerkennung Ihrer Dienste spreche ich Ihnen eine herzliche Belobigung für gute Dienste aus.‹«

Der Erste Lord nickte knapp. »Das klingt als Übersetzung zutreffend. Der ursprüngliche Mandarin-Text war zeremonieller.«

Kai lachte ihn aus. »Das soll doch wohl ein Witz sein, Sun-Tzu. Ich habe den Mandarin-Text gesehen. *Diese* Version enthielt Nuancen, die in der Übersetzung verlorengehen, aber sie hatten ihn noch beleidigender gemacht. Aus diesem Grund beantrage ich hier und jetzt, daß der Erste Lord des Sternenbunds von dieser Versammlung aufgefordert wird, eine angemessene, nicht beleidigend formulierte Dankesbotschaft an Prinz Victor Steiner-Davion aufzuzeichnen und abzuschicken.«

»Es würde Zeit brauchen, eine solche Botschaft aufzusetzen«, winkte Sun-Tzu fahrig ab. »Wir haben wichtigere Geschäfte.«

Theodore Kurita stand auf. »Wirklich, Erster Lord? Ich finde ebenfalls, daß die kleinliche Natur der Nachricht, mit der Prinz Victor abgespeist wurde, ihm und dem Amt des Ersten Lords unwürdig ist. Ich würde es begrüßen, wenn eine zweite Botschaft an ihn abgeschickt würde, die auch allen Truppen zugänglich gemacht wird, die ihn begleitet haben, damit sie sehen, daß der Sternenbund ihre Dienste zu schätzen weiß. Ich halte das keineswegs für eine unbedeutende Lappalie. Ich unterstütze den Antrag des St. Ives-Paktes.«

Kai nickte Theodore zu. »Ich habe mir die Freiheit genommen, Erster Lord, bereits eine Botschaft aufzusetzen, die Sie nur noch abzulesen brauchen. Wenn Sie gestatten: ›Ich, Sun-Tzu Liao, Erster Lord des Sternenbunds, in Vertretung aller Lordräte des Sternenbunds, spreche hiermit Ihnen, Prinz Victor Ian Steiner-Davion, unsere Hochachtung für die Vorbildlichkeit und Tapferkeit aus, mit der Sie unsere Streitkräfte nach Strana

Metschty geführt haben, um der Bedrohung der Freien Inneren Sphäre durch die Clans ein Ende zu bereiten. Wir alle sind uns der großen persönlichen Opfer bewußt, die aus dieser Anstrengung erwachsen sind, und ehren die Selbstlosigkeit, mit der Sie die Ihnen von uns gestellte Aufgabe in Angriff genommen haben. Ohne Ihre Leistungen hätte der Sternenbund keine Zukunft. Ich spreche Ihnen daher den vollsten Dank der Völker der Freien Inneren Sphäre aus und deren Wünsche für ein ebenso langes und glückliches Leben, wie Sie es uns ermöglicht haben.‹«

Die saure Miene Sun-Tzus zeigte Kai, daß es ihm gelungen war, den Text so extrem zu formulieren, daß Sun-Tzu um jede einzelne Silbe würde kämpfen müssen. *Gut. Er verdient eine Strafe dafür, wie er sich benommen hat. Das wird Victors Wunden nicht heilen, aber es wird Sun-Tzu lehren, sich zu benehmen, solange seine Gegner noch Freunde haben.*

Sun-Tzu schnitt eine Grimasse. »Das kann nicht Ihr Ernst sein. Wir würden niemals eine derart widerlich anbiedernde Botschaft verlesen.«

Katherine sprang auf. »Und ob Sie diese Botschaft verlesen werden, falls wir so entscheiden. Präzentor Martialum, wäre ComStar bereit, meinem Bruder diese Nachricht sofort zuzustellen?«

Focht nickte. »Eine Botschaft dieser Bedeutung würde noch heute auf Luthien eintreffen. Es wäre uns ein Vergnügen.«

Katherine sah sich zu Kai um. »Falls mein Kollege aus dem St. Ives-Pakt seinen Antrag so abändern möchte, daß er den Text enthält, den er uns soeben verlesen hat, könnten wir zur Abstimmung schreiten.«

»Betrachten Sie die Änderung als vollzogen.«

»Und unterstützt«, lächelte Katherine. »Besteht Bedarf an einer Debatte?«

Walprins Haakon Magnusson von Rasalhaag stand

auf. »Ich möchte nur feststellen, daß es ein schlechtes Licht auf uns alle werfen würde, falls wir diesen Antrag mit Gegenstimmen oder Enthaltungen annehmen. Daher schlage ich vor, ihn durch Akklamation zu verabschieden.«

Sun-Tzus Nüstern blähten sich, und seine Augen rollten zur Decke.

»Da es keine Gegenstimmen gibt, ist der Antrag hiermit einstimmig angenommen.«

Theodore grinste. »Ich beantrage, die Sitzung zu unterbrechen, um dem Ersten Lord Gelegenheit zu geben, die Botschaft aufzuzeichnen. Wir sollten keine Verzögerung riskieren.«

Magnusson unterstützte den Antrag, und er wurde angenommen.

Kai setzte sich wieder, als alle anderen aufstanden und den Saal verließen. Seine Mutter drehte sich mit ihrem Sessel zu ihm um und lächelte. »Deine erste politische Schlacht, Kai, und du hast dich gut geschlagen.«

Er wandte sich zu ihr um. »Aber das war ein leichtes Gefecht, Mutter. Die nächsten Kämpfe werden härter.«

»Du lernst noch gehen, laufen kannst du später.«

»Aber werde ich schnell genug laufen können, um den Pakt zu retten?«

Candace zuckte müde die Schultern. »Du hast gewonnen, oder?«

* * *

Katrina unterdrückte ein Grinsen, als Sun-Tzu in ihr Büro stürmte. Seine goldene Jacke wirkte in dem schneeweißen Raum zu grell, aber sie verblaßte neben der Wut, die wie Hitzestrahlung von ihm ausging. *Er hat eine triumphale Lobpreisung erwartet, und statt dessen machte sein Cousin ihn lächerlich.* »Welchem Umstand verdanke ich diesen Besuch, Sun-Tzu?«

Der Erste Lord hob die Hand, und der Zeigefinger war aufgerichtet, aber er stoppte, bevor er ihn in ihre Richtung stoßen konnte. Er unterdrückte das Zittern seiner Hand und spießte sie mit einem infernalischen Blick auf. »Sie! Ich dachte, Sie wären meine *Verbündete*. Sie wollten etwas von mir, aber Sie haben sich an meiner Erniedrigung beteiligt. Der Wortlaut dieser Botschaft läßt mir das Blut gerinnen, so willfährig ist er, und sie geht an einen Bruder, den Sie hassen. Wie konnten Sie?«

»Sie werden sich erinnern, Sun-Tzu, daß ich Ihnen eine Nachricht sandte, in der ich andeutete, daß ich es für eine wunderbare Einrichtung hielte, wenn der Erste Lord seinen Nachfolger selbst vorschlägt. Die Antwort, die ich von Ihnen darauf erhielt, kam verspätet und lautete ausweichend.« Sie hob einen Platinbrieföffner vom Schreibtisch und klopfte mit der Spitze auf die Schreibunterlage. »Ich habe darauf verzichtet, meine Truppen und Mittel im St. Ives-Konflikt einzusetzen, und ich habe George Hasek davon abgehalten, seine eigenen Einheiten oder Söldner für eine Intervention in Marsch zu setzen. Noch habe ich mich nicht mit meinen Militärberatern darauf geeinigt, die zurückgekehrten VCS-Einheiten in die Mark Capella zu verlegen oder mit ihnen Systeme der Chaos-Marken zu besetzen, auf die Sie ein Auge haben. Ich habe Ihnen nur Gutes getan, und für meine Mühen werde ich belohnt, indem Sie mich in Ihrer Eröffnungsansprache beleidigen.«

Sun-Tzus Gesicht blieb ausdruckslos. »Beleidigen? Ich habe Sie gelobt.«

»Ha! Ihre Bemerkungen über Stabilität und Sicherheit waren der blanke Hohn!«

Der Erste Lord stand für einen Augenblick vor ihr im Raum, und seine Blicke gingen zur Decke. »Oh, ich verstehe, wie es falsch ausgelegt werden konnte. Ich bitte um Verzeihung, Archon. Deutsch ist nicht meine Muttersprache.«

»Damit kommen Sie bei mir nicht durch, Sun-Tzu.« Katrina richtete den Brieföffner auf ihn. »Wenn Sie mich noch einmal verspotten oder für dumm genug halten zu glauben, Sie wüßten nicht genau, was sie tun oder sagen, werde ich Ihr Reich zerschlagen. Sie sollten nicht vergessen, daß es mir gelungen ist, meinem Bruder das Vereinigte Commonwealth abzunehmen, und Sie können nicht einmal Ihrer Tante den St. Ives-Pakt entreißen. Ich kann Ihnen garantieren, daß es dazu *niemals* kommen wird.«

»Aber Sie sind bereit sich herauszuhalten, wenn ich Sie als Erste Lady vorschlage – als meine Nachfolgerin?« Sun-Tzu klopfte sich mit dem Finger ans Kinn. »Thomas würde für Sie stimmen, und vielleicht auch Magnusson. Der eine für Frieden, der andere für das Versprechen von Unterstützung beim Aufbau der Wirtschaft und der Verteidigung seines Reiches. Theodore wird gegen Sie stimmen, genau wie Candace. Sie brauchen meine Stimme, um zu gewinnen.«

»Nein, Sun-Tzu, Sie brauchen Ihre Stimme für mich, um ihren kleinen Krieg zu gewinnen.« Katrinas Blick wurde hart. »Wenn ich Sie nicht auf meiner Seite habe, muß ich Candace für mich gewinnen, und ich verspreche Ihnen: Es wird Ihnen nicht gefallen, was ich mit ihr aushandle. Stimmen Sie für mich, und soweit es mich betrifft, ist St. Ives eine interne capellanische Angelegenheit. Stimmen Sie gegen mich oder beleidigen Sie mich noch ein einziges Mal, und Sie werden feststellen, daß ich zu einer beachtlichen Leidenschaft und Hingabe für die Rechte eines Vasallenvolks fähig bin. Ich bin noch immer die Tochter meines Vaters, und es würde mir nicht schwerfallen, Gefallen an der Vorstellung zu finden, seinen Traum von der Eroberung der Konföderation Capella zu verwirklichen.« Katrina lächelte süß. »Die Wahl liegt bei Ihnen, Sun-Tzu. Zögern Sie nicht zu lange.«

Der Capellaner verneigte sich. »Ich habe alle Hoffnung, daß Ihre Amtszeit als Erste Lady sich als ebenso lohnend für Sie erweisen wird, wie die meine es für mich war.«

»Oh, da bin ich mir sicher.« Katrina lachte. »Äußerst lohnend.«

29

Haus Chéng Gong, Konsulat des St. Ives-Paktes, Tharkad City, Tharkad
Distrikt Donegal, Protektorat Donegal, Vereinigtes Commonwealth

5. November 3061

Als er sie in dem schweren Ledersessel hinter dem Schreibtisch des Konsuls sitzen sah, wurde Kai zum ersten Mal klar, daß seine Mutter alt wurde. In ihren grauen Augen brannte noch dasselbe Feuer, und ihr langes schwarzes Haar zeigte keine Spur von Grau, aber ihre Schultern waren sanfter und ihre Bewegungen langsamer. Nach dreiundsiebzig Jahren und einigen Verletzungen im Mechkampf, nach Brustkrebs und einem Attentatsversuch waren gewisse Verschleißerscheinungen zu erwarten, aber sie hatte all das bemerkenswert gut verkraftet.

Die Unterdrückung ihres Volkes ist es, die sie erledigt. Kai zwang sich zu einem aufmunternden Lächeln und sah hinüber zu ihrem Bruder Tormano. Der war acht Jahre jünger als Candace Liao, wirkte aber wegen der grauen Strähnen in seinem Haar älter. Außerdem hatte er sichtbar zugelegt, auch wenn man ihn immer noch nicht korpulent nennen konnte, und die Mühen seines Lebens hatten ihre Spuren in Form von Falten auf der Stirn, um die Augen und an den Mundwinkeln hinterlassen. *Seine Unterdrückung durch Katherine hat ihn ebenso erledigt.*

Kai beugte sich vor, die Ellbogen auf die Knie gestützt. »Ich finde, wir haben Sun-Tzu gestern ein wichtiges Zugeständnis abgerungen. Er sagt, er habe alle SBVS-Kräfte aus dem Pakt abgezogen.«

Candace nickte. »Ja, er hat sie durch seine eigenen Truppen ersetzt, und jetzt vergießt er das Blut seiner eigenen Soldaten. Unglücklicherweise vergießen die das Blut unseres Volkes.«

Tormano lehnte sich zurück. »Zumindest haben das Kombinat und die Republik deinen Antrag unterstützt, Candace.«

»Stimmt, das läßt ein interessantes Szenario für die heutige Abstimmung über den neuen Ersten Lord erwarten. Ohne Zweifel wird Sun-Tzu deine Herrin vorschlagen und unterstützen.«

»Tatsächlich?« Kai runzelte die Stirn. »Katherine hat deinen Antrag unterstützt, und damit schien sie Sun-Tzu zu verärgern.«

Tormano verzog schwach die Mundwinkel. »Natürlich hat sie das. Sun-Tzus Truppenabzug war die Mohrübe, die sie mir und deiner Mutter für die Unterstützung ihrer Kandidatur durch den Pakt gezeigt hat. Die Tatsache, daß Sun-Tzu es vorausgeahnt und die Truppen bereits abgezogen hatte, bedeutet, daß sie uns außer militärischer Unterstützung nichts mehr anzubieten hat.«

Candace legte die Hände flach aneinander. »Damit können wir natürlich nicht rechnen, weil sie sich als die große Friedensstifterin stilisiert. Bis jetzt ist ihr Reich nur gegen die Clans in den Krieg gezogen. Sie hat mir bereits Asyl im Vereinigten Commonwealth angeboten, aber eher würde ich ins Exil nach Arc-Royal fliehen. Da sie uns nichts von Substanz anbieten kann, wird sie Sun-Tzu versprechen, sich in seinen kleinen Krieg nicht einzumischen. Ihr habt es ja gestern gehört: nur eine interne politische Angelegenheit der Konföderation Capella.«

Kai breitete die Hände aus. »Ich kann nicht zulassen, daß Sun-Tzu den Pakt erobert. Sobald wir hier fertig sind, nehme ich die 1. St. Ives-Lanciers, und wir werden Sun-Tzu mehr Krieg frei Haus liefern, als ihm lieb ist.«

»Und du wirst nicht allein stehen, Neffe.« Tormano richtete sich auf. »Nach Abschluß der Konferenz werde ich meine Stellung bei Katrina kündigen und mit der Bewegung Freies Capella aktiv werden. Ich werde meinen Sohn mitnehmen. Es wird Zeit, daß sein Leben eine Linie bekommt. Wir haben Möglichkeiten, Sun-Tzu das Leben schwer zu machen. Aber was noch wichtiger ist: Ich kenne Geheimnisse, mit denen ich bei Katrina ansetzen kann. Sie wird uns vielleicht nicht aktiv unterstützen, aber sie wird auch nichts gegen irgendeine Unterstützung unternehmen, die wir aus ihrem Reich erhalten. In der Mark Capella gibt es reichlich Auslandscapellaner, die bereit sind, uns mit Geld und Freiwilligen zu helfen.«

Candace saß eine Weile stocksteif da, die Augen geschlossen. »Gut drei Jahre habe ich um dein Leben gefürchtet, während du weit von zu Hause auf Kriegszug warst, Kai, und nun bist du wohlbehalten zurückgekehrt, nur um dich wieder in Gefahr zu begeben. Und du, Bruder: Ich hatte lange befürchtet, daß deine Verbindung mit der Steiner-Hexe dein Untergang sein würde. Jetzt kann dieser Krieg unser aller Ende werden. Wir *könnten* kapitulieren, uns und unserem Volk die Schrecken dieses Krieges ersparen.«

»Und sie Sun-Tzus Launen und Kalis Wahnsinn ausliefern?« Tormano schüttelte entschieden den Kopf. »Du und ich, Candace, sind dem Irrsinn unseres Vaters entkommen, und dem Grauen, als Romano sein Reich übernahm. Unsere Freiheit hatte einen Preis, und jetzt ist die Rechnung fällig. Es wird Zeit, sie zu begleichen.«

Candace lächelte, ein Raubtierlächeln, wie Kai es schon oft gesehen hatte. »Genau das denke ich auch, Tormano. Es ist eine Fleischerrechnung, zu zahlen in Blut, aber wir haben die Mittel dafür. Jetzt geht es nur noch darum herauszufinden, welchen Preis Sun-Tzu zu zahlen bereit ist.«

Büro des Archons, Königlicher Hof, Triade, Tharkad City, Tharkad

Katrina saß auf dem Sofa ihres Büros Thomas Marik gegenüber. Auf dem Tisch vor ihr standen ein silbernes Kaffeeservice und zwei Porzellantassen. Die Tassen waren steinerblau und mit dem alten Hauswappen der gepanzerten linken Faust versehen. »Es waren die Lieblingstassen meiner Großmutter. Du trinkst den Kaffee mit Zucker, richtig?«

Thomas nickte, und die fürchterlich vernarbte rechte Hälfte seines Gesichts verzog sich befremdlich. Katrina tat ihr bestes, um nicht hinzusehen. Der Anblick stieß sie ab, faszinierte sie aber zugleich auch. *So grausame Narben zu tragen, jeden Morgen in den Spiegel zu blicken und auf so unübersehbare Weise mit der eigenen Sterblichkeit konfrontiert zu werden. Ich könnte das nicht ertragen.*

Sie ließ einen Zuckerwürfel in seine Tasse fallen und füllte sie mit starkem, schwarzen Kaffee. Dann reichte sie ihm einen Löffel, mit dem er einmal umrührte. Ihre eigene Tasse war mit Sahne und zwei Würfeln Zucker zubereitet – alles, damit der Inhalt nicht nach Kaffee schmeckte. Eigentlich haßte sie das Gebräu, aber sie hatte gehört, daß Thomas es mochte, also tat sie ihm den Gefallen.

Sie lehnte sich zurück und schlug die Beine übereinander. »Ich will nicht mit der Tür ins Haus fallen, aber in zwei Stunden beginnt unsere Nachmittagssitzung, und wir müssen einen neuen Ersten Lord des Sternenbunds wählen.«

Thomas schenkte ihr die Andeutung eines Lächelns. »Und du möchtest wissen, ob einer von uns beiden gewählt wird?«

»Sehr aufmerksam von dir.«

»Mal sehen, ob ich dich beeindrucken kann.« Thomas trank einen Schluck Kaffee und balancierte Tasse und Untertasse auf dem linken Knie. »Du möchtest aus exakt zwei Gründen Erste Lady des Sternenbunds werden: Weder dein Vater noch dein Bruder haben es je zum Ersten Lord gebracht.«

Katrina lachte kurz auf. »Die Fehlschläge der Vergangenheit sind für mich ohne Bedeutung. Ich habe bereits alles, was ich von meinem Bruder erwarten könnte. Mein Wunsch, Erste Lady zu werden, erklärt sich aus der Absicht, die Innere Sphäre durch eine erregende, formative Periode zu führen. Der Frieden mit den Clans wird einen Wohlstand einläuten, wie wir seinesgleichen nie gesehen haben. Fabriken, in denen bislang Waffen produziert wurden, werden Konsumgüter herstellen, und die Clans werden sich als ein gewaltiger Markt dafür erweisen. Der Aufbau von Handelsbeziehungen wird der Inneren Sphäre eine große Hilfe sein, und ich plane, diesen Handel zu koordinieren und zu entwickeln.«

»Ich kann deine Vision nur begrüßen.« Thomas studierte sie nachdenklich. »Kannst du auf die Stimmen zählen, die du brauchst? Sun-Tzus Abzug der SBVS-Truppen aus dem Paktgebiet nimmt dir die Möglichkeit, sie gegen Candaces Stimme einzutauschen.«

»Ich weiß, aber das macht nichts. Sun-Tzu gehört mir, und gestern hatte ich eine lange Unterhaltung mit Prinz Magnusson. Sein winziges Reich benötigt einige Unterstützung, und ich habe festgestellt, daß das Vereinigte Commonwealth im Gegenzug für seine Unterstützung gerne bereit wäre, die Bedürfnisse seiner Nation zu decken.«

»Damit ist dir die Wahl sicher, falls du meine Stimme erhältst.« Thomas nickte. »Was kannst du mir für meine Unterstützung bieten?«

Katrina nickte lächelnd. »Eine offene Frage, das gefällt mir. Was ich dir anbieten kann, ist Sun-Tzu abzulenken.«

»Dazu genügen ein paar Glitzersteine.«

»Vielleicht für seine Schwester, aber nicht für Sun-Tzu selbst. Der St.-Ives-Krieg wird seine Ambitionen fesseln, und ich kann den Krieg noch Jahre in Gang halten.«

»Das geht in Ordnung, aber ich will noch etwas.«

»Und das wäre?«

Thomas stellte die Tasse auf den Tisch, zupfte an seinem Hosenbein, legte das rechte Bein über das linke und lehnte sich zurück. »Von diesem Handel wird vor allem der lyranische Teil deines Reiches profitieren. Ich will ein Handelsabkommen. Zollsenkungen, bevorzugte Transportraten, alles, was nötig ist, um der Liga eine gleichberechtigte Ausgangsbasis beim Handel mit den Clans zu liefern. Ich habe keinen Zweifel, daß wir trotzdem nur auf dem zweiten Platz landen werden, aber ich will nicht noch auf den dritten oder vierten zurückfallen. Ist das annehmbar?«

»Absolut.« Katrina stieß mit ihrer Kaffeetasse an der seinen an. »Ich würde sagen, Thomas Marik, wir sind im Geschäft.«

* * *

Großer Ballsaal, Königlicher Hof, Triade,
Tharkad City, Tharkad

Kai schmunzelte, als die ComStar-Techs in der Ecke hinter dem Tisch der Konföderation Capella, rechts neben der Rednerempore, den Holoprojektor aufbauten. Sun-Tzu stand am Pult und versuchte, ein paar kleinere Protokollpunkte zu klären, sah aber immer wieder hinüber. Seine Verärgerung rührte sicher weniger von der Arbeit der Akoluthen in den roten Kapuzen her als von der Botschaft, die der Projektor zeigen würde, wenn er erst fertig aufgebaut war.

Einer der anonymen Techs kam herüber und flüsterte dem Präzentor Martialum etwas ins Ohr. Focht stand auf und nickte Sun-Tzu zu. »Wenn der Erste Lord gestattet?«

Die Andeutung eines gnädigen Lächelns zuckte über Sun-Tzus Gesicht. »Bitte, Präzentor Martialum. Wir wollen es auf der Stelle erledigen, da uns heute nachmittag noch ernste Aufgaben erwarten.«

»Ich weiß Ihre Großzügigkeit zu schätzen.« Focht verschränkte die Hände im Rücken und sah sich im Kreis der Delegierten um. »Vor zwei Tagen haben Sie beschlossen, daß der Erste Lord eine Botschaft des Dankes und der Anerkennung an Prinz Victor Steiner-Davion auf Luthien aufzeichnen und absenden sollte. Die Nachricht erreichte ihn in Komadorishima, und er hat die folgende Antwort aufgezeichnet, die seinem Wunsch gemäß Ihnen allen vorgespielt werden soll.«

Focht nickte dem Tech neben dem Projektor zu, und dieser drückte einen Knopf, der die Aufzeichnung startete. Einen Augenblick lang stand eine weiße Wand aus statischem Rauschen im Raum, dann fluteten Farben in das Bild, und es löste sich in eine Darstellung Victors in der Empfangshalle der Residenz von Komadorishima auf. Obwohl der Projektor Victor in Lebensgröße abbildete, wirkte er auf Kai sehr klein. *Eine Illusion aufgrund der Entfernung.*

Victors Kleidung war auch keine Hilfe. Er trug kein Hemd, und seine Arbeitshose war nur mit einem Träger befestigt, so daß der Brustlatz halb herunterhing und die Schwertnarbe unter der rechten Brustwarze deutlich zu erkennen war. Die Knie der Hose waren verdreckt, ebenso wie die Arbeitshandschuhe, die er langsam auszog. Um seine Stirn war ein Tuchfetzen gebunden, und er trug Schmutzspuren auf Nase und linker Wange.

Victor lächelte. »Ich habe Ihre Botschaft erhalten und bin tief berührt. Es war mir die größte Ehre, tapfere

Männer und Frauen gegen die größte Bedrohung ins Feld zu führen, der sich die Innere Sphäre möglicherweise seit Stefan Amaris gegenübergesehen hat. Es waren ihre Anstrengungen, ihre Opfer, die uns gerettet haben. Ich hatte nur das Glück, sie kommandieren zu dürfen.« Die Holokamera zoomte auf sein Gesicht. »Ich möchte Ihnen die Wünsche für ein langes, glückliches Leben zurückgeben, die Sie mir geschickt haben. Es gibt Aspekte in meinem neuen Leben, die mir große Freude bereiten, und Tharkad erscheint mir inzwischen wie ein ferner Traum. Das Vertrauen, das Sie in mich gesetzt haben, als Sie mich gegen die Clans ins Feld schickten, setze ich nun in Sie. Ich vertraue darauf, daß Sie den Sternenbund in eine Zukunft führen werden, die für uns alle erfreulich sein wird.« Die Kamera zoomte zurück. »Noch einmal vielen Dank. Ich hoffe, daß meine Truppen eine entsprechende Anerkennung erhalten, damit auch sie wissen, wieviel ihre Anstrengungen für den Sternenbund und unsere Zukunft bedeutet haben. Falls Sie je das Gefühl haben, ich könne Ihnen von weiteren Diensten sein, wissen Sie, wo ich zu finden bin.«

ComStar-Leitwegdaten liefen über das Bild, als es verblaßte, dann drückte der Akoluth einen anderen Knopf, und die Projektion brach zusammen.

Sun-Tzu, der Victors Botschaft keinen Blick gegönnt hatte, raffte sich zu einem kläglichen Lächeln auf. »Nun, das war die Unterbrechung der Tagesordnung sicher wert. Falls diese Versammlung es wünscht, werde ich eine zusätzliche Grußbotschaft an die bei der Invasion beteiligten Einheiten aufzeichnen und zusammen mit Victors Belobigung und seiner Antwort absenden.«

Haakon Magnusson beugte sich auf beide Fäuste aufgestützt über den Tisch. »Vielleicht sollten wir diese Aufgabe Ihrem Nachfolger überlassen, Erster Lord. Es könnte den Wert der Botschaft in den Augen der Empfänger senken, wenn sie als letzte Amtshandlung eines aus dem Amt scheidenden Ersten Lords erfolgt.«

»Ich beuge mich Ihrem Urteil, Magnusson.« Sun-Tzu richtete sich zu voller Größe auf. »Dann scheint nun der Zeitpunkt gekommen zu sein, Vorschläge für das Amt des Ersten Lords einzubringen. Ich möchte dies als erster tun, in der Hoffnung, eine Tradition des neuen Sternenbunds zu begründen, in der ein scheidender Erster Lord seinen Nachfolger nominiert. Zu diesem Zweck schlage ich Ihnen die Frau vor, die von Beginn an eine entscheidende und tragende Rolle bei der Gründung des Sternenbunds gespielt hat. Sie hat uns hier vor drei Jahren zur ersten Whitting-Konferenz zusammengerufen, und sie ist heute erneut unsere Gastgeberin. Niemand kann Zweifel an ihrer Klugheit hegen, noch an ihrer Sorge um ihr Volk. Sie hat die Klagen der Massen vernommen und alles in ihrer Macht Stehende getan, ihnen Trost zu spenden. Ich bin sicher, sie wird als Erste Lady des Sternenbunds diese Arbeit fortsetzen und den Völkern unserer Nationen die Realität des Sternenbunds und seine zahllosen Vorzüge nahebringen. Ich nominiere Katrina Steiner vom Vereinigten Commonwealth.«

Ein Ausdruck der Überraschung stand auf Katrinas Gesicht, als sie sich langsam von ihrem Platz erhob. »Erster Lord, Sie erweisen mir eine große Ehre. Ich wäre gerne bereit, als Ihre Nachfolgerin zu dienen. Wenn ich das Glück habe, dieses Amt nur halb so erfolgreich auszufüllen wie Sie, werde ich große Dinge in unser aller Namen erreichen.«

Sun-Tzu lächelte. »Bestätigt jemand die Nominierung?«

Thomas Marik hob die Hand. »Es ist mir eine Ehre, die Nominierung zu bestätigen.«

»Sehr schön.« Der Erste Lord lehnte sich auf das

Rednerpult. »Die Verfassung des Sternenbunds verlangt eine Abstimmung über diese Kandidatur. Die Kandidatin gewinnt bei einfacher Mehrheit. Im Falle einer Pattsituation hat ComStar die ausschlaggebende Stimme. Kommt es nicht zur Wahl, besteht die Möglichkeit, neue Kandidaten zu nominieren. Ich werde die Delegationen nun reihum zur Abstimmung bitten.«

Sun-Tzu begann zu seiner Rechten, und seine Schwester stimmte für Katrina. Theodore stimmte gegen sie, Thomas für sie. Katrina stimmte für sich selbst und Candace lehnte sie ab. Alle Augen richteten sich auf Haakon Magnusson von der Freien Republik Rasalhaag.

Walprins Magnusson warf Katrina einen kurzen Blick zu, dann schüttelte er den Kopf. »Die Freie Republik Rasalhaag stimmt mit Nein.«

Kai bemerkte ein zorniges Funkeln in Katrinas kalten blauen Augen, dann ließ sie sich langsam zurück in ihren Sessel sinken. *Sie muß geglaubt haben, Magnusson sicher zu haben. Er hat sich einen Feind gemacht, und das bedeutet, Theodore muß etwas mit ihm vereinbart haben.*

Sun-Tzu drehte sich zum Präzentor Martialum um. »Wir befinden uns in einer Pattsituation. Sie haben die entscheidende Stimme.«

Focht stand langsam und kerzengerade auf. Die festliche weiße Robe konnte weder seine militärische Haltung noch sein Alter verbergen. »Dies ist möglicherweise die wichtigste Stimmabgabe in der Geschichte des Sternenbunds. Sie wird unsere Zukunft festschreiben und vieles in Bewegung setzen. Ich bin siebenundachtzig Jahre alt, und die Chancen, daß ich die Früchte dieser Abstimmung werde ernten können, sind gering. Aus diesem Grund gebe ich hiermit meine Position als Präzentor Martialum ComStars auf und überlasse die Stimmabgabe meinem Nachfolger.«

Was? Kais Mund fiel auf. Er sah hinüber zu Hohiro

und stellte fest, daß die gesamte draconische Delegation von Fochts Ankündigung um nichts weniger überrascht worden war. Katrina runzelte die Stirn, und Thomas Marik hatte die Hand auf den Mund gelegt. Haakon Magnusson schien ausgesprochen amüsiert, und Kali Liaos Blick hätte genügen können, Anastasius Focht in Flammen aufgehen zu lassen.

Sun-Tzu faßte sich. »Ihre Ankündigung kam nicht unerwartet, Präzentor Martialum, aber die melodramatische Wahl ihres Zeitpunktes durchaus. Ist Ihr Nachfolger anwesend?«

»In der Tat, Erster Lord.« Focht deutete mit dem Kopf zu dem seiner Kapuze wegen anonymen Akoluthen am Holoprojektor. »Ich präsentiere Ihnen ComStars neuen Präzentor Martialum.«

Als er seine Kapuze zurückschlug, zeigte der neue Präzentor Martialum der Versammlung ein breites Grinsen. »In dieser Angelegenheit«, stellte Victor Steiner-Davion fest, »stimmt ComStar gegen Katherine.«

30

**Großer Ballsaal, Königlicher Palast, Triade,
Tharkad City, Tharkad
Distrikt Donegal, Protektorat Donegal,
Vereinigtes Commonwealth**

5. November 3061

Als die Sitzung des Hohen Rats sich auflöste, trat Victor um den ComStar-Tisch und ging hinüber zur draconischen Delegation. Er streckte Theodore die Hand entgegen. »Meinen Glückwunsch zum Amt des Ersten Lords des Sternenbunds.«

Theodore schmunzelte. »Und ich danke Ihnen, daß Sie das Oberkommando über die Sternenbund-Verteidigungsstreitkräfte angenommen haben.«

»Es war mir eine Ehre.« Er streckte die rechte Hand aus und streichelte Omis Arm. »Ich bitte euch alle um Verzeihung für mein Täuschungsmanöver.«

Kai kam herüber und schüttelte ihm die Hand. »Ich bin froh, dich zu sehen, Victor, aber wie bist du hierher gekommen? Nicht einmal eine Befehlsstrecke hätte dich in Antwort auf unsere Botschaft von Luthien hierher bringen können.«

»Stimmt. Ich war in Wirklichkeit vor euch allen hier.« Er zuckte zusammen und fühlte, wie sein Magen sich verkrampfte. »Als der Präzentor Martialum mich in Komadorishima besuchte, fühlte ich bereits Zweifel an meinem Rückzug aus dem öffentlichen Leben. Ich war unter anderem deshalb dorthin geflogen, um die Spuren meines alten Lebens so weit wie möglich hinter mir zu lassen, so daß sie keine Heimwehgefühle auslösen konnten. Als der Präzentor Martialum erschien, haben wir lange Gespräche geführt. Hohiro, du und Kai, und auch ich, wir haben uns alle Gedanken über ihn gemacht, und darüber, ob er mich möglicherweise für seine Nachfolge vorbereite. Wir dachten dabei an die Rolle des Spitzenmanns beim Kampf gegen die Clans. Wir hatten übrigens recht: genau das hat er getan. Aber er hat noch darüber hinaus gedacht.«

Victor fühlte Fochts Hand auf seiner Schulter. »Ich suchte nach jemandem, der den Geist des neuen ComStar in die Zukunft tragen konnte. Als wir die Organisation säkularisiert hatten, kamen wir so nahe wie möglich an die Rolle der alten SBVS. Wir waren eine neutrale Kraft, die in unangenehmen Situationen eingreifen konnte – möglicherweise als Friedenshüter, aber zugleich als Krieger, wenn sich eine Bedrohung wie die durch die Clans ankündigte. Mit der Neugründung des Sternenbunds und dem Wiederaufbau der SBVS existierten beide Organisationen parallel nebeneinander. Ich suchte jemanden mit dem Urteilsvermögen und Können, die nötig sind, um eine neutrale Streitmacht zu führen und sich für den Erhalt der Stabilität der Inneren Sphäre einzusetzen. Sie alle drei wären geeignete Kandidaten gewesen, aber nur Victor hatte keine anderen Verpflichtungen.«

Hohiro lächelte. »Und er war die beste Wahl.«

»Danke, Hohiro.« Victor hüstelte in die Faust. »Der Präzentor Martialum hat mir seine Zukunftspläne erläutert, und ich habe sein Angebot akzeptiert, als sein Nachfolger zu dienen. Weil du angekündigt hattest, daß du dafür sorgen willst, daß ich eine Anerkennungsbotschaft erhalte, Kai, haben wir Anfang und Schluß meiner Erwiderung in Komadorishima aufgezeichnet. Das mittlere Stück, in dem ich Bezug auf den Text nehme, habe ich gestern in der ComStar-Anlage aufgenommen. Die Teile wurden dann zusammengeschnitten und hier heute vorgeführt.«

Omi sah ihn an. »Und die Botschaften, die ich dir geschickt habe?«

»Wurden von ComStar umgeleitet. ComStar hat mich auch sonst auf dem laufenden gehalten, so daß ich in der Lage war, auf Ereignisse auf Luthien Bezug zu nehmen, von denen du annehmen konntest, daß ich davon weiß.« Der neue Präzentor Martialum senkte einen Moment lang die Augen. »Ich wollte dich nicht hinters Licht führen, aber ich mußte meine Schwester täuschen.«

»Mich hast du nicht getäuscht, Victor.« Katherines peitschende Stimme riß ihn herum und aus Fochts Schatten. Seine ganz in Weiß gewandete Schwester stand ihm mit vor Wut knallrotem Gesicht gegenüber. »Ich weiß, was für ein Spiel du treibst, und ich werde nicht zulassen, daß du es gewinnst. Was mein ist, bleibt mein, und du wirst es *nie* bekommen.«

Victors Augen wurden zu Schlitzen. »Ich sage das nur dieses eine Mal, Katherine. Glaube es mir und handle danach. Ignoriere es auf eigene Gefahr. Ich bin Präzentor Martialum ComStars. Meine Lebensaufgabe besteht darin, dafür Sorge zu tragen, daß der Sternenbund blüht und der ganzen Menschheit ein gutes Leben ermöglicht. Solange du nichts unternimmst, was diese Mission stört, kommen wir miteinander aus. Aber falls du dich entschließt, deine Probleme zu *meinen* Problemen zu machen, werden dir meine Lösungen nicht behagen. Habe ich mich verständlich ausgedrückt?«

»Kristallklar, Victor.« Katherines Nüstern blähten sich. »Du hast eine Woche, meinen Tharkad – und einen Monat, die Grenzen meines Reiches zu verlassen. Komme nicht wieder, solange du keine ausdrückliche Einladung erhältst.« Ihr goldblondes Haar leuchtete auf, als sie herumwirbelte und davon stolzierte.

Victor drehte sich zu seinen Freunden um. »Eines Tages wird sie ein böses Ende nehmen.«

»Je früher, desto besser.« Phelan Kell und sein Vater

vergrößerten den Kreis der Personen in der Mitte des Ballsaals. »Ich freue mich darauf, auf ihrem Grab zu tanzen.«

Victor seufzte. »Aber vorher gibt es noch dringendere Probleme zu bewältigen.« Er drehte sich zu Kai um. »Als SBVS-Kommandeur kann ich keine Truppen zur Verteidigung von St. Ives abstellen, ohne daß der Hohe Rat es beschließt. Aber ich kann Einheiten auf Manöver dorthin schicken, und wenn sie angegriffen werden, haben sie das Recht, sich zu verteidigen. Vielleicht weißt du ein paar Welten, die sich für Gefechtsübungen eignen würden.«

Kai grinste. »Du hast die Informationen, bevor du Tharkad verläßt.«

»Gut. Morgan, braucht der Arc-Royal-Defensivkordon Verstärkung?«

Der ältere Kell, dessen Bart inzwischen fast ganz weiß war, schüttelte den Kopf. »Im Augenblick nicht, aber ich würde gerne Verbindungsoffiziere austauschen, damit wir Verfahren ausarbeiten können, um in der Zukunft unsere Aktionen zu koordinieren. Wir müssen uns auf den Zorn Ihrer Schwester vorbereiten, ohne sie jetzt schon zu provozieren.«

»Stimmt.« Victor nickte nachdenklich, dann lachte er. »Und so endet die Clan-Ära. Wir wollen hoffen, daß dem Sternenbund eine goldene Zukunft bevorsteht.«

* * *

***Des Archons Mätresse*, Bremmerton, Upano**
Provinz Coventry, Protektorat Donegal,
Vereinigtes Commonwealth

Francesca Jenkins blieb in der Tür der verrauchten Kneipe stehen und wartete, bis ihre Augen sich an das schummrige Licht gewöhnt hatten. Auf den Tischen flackerten in rote Plastikkugeln gehüllte Kerzen und dienten ihr als Leuchtfeuer, mit deren Hilfe sie den Weg durch den überfüllten Schankraum fand. Sie zwang sich, sich nicht öfter umzusehen, als ihr Kontakt erwarten konnte. Sie hatte gehofft, Curaitis irgendwo im Raum zu entdecken, aber die schlechten Lichtverhältnisse und seine Begabung, in einer Menge unterzutauchen, wenn er es darauf anlegte, sorgten dafür, daß sie keine Spur von ihm bemerkte.

Ihr Kontaktmann andererseits wäre auch nicht auffälliger gewesen, wenn er ein blinkendes Neonzeichen mit sich herumgetragen hätte. Der Mann war fett, und nicht nur in dem Sinne, daß seine Wampe über den Hosengurt hing. Er hatte es irgendwie geschafft, sich seitwärts in eine Gastnische zu zwängen, und die Fettwülste seines Körpers wogten über die Tischplatte, als bohre diese sich tief in seine Brust. Der Mann trug ein weites, fließendes Hemd, das allem Anschein nach einmal weiß gewesen sein mochte, jetzt aber über und über mit kunterbunten Farbflecken übersät war. Die Ärmel waren ein Stück aufgerollt und gaben dickfingrige Hände frei, die nur deshalb winzig wirkten, weil der Rest seines Körpers so gewaltig war.

Er hob einen Bierkrug und nahm einen tiefen Schluck. Dann leckte er sich die schwabbligen Lippen ab, bis auf einen Tropfen, der über die Bartstoppeln rann und in einer tiefen Falte verschwand, die das erste von zahlreichen Kinnen markierte. Als er den Krug absetzte, bemerkte er sie und versuchte sich aufzurichten, während er dünne Strähnen blonden Haars über seine glänzende Glatze strich.

Francesca blieb neben dem Tisch stehen. »Sie sind der Künstler, den man als Valerius kennt?«

Der Mann nickte und deutete auf die gegenüberliegende Sitzbank. »Der bin ich. In Ihrer Botschaft haben

Sie davon gesprochen, daß Sie an einem Teil meiner Arbeiten interessiert seien?«

»Das bin ich tatsächlich.« Francesca fegte die Krümel von der Bank und setzte sich ihm gegenüber. »Ich erinnere mich, vor etwa einem Jahr ein paar Ihrer Arbeiten auf New Exford gesehen zu haben.«

»Ja, ich habe dort ausgestellt.« Der Mann zuckte die Schultern, als handele es sich dabei um keine sonderliche Leistung. »Aber New Exford war mir zu langweilig. Ich habe mich entschlossen, hierher nach Upano zu ziehen. Diese Welt ist sehr viel inspirativer.«

Sie sah sich um und nickte. »Das sehe ich. Sie haben also reichlich Arbeit? Können sich wahrscheinlich gar nicht retten vor Aufträgen.«

»Richtig. Bremmerton sieht vielleicht nicht danach aus, aber es besteht große Nachfrage nach Malerei.«

»Das habe ich mir sagen lassen, Valerius.« Francesca legte eine gewisse Schärfe in ihre Stimme. »Ich habe einige Ihrer Arbeiten auf den Straßen gesehen. Man erkennt kaum noch, daß die Schweber einen Unfall hatten. Sie haben ein Auge für die richtige Farbe.«

Der Mann riß die Schweinsäuglein auf. »Sie werden beleidigend, Madame. Das brauche ich mir nicht anzuhören.«

Francesca drückte den Absatz ihres Schuhs auf seinen Fuß und hielt ihn fest. »Sie bleiben schön hier, Valerius. Es wird Zeit, daß wir ein paar Dinge klarstellen. Erstens: Sie heißen Valerie Symons und haben New Exford verlassen, weil Reginald Starling damit gedroht hat, sie wegen Fälschung seiner Gemälde zu verklagen. Das hätte er auch wahr gemacht, wenn er sich nicht so darüber amüsiert hätte, daß es Ihnen gelungen war, die Käufer übers Ohr zu hauen. Ihre Fälschungen seiner Arbeiten waren die besten, die er je gesehen hatte. Sie konnten leicht als echt durchgehen.«

Symons verzog schmerzlich das Gesicht, dann runzelte er die Stirn. »Soll ich das als Kompliment auffassen?«

»Möglich, oder als Einleitung.«

»Wie wäre es mit beidem?«

»Noch besser.« Francesca schenkte ihm ein strahlendes Lächeln. »Ich habe ein Angebot für Sie. Ich biete Ihnen fünftausend Kronen für jeden Starling einer neuen Serie, den Sie produzieren. Die Serie wird aus Studien Archon-Prinzessin Katrinas bestehen, aber so ausgeführt, daß sie zum Serientitel ›Blutprinzessin‹ passen. Sie werden ein Dutzend Gemälde entsprechend meiner Vorgaben herstellen.«

Symons schüttelte den Kopf. »Starling ist tot. Niemand wird glauben, daß er die Bilder gemalt hat.«

»Doch, das wird man, Val.« Francesca lächelte. *Genaugenommen braucht nur ein Mensch es zu glauben, und das ist der Archon.* »Ich kannte Reg Starling und kann Dokumente in seiner Handschrift fälschen, die jeder Überprüfung standhalten. Außerdem kenne ich den Agenten seiner Hinterlassenschaft und kann garantieren, daß er die Arbeiten anerkennt.«

Symons kniff die braunen Augen zusammen. »Sie werden die Arbeiten für ein Vermögen verkaufen. Ich will Prozente.«

Francesca schüttelte den Kopf. »Das ist kein Spiel, Symons. Tun Sie, was ich verlange, und Sie werden reichlich belohnt werden. Wenn nicht, suche ich mir jemanden, der es macht, und Sie werden mit dem Wissen leben müssen, daß Sie eine Chance verspielt haben, Geld zu machen und die größten Kunstexperten der Inneren Sphäre zu täuschen.«

»Die Kunstexperten täuschen, ja?«

»Ja, die Experten, die Ihre Arbeiten als nachgeäffte Schmierereien verworfen haben.«

»Ach ja, die.« Symons überlegte einen Augenblick,

dann kippte er den Rest seines Biers und benetzte sich dabei die wuchtigen Wangen mit Fäden von Gerstensaft. »In Ordnung, ich bin dabei. Geld im voraus.«

»Fünf sofort, je vier bei Lieferung der ersten fünf Bilder.«

»Einverstanden.« Symons machte sich an die mühsame Arbeit, seine Massen aus der Nische zu hieven. »Haben Sie ein Atelier, oder muß ich erst eines besorgen?«

»2740 Greystone Ost, erster Stock.« Francesca unterdrückte ein Grinsen, als Symons zusammenzuckte. »Morgen früh um Zehn liegt dort alles für Sie bereit, auch das Geld. Wir wollen Ihre besten Arbeiten.«

»Die bekommen Sie.«

»Gut. Sie sollen sehr hochgestellte Persönlichkeiten täuschen.«

»Keine Bange.« Symons klopfte sich auf die Brust. »Wenn sie meine Bilder sehen, werden sie überzeugt sein, daß Reg Starling lebt.«

»Genau darauf sind wir aus, Mr. Symons.« Francesca strahlte ihn an. »Genau darauf sind wir aus.«

* * *

Büro des Archons, Königlicher Palast, Triade, Tharkad City, Tharkad

15. Dezember 3061

Der Mann, der sich Harrison Harding nannte, nickte der Archon-Prinzessin dankend zu, als er sich in den Sessel gegenüber der weißen Ledercouch setzte. Auf dem Tisch zwischen Ihnen standen ein Kaffeeservice und zwei Tassen. Sie machte Anstalten einzuschenken, doch er legte die Hand auf seine Tasse. »Nein, danke.«

»Trauen Sie mir nicht, Mr. Harding?«

Der Mann lächelte. »Ich ziehe es vor, Aufputschmittel zu meiden, und ich weiß, daß Ihr Kaffee haßt, daher möchte ich Euch nicht in eine Lage bringen, in der Ihr Euch verpflichtet fühlen würdet, mitzutrinken.«

Katrina setzte sich ein Stück nach hinten und zog ihre langen Beine zu sich auf die Couch. »Das wissen die wenigsten von mir. Wie sind Sie an diese Information gekommen?«

»Durch Nachforschungen.«

»Beruflich?«

»Persönliches Interesse. Wärt Ihr das Objekt eines Auftrages, hätten wir diese Unterhaltung nicht.« Er streckte die Hand aus und nahm ein Plätzchen von dem kleinen Teller auf dem Silbertablett. »Mandel.«

Katrina schmunzelte. »Um den Geruch des Zyankalis zu verdecken.«

»Putzig.« Er biß etwas ab, kaute und schluckte. »Gut, aber nicht vergiftet.«

»Sind Sie sicher?«

»Durchaus. Würdet Ihr meinen Tod wollen, hättet Ihr mich nicht hierher eingeladen, und Ihr würdet diese Arbeit nicht selbst mit Gebäck erledigen. Erstens könntet Ihr nicht sicher sein, daß ich ohne Gegenwehr verende. Es wäre einfach genug, eine Untertasse zu zerschlagen und euch mit einer Scherbe des Geschirrs Eurer Großmutter den Hals aufzuschneiden.«

Katrina hob unwillkürlich eine Hand an die Kehle. »Und zweitens?«

Er grinste. »Ihr würdet mich für den Mord an Eurer Mutter vor Gericht stellen und in einem Schauprozeß gestehen lassen, daß Euer Bruder mich beauftragt hat.«

Katrina nickte. »Sehr gut. Sie sind in Person ebenso beeindruckend wie Ihre Arbeit. Ryan Steiner war Ihr Werk, und Ihre Flucht war brillant. Und danach die ganze Regierung auf Zürich. Das war ein Meisterstück.«

»Ihr seid zu gnädig.«

»Kaum.« Ihre blauen Augen wurden schmal. »Seitdem haben Sie nicht mehr zugeschlagen.«

»Wenn es Euch beliebt, dürft Ihr das gerne glauben. Für mich ist es ohne Bedeutung. Sagen wir einfach, die Bezahlung für den Tod Eurer Mutter war ausreichend, um mir zu gestatten, meine Zeit auszufüllen, wie es mir beliebt.« Er nahm noch einen Bissen von den Plätzchen. »Ich habe mich entschlossen, Eure Einladung anzunehmen, weil unsere bisherige Zusammenarbeit sich als sehr profitabel und herausfordernd erwiesen hat. Niemand erinnert sich noch an Ryans Tod oder den Sturz der Regierung auf Zürich, aber den Tod Eurer Mutter wird man nie vergessen.«

Katrina nickte langsam. »Diesen wird man ebensowenig vergessen. Sicher haben Sie von der neuen Position meines Bruders gehört. Er ist ComStar nur beigetreten, um mich zu beschämen und mir meinen rechtmäßigen Platz als Erste Lady des Sternenbunds vorzuenthalten. Dann hat er mich vorigen Monat hier auf Tharkad und in der ganzen Inneren Sphäre lächerlich gemacht. Das wagt niemand – niemand – ungestraft. Er wird dafür bezahlen.«

»Ohne Zweifel.« Der Mann fegte Krümel von seiner Hose. »Und Ihr?«

»Vierzig Millionen Kronen.«

Es kostete ihn eine gewisse Anstrengung, die Fassung zu wahren. Das war der höchste Kopfpreis, den er je erhalten hatte, das Doppelte der Bezahlung für Melissas Tod. »Ein interessantes Angebot, aber die Zeiten haben sich geändert. Sechzig.«

»Fünfundfünfzig, und die Verhandlung ist beendet.« Katrina zog einen Briefumschlag unter dem Tablett hervor und schob ihn dem Mann zu. »Sind wir im Geschäft?«

»Die Bezahlung stimmt, Archon-Prinzessin.« Er öffnete den Umschlag, zog eine Holographie heraus und lächelte. »Und der Auftrag ist machbar.«

»Ausgezeichnet.« Katrinas Stimme wurde so kalt wie ihr Blick. »Victor wird bezahlen.«

»Das wird er in der Tat, Archon-Prinzessin.« Der Mann schob das Bild zurück in den Umschlag. »Omi Kurita wird sterben.«

GLOSSAR

AUTOKANONE: Eine automatische Schnellfeuerkanone. Leichte Fahrzeugkanonen haben ein Kaliber zwischen 30 und 90 mm, während eine schwere Mechautokanone ein Kaliber von 80 bis 120 mm oder mehr besitzen kann. Die Waffe feuert in schneller Folge panzerbrechende Hochexplosivgranaten ab.

BATAILLON: Ein Bataillon ist eine militärische Organisationseinheit der Inneren Sphäre, die in der Regel aus drei Kompanien besteht.

BATCHALL: Batchall ist der Name für das Clanritual der Herausforderung zum Kampf. Der Verteidiger kann verlangen, daß der Angreifer etwas aufs Spiel setzt, dessen Wert vergleichbar ist mit dem, was der Verteidiger zu verlieren riskiert.

BATTLEMECH: BattleMechs sind die gewaltigsten Kriegsmaschinen, die je von Menschen erbaut wurden. Diese riesigen humanoiden Panzerfahrzeuge wurden ursprünglich vor über 500 Jahren von terranischen Wissenschaftlern und Technikern entwickelt. Sie sind schneller und manövrierfähiger in jedem Gelände, besser gepanzert und schwerer bewaffnet als jeder Panzer des 20. Jahrhunderts. Sie ragen zehn bis zwölf Meter hoch auf und sind bestückt mit Partikelprojektorkanonen, Lasergeschützen, Schnellfeuer-Autokanonen und Raketenlafetten. Ihre Feuerkraft reicht aus, jeden Gegner mit Ausnahme eines anderen BattleMechs niederzumachen. Ein kleiner Fusionsreaktor liefert ihnen nahezu unbegrenzt Energie. BattleMechs können auf Umweltbedingungen so verschieden wie glühende Wüstenei und arktische Eiswüsten eingestellt werden.

BINÄRSTERN: Eine aus zwei Sternen (10 Mechs, zwanzig Luft/Raumjägern oder 50 Elementaren) bestehende Einheit der Clans.

BLAKES WORT/COMSTAR: Das interstellare Kommunikationsnetz ComStar wurde von Jerome Blake entwickelt, der in den letzten Jahren des Sternenbunds das Amt des Kommunikationsministers innehatte. Nach dem Zusammenbruch des Bundes eroberte Blake Terra und organisierte die Überreste des Sternenbund-Kommunikationsnetzes in eine Privatorganisation um, die mit Profit ihre Dienste an die fünf Häuser weiterverkaufte. Seitdem hat sich ComStar zu einem mächtigen Geheimbund entwickelt, der sich jahrhundertelang in Mystizismus und Rituale gehüllt hat, bis es nach der Entscheidungsschlacht gegen die Clans auf Tukayyid unter Prima Sharilar Mori und Präzentor Martialum Anastasius Focht zur Reformation des Ordens und Abspaltung der erzkonservativen Organisation Blakes Wort kam.

BLITZ-KURZSTRECKENRAKETEN: Blitz-KSR enthalten Zielsuchgeräte, die ein Abfeuern erst gestatten, wenn die in die Lafette geladenen Raketen ein Ziel erfaßt haben. Ist dies einmal geschehen, treffen die Raketen das Ziel automatisch.

BLUTNAME: Als Blutname wird einer der ursprünglich achthundert Familiennamen jener Krieger bezeichnet, die während des Exodus-Bürgerkrieges auf Seiten von Nicholas Kerensky standen. (Derzeit existieren nur noch 760 dieser Namen. Vierzig Namen wurden nach dem Hochverrat eines der ursprünglich zwanzig Clans getilgt.) Diese achthundert waren die Basis des ausgedehnten Zuchtprogramms der Clans. Das Recht, einen dieser Nachnamen zu tragen, ist seit Einführung dieses Systems der Wunschtraum jedes ClanKriegers. Nur jeweils fünfundzwanzig Krieger dürfen gleichzeitig einen bestimmten Blutnamen tragen. Stirbt einer von ihnen, wird ein Wettbewerb abgehalten, um einen neuen Träger zu bestimmen. Ein Anwärter muß zunächst anhand seiner Abstammung sein Anrecht auf den Blutnamen nachweisen und anschließend eine Abfolge von Duellen gegen seine Mitbewerber gewinnen. Nur Blutnamensträger haben das Recht, an einem Clankonklave teilzunehmen und zum Khan oder ilKhan gewählt zu werden. Die meisten Blutnamen waren im Laufe der Zeit einer oder zwei Kriegerklassen vorbehalten. Es gibt jedoch einzelne, besonders angesehene Blutnamen, zum Beispiel Kerensky, die dadurch ihren genetischen Wert bewiesen haben, daß sie von herausragenden Kriegern aller drei Klassen (MechKrieger, Jagdpiloten und Elementare) getragen wurden.

Blutnamen werden matrilinear vererbt. Da ein Krieger nur über seine Mutter erben kann, besteht nie ein Anrecht auf mehr als einen Blutnamen.

CLANS: Beim Zerfall des Sternenbundes führte General Aleksandr Kerensky, der Oberkommandierende der Regulären Armee des Sternenbundes, seine Truppen beim sogenannten Exodus aus der Inneren Sphäre in die Tiefen des Alls. Weit jenseits der Peripherie, mehr als 1300 Lichtjahre von Terra entfernt, ließen Kerensky und seine Leute sich auf fünf wenig lebensfreundlichen Welten nahe eines Kugelsternhaufens nieder, der sie vor einer Entdeckung durch die Innere Sphäre schützte. Innerhalb von fünfzehn Jahren brach unter ihnen jedoch ein Bürgerkrieg aus, der drohte, alles zu vernichten, für dessen Aufbau sie so hart gearbeitet hatten.
In einem zweiten Exodus führte Nicholas Kerensky, der Sohn Aleksandrs, seine Gefolgsleute auf eine der Welten im Innern des Kugelsternhaufens, um dem Krieg zu entfliehen. Dort, auf Strana Metschty, entwarf und organisierte Nicholas Kerensky die faschistoide Kastengesellschaft der Clans.

DEZGRA: Eine Kampfeinheit, die Schande auf sich lädt, wird als Dezgra-Einheit bezeichnet. Den Namen verwendet man auch für das Ritual, mit dem die betreffende Einheit bestraft oder gekennzeichnet wird. Jede Einheit, die einen Befehl verweigert, unter Feindbeschuß in Panik gerät oder eine unehrenhafte Handlung begeht, gilt als dezgra.

DIVISION: Eine von der Mechkampfstärke in etwa dem Regiment entsprechende, aber Truppen verschiedener Waffengattungen umfassende Einheit der ComGuards, des militärischen Arms ComStars, und der BlakeGuards, des militärischen Arms von Blakes Wort.

DONNER-LANGSTRECKENRAKETEN: Donner-LSR erzeugen Streuminenfelder. Die ›Donner‹-Kennzeichnung ist die in der Freien Inneren Sphäre gebräuchliche Bezeichnung für FA-(Feldartillerie-)Streuminen-Gefechtsköpfe. Die Clans benutzen praktisch identische Gefechtsköpfe.

EIDMEISTER: Der Eidmeister ist der Ehrenwächter bei allen offiziellen Clanzeremonien. Die Position entspricht der eines Ordnungsbeamten in der Freien Inneren Sphäre, erheischt jedoch mehr Respekt. Der Eidmeister nimmt alle Schwüre ab, während der Lehrmeister sie festhält. Die Position des Eidmeisters gebührt in der Regel dem ältesten Blutnamensträger eines Clans (sofern er diese Ehre annimmt) und ist eine der wenigen Positionen, deren Träger nicht durch einen Kampf ermittelt wird.

ELEMENTARE: Die mit Kampfanzügen ausgerüstete Eliteinfanterie der Clans. Diese Männer und Frauen sind wahre Riesen, die speziell für den Einsatz der von den Clans entwickelten Rüstungen gezüchtet werden.

DIE ERINNERUNG: *Die Erinnerung* ist ein noch nicht abgeschlossenes Heldenepos, das die Geschichte der Clans von der Zeit des Exodus bis zur Gegenwart beschreibt. *Die Erinnerung* wird ständig erweitert, um neuere Ereignisse einzubeziehen. Jeder Clan verfügt über eine eigene Version dieses Epos, in der seine speziellen Meinungen und Erfahrungen verarbeitet sind. Alle ClanKrieger können ganze Passagen dieses riesigen Gedichtes aus dem Gedächtnis zitieren, und es ist durchaus nicht ungewöhnlich, Verse auf OmniMechs, Luft/Raumjägern und sogar Rüstungen zu finden.

EXTREMREICHWEITEN-LASER: Bei diesen Waffen handelt es sich um verbesserte Versionen des normalen Lasers, mit überlegenen Fokussier- und Zielerfassungsmechanismen. In der Clan-Ausführung haben diese Waffen eine deutlich größere Reichweite als normale Laser und erzielen einen etwas höheren Schaden. Allerdings verursachen sie dabei eine um 50% höhere Abwärme. In der Freien Inneren Sphäre befindet sich die ER-Lasertechnologie noch im Entwicklungsstadium. Bisher machen Umfang und Größe der benötigten Ausrüstung eine Anwendung nur bei schweren Lasern möglich. Zudem erreicht der schwere ER-Laser der Freien Inneren Sphäre zwar eine größere Reichweite als ein schwerer Normallaser, der Reichweitengewinn ist jedoch geringer als bei entsprechenden Clan-Waffen, und die Schadenswirkung ist nicht höher als bei einem gewöhnlichen S-Laser. Die Wärmeentwicklung ist jedoch ebenso groß wie bei einem schweren Clan-ER-Laser.

EXTREMREICHWEITEN-PPK: Ebenso wie bei den Laserwaffen haben die Clans auch eine erheblich verbesserte Version der Partikelprojektorkanone entwickelt. Diese Extremreichweiten-PPK ist kleiner, leichter und leistungsfähiger als die Normalversion, mit größerer Reichweite und höherer Durchschlagskraft. Allerdings ist auch die Wärmeentwicklung erheblich größer, was beim Einsatz dieser Waffe zu einem Problem werden kann. Die Freie Innere Sphäre besitzt ebenfalls eine ER-Version der PPK, diese Waffe ist jedoch weniger hoch entwickelt. Größe und Gewicht entsprechen denen einer Normal-PPK, ebenso wie die Schadenswirkung, während Reichweite und Abwärme in etwa denen der Clan-Version entsprechen.

GALAXIS: Die größte Militäreinheit der Clans, bestehend aus drei bis fünf Sternhaufen.

GAUSSGESCHÜTZ: Ein Gaussgeschütz benutzt eine Reihe von Elektromagneten, um ein Projektil durch den Geschützlauf in Richtung des Ziels zu beschleunigen. Obwohl sein Einsatz mit enormem Energieaufwand verbunden ist, erzeugt das Gaussgeschütz nur sehr wenig Abwärme, und die erreichbare Mündungsgeschwindigkeit liegt doppelt so hoch wie bei einer konventionellen Kanone.

GESCHKO: Eine Gruppe von Kindern (GESCHwisterKOmpanie) des Zuchtprogramms der Clan-Kriegerkaste, die von denselben Genspendern abstammen und gemeinsam aufgezogen werden. Während sie aufwachsen, werden sie ständig getestet. Bei jedem Test scheiden Mitglieder der Geschko aus und werden in niedrigere Kasten abgeschoben. Eine Geschko besteht zunächst aus etwa zwanzig Kindern, von denen beim abschließenden Test noch etwa vier oder fünf übrig bleiben. Diese Tests und andere Erlebnisse binden die überlebenden ›Geschkinder‹ so eng aneinander, daß sie häufig lebenslanges Vertrauen und Verständnis füreinander zeigen. Untereinander bezeichnen Geschkomitglieder sich auch als ›Kogeschwister‹.

HEGIRA: Gelegentlich gestatten siegreiche ClanKrieger dem besiegten Gegner Hegira. Dies erlaubt ihm, sich ehrenhaft vom Schlachtfeld zurückzuziehen, ohne weiterem Beschuß ausgesetzt oder anderweitig belastet zu werden.

IMPULSLASER: Ein Impulslaser verwendet einen Hochfrequenz-Hochenergiepuls zur Erzeugung gepulster Laserstrahlen. Der Effekt ist vergleichbar mit MG-Feuer. Diese Konstruktion erhöht die Trefferwahrscheinlichkeit des Laserangriffs und erzeugt einen größeren Schaden pro Treffer, allerdings unter Inkaufnahme erhöhter Hitzeentwicklung und verringerter Reichweite.

INNERE SPHÄRE: Mit dem Begriff ›Innere Sphäre‹ wurden ursprünglich die Sternenreiche bezeichnet, die sich im 26. Jahrhundert zum Sternenbund zusammenschlossen. Derzeit bezeichnet er den von Menschen besiedelten Weltraum innerhalb der Peripherie. Der nicht von den Clans besetzte Teil der Inneren Sphäre wird auch als ›Freie Innere Sphäre‹ bezeichnet.

K³-COMPUTER: Das K³-Computersystem (Kommando/Kontrolle/Kommunikation) steht nur Einheiten der Freien Inneren Sphäre zur Verfügung. Es ist für den Einbau in Befehls- oder Scout-Mechs bzw. -Fahrzeuge vorgesehen und soll den Einheitskommandeur bei der Koordination von Aktivitäten auf Lanzen- und Kompanieebene unterstützen, indem es angeschlossenen Einheiten gestattet, das Zielerfassungssystem einer beliebigen anderen Einheit des K³-Netzwerks zu benutzen.

KASTE: Die Clangesellschaft ist streng in fünf Kasten unterteilt: Krieger, Wissenschaftler, Händler, Techniker und Arbeiter. Jede dieser Kasten umfaßt zahlreiche Unterkasten, die auf Spezialisierungen innerhalb eines Berufsfeldes basieren. Die Kriegerkaste pflanzt sich unter strenger Kontrolle des genetischen Erbes durch ein systematisches Eugenikprogramm fort, bei dem Genmaterial angesehener und erfolgreicher lebender und toter Krieger verwendet wird. Andere Kasten sorgen durch strategische Heiraten innerhalb der Kaste für einen hochwertigen Genfundus.

KHAN: Jeder Clan wählt zwei Khane. Einer der beiden fungiert als höchster militärischer Kommandeur und Verwaltungschef der Clans. Die Position des zweiten Khans ist weniger klar umrissen. Er ist der Stellvertreter des ersten Khans und führt dessen Aufträge aus. In Zeiten großer innerer oder äußerer Bedrohung, oder wenn eine gemeinsame Anstrengung aller Clans notwendig ist, wird ein ilKhan als oberster Herrscher aller Clans gewählt.

KODAX: Der Kodax eines Kriegers ist seine persönliche Identifikation. Er enthält die Namen der Blutnamensträger, von denen ein Krieger abstammt, sowie seine Generationsnummer, seine Blutlinie und seinen ID-Kodax, eine alphanumerische Codesequenz, die einzigartige Aspekte seiner DNS (Desoxyribonukleinsäure, der Träger der menschlichen Erbinformationen) festhält.

KOMPANIE: Eine Kompanie ist eine militärische Organisationseinheit der Inneren Sphäre, die aus drei BattleMech-Lanzen oder bei Infanteriekompanien aus drei Zügen mit insgesamt 50 bis 100 Mann besteht.

KRÖTEN: Die in der freien Inneren Sphäre übliche Bezeichnung für mit Kampfanzügen ausgerüstete Eliteinfanterie, eine zuerst bei den Clans entwickelte Waffengattung. Diese sogenannten Elementare sind wahre Riesen, die speziell für den Einsatz der von den Clans entwickelten Rüstungen gezüchtet werden. Die freie Innere Sphäre ist bei der Entwicklung ähnlicher Gefechtsanzüge deutlich im Hintertreffen, nicht zuletzt, da als Träger dieser Anzüge nur normale Menschen zur Verfügung stehen.

KSR: Abkürzung für ›Kurzstreckenrakete‹. Es handelt sich um ungelenkte Raketen mit hochexplosiven oder panzerbrechenden Sprengköpfen.

LANDUNGSSCHIFFE: Da Sprungschiffe die inneren Bereiche eines Sonnensystems generell meiden müssen und sich dadurch in erheblicher Entfernung von den bewohnten Planeten einer Sonne aufhalten, werden für interplanetare Flüge Landungsschiffe eingesetzt. Diese werden während des Sprungs an die Antriebsspindel des Sprungschiffes angekoppelt. Landungsschiffe besitzen selbst keinen Überlichtantrieb, sind jedoch sehr beweglich, gut bewaffnet und aerodynamisch genug, um auf Planeten mit einer Atmosphäre aufzusetzen bzw. von dort aus zu starten. Die Reise vom Sprungpunkt zu den bewohnten Planeten eines Systems erfordert je nach Spektralklasse der Sonne eine Reise von mehreren Tagen oder Wochen.

LANZE: Eine Lanze ist eine militärische Organisationseinheit der Inneren Sphäre, die in der Regel aus vier BattleMechs besteht.

LASER: Ein Akronym für ›Light Amplification through Stimulated Emission of Radiation‹ oder Lichtverstärkung durch stimulierte Strahlungsemission. Als Waffe funktioniert ein Laser, indem er extreme Hitze auf einen minimalen Bereich konzentriert. BattleMechlaser gibt es in drei Größenklassen: leicht, mittelschwer und schwer. Laser sind auch als tragbare Infanteriewaffen verfügbar, die über einen als Tornister getragenen Energiespeicher betrieben werden. Manche Entfernungsmeßgeräte und Zielerfassungssensoren bedienen sich ebenfalls schwacher Laserstrahlen.

LB-X AUTOKANONE: Die LB-X (Large Bore-Extended, Großkaliber-erweiterte Reichweite) Autokanone ist eine verbesserte Version der gewöhnlichen Autokanone, bei der durch den Einsatz leichter, wärmeableitender Legierungen Gewicht und Wärmeentwicklung reduziert worden sind. Die eingesetzten Materialien machen die Waffe teurer als eine gewöhnliche Autokanone, aber die Vorteile wiegen die höheren Kosten auf. Die LB-X kann Bündelmunition abfeuern, die mit Schrotmunition im BattleMechformat zu vergleichen ist. Nach Verlassen des Laufs zerfällt eine Bündelgranate in kleinere Geschosse. Dadurch wird die Chance auf einen Glückstreffer erhöht, gleichzeitig jedoch der erzielte Schaden über das gesamte Zielgebiet verteilt statt auf einen Punkt konzentriert. Bündelmunition kann nur in LB-X Autokanonen eingesetzt werden.

LSR: Abkürzung für ›Langstreckenrakete‹, zum indirekten Beschuß entwickelte Raketen mit hochexplosiven Gefechtsköpfen.

NACHFOLGERFÜRSTEN: Die fünf Nachfolgerstaaten werden von Familien regiert, die ihre Herkunft von einem der ursprünglichen Lordräte des Sternenbunds ableiten. Alle fünf Hausfürsten erheben Anspruch auf den Titel des Ersten Lords. Sie kämpfen seit Ausbruch der Nachfolgekriege im Jahre 2786 gegeneinander. Ihr Schlachtfeld ist die riesige Innere Sphäre, bestehend aus sämtlichen einstmals von den Mitgliedsstaaten des Sternenbunds besetzten Sonnensystemen.

NACHFOLGERSTAATEN: Nach dem Zerfall des Sternenbunds wurden die Reiche der Mitglieder des Hohen Rats, die sämtlich Anspruch auf die Nachfolge des Ersten Lords erhoben, unter dem Namen Nachfolgerstaaten bekannt. Die Nachfolgerstaaten bestehen aus ursprünglich fünf und derzeit noch vier Herrscherhäusern: Haus Kurita (Draconis-Kombinat), Haus Liao (Konföderation Capella), Haus Steiner-Davion (Vereinigtes Commonwealth) und Haus Marik (Liga Freier Welten). Die Clan-Invasion unterbrach die Jahrhunderte des Krieges seit 2786 – die Nachfolgekriege – einstweilen. Die Nachfolgerfürsten setzten ihre Streitigkeiten aus, um der Bedrohung durch den gemeinsamen Feind, die Clans, zu begegnen. Die trügerische Ruhe seit Abschluß des Waffenstillstands von Tukayyid hat diese Solidarität jedoch inzwischen sehr brüchig werden lassen, und im Jahre 3057 brechen die Kämpfe innerhalb der freien Inneren Sphäre wieder aus.

NOVA: Eine aus einem Mechstern (5 Mechs) und einem Elementarstern (25 Elementaren) bestehende Einheit der Clans.

PERIPHERIE: Jenseits der Grenzen der Inneren Sphäre liegt die Peripherie, das weite Reich bekannter und unbekannter Systeme, das sich bis in die interstellare Nacht erstreckt. Die einstigen terranischen Kolonien in der Peripherie wurden durch den Zerfall des Sternenbundes technologisch, wirtschaftlich und politisch verwüstet. Derzeit ist die Peripherie größtenteils Zufluchtsort für Banditenkönige, Raumpiraten und Ausgestoßene.

PPK: Abkürzung für ›Partikelprojektorkanone‹, einen magnetischen Teilchenbeschleuniger in Waffenform, der hochenergiegeladene Protonen- oder Ionenblitze verschießt, die durch Aufschlagskraft und hohe Temperatur Schaden anrichten. PPKs gehören zu den effektivsten Waffen eines BattleMechs.

REGIMENT: Ein Regiment ist eine militärische Organisationseinheit der Inneren Sphäre und besteht aus zwei bis vier Bataillonen von jeweils drei oder vier Kompanien.

SAVASHRI: Ein Clan-Fluch.

SEYLA: Dieses Wort ist ungefähr gleichbedeutend mit ›Einheit‹. Es handelt sich um eine rituelle Antwort, die bei bestimmten Clan-Zeremonien gefordert wird. Ursprung und exakte Bedeutung des Wortes sind unbekannt, aber es wird nur mit äußerstem Respekt und Ehrfurcht verwendet.

SPRUNGSCHIFFE: Interstellare Reisen erfolgen mittels sogenannter Sprungschiffe, deren Antrieb im 22. Jahrhundert entwickelt wurde. Der Name dieser Schiffe rührt von ihrer Fähigkeit her, ohne Zeitverlust in ein weit entferntes Sonnensystem zu ›springen‹. Es handelt sich um ziemlich unbewegliche Raumfahrzeuge aus einer langen, schlanken Antriebsspindel und einem enormen Solarsegel, das an einen gigantischen Sonnenschirm erinnert. Das gewaltige Segel besteht aus einem Spezialmaterial, das gewaltige Mengen elektromagnetischer Energie aus dem Sonnenwind des jeweiligen Zentralgestirns zieht und langsam an den Antriebskern abgibt, der daraus ein Kraftfeld aufbaut, durch das ein Riß im Raum-Zeit-Gefüge entsteht. Nach einem Sprung kann das Schiff erst weiterreisen, wenn es durch Aufnahme von Sonnenenergie seinen Antrieb wieder aufgeladen hat.

Sprungschiffe reisen mit Hilfe ihres Kearny-Fuchida-Antriebs in Nullzeit über riesige interstellare Entfernungen. Das K-F-Triebwerk baut ein Raum-Zeit-Feld um das Sprungschiff auf und öffnet ein Loch in den Hyperraum. Einen Sekundenbruchteil später materialisiert das Schiff am Zielsprungpunkt, der bis zu 30 Lichtjahre weit entfernt sein kann.

Sprungschiffe landen niemals auf einem Planeten und reisen nur sehr selten in die inneren Bereiche eines Systems. Interplanetarische Flüge werden von Landungsschiffen ausgeführt, Raumschiffen, die bis zum Erreichen des Zielpunktes an das Sprungschiff gekoppelt bleiben.

STERN: Eine aus fünf Strahlen (5 Mechs, 10 Luft/Raumjägern oder 25 Elementaren) bestehende Einheit der Clans.

STERNENBUND: Im Jahre 2571 wurde der Sternenbund gegründet, um die wichtigsten nach dem Aufbruch ins All von Menschen besiedelten Systeme zu vereinen. Der Sternenbund existierte annähernd 200 Jahre, bis 2751 ein Bürgerkrieg ausbrach. Als das Regierungsgremium des Sternenbunds, der Hohe Rat, sich in einem Machtkampf auflöste, bedeutete dies das Ende des Bundes. Jeder der Hausfürsten rief sich zum neuen Ersten Lord des Sternenbunds aus, und innerhalb weniger Monate war die gesamte Innere Sphäre im Kriegszustand. Dieser Konflikt hält bis zum heutigen Tage, knapp drei Jahrhunderte später, an. Die Jahrhunderte nahtlos ineinander übergehender Kriege werden in toto als die ›Nachfolgekriege‹ bezeichnet.

STERNHAUFEN: Eine aus zwei bis fünf Binärsternen, Trinärsternen, Novas oder Supernovas bestehende Einheit der Clans.

STRAHL: Die kleinste Militäreinheit der Clans, bestehend aus einem Mech, zwei Luft/Raumjägern oder fünf Elementaren.

SUPERNOVA: Eine aus einem Mechbinärstern (10 Mechs) und zwei Elementarsternen (50 Elementaren) bestehende Einheit der Clans.

TRINÄRSTERN: Eine aus 3 Sternen (15 Mechs, 30 Luft/Raumjägern oder 75 Elementaren) bestehende Einheit der Clans.

WAFFENSTILLSTAND VON TUKAYYID: Der Waffenstillstand von Tukayyid hat eine fünfzehnjährige Waffenruhe zwischen den Clans und der Inneren Sphäre begründet.

Khan Ulric Kerensky, ilKhan der Clans, vereinbarte mit dem Präzentor Martialium ComStars, Anastasius Focht, auf dem Planeten Tukayyid eine Entscheidungsschlacht. Bei einem Sieg der Clans verpflichtete sich ComStar, ihnen Terra auszuhändigen, bei einem Sieg ComStars verpflichteten sich die Clans zu einem fünfzehnjährigen Waffenstillstand. Der nach einem überwältigenden Sieg der ComGuards auf Tukayyid unterzeichnete Vertrag etablierte eine Grenzlinie, die durch den Planeten Tukayyid verläuft. Die Clans dürfen diese Grenzlinie bis zum Ablauf des Waffenstillstands nicht überschreiten.

ZUG: Ein Zug ist eine militärische Organisationseinheit der Inneren Sphäre, die üblicherweise aus etwa achtundzwanzig Mann besteht. Ein Zug kann in zwei Abteilungen aufgeteilt werden.

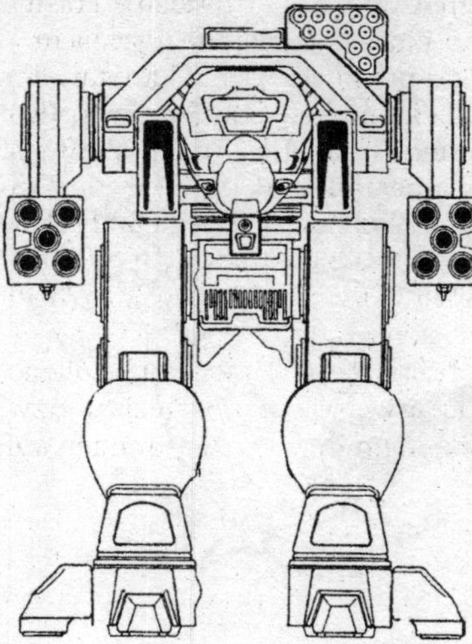

Daishi

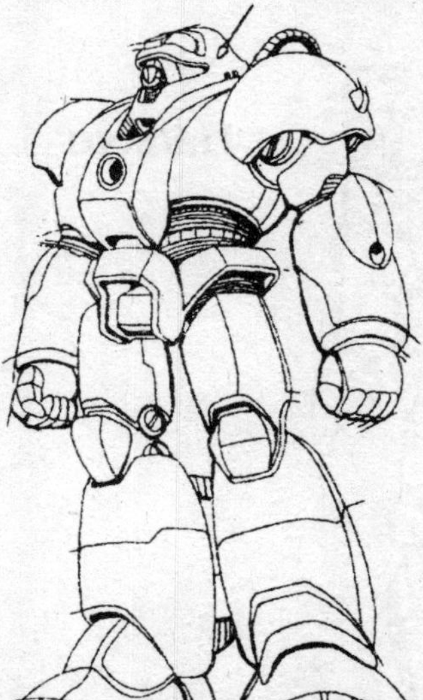

Frostfalke

Lichtbringer

Hankyu

Schattenkatze

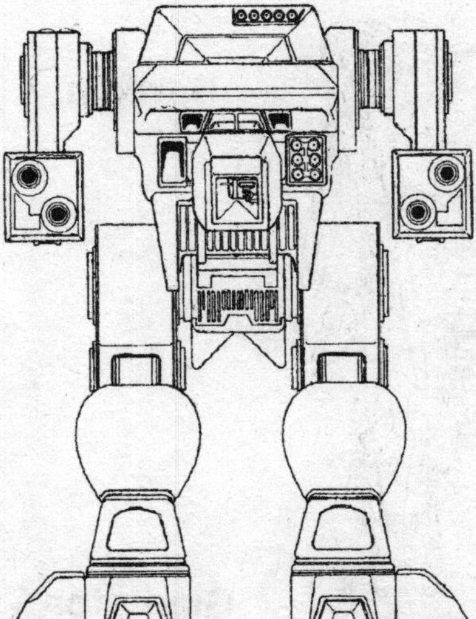

Masakari

Turkina

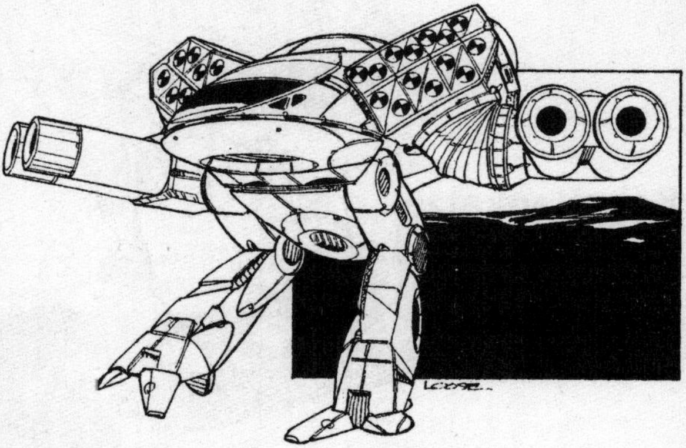

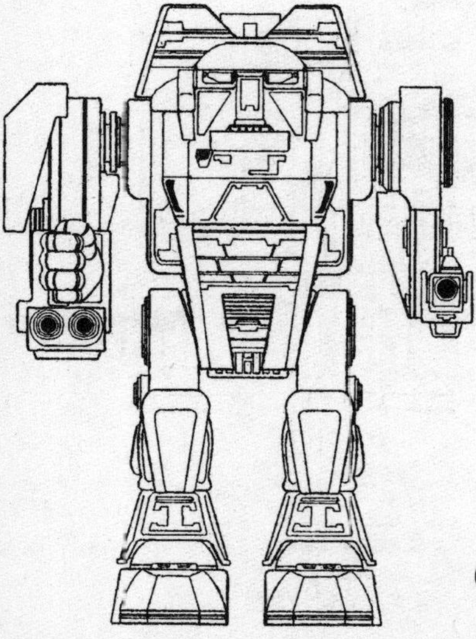

Gladiator

Fenris

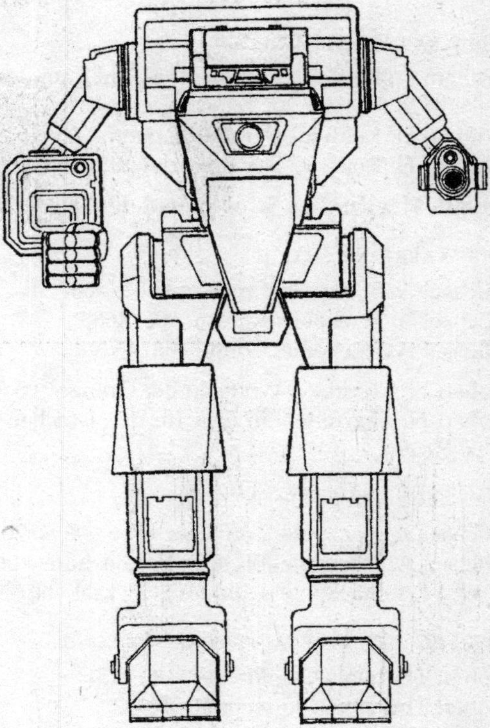

BATTLETECH®

Vom Battletech®-Zyklus erschienen in der Reihe
HEYNE SCIENCE FICTION & FANTASY

DIE GRAY DEATH-TRILOGIE:

William H. Keith jr.: Entscheidung am Thunder Rift · 06/4628
William H. Keith jr.: Der Söldnerstern · 06/4629
William H. Keith jr.: Der Preis des Ruhms · 06/4630

Ardath Mayhar: Das Schwert und der Dolch · 06/4686

DIE WARRIOR-TRILOGIE:

Michael A. Stackpole: En Garde · 06/4687
Michael A. Stackpole: Riposte · 06/4688
Michael A. Stackpole: Coupé · 06/4689

Robert N. Charrette: Wölfe an der Grenze · 06/4794
Robert N. Charrette: Ein Erbe für den Drachen · 06/4829

DAS BLUT DER KERENSKY-TRILOGIE:

Michael A. Stackpole: Tödliches Erbe · 06/4870
Michael A. Stackpole: Blutiges Vermächtnis · 06/4871
Michael A. Stackpole: Dunkles Schicksal · 06/4872

DIE LEGENDE VOM JADEPHÖNIX-TRILOGIE:

Robert Thurston: Clankrieger · 06/4931
Robert Thurston: Blutrecht · 06/4932
Robert Thurston: Falkenwacht · 06/4933

Robert N. Charrette: Wolfsrudel · 06/5058
Michael A. Stackpole: Natürliche Auslese · 06/5078
Chris Kubasik: Das Antlitz des Krieges · 06/5097
James D. Long: Stahlgladiatoren · 06/5116

BATTLETECH®

J. Andrew Keith: Die Stunde der Helden · 06/5128
Michael A. Stackpole: Kalkuliertes Risiko · 06/5148
Peter Rice: Fernes Land · 06/5168
James D. Long: Black Thorn Blues · 06/5290
Victor Milan: Auge um Auge · 06/5272
Michael A. Stackpole: Die Kriegerkaste · 06/5195
Robert Thurston: Ich bin Jadefalke · 06/5314
Blaine Pardoe: Highlander Gambit · 06/5335
Don Philips: Ritter ohne Furcht und Tadel · 06/5358
William H. Keith jr.: Pflichtübung · 06/5374
Michael A. Stackpole: Abgefeimte Pläne · 06/5391
Victor Milan: Im Herzen des Chaos · 06/5392
William H. Keith jr.: Operation Excalibur · 06/5492
Victor Milan: Der schwarze Drache · 06/5493
Blaine Pardoe: Der Vater der Dinge · 06/5636
Nigel Findley: Höhenflug · 06/5655
Loren Coleman: Blindpartie · 06/5886
Loren Coleman: Loyal zu Liao · 06/5893
Blaine Pardoe: Exodus · 06/6238
Michael Stackpole: Heimatwelten · 06/6239
Thomas Gressman: Die Jäger · 06/6240
Robert Thurston: Freigeburt · 06/6241
Thomas Gressman: Feuer und Schwert · 06/6242
Thomas Gressman: Schatten der Vernichtung · 06/6299
Michael Stackpole: Der Kriegerprinz · 06/6243